終《つい》の盟約

Nire
Shuhei

楡 周平

集英社

目次

終《つい》の盟約

プロローグ

浴室に入った藤枝慶子《ふじえだけいこ》は洗い場に立ち、シャワーのコックを捻《ひね》った。

水が温かくなるのを待ちながら、正面の壁面に設《しつら》えられた鏡に目をやった。

また少し痩せたと思った。

慶子は今年五十四歳になる。

この歳になると、容貌に変化が現れるのは止《や》むなきことだ。眼窩《がんか》が窪《くぼ》み、皺《しわ》が多くなっていることにも、毎朝化粧を施すたびに気がついていたが、今日は眼窩の陰影がまた少し濃くなったように思える。

ほどなくして足元を流れる水が湯となった。

鏡に映る自分の姿を見ながら、慶子はシャワーヘッドを持ち上げようとした。その瞬間、二の腕のあたりの皮膚がゆるんでいるような気がして、慶子は手を止めた。

そっと左腕を上げ、右の指先で上腕部の皮膚を摘《つま》んでみた。

「やだ……」

慶子は思わず呟《つぶや》いた。

張っていたはずの二の腕がすっかりたるみ、薄く伸びるのだ。

鏡の中の自分の姿に目がいった。

改めて見ると、腰のあたりも弛緩《しかん》しはじめ、歳の割には形が良かった胸も、年齢に追いついてきている。

立ち上る湯気が鏡面を曇らせ、自分の姿を朧《おぼろ》にしていく様を見ていると、つい最近まで「美魔女」と称され、週刊誌のグラビアを飾ったのが、遠い過去のことのように思えてくる。

そりゃ、こうなるわ……。

ため息が出た。

一つ年上の輝彦《てるひこ》と結婚して三十年。二人の子供をもうけても、これまで美貌を保ってこられたのは、週三回のジム通いと毎週末の乗馬を欠かさなかったからだ。

輝彦は糖尿病治療を専門としている内科の医師だ。糖尿病の治療に終わりはない。一旦そうと診断されれば、生活習慣の改善指導、定期的な血液検査、治療薬の服用が必要になる。つまり、患者は長期の通院が欠かせなくなるのだ。

輝彦が、多摩川を渡ってすぐの、東横線沿線の川崎市にクリニックを開業してから二十一年。患者は変わらず来院し、診察が終われば次の予約を入れていく。加えて近辺の再開発が進み、高層マンションが林立したおかげでクリニックは常に予約で満杯。自由が丘に自宅を構え、二人の子供も手を離れた。六本木ヒルズにあるジムに通い、馬事公苑《ばじこうえん》で乗馬を楽しめるのも、十分すぎる所得があるからだ。

しかし、好事魔多しとはよくいったものだ。

ここまで順調に回っていた人生の歯車が狂いはじめたのは、三年前に義母《はは》がくも膜下出血で急死したのがきっかけだった。

義父《ちち》の久《ひさし》も医師で、自由が丘で内科のクリニックを開業していたこともあって、自宅は二世帯住宅。義母が亡くなった時点で、すでに八十二歳と高齢だったため、以来朝夕の食事は慶子が用意することになった。しかも、平日は診察に追われる輝彦は、朝食を摂《と》ると早々にクリニックに向かい、夕食を終えると、すぐに寝室に行ってしまう。休日は唯一の趣味であるゴルフに出かけ、しかも家では滅多に飲酒をしないため、ラウンド後に仲間と飲むのを楽しみにしているとあって、久と二人で食卓を囲むのが常となった。

久は温厚で、世事に長《た》け、話題も豊富だし、服装にも気を使う洒落者だ。唯一の趣味は絵を描くことで、静物や風景を画題としたものが多い。素人目にも見事な出来栄えで、「二科展にでも出品なさったら」と何度か勧めたことがあるのだが、そのたびに久は、「趣味の絵だよ。好きで描いているだけで、人に見てもらうために描いてるんじゃないから……」と笑ってこたえる。

かつて、母校の医学部で講師を務めていた時代には、助教授昇進が確実視されながらも突然開業医に転じたと聞くが、万事において欲がないというか、謙虚というか、もどかしさを感ずる一方で、久のような人物を義父に持った幸運に感謝の念を抱く。

義母も三代続く医師の家庭で育っただけあって、おっとりした性格で、何よりも諍《いさか》いごとを嫌う。だから、世間でいう「嫁姑《しゅうとめ》問題」とは無縁であったから、改築の際に二世帯住宅にすることにしたのだが、今にして思えば、それが間違いだった。

妻に先立たれると男は弱るというが、本当のことらしい。

日を重ねるごとに、気力が萎えていくのは傍目《はため》にも明らかで、口数も少なくなり、ついにクリニックをたたんでしまったのだ。以来、一年半。久の日常は、朝夕二度の食事を摂りに顔を合わせる以外、ドアで仕切られた続きの自宅にこもり、日中は何をやっているのかさっぱり分からない。

食事の際に、「お掃除でも……」と持ちかけても、「いや、自分でやるから」と拒み、口を噤《つぐ》んでしまう。かと思うと、突然、昔の思い出話を延々と話し出す。それも、同じ話を何度もだ。そうこうしているうちに、あれほどお洒落だった久の服装に乱れが生じてきた。

下着以外の衣服は、すべてクリーニングに出すことになっており、紙袋にまとめてこちらの玄関に置いておくのが義母が存命であった頃からの決まりである。

現役の頃は同じワイシャツを二日と着ない。一度着用したものは、すべてクリーニングに出していた久が、二日どころか三日、四日と同じワイシャツを身につけて食卓に現れる。

そして、何よりも気になるのが、食事の際に慶子を見る久の眼差しである。

突然、箸を止めたかと思うと、じっと顔を見つめる。次いで、全身を舐め回すように瞳が動く。温かいものをと、キッチンに立っている時も視線を感じ、振り向くと、やはりじっと慶子の後ろ姿を見ている。

観察しているというか、妄想にふけっているというか、とにかくこれまでに見せたことのない眼差しを向けてくるのだ。

さすがに心配になって、輝彦に久の変化を告げてみたのだが、

「親父は、お袋が趣味みたいなもんだったからな。しかも、何の前触れもなく先立たれたんだ。高血圧でもなかったし、喫煙をしていたわけでもない。くも膜下出血に予兆がないわけじゃないが、誰もに必ず現れるってものでもない。大事に至らぬ前に治療するのは難しいものだが、医者である自分が傍にいながらって、自責の念に駆られてるんじゃないのかな」

引きこもりに等しい状態になっている理由をそう推測し、同じ衣服を何日も着続けるのも、「服選びからコーディネートまで、お袋が決めてたんだ。親父の学生時代、医局員時代の写真を見たことがあるけど、お洒落とは程遠い格好だったしね。自分で決めることができないんだよ」ということになる。

「でも、同じことを何度も、それも延々と話すのよ」

慶子がそう訴えると、輝彦も少し気になるふうではあったが、

「まあ、俺だってたまにだけど、そう言われることがあるからな、お前、その話、前に聞いたぞって。誰に話したかなんて、覚えちゃいられなくてさ」それでも楽観的な見解を口にする。

「お義父《と》さまは、私と毎日顔を合わせているのよ。第一、お義母《か》さまが亡くなって以来、家にこもり切りで、誰とも会話なんてしていないのに？」

これには輝彦もさすがに考え込むと、短い沈黙の後、

「そこまで心配するなら、一度専門医に診てもらったほうがいいかもな。心当たりがないわけじゃないし、相談してみるよ」と、いつになく硬い声でいった。

専門が違うとはいえ、医師である。慶子が何を案じているかは、話すまでもない。認知症である。

しかし、あれから四ヶ月近くにもなろうというのに、輝彦は行動を起こさない。

何度か、「お義父さまの病院の件だけど……」と切り出してみたものの、「酷《ひど》くなっているのか？」とか、「何かあったのか？」と、問い返してくる。

確かに、久の様子は相変わらずで、変化といえるほどのものはない。

結局は、「お袋に先立たれた現実を、受け入れられないでいるんだよ。人間誰しも、一番大切な人間を失えば、程度の差はあれ、抜け殻みたいになるのも無理ないんじゃないか」と輝彦は片づけてしまう。

もちろん、気持ちは理解できないではない。

認知症と診断されれば、いつまで続くか分からない長い戦いになるだけでなく、どんな経緯を辿《たど》りながら症状が進んでいくのかも誰にも分からない。意思の疎通に支障を来すようにもなれば、考えもつかない行動にも出るかもしれない。

家族の誰しもが、そこに元気だった頃の姿を重ね見る。なぜ、人生の最後に来て……。神はなんと酷《むご》いことをするのか。呪いたくもなれば、やるせない気持ちにもなるだろう。まして、実の父親であるならなおさらだ。しかも、完治するわけでもなく、命が尽きるその時まで、その状態が続くのだ。

もし、そうだとしたら……。

現実を受け入れなければならないことは分かってはいても、想像しただけでも不安を覚えるのは、慶子だって同じだ。

しかし、やはり様子がおかしい。もっとも、そういったところで、輝彦の返事は「君が疑いの目で見ているから、そう感じるんじゃないか」ということになるのだろうが、朝夕二度の食事の時だけとはいえ、毎日顔を合わせているからこそ感じる何かがある。

以来、慶子は外出を控えるようになった。

留守の間に、不測の事態が起きたら大変なことになると思ったからだ。

昼も夜も義父の様子が気になってしかたがない。時には、久の住まいとを隔てる玄関脇のドアに耳を当て、中の気配を探ろうともするのだが、いったい何をやっているのか、物音一つ聞こえない。それが、ますます慶子の不安を増幅させる。

「四ヶ月か……」

慶子は呟いた。

アスリートの体は一日休むと、元の状態に戻すのに三日かかるっていうけど、こりゃ無理だわ——。

慶子は、またため息をつくと、シャワーヘッドを手に取った。

温水が体の表面を流れ落ちていく。温まってきたところで、シャワーを固定し、頭から浴びはじめる。

ジム通いをしていた頃はトレーニングを終えると、サウナで汗を流すのが習慣で、その時に洗髪も済ませてしまっていたのだが、これもこの四ヶ月の変化の一つだ。

シャンプーを手に取り、肩まで伸びた髪を洗う。香料の匂い、湯気が発する柔らかな湿度が心地よい。

輝彦は今日もゴルフだ。しかも、医者仲間がメンバーになっている茨城の名門コースでのラウンドとあって、珍しく車で出かけた。ラウンド後に酒を飲むわけにもいかず、おまけに帰りの高速が渋滞したせいで、帰宅したのが午後八時。それから珍しく酒を飲みながらの食事となった。当の本人は、食事を終えると早々に寝室に向かい、今頃は夢の中だろう。まったくいい気なものだと思うが、入浴時間が唯一の気分転換の場だ。

慶子はシャワーを止めると、両手で髪を絞り、水気を切ったところでトリートメントを手に取り、右に左にと万遍なく頭髪に撫《な》でつける。

気配を感じたのは、その時だ。

浴室の扉は、磨《す》りガラス一枚。その向こうは脱衣所を兼ねた洗面所になっているのだが、扉がわずかに開き、そこに佇《たたず》む人影が朧に浮かび上がっている。

「だ……誰……」

慶子は、ぎょっとして動きを止めた。

しかし、影は動かない。返事もない。

慶子は、恐る恐るドアの取っ手を掴むと引き開けた。

瞬間、慶子は驚愕と恐怖のあまり硬直した。

久である。しかも、開いたスラックスの股間の部分に手を当て、むき出しになった陰茎を握りしめているではないか。

それでも久は動かない。

正気でないことは明らかだった。

それを裏付けるのが久の目だ。意識があるのかないのかも分からない。感情というものが一切窺《うかが》えない。それでいて、何かを観察するような眼差しで、慶子の裸体を見つめたまま、その場に佇んでいる。

久の瞳がゆっくりと動いた。その動きに合わせるように、緩慢な動作で慶子に背を向けると、脱衣所を出て行こうとする。

久の視線から解放された瞬間、

「ぎゃあああ――！」

慶子は椅子の上で体を丸め、膝を抱えて絶叫した。

第一章

1

世田谷にある老人内科専門の宅間《たくま》クリニックを輝彦が訪ねたのは、翌日の夕刻のことだった。

平日の日中は、お互い診察がある。時間外に院長室で相談に乗ってもらえるのは医師の特権の一つだ。

父と宅間は医学部の先輩、後輩の間柄で、「万が一自分に認知症の症状が見られた時には、まず宅間さんに相談しろ」と、何度か父にいわれていたこともある。宅間とは面識がある程度で、さほど親交があるわけではないが、まずは父の指示に従わなければなるまい。

輝彦が昨夜の出来事を話して聞かせると、

「なるほど、裸体画に男女の性交画ですか……。それは、驚かれたでしょうね」

院長の宅間智大《ともひろ》は、心中察するに余りあるとばかりに視線を落とした。

「驚いたなんてもんじゃありません。凍りつきましたよ……。アトリエに並ぶ絵が、全部裸婦と男女の性行為を描いたものばかりなんですから――」

あの光景を目にした瞬間は、生涯忘れられないだろう。


慶子の絶叫で跳ね起きた。しかも、繰り返し階下から聞こえてくる。

ただならぬ異変が起きたのは間違いない。

輝彦は寝室を飛び出し、階段を一気に駆け下りた。

絶叫はその間も止むことはない。それも浴室からだ。

脱衣所のドアを開いた瞬間、洗い場にうずくまる慶子の姿があった。もちろん全裸だ。

「どうした！　何があった！」

「お義父さまが……。お義父さまが……」

慶子は全裸のまま、飛びついてくると、わっと声をあげて泣き出した。

尋常ならざる取り乱し方だ。

「親父が？」

俄《にわ》かには信じ難いが、理由を聞けば無理もない。

腕の中で震える慶子に、脱衣所の壁にかけてあったバスローブを羽織らせてやると、

「親父の様子を見てくる」

輝彦は父の住まいに向かった。

玄関脇のドアに鍵はかかっていなかった。

ここに入るのは、母が倒れた時以来のことだ。

両親と慶子の関係は極めて良好だったが、二世帯住宅にするにあたって、「親子とはいえ、お互いの生活には干渉しないようにしましょうね。私たちには私たち、あなたたちにはあなたたちの生活スタイルがあるでしょう。だから出入りは極力控えた方がいいわ」と母から提案があり、父もそれに賛成したからだ。

だから、外観こそ統一されてはいるが、住まいのレイアウト、内装も家具も、輝彦たちの住まいとは全く違う。母が健在であった頃も、家族の祝い事は常に外食で、双方の自宅で食卓を囲んだ記憶はほとんどない。

ドアの先は、突き当たりまでが一直線の廊下が続き、まず右側に浴室、左側に収納庫がある。その先の左側がリビング、右側がダイニングを兼ねたキッチンだ。

フローリングの廊下は埃だらけだ。片づいてはいるものの、リビングもやはり埃っぽい。

そこに父の姿はなかった。

明かりをつけてみると、テーブルの上が薄っすらと白くなっている。

どうやら、日頃リビングで過ごしてはいないらしい。

だとすれば二階か。

輝彦は階段を上がった。

二階には両親の寝室、母専用の部屋と父のアトリエ、納戸がある。

ドアの隙間《すきま》から、明かりが漏れている部屋がある。

アトリエだ。

「親父、入るぞ」

しかし返事はない。

ドアを開き、目に飛び込んできた光景を見た瞬間、輝彦は息を飲んだ。

あまりの異様さに声を失った。全身から血の気《け》が引く音が聞こえそうなほどの衝撃と恐怖を覚えた。

カンバスを前にする父の後ろ姿。どれほどあるのか見当もつかないが、周囲に置かれたカンバスに描かれているのは、すべて裸婦、そして男女の性交を描いたものばかりだ。

それに囲まれて、振り向きもせずデッサンに熱中する父が描いているのは、やはり裸婦。その姿、その空間から感じられるのは狂気だ。


「自宅にアトリエを設けるくらいです。絵を描くのが父の唯一の趣味だったのは確かです。でも、静物画とか風景画が主で、裸婦なんか描いたことは一度もなかったと思うんです。まして男女の性交画だなんて……」

「ずっと、描きたいという願望があったのかもしれませんね。奥様を亡くされたことで、そういう思いが一気に噴き出したんじゃないでしょうか」

「だからといって、入浴中の嫁を覗《のぞ》くなんてことはあり得ませんよ。まして、あの父がですよ」

「確かに、日頃の藤枝先生からすればね――」

「それに……」

輝彦はいい淀んだが、医師同士である。気になる点は、正直に話さなければなるまい。「似てるんです……」

「似てる……とおっしゃいますと？　亡くなった奥さまに？」

「いや、そうじゃないんです」

輝彦は首を振り、「絵に描かれている女性がすべて妻に……」そう告げると視線を落とした。

「なるほど……」

宅間は呻《うめ》きながら二度、三度と頷《うなず》くと、「診察してみないと断定はできませんが、お話を聞く限りでは、確かに認知症の疑いがありますね。明日にでもお父さまをお連れいただけますか？」真摯《しんし》な眼差しを向けてきた。

「分かりました」

輝彦は頭を下げた。

「ところで先生。診察の結果、お父さまが認知症と診断された後は、どうなさいます？　症状の進行度合いにもよりますが、認知症患者は新しいことがとても苦手です。馴染《なじ》んだ環境で、昔から使っていた物、顔見知りと暮らす方が落ち着くのですが……」

もちろん、専門外とはいえ、その程度の知識はある。

その後のことは、すでに慶子との間では決定済みだ。

「お恥ずかしい話ですが、だいぶ前から、父の様子がどうもおかしいんじゃないかと、妻はいっていたのです。それを母に先立たれたせいじゃないのかと、私が取り合わなかった挙句のことでして……。しかも、入浴中を覗かれたとあっては、妻も同居しながらの介護は、感情面、精神面、双方の観点から負担が大きすぎるように思いまして……」

その言葉に嘘、偽りはない。

慶子が受けたショックは大変なもので、日頃穏やかで、滅多に感情をむき出しにすることのない彼女が、「だから、あれほどいったじゃない！　あなたが早くお医者さまに診せないからこんなことになったのよ！」と泣き叫びながら激しく責め立てる。

今日は長男の嫁を自宅に呼び、二人でいられるからいいようなものの、これが連日、しかもいつまで続くか分からないとなれば、人のやりくりはとてもつかないし、慶子の心が折れてしまうのは時間の問題というものだ。

「それに父自身、折に触れ、こういっていたんです」

輝彦は続けた。「万が一、俺が認知症になったら、家族で介護なんてことは考えるな。まずは、宅間先生に診断を仰ぎ、しかるべき病院、施設を紹介してもらえと……」

「お父さまご自身が、そうおっしゃったのですか？」

「ええ……。実際、父からは、かなり以前に、認知症と診断された場合、延命治療が必要とされる状態になった場合についての事前指示書を渡されておりましてね。延命治療は拒否する。たとえ死期を早めることになっても構わない。苦痛を和《やわ》らげる治療だけにしてくれと……」

事前指示書とは、自らが判断能力を失った際に、自分に行われる医療行為に対する意向を前もって意思表示しておく文書のことだ。患者の意思が明確である以上、医師も意向に沿った治療を施さざるを得ない。

「そうでしたか……」

「大学病院に勤めていた頃には、多くの患者の臨終に立ち会ってきたわけですし、開業してからは週に二度、認知症患者の専門施設に出向いてましたからね。父が、そんな気持ちになるのも理解できなくはないんです。認知症、延命治療、どちらにしても、家族には大変な負担がかかるものですからね……」

病《やまい》を治療することだけが医師の仕事ではない。看取るのも仕事の一つである。

終焉《しゅうえん》の迎え方は様々だが、病の進行がある一点を超えると、もはや治療の術《すべ》はない。あとは死を待つばかりという病はいくつもある。

たとえばガンだ。

早期発見となれば手術。ある程度進行していても、抗ガン剤や新薬の進歩は目覚ましく、もはや恐れる病ではないといわれるが、末期ともなれば死を迎えるまでの行程は、方程式のように決まっている。

だが、医師はそれでも治療を施さなければならない。

患者が最期の時を迎えるその瞬間まで、治療に全力を尽くすのが医師の使命だからだ。だから口から食事が摂れなくなれば輸液。脳梗塞、脳内出血、老衰などで嚥下《えんげ》障害が起これば胃瘻《いろう》を行い、自力で呼吸ができなくなれば人工呼吸器をつけて、患者を一日でも長く生かそうとする。

輝彦は続けた。

「父は、こんなこともいっていましてね。死ぬならガンがいい。ガンは優しい病気だと……」

「優しい？」

宅間は、怪訝《けげん》な顔をする。

「末期になれば、余命に見当がつく。その間に、いわゆる終活ってやつができるからと……」

「医者は闘病中から臨終に至るまでの過程をつぶさに見ていますからね。中にはこんな死に方だけは、絶対に嫌だと患者の姿に自分の終焉を迎える時を重ね見てしまうことだってありますからね」

「ガンが優しい病気だというのは、家族にも優しい病気だからだと父はいっていました。余命は看病する期間だ。覚悟も決められれば、その間、精一杯頑張ろうって気にもなると……。その点、認知症は違います。体は健康なのに、意思や行動のコントロールが利かなくなるんです。そして、いつまで続くか、ゴールは誰にも分からない。患者と一緒に家族も走り続けなければならないんですから……」

宅間は、深いため息を漏らすと、

「お父さまのお気持ちは、よく分かります」

冷めたお茶を口に含んだ。「私だって、そう思いますからね」

「先生もですか？」

輝彦は、思わず訊《き》き返した。

「延命治療なんてまっぴらですよ。治る見込みもないのに、ただ生かされるだけなんですから。患者、その家族。双方にとっても、苦痛以外の何物でもありませんよ。かといって、早く楽にしてやろうと思えば、安楽死ということになりますが。医師がそれをやれば殺人罪だ」

宅間は少し怒ったようにいう。「世間には、延命治療を受けている家族を看護した経験を持つ人は大勢いるでしょうに、どうして、患者の姿に、自分が最期を迎える姿が重ならないのか。自分が同じような状態になった時、医者にどうしてほしいのか。そこに思いが至らなすぎることが、私には不思議でなりませんね」

「しかし、最近では延命治療については、治療の中止もある程度認められるようになったじゃありませんか」

「それも、患者本人の意思が事前に分かっていればの話です。事前指示書の存在はようやく世間でも知られるようになりましたが、実際に準備している人は、まだそう多くはありません。結局、家族の意向に従うことになるのですが、たとえば胃瘻をやるかどうかと訊《たず》ねれば、ほとんどがやって下さいと答えますよ」

　経口摂取が不可能、あるいは困難となった患者の腹部に穴を開け、直接胃に食物や水、薬品を投与するのが胃瘻である。患者本人の意思が明確になっていない場合、家族に判断を仰ぐことになるのだが、「やらないでください」と答えれば患者は早晩死に至る。これでは、患者を死刑にするか否か、家族に判決を下《くだ》せといっているようなものだ。

　法に則った量刑を下すのを義務とする裁判官でさえ、たとえ万死に値する悪事を働いた犯罪者であろうとも、人命を絶つ判決を下すことに躊躇《ためら》いを覚えない者はいないだろう。まして、家族の生命ともなれば、「やらないでください」といえる人間はまずいない。

　もっとも、最近では胃瘻や人工呼吸器、人工透析も家族の申し出があれば、途中で止めることはできるようにはなったのだが、むしろ決断を下すのはこちらの方が難しい。「こんな状態がいつまでも続くのはあまりにも可哀想だ。早く楽にさせてやりたい」という一心であったとしても、一旦はじめた治療の中止を申し出るのは、医師に患者の命を絶ってくれと依頼するのも同然だからだ。

　そして、苦しむのは家族だけではない。医師だって同じだ。命を絶つ処置を自らの手で行うにあたって、抵抗を覚えぬ医師などいるはずがない。たとえ、合法であっても、家族の依頼であったとしても、「ほんとうにこれでよかったのか」と、釈然としない思いを抱くのだ。

「確かに、その通りですよね」

輝彦は頷いた。「考えてみれば、糖尿病もそうです。人工透析を受けている患者の中には、高齢になるにつれ、治療に負担を覚える人が必ず出てきますからね。それに、糖尿病の患者は、ガンや心不全、認知症を発症する人も多くいますので、本人が透析の中止を申し出るというケースも増えていますから……」

「本人が家族に意思を伝えていた、事前指示書がある。どっちにしたって、患者が早く楽になることを望んだ。それって、本質的には自殺と変わりないじゃないですか。だとすれば、延命治療を中止した医師は自殺を幇助《ほうじょ》したってことになりますよね」

その言葉を聞いた瞬間、輝彦はぎくりとして、改めて宅間の顔を見つめた。

「いや、自殺幇助というより、安楽死の一種かな。それじゃもっと悪いか。殺人になってしまいますね」

乾いた笑いを顔に宿し、宅間はいい直す。

「まあ、そう取られてもしかたがないかもしれませんね……」

「不思議だと思いませんか?」

宅間はいう。「安楽死は一刻も早く苦しみから解放し、死を迎えさせてあげること。延命治療の中止は、自然死させること。両方とも、治療の術はない。もはや死を迎えるその時まで、症状が悪化していくだけで、患者に回復の見込みがないという前提条件は同じなわけです。違いは自然死させるか、楽に死なせる処置を施すかどうかの一点だけ。だとすればですよ、苦痛からすぐに解放される安楽死だって、認められるべきだってことになりませんかね」

そんなことは、これまでに考えたことがなかっただけに、輝彦は言葉に詰まり、「どうなんでしょう……」と首を捻った。

「もちろん、患者が望めば延命に全力を尽くすのが、私たち医師の仕事です。でも、医療技術はどんどん進歩していく。難病が克服できるのは素晴らしいことですが、同時にそれは、さらなる延命をも可能にすることでもあるんです。そう思うと、どうしても私は、自分の人生の最期の時を考えてしまうんですよね」

老人内科を専門にしていると、そういう考えを抱くものなのか、と輝彦は考え込んだ。

輝彦が専門としている糖尿病は予防可能な病だし、発症しても自己管理を徹底すれば進行を抑えることもできれば、薬での改善も十分見込める。それでも、人工透析を受ける患者の数は増加の一途を辿るばかり。高齢者の中には他の病を併発し、延命治療の段階に入る患者も少なくない。

しかし、宅間がいうようなことをいままで一度も考えたことがなかったのは、自身が経営するクリニックでは人工透析を行っておらず、完治することはないまでも、指導を守り、薬を服用すれば、健常者となんら変わらぬ生活を送れる患者ばかりを診ているからかもしれない。糖尿病が進行すると、腎機能が低下し人工透析に頼るしかなくなる患者もいるが、その時点で自分の手を離れてしまうのだ。

もし、総合病院の勤務医であったならば。もし、自分の担当患者が、他の病を併発し、人工透析の中止を求めてきたら……。宅間と同じような考えを抱いても、不思議ではないような気もする。

長い沈黙があった。

「つまらない話をしてしまいましたね」

口を開いたのは宅間だった。

「いえ……」

輝彦は茶碗に手を伸ばすと、残った茶を一気に飲み干した。

「では、明日お待ちしております。ただ、私のところでは、検査にも限度があります。もし、認知症の疑いが認められれば、お父さまのご意向通り、しかるべき病院をご紹介させていただきます。それでよろしいでしょうか」

「結構です。よろしくお願いいたします」

輝彦は、頭を下げると席を立った。


輝彦が去った院長室で、宅間は執務席の椅子に座った。

「あの藤枝先生が……」

宅間は背もたれに体を預けると、デスクの一点を見つめながら一人呟いた。

十三歳年上の久は大学の同窓である。医学部を卒業すると、まずは大学の付属病院の医局に入り、研修医として働くのが主流だった時代である。宅間が入局した時分、久は講師。それも次期助教授間違いなしと誰もが認める存在だった。

医局をまとめるのは講師の仕事の一つで、宅間は入局と同時に久の指導を受けることになったのだが、一緒に働いてみると、なるほど次期助教授と目されるだけのことはある。

当時の医局は、格下の者が格上の人間に対して異を唱えることは許されない、階級社会そのもので、入局したての新米は足軽同然、診察に回診、博士論文の研究と自分のことで精一杯であるのに、教授の学会発表や論文の資料集めの下準備にアルバイトだ。しかも、アルバイト先は同窓の開業医からの依頼によるものがほとんどで、派遣先は教授が決めるとあって、拒むことはできない。それこそ寝る暇もないような忙しさだ。

そんな時代に、唯一の例外が久であった。

確かに指導は厳しかった。しかし、それはあくまでも臨床や医学の勉強に限ってのことで、雑用の類を格下の人間に命ずることは一度たりともなかった。

後に分かったことだが、「学会だろうが論文だろうが、発表内容はもれなく最新の研究成果だ。資料はそこに至る既知の研究を整理したもの。自分自身で行えば、成果を得るまでの間に、誰がどんな資料に当たり、どんな発想を持って研究に取り組んできたのかがすべて分かる。それが医師としての自分の糧《かて》になると思えば、他人にやらせるのは惜しいじゃないか」というのが、その理由である。

温厚な性格。一介の医局員に対しても、理不尽な要求は一切しない。頭脳明晰《めいせき》、医師としての知識も腕も図抜けている。

だから、宅間が入局して二年ほどしたところで久が大学病院を辞めた時には、驚いたなんてもんじゃなかった。まして、選んだ道が開業医だ。家業を継がなければならないというわけでもないのに、なぜ……。

開業医は大学に残れなかった者がやるものと考えられていた時代である。

宅間は内科の開業医の長男として生まれ、自分が継げば三代目。幼い頃から家業を継ぐべく育てられてきた。大学に残る気持ちは、端《はな》からなかったし、残ったところで講師にすらなれないと思っていただけに、久の選択が全く理解できなかった。

謎が解けたのは、十五年ほど前のことである。

久が大学を去った後も、年賀状のやり取りは続けていたし、家業を継いだ後は、お互いのクリニックが隣接する区にあったので、二人の距離は自然と近くなった。地元の医師会や学会で顔を合わせることもあれば、時には患者の治療方針について相談することもあった。頻繁にとはいえないものの、食事を共にする機会もあったので、ある日、ふと思い出し、

「先生は、なぜ大学病院を辞められたのですか？　あのまま医局に残っていたら、間違いなく助教授、教授になっていたでしょうに」

と訊ねてみたのだ。

久は、少し困った表情になり、暫《しば》しの沈黙の後、

「君はメメント・モリって言葉を知ってるね」穏やかな声で問うてきた。「ラテン語で、『死を想え』――」

そう前置きして話しはじめた理由が、思いもしなかったものであっただけでなく、宅間の死生観を一変させることになった。

十二年前に、宅間は内科を老人内科にと、クリニックの診療対象を特化した。それも、日本は間違いなく高齢化社会を迎える、診療対象を高齢者に絞る医療機関が必要だ、と考えたことも理由の一つだが、実は久の影響が大きい。

そして、久を通じて同じ考えを持つ隠れた医師グループの存在を知り、深く関わるようになった。

宅間は、ゆっくりと身を起こすと、デスクの上のスマホを手に取った。

スマホから発信音が、ついで呼び出し音が聞こえはじめる。

「馬渕《まぶち》ですが」

張りのある、低い声がこたえる。

「宅間です。先ほど、藤枝先生のご子息がいらっしゃいまして。先生に認知症の疑いがある、明日にでも診てくれないかと……」

「えっ……藤枝先生が……」

まさかとばかりに、馬渕は絶句する。

「先生のところで検査をしていただいた上でないと、断定できませんが、症状を聞く限りでは、まず間違いないと思います。もし、間違いないとなれば、在宅介護は望まない。私から紹介してもらった病院に入院させるようにというのが、藤枝先生のご意思だと……」

それが何を意味するか、説明はいらない。

馬渕は、短い沈黙の後にいった。

「分かりました。もし、そうであれば、お引き受けいたします……」

2

「親父が認知症？」

渋谷のセンター街にあるコーヒーショップで診断結果を告げた途端、弟の真也《しんや》が眉を顰《ひそ》めた。

「本当なのか、それ」

「間違いない」

輝彦は断言した。「すべての検査を行った上で、専門医が診断を下したんだ。レビー小体型《しょうたいがた》の認知症だ」

「まいったな……」

真也は呆然《ぼうぜん》とした面持ちで、はあっと息を吐きながら肩を落とした。「やっぱり、お袋に先に逝かれたのがよっぽどショックだったんだな……」

「それもあるが、八十を過ぎれば、どこかにガタがくるもんだ。親父の場合、それが脳の機能に出たってことだ」

真也は顔を上げげた。

「どうすんだよ、いったい……」

「どうするもないいさ。専門の病院に入院させるよ」

「入院？」

顔を上げながら、真也は非難がましい声で問い返してきた。

二歳違いの真也は、弁護士をしている。

弁護士を志すきっかけになったのは、彼が小学校六年の時に放映された山崎豊子原作の『白い巨塔』である。国立大学医学部の次期教授選を巡って繰り広げられる人間ドラマは、いまもなお読み継がれている不朽の名作だが、ドラマの中で主人公の外科医、財前の医療過誤を提訴する関口弁護士の姿に影響を受けたのだ。

輝彦が医師を目指しているのは、周囲の誰もが知っていたことだし、成績にも問題はない。両親は、どう思っていたかは知らないが、次男坊ということもあったのだろう、真也が弁護士を目指すといい出しても特に反対はしなかった。

まだ世間を知らぬ小学生のいうことだ。そのうち、変わるだろうと考えていたとも思うのだが、真也は幼い頃から正義感が強く、こうと思い込んだら決して譲らない一途《いちず》な性格である。もっとも、それも好意的にいえばで、融通が利かない頑固者、原理主義者ともいえる。

歳を重ねるごとにその傾向は顕著になり、大学入学早々一人暮らしをはじめるや、市民運動に加わった。

司法試験に合格した際に、家族全員が「裁判官を目指したら」と勧めたのは、将来の生活を案じてのことだが、本人は頑として弁護士になるといって受けつけない。

案の定、司法修習を終え、「いそ弁」として働きはじめたのが、人権派として有名な弁護士事務所だ。「常に弱者に寄り添う」、「強きをくじき、弱きを助ける」、正義を貫くのは立派だが、結果的に持ち出しになる案件も数多くあるわけで、生活ぶりは決して豊かとはいえない。

「認知症の患者って、確か、できるだけ同じ環境で生活させた方がいいんじゃなかったか」

「そういう医者もいるけど、それは状況次第だよ」

輝彦はこたえた。

「状況次第ってどういうことだ？」

「症状が進行するにつれて、どんな行動に出るかまったく予想がつかないのが認知症だ。いずれ家族では介護しきれなくなる時がくる。結局は専門の病院、施設に預けることになるんだ」

「だけど、親父の症状は、まだそこまで進んじゃいないんだろ？」

「すでに、その兆候はあるんだよ」

輝彦はそういうと、慶子が入浴中の浴室を久が覗いたことをまず話して聞かせた。

「色に走るっていうやつか……」

さすがの真也も、目を丸くして驚く。

「実際、その手の行動に出る患者も珍しくなくてな……」

輝彦はいった。「専門医に聞くと、色に走るか、糞便に走るかってケースはよくあるっていうからな……」

「糞便？」

「自分の大便を壁になすりつけたり、ベッドのマットの下に大切に隠しておいたりとか……」

真也は視線を落とすと、黙ってコーヒーに口をつけた。

宅間の見立てでは、やはり久は認知症の疑いがあるという。そこで、精密検査を受けるべく紹介されたのが、久我山にある杉並中央病院である。結果は、やはりレビー小体型の認知症。診断が確定するまで、真也には父親の異変を告げずにきたが、病院を出たところで電話を入れたところ、「これからなら、会える」という。そこで真也が指定してきたのが渋谷駅前にあるこのコーヒーショップだった。

二階の窓からは、センター街を行き交う人の群れが見える。店内は、パソコンを広げる者、スマホに見入る者、話し声はほとんど聞こえないが、こんな深刻な話をするのは酷く場違いに思える。

「人間って、ある年齢を超えると、生まれた当時の姿に戻っていくものなのかもな……」

輝彦は、ふと思いついたままを口にした。「これまで頭に蓄積してきた知識も、身につけた常識も、歳を取るにしたがって、どんどん忘れていってしまう。そして、誕生した時同様、まっさらな状態にリセットされ、最後は――」

「でもさ、実家を建て替える時に、二世帯住宅にしたのは、老後を考えてのことだったんじゃないのか？」

輝彦の言葉が終わらぬうちに真也はいう。「急死してしまったお袋はしかたないとしても、親父が認知症になったからって、すぐに入院ってのは可哀想だよ。それに、いまじゃ治療薬だってあるんだろ？」

「薬の効果は人によって様々だが、進行を遅らせるって程度で、完治するわけじゃない」

「それでも、服用させれば――」

「すでに異常行動が見られるって、さっきいったろ？」

黙った真也に向かって輝彦は続けた。「平日の日中、家には慶子しかいないんだ。風呂を覗いた舅《しゅうと》と、二人きりになるんだぞ」

「色に走ったっていったって、親父は八十五だぜ。何が起きるってわけじゃ――」

「何かあってからじゃ遅いんだよ」

今度は輝彦が、真也の言葉を途中で遮《さえぎ》った。「親父、一日中家にこもって、何をやっていたと思う？　絵を描いてたんだぞ。裸婦と男女の性行為のな」

「裸婦に性行為？」

真也は眉間《みけん》に皺を刻みながら、問い返す。

「しかも女性のモデルは、すべて慶子だ」

「えっ……」

真也は目を丸くして絶句すると、「それ……慶子さんも見たの……？」恐る恐る訊ねてきた。

「見せられるわけないだろ……」

輝彦は、声を落とした。「異様……いや、狂気の空間だよ。あの光景を目にした瞬間、俺は凍りついた。嫁をモデルにしてあんな絵を描くなんて……。慶子が見たら、どんなことになっていたか……」

「そうか……そこまで……」

ようやく事態の深刻さが理解できたのだろう。真也も、それ以上言葉が続かない。

「徘徊がはじまる可能性だってあるんだ。ふらふら外に出りゃ、事故に遭うことだって考えられるし、家の中で火を使われりゃ、火事になることだってあり得る。俺は病院があるし、家に置いておいたら、誰が面倒みるかっていったら慶子だ。あいつは一日中、親父の行動に注意を払わなけりゃならなくなるんだぞ。あいつの身にもなってみろよ」

「そりゃ、まあ……確かに慶子さんには、大変な負担がかかるよな……」

語気の激しさに気圧《けお》されたように、真也は再びコーヒーカップを手にすると、

「持つべきものは医者の息子、医者の身内だな」

上目遣いで輝彦を見た。「高額療養費制度の対象だから、医療費には上限があるといっても、入院させたくても肝心の空きベッドがなくて、長い間待ってる人が世の中には大勢いるんだ。早いうちに入院させたきゃ個室ってことになる。ベッド代の差額で儲《もう》けるのが、いまの病院のビジネスモデルの一つだもんな」

そこに行くか――。

原理主義者は相変わらずだ。

輝彦はため息をつきたくなった。

確かに真也の指摘は外れてはいない。

既存の施設を使い続けている限り、差額ベッド代はそう簡単に値上げできないが、新病棟を建てるとなると、病室代金が格段に跳ね上がるのは事実である。特に、富裕層が住む地域ではその傾向が顕著で、有名な大学病院や総合病院では、一日七万円であった最上級の特別室が、改築した途端に十五万円、さらに、規模が大きくなったにもかかわらず、差額ベッド代のかからない病床数は現状維持、あるいは減少し、個室が増えるといった事例はいくつもある。

「並のサラリーマンだったら途方に暮れていたところだ」

真也は続ける。「第一、施設より病院の方が安いっていっても、いつまでも置いてくれるわけじゃないからな。保険で賄《まかな》えるベッドが空くまで、誰が面倒みるかっていえば、家族だ。慶子さんのことを考えりゃ、入院させるしかないのは理解できるけど、恵まれてるよ」

「よかったな、身内に医者がいて」

輝彦は言葉に皮肉を込めた。「そうじゃなければ、うちとお前の家族が一丸となって、親父を世話しなきゃならないところだ。お前だって仕事を抱えているだろうし、昭恵《あきえ》さんだって仕事に追われてんだろ？　それに、親父の唯一の趣味が絵だ。他に散財したわけじゃなし、クリニックだって繁盛してたからな。差額ベッド代を払えるくらいの蓄財はある。いざとなれば、俺にだってそれくらいの甲斐性はある」

こんな議論をするつもりであったのではないが、親を入院させるという時に、カネの話を持ち出されると、何とも嫌な気持ちになる。

今度は真也が黙る番だった。

輝彦はいった。

「それに、万が一、認知症になったら、専門の病院に入院させろってのが親父の意思だし……」

「親父、そんなこといってたのか？」

「ああ……。折に触れそういってたし、事前指示書もある。延命の類も一切拒否することも合わせてな……」

「事前指示書って……託すなら兄貴じゃなくて、俺にじゃないのか？」

真也は釈然としないといった面持ちで、疑問を呈する。「俺……弁護士だぜ」

「自分の終末期医療についての意思表示だ。そりゃあ、弁護士よりも医者だろう」

苦笑を浮かべた輝彦だったが、「認知症になった場合、相談する相手も、入院先もその人に紹介してもらうようにと事細かに書いてあってな……」それを話すと、なんとも切ない思いがこみ上げてきて、コーヒーに手を伸ばした。

「そうか……そこまで……」

真也もまた、感ずるものがあったらしく、「そこまで親父の意思が明確なんだったら、従うしかないいな……」小さなため息をつきながら声を落とした。

「入院は明後日だ」

輝彦は冷めたコーヒーを一気に飲み干すと、「長い戦いのはじまりだ……」そういいながら、窓の外の光景をぼんやりと見つめた。

3

「それで、私に何かしろっていうの？」

久が認知症になったことを告げた途端、昭恵の口から出た言葉に真也は戸惑った。

「いや……そういうつもりでいったんじゃない。身内、それも親父が病気になったんだ。君に知らせるのは当然のことじゃないか」

「それだけ？」

「それだけって、どういう意味だ」

「私はてっきり、介護を手伝えとでもいわれるのかと思った」

帰宅したばかりの昭恵は、寝室のクローゼットを開け、真也の前で着替えをはじめる。

「明後日入院するそうだ。親父、自分が認知症にかかったら、家族で介護するなんてことは考えるな。専門の施設か病院に入院させろといっていたそうでね……」

「それ、本当のことなのかしら」

「本当のことって？」

「お義兄《にい》様のところは、おカネに不自由してないもの。お義兄様には病院があるし、誰がお義父様の面倒をみるかっていったら、慶子さんでしょう？　あの人がそんなことを承知するとは思えないし。おカネで済まそうってことになったのかと思って」

「それは違う」

真也はいった。「親父は、事前指示書を兄貴に託していてね」

「事前指示書？」

「将来、判断能力を失った時、自分に施される医療行為について、前もって意思を書面にしてたんだ。延命治療の一切を拒むことと、認知症にかかった場合のことを」

昭恵はブラウスを脱ぎ、トレーナーを頭から被ると、

「ものをいうのは経済力。地獄の沙汰もカネ次第ってわけか……」首の後ろに手を回し、中に入った頭髪を外に掻《か》き出した。

昭恵の言葉に棘《とげ》が潜んでいるように感ずるのは、気のせいではない。

学生時代に知り合った昭恵との結婚生活は、今年で三十年を迎える。

真也は法学部、昭恵は文学部と学部が異なる二人が出会ったきっかけは当時、学生の間で盛んに行われていたダンスパーティ、いわゆる「ダンパ」でのことだった。

学生運動のピークはとうに過ぎ、若者が「バブル世代」と称された時代である。市民運動に加わる若者は極めて少なく、勧誘しても本題を切り出した途端に「そういうの、興味ないから」の一言で離れていってしまい議論にさえならない。それどころか、市民運動に参加していることが知れ渡ると、クラスメートが真也を避けるようになったのだ。

ダンパに出かけたのは、オルグが目的ではない。ただ、話し相手が欲しい。自分に興味を持ってくれる同世代の相手が見つかれば、といった程度の気持ちからだ。第一、ダンパに参加する学生の目的は、交際相手を探すためである。小難しい話をするのに、これほど不向きな場はない。

楽しそうに酒を飲み、談笑を交わし、ダンスに興ずる学生たちの中で、初めてダンパに参加した真也はどう振る舞っていいのか全く勝手が分からない。ただ一人で酒を飲むだけで、ダンパに参加したことを後悔しはじめた頃、会場の片隅で同じように一人ぽつりと佇む女性の姿が目に入った。

それが昭恵である。

決して美人とは思えなかったが、それは薄い紅を引いた程度で一切化粧を施していないからで、顔立ちは整っている。それに服装が地味というか、垢抜《あか》けないせいもあった。

思い切って話しかけてみたところが、果たして新潟の出身で、上京してきたばかり。東京はおろか、大学生活についても右も左も分からないという。

そして、ダンスに興じる学生たちを見ながら、昭恵はこういった。

「こんな、世界があったんだ……」と。

聞けば、昭恵は新潟の片田舎の農家に生まれ、両親はどちらも中卒で、親戚の中にも高卒は数人しかいない。さすがに時代も変わり、義務教育修了と同時に就職するクラスメートはほとんどいなくなっていたが、それでも高校を出たらすぐに家業を手伝うか、就職するのが当たり前だと考えていたという。

だから、進学にあたっては、農業高校を志望したのだが、担任の強い勧めがあって、地域一番の進学校を受験したところ見事合格。それでも、大学への進学など、考えもしなかったらしい。

だが勉強には熱心に取り組んだようで、ここでも「せめて受験だけはしてみたら」という教師の勧めもあって、最難関校の一つである国立大学を受験したところ現役で合格。それで、東京に出てきたのだというが、そこから先は驚きの連続だ。その最たるものが、教育や文化環境の格差である。

地元の書店は小さなものしかなく、参考書は各教科一つか二つ。それが東京に来てみれば、ビルがまるごと書店で、膨大な数の本で埋め尽くされている。参考書は数え切れないほどあるし、大学別の過去問題集まで揃《そろ》っている。映画は毎日いくつも上映されている、演劇やコンサートもそうだ。美術館や博物館、一流の文化に触れる機会がいくらでもあり、予備校や塾に通う学生も当たり前にいる。

「自分の育った町や環境が、同じ国にあるとは思えない。これじゃ、東京に生まれるか、田舎に生まれるかで、人生が決まってしまう」

昭恵はそういったのだ。

東京で生まれ育った真也には、考えたこともなかった視点だった。

交際がはじまったのは、それからだ。

『白い巨塔』の関口弁護士に憧れていたとはいえ、真也とて年齢相応に女性に興味もあれば、欲望だって覚える。それに、真也は大学に入学すると同時に家を離れたからお互い一人暮らしである。たちまち男女の仲になると、どちらかのアパートで夜を共にする、事実上の同棲生活となった。そして、大学四年の時、猛勉強の末に真也は司法試験に合格し、卒業した直後に結婚することになった。

学生結婚に等しい年齢で入籍したのは、昭恵が妊娠したからだ。

つまり、結婚生活は兄夫婦と同じということになるのだが、三十年も一緒に暮らしていると、交際期間中には見えなかったものが見えてくる。その最たるものが、自分を結婚相手に選んだ理由である。

もちろん、交際中から真也が市民運動に熱心に取り組んでいたことは、昭恵も承知であった。しかし、いまでこそ食うのが楽ではない仕事になってしまったが、弁護士は社会的地位と収入が約束された、エリート中のエリートが就く職業とみなされていた時代である。

どうも昭恵は、家庭を持ち、それも子供が生まれたとなれば、真也の考えが変わると思っていたらしい。一人息子の文也《ふみや》が生まれたのは、真也が司法修習生の時である。司法研修所での修習期間はともかく、実務修習はどこの地域に配属されるか分からない。当然、二重に生活費がかかるわけで、給付金だけでの生活はまず不可能である。

初孫ということもあって、久は生活費の援助を申し出たのだが、真也はそれを断った。人権派弁護士を目指す人間が、たとえ親とはいえ、他人のカネに頼るわけにはいかない。弱者に寄り添う弁護士でいるためには、同じ境遇に身を置かねば、依頼者の気持ちも分からない。本気でそう思っていたし、そうした決意を持っていることは、昭恵も重々承知しているはずだと信じていた。

事実、その時昭恵は異を唱えなかった。それどころか、子供を産んだ翌年には、教員免許を持っていたこともあって、私立の中学校に英語教師の職を得、家計を支えるようになった。

だが、それもいまにして思えばの話である。

昭恵が最初に真也の経済力に不満を漏らしたのは、兄・輝彦の長男が、いわゆる「お受験」を突破し、都内最難関の私立小学校に合格した時だ。

お受験を目指すための準備は、子供が生まれた直後からはじまるものらしい。まず幼稚園の受験対策のために情操、知育教育。首尾よく目指す幼稚園に合格すると、今度は小学校受験に特化した教室通いだ。それも総合教育、絵画、体操と連日の梯子は当たり前。それに加えて英語や音楽教育を行う家庭もあれば、中には三週間にも及ぶ子供だけのサマースクールがあり、その費用たるや一人百万円を優に超えるというから驚きだ。

つまり、並の家庭では到底スタートラインに立つことすら困難であり、富裕層に属する家庭でなければ、合格はおぼつかない世界なのだ。

まったく興味がない者には、馬鹿馬鹿しい以外の何物でもないのだが、私立中学校の教員である昭恵は、その世界を熟知していた。

甥《おい》の合格の知らせを聞いた時、昭恵はこういったのだ。

「同じ家庭に生まれた兄弟なのに、どうしてこうも違うものなのかしら」

それまで、ついぞ垣間《かいま》見ることがなかった昭恵の心の闇を見た思いがしたのはその時だ。彼女の目に浮かんでいたのは、嫉妬と羨望以外の何物でもなかったからだ。

文也の教育に、昭恵が異常なまでに熱を上げはじめたのは、それからだ。二年後に、輝彦の次男が同じ小学校に合格すると、それに拍車がかかった。

帰宅すると、塾を終えた息子と部屋に籠り、勉強の進捗度合いをいちいちチェックする。真也自身も中学受験をさせるつもりであったから、そのこと自体は構わないのだが、昭恵が「文也を将来医者にする」といい出した時にはさすがに異議を唱えた。たとえ、我が子であろうとも、親が子供の職業を決めることは許されない。自分がそうであったように、目指す道を歩める環境を整えてやるのが親の務めだと思っていたからだ。

もっとも、いくら昭恵が望んでも、文也には端からその気がなかったのだからどうしようもない。中学受験には成功したが、大学は農学部に進んだ。その一方で、輝彦の長男は、内部進学で医学部へ進み、その二年後には、次男も続いた。

小学校からの一貫教育とはいえ、医学部へ進学するためには、最高レベルの成績を維持し続けなければならないのだから、まさに本人たちの努力の賜物《たまもの》以外の何物でもないのに、昭恵にいわせると、「あれだけおカネをかけて、専門の塾に通わせて、家庭教師までつけているんだもの」と、これもまた経済力の賜物ということになる。

昭恵は結婚して間もなく出産、その後教職についたこともあって、真也の実家にはよほどのことがない限り、近づくことはなかったし、兄弟といえども、お互い家庭を持つと疎遠になりがちなものである。

まして、たまに食事でもと声がかかっても、藤枝家では家族揃ってとなると外食が決まりで、しかも高級店ばかり。勘定は全て久か輝彦が支払うし、子育てを終えた慶子は、我が世の春とばかりに人生を謳歌《おうか》しはじめ、美魔女として週刊誌のグラビアを飾るようになったのだから、昭恵にしてみれば、藤枝家を訪ねるのは経済格差を思い知らされに行くようなものだ。かくして、足は遠のくばかり。さすがに母の葬儀には参列したものの、それ以前に家族が一堂に会したのはいつのことであったか思い出せない。

「まあ、その点については感謝しなくちゃな。親父にも、蓄えがあるというし、いざとなれば自分が面倒をみる。兄貴はそういってるんだ」

「で、あなたはそれでいいの？」

昭恵が背中を向けたまま問うてきた。

「それでいいのって、そうするしかないだろ。親父の意思なんだから」

「入院のことじゃなくて、あなた、何もしなくていいの？」

「そりゃあ、様子を見にはいくさ」

「それだけ？」

「認知症と診断されただけで、体は至って健康なんだ。いますぐどうこうなるってわけじゃない。それ以外になにができる」

「あなたには、プライドってもんがないの？」

昭恵の口調が変わった。「なにもかも、お義兄さん任せにして、それで平気なの？」

「入院費のことか？　それだったらいったろ。当面は親父のカネで足りるって」

「そういう問題じゃないでしょう」

「そういう問題だよ」

カネは一番嫌いな言葉だし、話題でもある。だから、真也の口調も自然ときつくなる。「カネなんてものはね、あるやつが払えばいいんだ。第一、いまの世の中は半端にカネがあるってやつが一番損をするんだ。あるならたんまり、ないのなら、びた一文《いちもん》も持ってないってのが一番強いんだよ」

「じゃあ、うちなんか一番損をする側じゃない」

「なに？」

「そう思っているのなら、どうしてたんまりある側になろうとしないのかなあ」

黙った真也に向かって、昭恵は続ける。「弱者のためにってのは、ご立派だけど、私たちだって、いつお義父さんのように、長患いの床に就くことになってても不思議じゃない歳になってるんですからね。その時、誰が面倒をみるの？　どうやって家計を支えていくの？」

「延命治療なら、俺も拒否するよ。ただ生かされるだけなんてまっぴらだ」

「私だってそれは同じ。この際はっきりいっておくけど、私が倒れているのを見つけても、すぐに救急車なんか呼ばないでね。そのまま、息が止まるまで放置しておいていいから。私が訊きたいのは、あなたがお義父様のように、認知症になった場合どうするのかってことよ」

輝彦は、父の認知症はレビー小体型と診断されたといったが、それは遺伝するものだろうか。もし、そうであるならば、いずれ自分も発症する可能性もあるわけだし、認知症にはそれ以外にもいくつかの種類がある。それに、高齢になるにしたがって、脳機能が低下していくことは避けられない。認知症にならずとも、長い期間床に就く状況に陥ることだって、十分に考えられるのだ。

昭恵は相変わらずこちらに背を向けたまま、スカートに手をかけると続けた。

「私だって、定年まで何年もないんだし、文也はあの通り、大学の講師とはいっても実態は時給生活者ですからね。頼りにはならないし、頼るつもりもないけれど、老後の蓄えっていったら、わずかな貯金と私の退職金ぐらいしかないのよ」

昭恵は、ここぞとばかりに痛いところをついてくる。

文也は、大学を卒業すると学者の道を志し、大学院を経て博士課程に進んだ。それに際して、昭恵は「いまの時代に博士なんてとんでもない」と、猛反対したが、「自分の人生だ。好きなようにしたらいい」と背中を押したのは真也である。ところがだ。博士号を取得したはいいが、大学教員予備軍は世の中に溢《あふ》れ返っている。研究職にしても状況は同じで、公立の研究所でさえ、研究者の圧倒的多数は有期雇用、実態は契約社員である。かといって、民間企業に就職しようにも、今度は年齢が邪魔をして叶わない。教授の紹介で、いくつかの大学に非常勤講師の職を得た文也はまだ幸運な部類ではあるのだが、いつ無職になるか分からない、極めて不安定な状況にある。

「だいたい、文也がこんなことになったのも、あなたのせいじゃない」

昭恵はいう。「医学部に入れる成績は収めてたのに、自分の人生だ、やりたいことをやったらいいって、妙な理解を示してさ。実社会を知らない高校生に、夢だけじゃ食べていけないってことを教えてやるのも親の務めってものなのに」

またその話か……。

文也が非常勤講師という不安定な職について以来、昭恵は事あるごとにこの話を持ち出す。

真也はため息をつきたくなるのを堪《こら》え、

「医者はカネ儲けをするための仕事じゃないよ」短く返した。

「そうよ。人助けをするための仕事よ」

スカートをスラックスに穿《は》き替えた昭恵は体をこちらに向けた。「それが結果的におカネになるの。それの何が悪いの？　感謝されておカネになるって素晴らしい仕事じゃない」

「君がいくら医者にしたくとも、本人にその気がなかったんだからしかたがないじゃないか。それに、医者だって様々だ。文也の性格からすると、研究医の道を選んでいたかもしれないんだし」

「たとえ、そうなっていたとしても、医師免許があるとなしとじゃ大違い。いざとなればつぶしがききますからね」

「いまはね。でもね、あいつはこれから先、何十年と生きていかなきゃならないんだぞ。その間に日本の人口はどんどん減っていく。それは患者の絶対数が減るということだ。その一方で、毎年一定数の医者が生まれてくれれば、医者だってカネになる仕事じゃなくなるよ。実際、歯医者なんかそうなっているじゃないか」

「そんなことといったら、弁護士だって同じじゃない。人が減れば、仕事だって少なくなるわよ。まして、貧富の格差は開くばかりとなれば、富裕層は腕のいい弁護士、つまり自分たちの側に立つ弁護士に仕事を依頼するに決まってるじゃない」

「だからって、困っている人たちを放ってはおけないよ。経済力によって治療を受ける環境にこそ差はあるが、日本の医療制度は貧富の差にかかわらず、国民全員が同じ治療を受けることができるけど、法の世界は違うんだ。本来権利を主張できるにもかかわらず、カネがない、法の知識がないといった理由で泣き寝入りをしている人たちが、世間にはたくさんいるんだ。だから、誰かが手を差し伸べてやらないと——」

「もう十分なんじゃない」

昭恵の冷たい一言が、真也の言葉を遮った。「いったでしょ。私たちだって真剣に老後を考えなければならない年齢になってるの。私が定年、あなたが仕事ができなくなったら、どうやって生活していくの？　誰が面倒みてくれるの？　あなたが手を差し伸べた人たちが支援してくれるとでもいうの？」

「カネのために仕事をしろってのか？」

「別に、信念をまげろっていってるわけじゃないわ。ものは考えようってことよ。困っている人のために働くことが収入につながる。そんな案件はいくらだってあるじゃない」

「たとえば？」

「消費者金融への過払い金の返還請求とか、最近じゃB型肝炎の給付金請求とか、盛んにテレビでコマーシャルをやってるじゃない。あれだって立派な人助け。弱者を救済する仕事でしょ」

「馬鹿なことをいうな！　確かに、そういった側面があることは否定しないが、給付金請求の場合、経費として給付金額の四パーセントを国からもらった上に、クライアントからは成功報酬として、十パーセントぐらいのカネを取るんだぞ。あんな仕事――」

ただのカネ儲け仕事だ。

そう続けようとしたのを、

「だったら、手数料を下げればいいじゃない」

またしても昭恵は遮った。「儲けは少なくなるけど、その分は数でこなせばいいんだし、依頼者だって、より多くの給付金を手にすることができることになるんだもの、それこそウイン・ウイン。お互い、いいことずくめじゃない」

「いまの事務所がそんな仕事をするとは思えないし、独立すれば俺は経営者だ。第一、君はB型肝炎の給付金というが、あんなもの、過払い金同様、対象者がいなくなるのは時間の問題だ。事務所を持って、スタッフ抱えちまったあげく、仕事がなくなったらどうするんだよ」

「世に、争いの種は尽きまじ。新しいネタなんて、いくらでもあるんじゃないの？　それを見つけるのが経営者ってもんでしょ？」

「あいにく、俺には経営の才ってものがなくてね」

「その一言で済ませるの」

昭恵は、眉を吊り上げながら鼻を鳴らすと、「家庭はもちろん、人の一生だって、ある意味経営じゃない。どんな仕事につくか。生活を成り立たせるためには、いくらの収入が必要か。そのためには、どんな勉強をしなければならないか。限りあるおカネをどう使うか、万が一に備えてどれほどの蓄えをつくっておくか。人生設計、家計、ライフプランと呼び方は違っても、人間は経営って概念を持たなければ生きていけないのよ」冷ややかな目で、真也を見据えた。

反論しようにも、ことこの点においては昭恵の言《げん》が絶対的に正しいだけに言葉が見つからない。

黙るしかない真也に向かって、昭恵はいった。

「うちは、お義兄様のところのようにはいかないのよ。万が一、あなたがお義父様のようなことになれば、そりゃあ私が面倒みて差し上げますけど、じゃあ、私はどうなるの？　年金なんて当てにならない。あんないい加減な連中に強制的にカネを預けさせられるなんて、どうかしてるって、ことあるごとにあなたはいうけど、じゃあ、私はどうやって暮らしていけばいいの？　文也はあの通りだから、私の面倒なんかみられるわけがありませんからね。それとも、びた一文の銭もないってのが、一番強いっていうのかしら。最後は生活保護に頼りゃいいんだから安心しろとでもいうの」

昭恵がここまでいうのは、初めてだ。

身内が認知症になったからといって、すぐに専門施設に入れられるような家庭はそう多くはない。施設の数が不足しているせいもあるが、一般家庭の経済力ではそう簡単に捻出できない費用負担が発生するからだ。しかも、それがいつまで続くか誰にも分からないのだから、昭恵がいうように、地獄の沙汰もカネ次第であることは事実である。

それを易々《やすやす》とやってのけた上に、万が一、久の蓄えで足りない場合は輝彦が負担すると聞かされれば、「お前たちのことは端から当てにしていない」といわれたも同然だ。兄弟間の経済力のあまりの違いに嫉妬も覚えるだろうし、忸怩《じくじ》たる思いに駆られるのも考えてみれば当然のことなのかもしれない。

着替えを終えた昭恵は、クローゼットの扉を荒々しく閉じると、一転して歌うようにいった。

「ほんと、慶子さんて恵まれてるわ。何もかも、望むものは全部手に入れて。その上、介護もしなくて済むんだもの」

それは違う。慶子さんだって……。

真也は、父親が取った行動を、母親が亡くなって以来、アトリエに籠りどんな絵を描いていたか、そのモデルが誰であったかを、話そうとしたが、昭恵は一瞥《いちべつ》をくれると、部屋を出て行く。

その後ろ姿に目をやりながら、真也は胸の中で呟いた。

「お前だって、恵まれてるんだよ。親父や兄貴に経済力がなかったら、お前だって介護に巻き込まれていたんだ……」

4

宅間が杉並中央病院を訪ねたのは、久が入院してからちょうど一週間が経った日の夕刻のことである。

馬渕が経営する杉並中央病院は、外科、整形外科、内科、眼科、皮膚科に加えて、リハビリ施設と認知症患者専門の介護施設を併設している。

久我山という区内有数の高級住宅地にある病院は、外来診療と入院治療を行う五階建ての本館と、それとは別に四階建ての介護施設棟に分かれている。

時刻は午後七時。世田谷から杉並に向かうには、渋滞が多発する環状八号線を使うこともあって、移動時間に少し余裕をもって出たのだが、それでも約束の時間には少し遅れてしまったようだ。

愛車のレクサスを駐車場に停めた宅間は、玄関のドアを足早に通った。

すでにその日の診療を終えたロビーに人影はない。

受付の照明は落とされ、その隣にある院内処方の薬局から漏れる薄明かりの中を歩き、二階にある院長室に向かった。

院長室と書かれたプレートが貼り付けられたドアの前に立った宅間は、二度ノックした。

「どうぞ……」

中から、馬渕の低く重い声がこたえた。

「失礼いたします……」

宅間は、ドアを開けながらいった。

執務席から立ち上がった馬渕は白衣姿だった。

実年齢よりも若く見えるが、それでも七十六歳ともなると、老いの兆《きざ》しは隠せない。薄く、真っ白になった頭髪はその一つだ。

馬渕は俯《うつむ》きながら、ゆっくりとした足取りで応接コーナーに歩み寄る。

「いかがですか、藤枝先生のご様子は……」

挨拶は抜きだ。

宅間は、ソファに腰を下ろしながら訊ねた。

「やはり波がありましてね。特に入院してからの三日間は、環境が変わったせいもあって、かなり落ち着かないご様子で……」

医師同士の会話である。

詳細を改めて訊かずとも察しはつく。

「輝彦先生は、お見えになったのですか？」

「ええ、二度ほど……」

「奥様もご一緒に？」

馬渕は視線を落とし、首を振った。

「そうですか……。奥様も、さぞや酷いショックをお受けになられたでしょうからね。心の整理がつくまでには、まだ時間が必要でしょう……」

「奥様も、先生をあんな行動に駆り立てたのは病のせいだと、理解なさろうとしていらっしゃるそうなんですがね……」

馬渕はいった。「そうはいっても、そう簡単に割り切ることはできないでしょうね。足をお運びになるには時間がかかるんじゃないですか」

嫁舅の仲がうまくいっていなかったというならまだしも、輝彦の話を聞く限りでは、慶子は藤枝を実の父のように慕っていたという。良好な関係にあった人間が、それまで抱いていた人物像をぶち壊すような行動に出た時の衝撃は、ただでさえ大きいものだ。まして、父のように慕っていたとはいえ、所詮は義父である。故《ゆえ》あって結んだ縁とはいっても、やはり実の親子とは違う。切ろうと思えば切れる縁なのだ。

「奥様の心の整理がつかれたとしても、おいでにならない方がいいかもしれませんよ」

馬渕はため息をついた。

「といいますと？」

「これも環境の変化のせいだと思うんですが、認識能力が急激に衰えている兆候が見られましてね。輝彦先生が、二度目に病室を訪ねられた時には、誰なのか、すぐには思い出せなかったのです」

「一週間の間に、そこまで……」

「自宅で暮らしていた間は、慣れ親しんだ生活空間の中にいたわけですし、輝彦先生は滅多に同席しなかったそうですが、朝夕二度の食事は慶子さんとご一緒だったそうですからね。規則正しい生活を送られていれば、ご自分がどこにいるのか、誰と話をしているのか、記憶や状況判断能力がある程度保たれていたのではないかと思うんです。入院したことによって、そのパターンが崩れ、記憶や状況判断能力を取り戻す機会が途切れてしまったんでしょうね」

「では、先生は……」

「絵を描いていらっしゃいます」

「絵を？　絵を描かせているんですか？」

「環境の変化に慣れていただくためには、興味を示すものをやらせるのも方法の一つです。第一、指示どおりにはなりませんし、患者にもストレスが溜まるだけですから。それに、道具を与えるまでもなく、先生は絵を描かれはじめまして……」

「それは、どんな？」

馬渕は、なんともやるせない眼差しを浮かべると、

「精緻にして気品ある絵をお描きになっていた先生が、あんな絵を描くなんて……」静かに首を振った。

「じゃあ、やはり……」

「入院した翌朝、病棟看護師から連絡がありましてね。どうやら夜の間にナースステーションから、サインペンを失敬したようで……。いや、驚きました。壁一面に男女の性交図が描かれているんですから……」

「なんてこった……」

宅間は声を飲んだ。

「真っ赤なサインペンで、壁一面にですよ」

馬渕は声を振り絞る。「筆致が精緻なだけに、それがまた、生々しいんです。しかも、女性の顔はすべて同じでしてね。それに……」

「……それに……なんです」

再びの沈黙の後、馬渕は重い声でこたえた。

「女性の入浴時の姿を描いたものもありましてね……」

「えっ？」

「あれは、覗いた時に目にした光景なんでしょうね」

「やはり、藤枝先生は輝彦先生の奥様に……」

続けようとした言葉が恐ろしくて、口にすることができない。

宅間は、強張《こわば》る声を飲んだ。

「それはどうでしょう」

眉間に皺を刻みながらも、馬渕は首を傾《かし》げる。「奥様は、先生の一番身近にいた女性だし、何よりも美しくていらっしゃる。性の対象というより、純粋に奥様をモデルにして、いつか絵をお描きになりたいと思われていたのかもしれませんね」

「願望が極端な形で現れたというわけですか」

「認知症の患者には、珍しい症状ではありませんからね」

確かにその通りだが、それを専門に扱う施設を経営していながらも、馬渕の表情、声にやるせなさが滲《にじ》み出ているのは、元気であった頃の藤枝をよく知っているからだ。

「それに、性交図ばかり描かれるのには理由があるように思うのです」

馬渕は続ける。「いつだったか、藤枝先生にこう言われたことがあります。僕が神の存在を感じたのは、医学部で初めて解剖実習を行った時のことだと」

「私も聞いたことがあります。人体の構造は、どの献体も教本通りにできている。なのに、人間はこの世に生を享《う》けた瞬間から、異なった人生を歩むことを宿命づけられている。運命といえばそれまでなのだが、だからこそ、そこに神の存在を感ずると」

「そして、こうもおっしゃった。すべての人間に平等に与えられているのは二つの瞬間しかない。生命を与えられる瞬間と、死を迎える瞬間だと」

そこで馬渕は言葉を区切ると、「少し、飲みませんか？」と訊ねてきた。

「いえ……私、車ですので……」

「そうか……そうでしたね。じゃあペリエがありますが、いかがですか？」

宅間が頷くのを見て席を立った馬渕は、部屋の隅に置かれたサイドボードに歩み寄る。ガラスの扉を開き、二つのグラスとスコッチのボトルを取り出す。その隣には、小さな冷蔵庫があり、それぞれのグラスに氷を入れながら、馬渕は続けた。

「あの絵は、先生の死生観の表れではないかと思うんです」

「といいますと？」

「生命は生殖という行為なくして生まれない。性交に快楽が伴わなければ人間は絶えてしまう。つまり、性交は命を誕生させ、人間という種と社会を維持するための聖なる行為でもあるわけです」

振り向いた馬渕は、氷が入った二つのグラス、スコッチのボトルとペリエを手に席に戻った。

「さっきは、あんな絵といってしまいましたが、絵を描く人間の目から見ますと、単に卑猥《ひわい》なだけじゃないんです。うまくいえないのですが、あの絵からは、なんかこう、畏敬の念というか、神々《こうごう》しささえ感ずるんです。その一方で、怒りというか、相矛盾する二つの感情が込められているような気がするんです」

出身大学が異なる藤枝と馬渕が、親交を深めるきっかけになったのが絵である。もっとも、藤枝はあくまでも趣味として絵を描くだけであったが、馬渕の場合は少し異なる。

いまの時代、これだけの大病院を一代で持つのは、まず不可能といっていい。現在の病院の礎《いしずえ》を築いたのは、初代の経営を引き継いだ馬渕の父親である。

戦後経済の急成長は、都市部への人口集中という現象を生み、莫大な宅地需要を生んだ。農作地や原野は宅地へと変わり、時を経るに従って住宅の様式も戸建からアパート、マンションと多層階の集合住宅が多くなった。人口密度が高くなれば、患者数も激増する。馬渕の父親がいまに至る総合病院の礎を築き上げられたのも、そんな時代背景によるものだ。

だから、馬渕は生まれながらにして家業を継ぐことを宿命づけられていたのだが、幼少の頃は画家、それも日本画で身を立てるのが夢であったという。

馬渕が描く絵は、見る者が思わず微笑んでしまうようなユニークさがあり、日本画特有の淡い色彩と相まって、独特の雰囲気がある。医学部を卒業し、博士号を取得するとすぐに父親が経営するこの病院で勤務することになったのだが、元より経済的に恵まれた家の跡取りである。こうなると、今度は時間を持て余す。そこに患者として現れたのが、出版社で文芸誌の編集者として働いていた高校時代の友人だった。

待合室に飾られた馬渕の絵が彼の目に留まり、挿絵を頼まれるようになると、たちまち評判となり、やがて数年に一度の割合で、銀座のデパートで個展を開くまでになった。そこを藤枝が訪れたのがきっかけで親交を結ぶようになったのだ。

「畏敬と怒り……ですか？」

「確かに、死は万人に平等に訪れる。名声を得た者、富に恵まれた者も、貧困に苦しみ、失意の中で人生を送った人間も、結局は死ぬ。そして、なにもなくなる。死を想えば、結局はそういうことになります」

「死を想え……。メメント・モリですね……」

宅間は思わず呟いた。

「その言葉が生まれたのは、古代ローマの時代ですが、じゃあいまの時代にも死は平等に訪れるものなのかといえば、決してそんなことはありません。確かに死は避けられないという一点においてこそ普遍性は保たれていますが、死を迎えるまでの過程はメメント・モリという言葉が生まれた時代とは様変わりしているんです。あの時代なら、とっくに死を迎えていたはずの人間も、医療技術の進歩で、生かそうと思えば、生かすことが可能になったのです」

「経済力によって治療を受ける環境も違ってくれば、いくら死を想っても、必ずしも思い通りにはいきませんからね」

「あの絵から感ずる怒りは医師……いや、人間に対してのものではないかと思うんです」

馬渕は、藤枝の心情を探るかのように、遠い目をしながらスコッチを口に含む。

「なぜそう思われるんです？」

「ただ生かすだけの処置を施すのは医師ですが、大抵の場合、生かすことを望むのは家族だからです。患者の苦痛よりも、精一杯やったという満足感と、一人の人間の死を納得するためにね……」

そう聞けば、馬渕がいう怒りの意味が分かってくる。

宅間は黙ってペリエをグラスに注ぎ、耳を傾けた。

馬渕は続ける。

「治療に全力を尽くすのは、我々医師の義務であり使命です。そして、家族の多くも一日でも、一分、一秒でも長く生きて欲しいと願う。いや、人間は命の灯火《ともしび》が消えるその時まで、生き抜かなければならない。それが現代社会の絶対的コンセンサスなんです。患者本人が、どう望もうともね」

「藤枝先生が、大学をお辞めになったのは、それを深く考えさせられる患者の死に直面したのがきっかけですからね」

馬渕は頷いただけで、その話題に触れることなく、話を続けた。

「つまり、医療技術の進歩とは、神の定めに抗《あらが》うことを目的としている一面があるのです。となれば、唯一人間が神に抗うことができない行為は生殖でしょう。もちろん、医療技術の進歩は人工授精を可能にしましたが、快楽を伴うがゆえに、性欲は誰もが覚えるものだし、そう簡単に捨て去ることができないものですからね」

「まさに、神から与えられる命を宿す行為。それが、先生のお描きになった性交図から畏敬の念、神々しささえ感ずる理由だとおっしゃるわけですね」

「考えすぎかもしれませんが、私にはそうとしか思えません。いや、そう思いたいのです」

馬渕が、そう思いたい気持ちはよく分かる。

藤枝は明確な死生観を持っていたし、それに共鳴したからこそ、人生の終焉を迎えるにあたっての、「盟約」を交わしたのだ。

そして、その約束を果たさなければならない時がやってきてしまったのだ。

「先生がかねてから、事前指示書を輝彦先生に託されていたのも、ご自分の意思で死を迎えたいとお考えになったからですからね」

「自分の死生観を患者に強《し》いるつもりは毛頭ないが、延命目的の治療は望まない。そして、絶対に避けたい状況に陥ることもあるとおっしゃって——」

馬渕は、ロックグラスの半分ほどになったスコッチを一気に空けた。

テーブルに戻す間に、グラスの中の氷が湿った音を立てた。

馬渕の心情が伝わってくるようだった。

決断を下すには、酒の力を借りる必要がある。

「では……」

宅間の言葉に、ボトルに手を伸ばしかけた馬渕の手が止まった。

「もちろんです……」

馬渕は、上目遣いに宅間を見ると空になったグラスにスコッチを注ぎ入れた。「その時に備えて交わした盟約です。そして盟約は果たされるためにあるんですから……」

重い沈黙が二人の間に流れた。

馬渕が二杯目のスコッチを口に含む。

「では、いつ……」

「準備が整い次第……」

馬渕がいう準備とは、自分の心、つまり決心のことである。

なぜなら彼が行う「処置」の準備に、それほどの時間は要さないからだ。

黙って頷くしかない宅間に向かって、

「私が藤枝先生よりも先になっていたかもしれないんです……」

馬渕はまた一口スコッチを呷《あお》るといった。「そして、私だって同じことを願っている……。その意思はいまも変わっていないのですから……」

第二章

1

「本当に大丈夫なのか？」

環状八号線を走る車中で、助手席に座る慶子に向かって輝彦は問うた。

「大丈夫って、何が？」

「いや、急に見舞いに行くなんていい出すからさ」

慶子はすぐにこたえなかった。

車中に重苦しい沈黙が流れた。

やがて慶子は口を開くと、

「そりゃあね……ショックだったわよ……あのお義父様が、あんな行動に出るなんて……。でも、すべては病気のせいだもの……」

自らにいい聞かせるような口ぶりでこたえた。

久が入院してから、ひと月半が経つ。

慶子が受けた衝撃は大きく、以来めっきり口数が少なくなったばかりか、食も細った。食卓に並ぶ手料理も変わった。

料理は慶子の趣味のひとつで、手間と時間をかけた品々が食卓を飾るのが常だった。母が亡くなってからは、帰宅が遅い輝彦のものとは別誂《あつら》えで、久の年齢を考慮した料理を作り、一緒に食べた。

「何も、親父と同じものを食べなくとも」

そういった輝彦に、

「味付けを少し薄めにしているだけだもの。お義父様は、絵ばっかり描いているから、食べる量は決まっているし、薄味にすると、私もご飯が抑えられて体型維持にはちょうどいいの。鍛えてはいても歳ですからね。気をつけないと、すぐ太っちゃうし」

と笑ったものだった。

それが、あの一件以来、夕食のテーブルには、出来合いの惣菜がやたら並ぶようになったし、

「できれば、今日は外で済ませて」ということもしばしばだ。それも無理のない話で、どうやら慶子は、心療内科に通院しているらしく、偶然目にしたピルケースを開けてみたら、中に入っていたのは抗不安と睡眠導入に効果がある錠剤である。これでは、ジムや乗馬で気分転換を図るどころの話ではない。外出をする気にもなれず、おそらく、平日の昼間は床に臥しているのだろう。

だから昨晩、「私も行ってみようかしら」と突然いい出した時には、喜びよりも驚きの方が大きかった。

そして、慶子に会った久がどんな反応を見せるか……。

そこに思いが至ると、不安を覚えた。

「それに、お義母様はもちろん、お義父様にも本当によくしていただいたもの」

慶子は続ける。「本当なら家で介護して差し上げなければならないのに、万が一の時に備えて、事前指示書を残されていただなんて……。そこまで、家族のことを考える親なんてまずいないわ。それを私ときたら、お風呂を覗かれたくらいで……」

「親父は、認知症専門の介護施設に出張診療もしていたからな。介護士がシフト制であたってさえ、大変なものだってことを身に染みて感じていたんだろうね。素人には無理だ。まして、うちで誰が介護にあたるかっていったら、君ってことになるんだ。在宅介護なんてやってたら、自分より先に君が潰れてしまう」

「じゃあ、私のことを気にかけて……」

「それだけじゃないと思うよ」

輝彦は首を振った。「家族に大きな負担をかけてまで、世話になりたいなんて考える人間はまずいない。できることなら、専門の施設に入りたい。そう考えている人がほとんどのはずだ。俺だってそう思うし、君だってそうだろ？」

「もちろん……」

「でもね、日本人の中には、老いた親の面倒は子供がみるのが当たり前って、大家族制だった頃の概念がまだ残ってるんだよ。状況が許すか許さないかじゃない。実の親の世話を他人に委ねるってことに後ろめたさっていうか、なんか抵抗を覚えるんだよな。実際、俺だって、そうした気持ちはあるからね」

「そうね……その点は私も同じ……」

「だから、親父は事前指示書を残したんだ」

輝彦はいった。「本人の意思なら、家族だって応じやすいからね……」

慶子は、無言のまま静かに頷いた。

輝彦は続けた。

「まあ、それも経済的に余裕があればこそだし、あったとしても、施設に空きがあればの話だ。その点、うちは恵まれてるよ。親父はカネを残した上に、施設の目処《めど》までつけてたんだ。大したもんだよ。親父には感謝しなくちゃな……」

その言葉に、慶子は何度も頷く。

日曜日の環状八号線は平日ほどの交通量はなく、思ったよりも早く杉並中央病院に着いた。

駐車場に車を停め、介護施設棟に入ったところで、輝彦は面会申込書を手に取った。

「あっ、藤枝先生。こんにちは」

受付の女性が声をかけてきた。

週に二度の割合で訪ねていると、顔も覚えられる。

「こんにちは。いつもお世話になってます」

輝彦が頭を下げると、

「先生がおみえになったら知らせるようにといわれておりますので、少しお待ちいただけますか」

という。

「は……はあ……」

医師の仕事は世間で思われている以上に多忙なものだ。これだけ大規模な個人病院の院長ともなればなおさらだし、馬渕は経営者でもある。貴重な休日を、久とは旧知の仲だとはいえ、どういうことだろう。

思い当たる節《ふし》はひとつしかない。

昨夜、慶子を同伴させていいものか、電話で相談したことだ。

入院直後から急速に進行した久の症状は、その後落ち着きはしたものの、いまや輝彦が誰であるかも区別がつかない状態にある。絵を描くことへの執着は相変わらずだが、他にこれといった問題行為はないので、慶子に会わせても大丈夫だろうというのが馬渕の見解だった。

馬渕は慶子とは直接会ったことがないように思う。ひょっとして、挨拶をするために、時間を割《さ》いたのだろうか……。

どうやら、馬渕は院長室にいたらしい。ほどなくして白衣姿で受付に現れた。

「あっ、先生、ご無沙汰しております」

いち早く馬渕の姿を目に留めた慶子が頭を下げた。「このたびは、義父がお世話になりまして」

「やあ、慶子さん。お久しぶりです」

意外なことに、ふたりは面識があるらしい。

「なんだ、馬渕先生と知り合いだったのか」

そういった輝彦に、

「随分前に、お義父様に誘われて先生の個展に伺ったことがあるの」

慶子はこたえた。

「早いものです。もう五年になりますかね。あの頃は、お義母様も健在でいらして、三人でおいでくださったんでしたね」

「もっと早くにご挨拶に伺わなければならなかったんですが……ご無礼いたしました」

事情は先刻承知である。

「いやいや」

馬渕は優しい笑みを浮かべながら、顔の前で手を振ると、「長い戦いになりますからね。最初からあまり根《こん》をつめると、体がもちませんから。私どもがしっかりケアさせていただきますので、ご安心ください」力強く頷いた。

「先生、休診日なのに、まさか私たちのために?」

輝彦は問うた。

「有難いことに、挿絵の依頼がまだありましてね。こっちは締め切り仕事ですから一旦引き受けてしまうと、週末は絵描き稼業に専念することになってしまうんですよ。ちょうど明け方に今月分の挿絵を仕上げ終わったところだったんです」

時刻は、一時を回ったところだ。

「お忙しいところ、恐縮です」

「いや、いいんです。半端な時間に起きてしまうと、何をしたらいいやら、時間を持て余すだけですから……」

「院長、藤枝さんを面会室にお連れしたそうです」

受付の女性が告げた。

「ありがとう」

馬渕はいうと、「じゃあ、行きましょうか」先に立って歩きはじめた。

これも馬渕の気遣いだろう。

認知症を病と捉えるかどうかは、議論を呼ぶところだ。個人差はあるものの、高齢になるにつれ運動能力はもちろん、脳の機能も衰える。つまり、認知機能の衰えは、自然な現象であるともいえるのだ。症状の進行には個人差があるし、介助を必要としてもある程度のことは、自分でこなせる人間もいるのだが、居室は病室と基本的な作りは同じだ。ベッドも什器《じゅうき》も備えつけだし、二人部屋、四人部屋ともなると、プライバシーを守るのはカーテンで仕切られた狭い空間だけである。介護を必要とする以上、効率性を考えてのことであるにせよ、部屋を訪ねる人間に、入所者が病人だという印象を与えてしまう。

レビー小体型の認知症と診断された一点を除けば、久の健康状態に問題はない。必ずしも病気とはいえないわけだし、まして唯一没頭している絵の内容が内容である。おそらくは、そうした考えもあって、面会室を使うことにしたのだろう。

ロビーを出た先の、長い廊下の中ほどに面会室はあった。

そこは八畳ほどの広さで、中央の低いテーブルを挟んで左右にそれぞれふたつのソファが置いてあった。開け放たれたドアの先に久が座っており、輝彦の姿を目にした中年の女性介護士が、「藤枝さん、息子さんがいらっしゃいましたよ」と両肩に手をかけ、優しく語りかけた。

しかし、久にこれといった反応はない。

「親父、どうだ？　俺が分かるか？」

輝彦は、正面のソファに腰を下ろした。

こたえは返ってこなかった。瞳が輝彦の顔を見つめているように感じるのは、座った位置によるものだ。それが証拠に、久の瞳からは感情というものが一切感じられず、焦点すら合っていないようにも思われた。

また、症状が進んだのではないか……。

ふと、そんな考えを抱いた輝彦は、まだ入室していない馬渕に目をやろうとしたが、それより先に慶子の姿が目に入った。

馬渕の前に立つ慶子は、息を飲むかのように口をわずかに開き、強張った目で久を凝視している。

「慶子さん……」

背後から馬渕に促されて、慶子はようやくぎこちない笑みを浮かべると、

「お義父様、こんにちは。分かりますか、慶子です」

輝彦の隣に座った。

介護士が部屋を出るのと入れ替えに馬渕が入室し、久の隣に腰を下ろす。

久の瞳がゆっくりと慶子に向く。

「お義父様、分かりますか？　慶子です」

ひと言、ひと言を区切りながら、大きな声で慶子は呼びかけた。

表情自体に変化はないが、久の目の焦点が合ったような気がした。

「ごめんなさいね。会いに来るのが遅くなって」

慶子も目の変化に気づいたらしい。「お義父様、私が作ったチーズケーキが大好物でいらしたか

ら、お持ちしましたよ。召し上がりますか？」と告げると馬渕を見た。

「もちろんいいですよ。差し上げてください」

慶子は、持参した紙袋に手を入れ、中から紙の皿と、プラスチックのフォークを取り出した。次いで容器の蓋を開け、一切れのチーズケーキを皿の上に置く。

その間、久は微動だにしないで慶子の顔を凝視している。

「さあ、お義父様、召し上がって」

慶子は精一杯の笑みを浮かべ、チーズケーキを久の前に置いた。

久の視線が動き、今度はチーズケーキをじっと見る。そして、その後はケーキと慶子を何度か交互に見ると、ゆっくりとフォークに手を伸ばした。

絵を描き続けているせいか、手元は確かである。断片を口に入れ、味わうような仕草を見せると、かすかに目元を緩ませた。

「よかった。覚えていらしたのね」

慶子の喜ぶまいことか。続けて残ったチーズケーキを一気に平らげる久に目を細める。

久の目が蓋が開いたままの容器に向く。

「もうひとつ召し上がりますか？」

慶子の目が、再び馬渕に向く。

「どうぞ。食事についての制限はありませんので」

つまり、一点を除けばまったくの健康体ということだ。

喜ぶべきことなのだが、改めてそう聞くと、いいようのない切なさが胸にこみ上げてくるのを輝彦は感じた。

「あっ、飲み物を用意させるのを忘れてました。すぐに持ってこさせましょう」

馬渕がはたと気がついたように、腰を浮かせるのを、

「あの、麦茶を持参したんですが」

慶子の声が制した。「薄くしたものを……」

馬渕は、少しの間《ま》をおくと、

「いいですよ。差し上げてください」

こくりと頷いた。

慶子は紙袋の中から、小ぶりのポットと紙コップを取り出し支度に取りかかる。

馬渕と目が合ったのはその時だ。

ここを訪ねるたびに、久の状態についての説明を受けるのが常であったが、今日は慶子が一緒である。医師同士の会話に慶子を同席させても意味がない。それに、時間を持て余すといってはくれたが、せっかくの休日だ。手間を取らせるのも申し訳ないという気持ちもあった。

「先生、ここは家内に任せて……」

輝彦の意図を察したらしい。馬渕は、立ち上がった。

「今日は、状態がいいようですね。薬の効果が現れてきているんでしょうか」

廊下に出たところで、輝彦は訊ねた。

「正直、それはなんともいえませんね。症状の進行は、個人差がありますし、進行を抑える効果はあっても、回復させるわけではありませんので……」

「家内の呼びかけには反応したように見えましたが？」

ドアは開いたままだ。

馬渕は久に視線を向けると、一瞬の間の後こたえた。

「ご存じのように毎日、奥様をモデルにした絵をお描きになってるんです……。たぶん、記憶の中に残っている唯一の存在でしょうから」

幻視や現実の状態を正確に把握できない、誤認妄想を訴えるのが、レビー小体型認知症の初期症状だ。久の場合、極端な行動には現れなかったものの、慶子をモデルとした絵を描きはじめた時点から、症状は密かに進行していたに違いない。

「つまり、実際に目にしている家内と、妄想の世界の区別がつかないでいるということですか？」

「そうかもしれませんね」

馬渕は物悲しげな表情を瞳に浮かべる。「これぱっかりは、我々にも分かりません。こうした状態から回復した患者はいませんし、仮に回復したとしても、その間、自分がなにを見、なにを考えていたかなんて覚えている人はいないでしょうから……」

その通りだ。

意思の疎通ができない以上、医師は患者を観察し、検査による客観的データに基づいて、進行の度合いを推し量るしかない。薬効も症状の進行を遅らせこそすれ、改善は望めないのだから、患者が目に映るものをどう捉え、なにを考えたかは、永遠の謎である。

「ある意味、死後の世界と同じなんですよ」

馬渕はいった。「死後の世界がどんなものなのか、そんな世界があるのかどうか、死んでみなければ分かりませんからね。でも、実際に死んでしまったら、教えてあげられませんから」

「確かに――」

そこで馬渕の口から意外な言葉が漏れた。

「でも、安心しました」

「安心？」

そう問い返した輝彦に向かって、

「実は、少し心配していたんです」

馬渕はこたえた。「この薬は神経の活動を亢進し、周囲の刺激に対する感受性を高めるものです。当然、副作用もあるわけで、強い易怒性《いどせい》、暴力、自傷、興奮がみられるという報告がたくさんありますし、私もそうした症例を何度も見ました。幸い先生の場合、そうした副作用の兆候は、いまのところ見られませんが、お描きになっている絵のモデルは奥様です。実際にお会いしたら、どんな反応を示すかと、気になっていたのです」

馬渕は、そこで開け放たれたままになっている面会室にまた目をやった。

久は、黙々とふたつ目のチーズケーキを口に運んでいる。

「では、やはり私たちのために？」

馬渕はそれにこたえることなく、

「本当に絵を描くのがお好きなんですね」

意外な見解を話しはじめた。「絵を描くことに没頭することで精神状態が保たれているんでしょうね」

「しかし、絵のテーマは――」

「そう思われるのも無理はありませんが、落ち着いていらっしゃるのは事実です」

馬渕は、輝彦の言葉が終わらぬうちにいった。「それに、うまくはいえませんが、あの絵からは、先生の死生観というか、なにか哲学めいたものを感じるんですよ」

「哲学？」

あんな絵のどこにそんなものが？

そう続けようとしたその時、

「お義父様！　なにをなさるの！　止めてください！　ちょ、ちょっと！」

悲鳴とも取れる慶子の大声が、面会室の中から聞こえてきた。

目に飛び込んできた光景に、輝彦は凍りついた。

ソファから立ち上がった久が、慶子の手首を摑み、自分の方に引き寄せようとしているではないか。

馬渕がもの凄《すご》い勢いで駆け寄ると、久を止めにかかる。

輝彦もまた続き、慶子の手首に食い込んだ久の手を解《ほど》こうとした。

どこにこんな、と驚くほどの力だ。

「お義父様！　止めてください！　止めてええ――！」

「親父！　親父！」

輝彦は、慶子の手首に食い込んだ久の指を渾身《こんしん》の力でこじ開けた。

布が切り裂ける音と共に、久の指が解けた。

薄い生地でできたブラウスの袖の部分が引きちぎられている。

馬渕が羽交《はが》い締めにした腕の中で、久は肩を上下させながら荒い息を吐き、それでも慶子を見つめている。

瞳がぎらついている。

明らかに正常ではない。そこから感じるのは、もはや狂気でしかない。

そう感じた瞬間、輝彦は確信した。

あの日、アトリエでカンバスに向かう久も、同じ目をしていたに違いないと——。

慶子が、わっと泣き声を上げ、腕の中に飛び込んできた。

言葉はない。ただ腕の中で、体を震わせ輝彦にしがみつく。

馬渕が、外へ連れ出すようにと目で合図する。

騒ぎを聞きつけた介護士たちが、廊下を走ってくる足音が近づいてきた。

「とにかく、出よう」

輝彦はそう声をかけると、慶子の肩を強く抱き、その場を離れた。

2

「どうして、あんなことを……。すっかり人が変わってしまって……」

帰宅途中の車の助手席で、慶子が呟いた。

慶子が受けた衝撃が、とてつもなく大きなものであったことはいうまでもない。

行きの車中では、「病気のせいだもの」と慶子は自らを納得させるようにいったが、もはやそんな気持ちにもなれまい。

じっと下を向いた慶子の視線は、ジャケットの下の、引きちぎられたブラウスの袖口あたりに向けられているようだ。そこから覗く手首には、久の指の痕跡が赤い痣《あざ》となって残っている。

「馬渕先生の心配していたことが起きてしまったな」

輝彦はいった。

「先生が？」

慶子が顔を上げ、こちらを見る気配がある。

久があんな行動に出た以上、面会を続けるわけにはいかない。慶子はすっかり取り乱してしまうし、馬渕も久に付き添って居室に向かった。慶子には医師の立場から説明しなければなるまい。

「ちょうど、あの時、親父のことを話していたんだ」

輝彦は、そう前置きすると続けた。「親父に投与されてる薬には、強い易怒性、暴力、自傷、興奮といった副作用があってね。これまでのところ、そうと思われる症状は出てはいないが、君の入浴を覗いたぐらいだ。あの時点《ま》で、妄想に駆られていたことは間違いないと思うんだ。だから、はじめて病院を訪れた君を目の当たりにしたら、どんな反応を示すか分からない。馬渕先生はそれを心配して、面会に立ち会ってくださったんだ」

「じゃあ、お義父様をあんな行動に駆り立てた原因は私？」

「正直、そうだとも、違うともいえない。お袋が死んでから、君は親父の一番身近にいた人間だからな。嬉しかったのかもしれないし……」

「嬉しさのあまり、私の手首を摑んだっていうの？」

「これも、そうとも考えられるし、そうじゃないかもしれない」

慶子は再び俯いた。

車内に重苦しい沈黙が流れた。

「私……違うと思うの」

今度は慶子は顔を上げなかった。

「違うって、なにが？」

再びの沈黙の後、慶子は意を決したように短くいった。

「目よ……」

「目？」

「私を見るお義父様の目よ」

今度は輝彦が黙る番だった。

信号が赤になる。

慶子は続けた。

「ふたつ目のケーキを食べ終わる頃から、お義父様の目の表情が変わったの……。それが、あの時の目とそっくりで……」

「あの時？」

「お風呂で覗かれた時の目よ。なにかを観察するような……でも、今日はそれに……」

慶子は言葉を飲んだ。

「それに、なんだ？」

「なんていうか……その……つまり……オスの……」

「オス？」

「あの時、お義父様、アレをむき出しにして握りしめていたでしょう？　あの時は気がつかなかったけど、今日、はっきりと分かったの。あれはオスの本能が……」

慶子は久が描いている絵のことを知らない。輝彦もまた、久が慶子を女性、それも性の対象として見ているのではないかと思わないではなかったが、悍《おぞ》ましすぎて、あえて考えないようにしていた。

「まさか」

だから輝彦は否定するしかない。「君は息子の嫁だぞ」

「だけど、血は繋がっていないわ」

「施設では君より若い女性が、たくさん働いているんだ。なのに、そんな問題はいままで起こっちゃいないんだぜ」

慶子は言葉を返してこなかった。

不意に顔を上げ、黙って輝彦の顔を見つめている。

なにをいわんとしているかは明らかだ。

反応したのは慶子だけだというなら、メスとして見られている唯一の存在だと、肯定したことになるといいたいのだ。

慶子は、視線を逸《そ》らし前を見据えた。

後ろからクラクションが短く鳴った。

輝彦は慌ててアクセルを踏んだ。

なんといったらいいものか、言葉が浮かんでこない。

それでも輝彦は、

「まあ、親父は本当の娘のように君を可愛がっていたからな……。レビー小体型認知症の症状には妄想がある。身内と他人の判別がつかなくなって、女性として見るようになった。それに薬の副作用が重なったのかもしれないな……」

思いつくままを口にした。

慶子はすぐに言葉を返さなかった。

やがて、深いため息をつくと、

「お義父様……可哀想……」

声を震わせた。「事前指示書を託したのも、家族には絶対あんな姿を見せたくはなかったからよ。自分で自分がコントロールできない。どんな行動を起こすか分からない。家族にかかる負担も考えたでしょうけど、それ以上にご自分のプライド、矜持《きようじ》ってものがおありになったと思うの」

たぶん、その通りだろう。

輝彦は黙って車を走らせた。

「重い病にかかると容貌も変わるし、父がそうだったように、死期が迫っていることを悟った途端、性格が変わったけど、あんなふうにはならなかったもの……」

慶子の父、英治《えいじ》は、八年前に膵臓《すいぞう》ガンで亡くなっていた。長く総合商社に勤め、本社の専務から関連会社へ移り社長の職にあったのだが、ガンが発見された時にはすでにリンパや肝臓にも転移しており、手遅れの状態だった。

膵臓ガンの進行は速い。まして、専門的知識が簡単に手に入れられる時代である。診断が確定すると同時に入院した途端、英治は急にふさぎ込むようになった。食も細れば黄疸《おうだん》も現れる。容貌も日々変化していく。内臓痛、神経痛も現れた。世界を舞台に大きなビジネスをものにしてきた商社マンらしく、洗練された雰囲気を醸し出しながらも、頑強な体つきをしていた英治から、病室を訪れるたびにかつての面影が消え失せていく。

英治は紛《まぎ》れもない成功者だ。そして、成功した人生を送った人間ほど、生への執着は強くなるのが常である。英治の場合もその例に漏れず、口にこそ出さなかったが、死への恐怖に駆られたのは間違いない。

もっとも、数多くの人々の死に立ち会ってきた医師からすれば、想定通りの経過である。死を恐れるがゆえの性格の変化もありがちなものだし、そもそも認知症とガン患者を比較するのがおかしいのだが、人間の最期のステージという意味では、慶子が英治の姿に久を重ね見る気持ちも分からないではない。

「そういうものなんだよ……認知症ってのは……」

輝彦はいった。「親父だって、なりたくてなったわけじゃない。なってしまったんだ」

「私……怖い……」

「怖いってなにが？」

「自分があんなふうになったらどうしようって……」

「そんなことを考えるのはよせ」

「あなたは怖くないの？　自分の中に潜んでいるなにかが、ある日暴れ出す。意志の力では、どうすることもできない。いえ、意志があるのかどうかすらも分からなくなる……。それって、自分が自分じゃなくなるってことじゃない」

「そりゃあ、俺だってそう思うさ。だけど、こればっかりはどうすることもできないんだ。いくらなりたくないって熱望しても、人の一生にはなにが起きるか、どういう最期を迎えるかなんて、誰にも分からないんだ」

だからこそ恐怖を覚えるのだが、こればかりは策を講じようにも術がない。

「まずは、現実に向き合うことだ」

輝彦はいった。「親父の体にはいまのところ問題はない。つまり、この状態が当分は続くことになるわけだ。君はもう行かない方がいいと分かったことだし、親父のことは馬渕先生に任せて、元の生活を取り戻すことだね」

慶子は沈鬱な表情を浮かべ、押し黙ると、

「家族なのに、なにもしてあげられないなんて……」

やがて、ぽつりと漏らした。

3

「そう、それは大変ね」

四谷・荒木町にある小料理屋で、カウンター席に並んで座る小倉美沙《おぐらみさ》がほっと肩で息をした。

「それで、昭恵、お見舞いにいったの？」

「ううん。まだ……」

昭恵は首を振った。「体は至って健康だっていうしね。それに、あちらの家は、裕福でいらっしゃるから……。私が出る幕なんてないわよ」

「その点は、ほんとラッキーよ。認知症の症状は様々だけど、自宅で介護となれば、なにが起こるか分からないからね。私の知人にも、認知症の親を抱えた人がいてね、在宅介護してたんだけど、徘徊がはじまってさ、いなくなったらもう大騒ぎ。市役所に連絡して、防災無線で呼びかけてもらったり、夜もおちおち寝ていられなくて、大変だったって」

「防災無線？」

「ほら、選挙の時とか、光化学スモッグとか、スピーカーからお知らせが流れてくることがあるでしょう？」

「防災無線で、徘徊者のことを知らせるの？」

「あなたの辺りじゃ聞かないでしょうけど、うちの方じゃ珍しくないわよ」

美沙は笑いながら、ビールが入ったグラスを傾ける。「たとえば、八十二歳の男性高齢者がいなくなりました。特徴は身長、百六十五センチぐらい、服装はパジャマ姿でっていうような感じでさ、それが結構頻繁に流れるのよ。夜勤明けの時なんか、ぎょっとするやら、煩《うるさ》いやらでさ。まあ、それだけ、在宅介護をやってる人が、世間にはたくさんいるってことなのよ」

美沙は高校時代の同級生で、看護師をしている。たとえ成績が良くても、女性は学歴よりも手に職をつけた方がいいという考えが根強かった時代である。特に地方の女子生徒の間では看護師は人気の職業で、早くは中学を卒業すると、准看護師養成所に進む者も少なくなかった。

美沙の場合は、最初から看護師を目指していたこともあって、高校卒業と同時に千葉の専門学校に進み、資格を取得後、都内の大学病院に就職し、いまはこの近くにある総合病院で看護師長をしている。

「うちの辺りが住宅地になったのは、ここ四十年やそこらのことだもの」

美沙は続けた。「給料は右肩上がりの時代だもん、ローンを抱えたって払いきれるって目処が立ったでしょうし、団地に住んでりゃ戸建は夢だしね。多少遠くても夢が叶うとなりゃ、そりゃ買うわよ。だけど、気がつけば子供は家を出て、いまや立派な後期高齢者のふたり住まい。介護する家族もいなけりゃ、収入は年金だけ。そりゃあ、徘徊老人だって出てくるわよ」

美沙の自宅は、神奈川県の私鉄沿線にあり、近くには、在日米軍や自衛隊の基地がある。

「そっか、その当時、四十歳で家を買ったなら八十歳。三十歳でも七十歳だもんね」

「飛行場なんてものを、人口密集地に造るわけないからね。地価も高いし、立ち退きの問題だってある。騒音だって酷いし、事故の危険性もあるんだからさ。周りに民家はない、市街地から離れた人が住んでいないところに基地ができたんだけど、住宅地需要が高まるにつれて、基地周辺に家が建ち、いまの街になったってわけ。騒音や事故の危険性を承知の上でね。その分だけ価格は割安。つまり、物件価格が住人の収入に見合っていたってことになるわけよ」

美沙はグラスに手を伸ばすと、「実際うちだってそうだったんだから。共稼ぎだから、何とかローンを払い切ったけど、老後は退職金と年金頼り。どっちかが、介護が必要になっても、有料施設なんてとてもとても……」また一口ビールを飲んだ。

「うちだって同じよ」

昭恵は、はあっと息を吐いた。「美沙と会うと、旦那の愚痴ばっかりになっちゃうけど、おカネにならない仕事ばっかりやってさ。あの人、欲ってもんがないのよね。やっぱり、おカネに苦労せずに育った男は駄目ね」

美沙は、声を落とすとカウンターの上に置いたグラスを見つめた。「うちは、子供もいないし、「実際、老後のことを考えると、不安になるものね」

亭主もあと三年で定年だから」

「美沙は資格持ってるんだもの、仕事続けようと思えばできるんでしょ？」

「もちろん続けるわよ。中小企業には、企業年金なんてものはないし、退職金だってしれてるからね。年金だけじゃ逃げきれないもの」

美沙の夫は、川崎にある鉄鋼企業の子会社に勤めている。町は違うが、同じ新潟の出で、高校を卒業と同時にいまの会社に就職したのだが、役員は親会社から来た人間が占め、部長にはなったもののの、これ以上の出世は望めないし、再就職も難しいという。

「いまから思うと、ほんと世間知らずもいいところだったわ」

美沙は自嘲めいた口調でいう。「白衣の天使に憧れて、看護師になったんだけどさ。県人会の会合で出会った男と恋愛して、勢いで一緒になっちゃうなんてさ」

「旦那さん、いい人じゃない。大事にしてくれてるんでしょ？」

「いい人だけど、それだけじゃねえ」

美沙は箸を持つと、マグロの刺身を摘み上げる。「うちの人の実家、両親が健在なのよ」

「おいくつになられたんだっけ？」

「舅は八十五、姑は八十三」

「お元気なの？」

「いまのところはね」

美沙は刺身を口に入れる。「亭主の兄夫婦と同居してるんだけどさ。年齢を考えれば、何が起きても不思議じゃないからね」

「お義兄さん夫婦と同居してるなら、安心じゃない」

「それがさあ、最近うちの人いうんだなあ。お前が退職したら、田舎に帰らないかって……」

「家がこっちにあるのに？」

「売るならいまだ。ローンも払い終えてるし、売ったおカネを老後の足しにすりゃ、少しは楽になるだろうって」

「その手はありかもね。田舎は生活費が安くつくし、看護師の給料だって、そうは変わらないだろうから――」

「足しになるほどの値段で売れるもんですか」

美沙は昭恵の言葉が終わらぬうちにいった。「戦闘機が轟音たてて、ひっきりなしに飛び交うのよ。しかも中古で買った築四十年以上も経つ一戸建なんて、上物《うわもの》の価値はゼロ。土地がついているっていったって、解体費用を差っ引かれたら、いくらも残らないわよ」

美沙のいう通りだろう。

黙って、グラスを傾ける昭恵に向かって、

「あの人、万が一の時に備えてそんなこといってんのよ」

美沙はいう。

「万が一って？」

「決まってるじゃない。あっちの親の介護が必要になった時のことよ」

美沙は箸を置くと続けた。「うちの人の実家は専業農家だからね。収入だって、決して多いとはいえないのよね。義兄《あに》の子供たちはとっくの昔に家を出て、家業を継ぐ気はさらさらないみたいだし、介護が必要になったら、義兄夫婦だけじゃ農業できないからね」

「じゃあ、美沙を当てにしてるわけ？　まさかぁ」

「看護師だもの、介護させるにはもってこいじゃない」

美沙は手酌で、ビールをグラスに注ぐ。「もちろん、いよいよ手に余れば施設に入れるって選択はあるけど、地方は高齢者ばっかり。特養に入れようにも空きはない。民間の施設に入れると、経済的負担が大きい。実家だけじゃ払い切れなきゃ、うちに応分の負担を求めてくるに決まってんじゃない。そんな余裕うちにはないもの」

じゃあ、そうするしかないじゃない……。

口まで出かかった言葉を飲み込み、昭恵はいった。

「でもさ、なにも介護が必要になるとは限らないじゃない」

「そりゃあね、別の病気ってこともあるでしょうけど、いまはそう簡単に死なせてくれないからね。医療技術は進歩してんだからさ。生かすだけなら、方法はあるんだもの。健康保険が適用されるっていっても、長くなればそれなりに出費は嵩《かさ》むのよ」

「で、どうするの？　新潟に帰るの？」

「さあね……」

美沙は、じっとグラスを見つめながら語尾を濁すと、「経済的な支援を求められても、うちだって楽じゃない。自分たちの老後のこともあるしね……。じゃあ、その時は私が介護を引き受けるってのも、なんだかねえ……」また、ため息をついた。

「分かるなあ……」

昭恵は思わず漏らした。「うちの実家だって同じだもん。父親は死んじゃったけど、母親は八十二。弟が面倒みてるけど、歳を考えれば、いつなにが起きても不思議じゃないし、財力があるってわけじゃないもの……」

「昭恵は心配いらないわよ」

不意に美沙が視線を向けてきた。「いまだって、お舅さんが貯めたおカネで入院費を賄ってるんでしょ？」

「それは、そうだけど……」

「お義兄さんは、確か糖尿病が専門だったわね」

「うん……」

「賢いなあ」

美沙は、心底感心するように唸った。「完治しない病気を専門にするのはつまらないっていう医者は結構いるんだけどさ。でもね、完治しないってことは、ずっと通院を続けなきゃならない。患者集めに苦労しないってことでもあるわけよ。つまり、収入面を考えれば、確実に稼げるってことなわけ。しかも開業医だもの、親の入院費なんてどうにでもなるわよ」

「あちらはそうでも、うちはねえ……」

「そんなことないんじゃない」

美沙は、苦笑を浮かべた。「お舅さんだって、開業医だったんだもの。それも何十年と続けていたんでしょ？」

「それは、そうだけど……」

美沙がなにをいわんとしているのか、すぐには思いあたらない。

だから、相槌を打つ昭恵の声は、怪訝なものになってしまう。

「自宅は確か自由が丘だったわよね」

「うん……」

「開業医を何十年もやってれば、おカネも相当貯まってるだろうし、自由が丘は一等地だもの。不動産の価値だって高いじゃない。お舅さんが亡くなったら、あなたのご主人はそれを相続することになるのよ」

そんなこと、これまで一度たりとも考えたことはなかった。

たぶん、それは藤枝姓を名乗るようになったとはいえ、血は繋がっていない夫の実家のことだし、夫婦といえども訊ねていいことと悪いことがあるように思えたからだろう。

第一、真也と結婚を決めたのは、愛情を覚えたことは確かだが、彼が在学中に司法試験に合格し、弁護士への道が開けたことにある。

これで、一生食うに困らない——。

そうした打算もあったことは、確かなのだ。真也にそんな質問をしようものなら、魂胆《こんたん》が見透かされてしまう。だから、あえて考えないようにしてきたのかもしれない。

「昭恵は、恵まれてるわよ」

美沙の声に羨望の色が宿る。「いまも昔も医者の奥さんになるのを狙って看護師になる子って結構いるのよ。お互い勤務時間は不規則だし、真面目にやれば激務だからね。医者だって男だもの。身近にいる女についつい手を出しちゃうのよね。まあ、それでも大半は、思い通りにはならないんだけどさ」

美沙の言葉を聞きながら、

「相続ね……」

昭恵は胸の中で呟いた。

4

置き時計の秒針が、刻々と時を刻んでいく。

時刻は午後八時になろうとしていた。

執務席に座りながら、馬渕はずっと考えていた。

人間の死についてである。

長い闘病生活の末に死を迎える者もいれば、ある日突然その時を迎える者もいる。人間の死の迎え方は様々だが、共通しているのは納得のいく死は存在しないということだ。

死はこの世に存在する生命体の宿命である。生を享けた瞬間から、死に向かってのカウントダウンははじまっているのだが、多くの人間は普段、そんなことを意識することはない。

若く可能性に満ち溢れた世代にとって、死は遠い先の話だし、終焉の時に思いを馳《は》せるより、いまをいかに生きるかで頭の中はいっぱいのはずだ。若くして同年代の友人、知人の死に直面することがあっても「不運」、「運命」と片づけ、明日は我が身とはまず考えない。平均寿命という目処があり、圧倒的多数の人間が、その前後まで生きるからだ。

しかし、老いは確実にやってくる。体のあちらこちらから物音が聞こえはじめ、身体能力も徐々に衰えていく。友人や知人も、一人欠け、二人欠けしていくうちに、死に至る様々な過程を見聞きする。そこで、はじめて自分の死の迎え方を真剣に考えはじめるのだ。

しかし、医師は違う。死は常に身近にある。そして、死に至る過程が人間の数だけ存在することを知っている。

医師だって人間だ。死が避けられないものである限り、「自分もこんな死に方をしたい」、逆に「こんな死に方だけはしたくない」と思うこともある。だが、死に方は選べない。かといって、自ら命を絶つのはそう簡単にできるものではない。そして、もはや回復の見込みがないどころか、死が目前に迫っていても、医師は患者が最期の時を迎えるその時まで、最善の手を尽くし、一分、一秒でも命を長らえさせようとする。

だが、近年になって、死を迎えるまでの最後のプロセスに選択肢が生まれた。

延命治療の拒否である。

もはや、死を迎えるのは時間の問題。治療を中止すれば、確実に死に至るという状況に陥った時、患者本人の意思が明確であれば、あるいは家族の同意があれば、治療を中止することが認められるようになったのだ。

しかし、回復する見込みがないにもかかわらず、本人の意思がどうであろうと、死を迎えるその時まで、生き続けなければならない状況に陥ることもある。

認知症は、その最たるものだ。

人間はまっさらな状態で誕生する。時間の経過とともに感情が発達し、言語を覚える。学習によって膨大な知識を身につけ、経験を積みながら成長を続ける。そして、ある時期を境にして、まるで生誕時の姿に向かって退行していくかのように、身につけたものを一つ、また一つと失っていく。

認知症介護の現場では、妄想、徘徊、弄便《ろうべん》、性的な行為と様々なことが起きる。それが老いるということだといってしまえばそれまでなのだが、往時の姿を知る人間は、そこに自分の最期の姿を重ね見る。そして、「こうはなりたくない」、「こんな姿で生き続けるくらいなら……」と思う人も少なからずいるだろう。

しかし、それは運命、つまり神が決めることだ。そして、いまの社会のルールでは、症状が進行していくだけで、回復することがあり得なくとも、他の病、あるいは老衰によって命が潰《つい》えるその時まで、生きることを強いられる。しかも医療技術の進歩によって、かつては不治の病とされた難病でも、治療が可能になったものは数多《あまた》ある。認知症の患者にあらたに病気が発見されれば、医師は躊躇《ちゆうちよ》なく治療を施す。

「命は何物にも代えがたい」「命は尊いものだ」「人間は、命が尽きるその時まで生き抜かなければならない」

それが、人命に対する世間の通念である。

まったくその通りだ。反論の余地はない。医師はみな、命の重さ、尊さは熟知している。

しかし……だ。

自分がそうなった時のことを考えると、素直に「その通りだ」とはいえないのもまた事実である。むしろ、「もし、そうなったら、一刻も早く人生を終わらせたい」という願望を抱くのだ。

もちろん、自分の願望を、誰にでも押しつけるつもりはない。世に考えの是非《ぜひ》を問おうとも思わない。

第一、延命治療の中断と、「一刻も早く人生を終わらせたい」という患者の願望を叶えてやることは、回復に見込みがないという一点においては同じでも、根本的に異なる。

延命治療は、本来尽きるはずの命を強制的に維持するもので、中止によって迎える死は、いわば自然死といえる。認知症は治療を中断しても、死を意味しない。願いを叶えてやろうと思えば、強制的に死を迎えさせてやるしかないわけで、それは殺人である。

人生の最期のあり方に、自分の意思が反映されない。しかも、「こんな姿で生き続けるくらいなら……」と、早期の死を望んでも叶えられない。

「最期まで生きよ」というのは簡単だ。しかし、もし、本人が断じて避けたいという意思が明確であるならば、一刻も早くその状況から解放されたいと願うのであるならば、そして自分自身もそう願うのならば、叶えてやるのは罪なのか。

描く絵の内容といい、慶子に取った行動といい、認知症を発症する前の藤枝からは想像もつかなかったことである。自分の意思では行動が制御できない。自分が自分でなくなる。藤枝は最も恐れていた状況に陥ってしまったのだ。

なんのために交わした盟約だったのか、と馬渕は思った。

もし、自分が藤枝であったなら、あんな行動に出る前に、さっさと盟約を果たしてくれと思っただろうに――。

馬渕は、執務机の引き出しを開け、そこに仕舞っておいたピルケースを手に取った。

蓋を開け、中を確認する。

アルミホイルに包まれた親指ほどの大きさの物体が入っている。別に用意しておいたラテックスの手袋と共に白衣のポケットに入れると院長室を出た。

暗い廊下を歩き、一階下の玄関ロビーへと下り、病室へ向かう。

慶子が去った後も藤枝の興奮はなかなか治まらず、薬を投与したこともあって、介護施設棟には戻さず、あの場から入院病棟に移すことにしたのだ。

いつの間にか、雨が降りはじめていた。

中庭を照らすガーデンライトの光が煙っている。

エレベーターを使って五階に上がった。

最上階の部屋は個室だけである。

大病院ほど高額ではないが、部屋の収容人数によって差額ベッド代が発生するのはどこも同じだ。もれなく自己負担だから、このフロアにいる患者は、財力に恵まれた人間ばかりということになる。

その点は、介護施設棟も同じなのだが、それでも個室、大部屋ともに常に満室で、数多くの患者が入所待ちという状態が続いている。

もっとも、大部屋であっても民間の認知症専門の介護施設に入所できる患者は、それだけでも恵まれているといわねばなるまい。いつまで続くか分からない、死ぬまで継続的に費用負担が発生するのだから、患者本人か家族のいずれかに応分の経済力なくして、施設には入所できないのは紛れもない現実だからだ。

「あっ、院長先生」

ナースステーションに詰めていた看護師が声をかけてきた。「藤枝先生ですか？」

藤枝が病棟に移ったばかりだというのに、引き継ぎは抜かりなく行われているらしく、事情は先刻承知のようである。

「昼間トラブルがあったので、気になってね」

「十分ほど前に巡回を終えたところですが、薬が効いているようで、よく眠っていらっしゃいますよ」

「そうか、それは良かった」

喚《わめ》いたりしたわけではないが、荒い息を吐きながら、立ち去った慶子の姿を探し求めるかのような藤枝の目には、尋常ならざる感情の高ぶりが見て取れた。そこで、精神安定剤を処方したのだが、この種の薬には睡眠を誘う効果もある。まして、藤枝にはこれといった持病はなく、常用薬はない。睡眠にも特に問題はなかったようだから、よく効くはずだと見込んだのだが、思った通りだ。

「院長先生もよく続きますね」

看護師はいう。「介護施設棟の介護士から聞きましたよ。毎晩、藤枝先生の様子を見に来られてるって」

「大変お世話になった方だからね。それに、先生は絵を描くのが趣味でいらしたから、その方でもお付き合いがあったんだ」

「遠くの親戚より、近くの他人とはよくいったものですね。介護施設棟に入所している人たちの家族だって、毎日様子を見にくる人なんて、まずいないそうじゃないですか。藤枝先生のご家族も、さぞかし心強く思われているでしょう」

「在宅介護じゃ手に余る。ご家族に代わってケアしてあげるのが我々の仕事だ。ご家族は、現役で働いているって方も多いし、専業主婦だって、やらなきゃならないことが沢山あるんだ。毎日来れば、交通費だなんだって、なにかと出費も嵩むからね。毎日顔を出さずに済むのも、ご家族の皆さんが、ここを信頼してくださっているからだよ」

事実、その通りには違いないのだ。

介護施設を併設している病院は極めて少ない。それは老人ホームも同じで、超高級老人ホームでも、医師が定期的に訪問し、入所者の健康状態を管理するか、あるいは看護師が常駐しているのが精々で、緊急時には救急車を呼び、最寄りの病院に搬送するのが一般的である。

「じゃあ、ちょっと覗いてくるよ」

馬渕はそういうと、いよいよ病室に向かって歩きはじめた。

藤枝の部屋は、廊下の突き当たり、東南角の個室である。

歩を進めるたびに、緊張と恐怖が強くなってくる。

はじめて盟約を果たしたのは五年前、今回が二度目になるが、さすがに白衣のポケットに入れたピルケースを握りしめる手が汗ばみはじめる。

やがて緊張は極限に達し、手が震えだす。心臓の鼓動が速くなる。

怯《ひる》まなかったといえば嘘になる。引き返したい思いにも駆られた。

だが、自分が藤枝の立場であったなら――。

そのために結んだ盟約ではなかったのか。

そう考えると、やはりやらなければならないと思った。

馬渕は病室の前に立ち、ひとつ大きな息を吐き、呼吸を整えた。そして、スライド式のドアを静かに開けた。

六畳ほどの部屋に明かりは灯っていなかった。

廊下から差し込む蛍光灯の光の中に、白いカバーが掛けられた毛布に包まれて眠る藤枝の姿が浮かび上がった。

藤枝は深い眠りに落ちているようで、気がつく様子はない。

光量を調節し、明かりを灯す。薄暗がりの中に、藤枝の顔がぼんやりと見えた。

元気だった頃の顔を重ねてみる。改めて見ると、このひと月半の間に、藤枝の容貌は一変していた。無理もない。食事の内容も変わったし、量も減った。症状が進行するにつれ、全てを平らげる日もあれば、少し口にしただけで大半を残す日もあった。絵を描くことに熱中している間は、食事には全く興味を示さない。そんな日々を重ねてきたのだ。

元気な頃は、常にきっちりと整えていた頭髪は乱れたままだし、落ち窪んだ眼窩。乾いた肌。白髪交じりの髭《ひげ》――。

なんてことだ……。

どれくらい、そうしていただろう。

それは、決意を整える時間だったろう。いや、全ての雑念を振り払うために必要な時間だったのかもしれない。

馬渕は毛布を足元から、そっとめくり上げ、藤枝の体の上で二つ折りにした。

藤枝は前開きのネグリジェタイプの入院着姿だ。

腰の部分に手を回し、下半身を横向きにする。

目覚める気配はない。

馬渕は、そっと裾をめくった。

トランクスを下ろす。痩せたせいで、皮膚が緩んだ臀部《でんぶ》。そして、大腿《だいたい》の間からでろりと垂れ下がった陰嚢《いんのう》の一部が見えた。

ラテックスの手袋をはめる。ピルケースを白衣のポケットから出し、中に入っているアルミホイルに包まれた物体を取り出す。

作業は機械的に進んだ。

もはやなんの感慨も覚えず何の感情も湧かない。

馬渕は、アルミホイルの包みを開いた。

中に入っていたのは座薬である。

馬渕は、それを右手の指先で摘むと、位置を整えた。

左手を臀部に当て、指で押し開き、肛門の位置を確認する。そして、手にしていた座薬を一気に体内に押し込んだ。

それは、なんの抵抗も覚えずに、驚くほどのスムーズさで藤枝の体内に吸い込まれた。

藤枝の顔に目がいった。

瞬間、馬渕ははっとなった。

薄明かりの中でははっきりと分からなかったが、わずかに開いた瞼《まぶた》の間から、藤枝の目がじっと見つめていたような気がしたからだ。

馬渕は改めて藤枝の顔を見た。しかし、瞼は閉じられたままだった。

姿勢を整え、入院着を元に戻す。

藤枝は眠っている。

「先生……これでよかったのですね……」

馬渕は、藤枝に向かって小さな声で問いかけた。

もちろん、こたえは返ってこない。

ただ、その瞬間、藤枝は深く息を吐いた。

馬渕には、それが藤枝の安堵《あんど》の気持ちの表れのように思えた。

5

「そうか……そんなことがあったのか……」

なんとこたえたものか、言葉が見つからない。

電話越しに輝彦の話を聞いた真也は、ため息をつきながら語尾を濁した。

「こんな話をしたところで、どうなるわけでもないんだが、一応お前には伝えておこうと思ってな……。現状のままということはあり得ない。進行の度合いに違いはあっても、悪化していくことは間違いないんだ。実際に会ったら、驚くだろうから心構えをしておく方がいいと思ってさ……」

「申し訳ない。早く顔を出さなきゃとは思っているんだが、なにぶん仕事が忙しくて……」

真也は、デスクの上に山積みになった訴訟の資料に目をやった。

忙しいのは事実だが、休日に出勤している本当の理由は他にある。

父親が施設に入ったことを告げて以来、なにかにつけ、昭恵が老後の備えについての話題を持ち出すようになったからだ。

それも無理からぬ話ではあるのだ。息子の文也は大学の講師といえば聞こえはいいが、事実上の契約社員、それも時給労働者である。正式に講師、あるいは准教授に採用されれば生活も安定するが、ポストは限られている上に、激烈な競争が繰り広げられているのが現状だ。しかも労働契約法の改正によって、同一の職場で五年間勤務した非正規雇用者本人が望めば、雇用者側に無期限の雇用義務が課せられるようになったせいで、それ以前に契約が解除される可能性が極めて高くなってしまったのだ。

それに認知症になった父親が、介護施設に入れたのは、本人と、兄に財力があればこそ。さもなくば、家族で介護に当たらなければならなくなっていたはずなのだ。

そんな現実を目の当たりにすれば、自分たちの老後に不安を覚えて当然だ。

文也は当てにならない。幸運にも正式に講師、准教授に採用されたとしても、大学の所在地が東京とは限らない。遠く離れた地方の大学ということだってあり得るわけだし未だ独身だ。家庭を持つのは、それからのことになるだろうし、在宅介護がいかに過酷なものであるかは、父親の症状を聞いただけでも想像がつく。いや、そもそもが、昭恵には文也を当てにする気持ちは毛頭ないし、真也とてそれは同じなのだが、そうなると万一の場合の備えは、夫婦二人の蓄えということになる。

昭恵はネットで介護施設の入所費用や月々にかかる経費を調べあげ、自身の収入と真也の収入を持ち出して、「平均寿命から考えて……」とか、「もし介護が必要な状態が五年続くとして……」とか、ぶつぶつといいながら、電卓片手にあれこれと思案しては、落胆する。

「弁護士に定年はないんだよ」といえば、「認知症になったら、弁護士なんかできないじゃない」と返してくる。最も嫌いなカネの話が頻繁に持ち出されることにうんざりしているというのに、まるで夫が認知症になることが決まっているようないいぐさが我慢ならない。

そこで休日も事務所に出ることにしたのだが、今度は父親の認知症がさらに進んだらしいとの知らせである。

まったく、こんな日が、いつまで続くんだ……。

真也は、暗澹《あんたん》たる気持ちになって、ため息をつきそうになるのをすんでのところで堪えた。

「まあ、そのことはいいさ」

輝彦は諦念した口ぶりでいう。「行ったところで、身内でさえ判別がつかない様子だし、お前は、まだはっきりしていた頃の親父しか知らないからな。いまの姿を見たら、なんともいえない気持ちになるだけだ……」

「でも、慶子さんには反応したんだろ？　まったく忘れたってわけじゃ……」

輝彦はすぐにはこたえなかった。

そして、短い沈黙の後、返ってきた言葉に真也はぎょっとなった。

「腕を摑んだ時の親父の目な……。慶子がいうには、あれはオスの目だって……」

「オスの目？」

「親父の描いている絵のことはいったよな」

「ああ……」

「親父の中で、どうも慶子は性の対象になっているのかもしれないな」

「性の対象って……」

「絵に描かれる女性は、どう見たって慶子だ。俺が誰かも分からなくなっているのに、慶子だけは親父の妄想の世界の中に残っているんだ。おそらく、親父は――」

そこで言葉を濁した輝彦に向かって、

「じゃあ、親父は慶子さんを――」

といいかけたものの、真也も悍まし過ぎて言葉にできない。「まさか……いくらなんでもそんな……」

「もちろん、以前からそんな目で慶子を見ていたわけじゃないだろうが、妄想、幻想の世界では、正気の時には娘として抱いていた愛情が、どう変化するか誰にも分からないんだ。それに、慶子は家族には違いないが、外から入ってきた女性だ。実の娘じゃないからな」

真也はため息をつきながら天井を仰ぎ、頭髪を掻き上げた。

元気だった頃の父親の顔が脳裏に浮かぶ。

弁護士を目指すことを明確に告げたのは高校二年になる春だった。輝彦が早くから医師を志し、現役で医学部に合格していたこともあったのだろう。文科系の科目を選択し、法学部に進むといった時、父親は反対しなかった。もちろん、早くから弁護士になるといっていたこともあったろうが、あの時、父親はこういったものだ。

「医者、弁護士には共通点がある。医者は病、弁護士は争い事と、できることなら世話にならずに越したことがない職業であることだ。しかし、そうはいかないのが人の世だ。もちろん、それらを未然に防ぐという一面もあるのだが、医者は病、弁護士は争い事を避けて通れない。弁護士になった後、君はそこから先、人間の欲や本性、業の深さというものと日々向き合うことになるだろうし、感謝される一方で、恨まれることもあるだろう。決して楽な職業じゃないが、君の人生だ。思うがままにやったらいいさ」

同居していたのは、高校を終えるまでであったが、幼少の頃から父親は自分の価値観を子供に押しつけることはまったくなかった。親としての教育は常識的な躾《しつけ》の範囲内で、叱るにしても諭《さと》すことに終始し、決して手を上げたりはしなかった。そこには、実の子供といえども、人生をどう歩むかは本人が決めること、という確たる信念があったように思う。

穏やかで、思慮に富み、つい最近まで老いてなお矍鑠《かくしやく》としていたあの親父が、まさかこんな状態になってしまうとは——。

「残酷だな……。親父だって、こんな醜態を絶対に晒《さら》したくはなかっただろうに……」

真也は絶句した。

「それが老いるってことだ。どんな形で人生の最期を迎えるかなんて、誰にも分からないし、選べるものじゃないからな」

「慶子さんは大丈夫なのか？」

急に義姉《あね》の様子が気になって、真也は問うた。

「さすがに今日のことには酷いショックを受けていてな……。風呂を覗かれた上に、これだもの……」

輝彦もまいった様子で、ますます声のトーンが暗くなる。「親父は慶子を可愛がっていたし、慶子も親父を実の父親のように慕っていたからな。今回施設を訪ねたのも、親父の介護を人任せにしていることに、後ろめたさを覚えていたからのようだし、風呂を覗いたのも認知症のせいだと、慶子の中で割り切りがついたからに違いないんだが……」

「たまらんな……」

義姉の心情を察すると、そうとしかいいようがない。

「親父だって苦しいが、慶子はもっと苦しいさ。親父が死ぬまで何もしてやれない。この状態を、親父が死ぬまで傍観するしかないんだ。いや、死んだって悔いは残るだろうからな……」

「前に、長い戦いになるっていってたけど、実際どれくらいこの状態が続くんだ」

「それはなんともいえないな。半年なのか、一年なのか、それよりずっと長く続くのか……。ただ、レビー小体型認知症は、他の認知症に比べて進行が速いとされてはいるんだ。親父の場合は、中期といったところだろうが、末期になると、嚥下障害による肺炎とか、他の要因で亡くなるケースが多いから、早いうちにその時がくるかもしれないな」

「つまり、ケアが行き届くほど、死期は遅くなるってわけか……」

「まあ、そういうことだ」

「事前指示書に在宅介護はするな、すぐに専門の施設に入れろって書いたことが、裏目に出るかもしれないってことか……」

「ああ……」

その言葉を聞いた瞬間、真也はやるせない思いに駆られると同時に、恐怖を覚えた。父親の死期が早まることを望みはじめている自分に気がついたこともあったが、それとは別の恐怖に駆られたことを思い出したからである。

「レビー小体型認知症って、遺伝するのか？」

「いや、それはない」

輝彦は即座に否定したが、「ただ、知っての通り認知症といっても原因は様々だ。まして、寿命は延びる一方だからな。医療技術の進歩は長寿を可能にしても、加齢による脳機能の低下を抑えることはできない。俺たちだって、いずれ親父と同じ状況に陥ったとしても、不思議じゃないよ」

医師らしい冷徹な見解を口にした。

「怖いこというなよ」

「俺だって怖いさ。だけど、どうしようもないんだよ、これぱっかりは……」

輝彦は少し怒ったような口ぶりでこたえた。「病の克服は、誰もが望むことだし、長寿だって同じだが、長生きすればするほど、人生の最期に来て親父と同じ状況に陥る可能性は高まっていく。

俺たちだけじゃない。世の中のすべての人間にいえることなんだよ」

輝彦のいっていることが絶対的に正しいだけに、真也は黙るしかない。

同時に昭恵の心配が、俄かに現実味を帯びてくる。

黙った真也に向かって、輝彦は続ける。

「まあ、当分の間、心配事を抱えた日々が続くことになる。こうなった以上、俺たちに何ができるってわけじゃないんだが、とにかく、状況だけは知らせておこうと思ってな。それで電話したわけだ」

心配事を抱えた日々が、当分続くか——。

輝彦が、いまいったばかりの言葉を胸の中で繰り返しながら、

「分かった……」

真也は、そうこたえるしかなかった。

6

明かりを消すと昼間の父親の姿が、より鮮明に脳裏に浮かぶ。

症状が目に見えて進んだのは、施設に入れてからだ。少なくとも同居していた時の父親は、慶子に対してあんな行動に出ることはなかった。やはり環境が変化したせいだろうか。同居していれば、あのままの状態が暫《しばら》く続いたのではなかったか。本人の意思だとはいえ、早々に施設に入れたのは、正しい選択であったのか。もっとしてやれることがあったのではないか。

後悔の念を覚える一方で、遅かれ早かれ、施設に入れるのは時間の問題であったのだとも思う。在宅介護をしようにも、日中自宅にいるのは慶子ひとり。どんな行動に出るか予測がつかないとなれば一時《いっとき》も目を離すことはできない。ヘルパーを雇うという手はあるにせよ、それでは施設に入れるのと同じようなものだし、不測の事態が発生しようものなら、対応を迫られるのは、やはり家族である。当然、行動も制約されれば、常に緊張を強いられることも、さして変わりはない。

認知症になった本人よりも、介護する家族が先に倒れてしまうという話はよく聞くが、それでは本末転倒というものだ。医師の立場からすれば、父親を早々に施設に入れて正解だったと思うのだが、息子として考えると、やはり割り切れなさと疚《やま》しさは拭《ぬぐ》いきれず、堂々巡りを繰り返すばかりだ。

やがて、この状態がいつまで続くのか、いつ決着の日を迎えるのか、先のことに考えが向く。

父親が、事前指示書に延命治療の拒否と併せて、認知症になった場合のことを記したのは、家族にかかる肉体的、精神的負担を少しでも軽減したいという思いもあっただろうが、その時の姿の一部始終を家族には晒したくなかったからに違いない。その最たるものの一つが、昼間の行動であったろう。

あの事前指示書を、どんな気持ちで書いたのか――。

その時の父親の心情に思いを馳せると輝彦は、なんともやるせない気持ちになった。そして、なぜ父親は事前指示書に延命治療の拒否と、認知症になった場合のことを併記したのか。ふと、そこに思いが至った時、「ひょっとして親父は……」、そこに隠されている父親の真意が見えたような気がして、輝彦は、はっとなった。

まさか、親父は……。

慶子が寝返りを打った。

ナイトテーブルを挟んだベッドの中にいる慶子からは、寝息が聞こえてこない。

やはり眠れないでいるのだ。

何を考えているのかは見当がつくのだが、聞いたところで解決策があるわけではない。話せば、お互い気持ちが暗くなるだけだ。

どれくらいそうしていただろうか。

突然ナイトテーブルの上の電話が鳴った。

パネルに灯る光を頼りに、輝彦は受話器を取った。

時刻は、午前四時になろうとしている。

こんな時間の電話にロクな知らせはない。

慶子も跳ね起き、ベッドの上に身を起こす。

「もしもし、輝彦先生ですか」

果たして聞こえてきたのは、切迫した馬渕の声だ。

「何か起こりましたか」

「先生が、お亡くなりになりました……」

「亡くなった……？」

慶子がはっと息を飲む。

「病室を巡回していた看護師が、藤枝先生の呼吸が止まっているのに気がついて、すぐに当直の医師が駆けつけたのですが、すでに心臓が停止しておりまして……。私もすぐに駆けつけたのですが……」

死亡判定を間違うわけはないが、あまりにも突然に過ぎてとても現実とは思えない。

「分かりました。とにかく、すぐに伺います」

輝彦はそうこたえると、受話器を置いた。

「お義父様が亡くなった？」

ベッドサイドランプを灯しながら、慶子が震える声で訊ねてきた。

「ああ……。巡回中の看護師が息をしていないのに気がついて、当直医を呼んだそうなんだが、その時にはもう……」

「そんな……そんなこと……」

慶子は、呆然とした面持ちで譫言《うわごと》のようにいう。

輝彦はベッドを抜け出すと、立ち上がった。

「病院へ行くぞ。すぐに支度してくれ」

そう命じた輝彦は、スマホに手を伸ばした。

すぐに知らせなければならない人間は何人かいるが、まずは真也だ。

昨日電話したばかりだ。発信履歴の一番上に真也の名前があった。

タップすると、程なくして呼び出し音が鳴りはじめる。

携帯のパネルには、兄の名前が表示されているはずだ。こんな早朝の電話ともなれば、父親になにかただならぬ事態が起きた以外にない。

「どうした、何かあったのか！」

開口一番、そう訊ねる真也の声は硬い。

「たったいま、病院から知らせがあってな。親父が死んだそうだ」

「死んだぁ？」

さすがに、そこまでは想像がつかなかったのだろう。

真也は声を裏返らせて絶句する。

「詳しい状況は分からんのだが、とにかく俺たちは、これから病院に向かう」

「分かった。俺もすぐ行く」

「じゃあ、病院で……」

真也と話している間に、慶子は身支度を進める。

輝彦もパジャマを脱ぎ、着替えをはじめた。髭を剃《そ》るどころの話ではない。服も普段着だ。それは慶子も同じで、化粧をする素振りすら見せない。

病院に向かう道すがらも、慶子はひと言も喋《しゃべ》らなかった。

呆然としたまま、前方を見据えているだけだ。それでも、涙がこみ上げてしかたがないのだろう。しきりに頰のあたりを拭う。

肉親を失うのは悲しいものだ。母親の時もそうだった。物心ついてからの数々の思い出とともに、在りし日の姿が脳裏に浮かぶ。あの笑顔が二度と見られない。あの声をもう聞くことができない。子供として、親の恩に報いることができたのか。もっとしてやれたことはなかったのか。自責と後悔の念に駆られたものだ。

もちろん、父親の訃報に接したいま、同じ思いに駆られるのは確かではある。だが、母親の死に直面した時には、微塵《みじん》も抱かなかった感情が胸中を満たしていくのを輝彦は感じていた。

それは安堵である。

なぜ、父親は事前指示書に延命治療の拒否と認知症になった場合の処置を併記したのか。眠れぬ夜を過ごしている中で見た思いがした父親の真意が、間違いないもののように思えていたからだ。

親父は、いずれの場合にしても、早期のうちに死を迎えたい。そんな願望を抱きながら、事前指示書を書いたのだ。

延命治療を拒否すれば、死を迎えるのは時間の問題だ。しかし、認知症は違う。本人が、いくら早期のうちの死を願っても、まず叶わない。だから、親父は延命治療の拒否と併記して、認知症になった場合の願望を事前指示書に併記したのだ。もし、そうだとしたら、親父の願望は、認知症と診断されてから、僅かひと月半にして叶ったことになる。

しかし、それだけではない。

輝彦が覚えた安堵は、これで全てが終わった、ゴールが見えない戦いから、思いのほか早く解放されたことへのものでもあった。

なんてことを……。父親の死に、安堵するなんて……。

自己嫌悪に苛《さいな》まれる一方で、これでよかったのだと、相反する感情に整理がつかず、口を開く気持ちにはなれない。

やがて行く手に杉並中央病院が見えてくる。

車を駐車場に停め、エンジンを切ったその手で、輝彦はドアのレバーを引いた。

同時に助手席にいた慶子もドアを開ける。

早朝の駐車場を駆け、病院のロビーに入ると、馬渕が待ち構えていた。

「先生……」

続く言葉が見つからない。

馬渕もまた、すっと視線を落とすと、

「残念です……」

肩を落とした。

「そんな……昨日は……」

声を震わせる慶子が言葉に詰まった。

義父を失った悲しみのせいもあるには違いないが、昨日の父親の様子を、「元気だったのに」というのも変だ。表現する適切な言葉が見つからないせいもあっただろう。

「死因は？」

輝彦は問うた。

「虚血性の心疾患と思われます」

突然死は、急性症状の発現後二十四時間以内の死亡で、外因死を除いた自然死のことをいうが、その原因の一つである虚血性心疾患は、一般的に虚血性心不全、あるいはもっと短く心不全と称されることが多い。

前段症状が見られる場合もあるが、仕事中、歩行中、テレビを見ているといった安静時、用便中、あるいはその直後、時には就寝中に突然意識を消失し、多くは一分以内という極めて短時間のうちに容態が急変し死亡するケースも多い。管理が行き届いている病院、それも入院中の突然死となれば、それ以外の死因はまず考えられない。

「ご遺体は病室に安置してあります。ご案内します……」

馬渕の先導で、エレベーターに乗り、病室へと向かった。

ドアが引き開けられる。

ぽつんと置かれたベッドの上の白いカバーに覆われた毛布の膨らみ。

顔の部分には白い布がかけられている。

昨晩降っていた雨はとうに止んでいた。

レースのカーテン越しに、窓から差し込む朝の光が室内を明るく照らし出す。

静かな朝だった。

輝彦はベッドに歩み寄ると、顔を覆った布を取り去った。

父親の顔が露わになる。

命が尽きた人間は、生前に比べてひと回りも、ふた回りも小さく感ずる。肌の質感も乾いて、まるで人形のように見えるものだ。

医学部時代、研修医の頃と、幾度となく人間の死に立ち会い、遺体にも接してきたが、やはり実の父親の死に顔を医師の目で見ることはできない。

「お義父さま……」

慶子が、肩を震わせながら嗚咽《おえつ》を漏らす。

輝彦も目頭が熱くなり、父親の顔が朧になる。

涙が頬を伝う。握りしめた拳が震えだす。

「昨夜、様子を見にきた時は、熟睡なさっていたんですが……。まさかこんなことになるとは……」

背後から馬渕の声が聞こえた。

「昨夜……？　先生、様子を見にきてくださったんですか？」

輝彦は振り向き様に問うた。

「ええ……やはり近しい人だと気になりましてね……。帰宅する前に、様子を見にきたんです……。それに、輝彦先生がお帰りになった後、藤枝先生の興奮がなかなか治まらなかったので、安定剤を投与したんです。それで、入院病棟で様子を見ることにしたという事情もありましたので……」

馬渕は、父親の顔をじっと見つめたまま、こくりと頷く。

「ありがとうございます……。そこまで気にかけてくださって……」

「藤枝先生とは、医師としてだけではなく、絵を通じたお付き合いもございましたので……」

「親父は、幸せですよ……」

輝彦は視線を戻し、父親の顔を見つめた。「ここに来る道すがら、私、ずっと考えていたんです。親父は認知症になることを本当に恐れていたのだろうと……。もし、自分が認知症になったら、早いうちに解放して欲しい。そんな願いを抱いていたんじゃないか……。だから、事前指示書に延命治療を拒否することと、認知症になった場合の指示を併記したんじゃないかと……」

それは本心からの言葉だった。

死に顔は穏やかだった。

いま目にしている父親の顔は、まるで自分の願いがようやく叶えられたかのように、解放感に溢れ、口元には笑みが浮かんでいるようにすら見える。

「お義父様……」

慶子も気がついたのだろう、声を詰まらせながらも優しく語りかけ、そっと義父の顔に手をやった。「なんだか……お元気だった頃のお顔に戻ったような、優しい笑みを宿していらっしゃる……」

病室の外に人が近づいてくる足音が聞こえた。

ノックの音とともにドアが開いた。

真也だった。顔を強張らせ、その場に呆然と立ちつくす。

一瞬、目が合った。しかし、すぐに真也の視線は父親に向く。

真也は言葉を発しなかった。

無言のままベッドに歩み寄り、暫し父親の顔を見つめると、両の手を握りしめ、がっくりと頭を垂れ、肩を震わせはじめた。

続いて入ってきた昭恵が、目で挨拶をすると、真也の隣に立つ。

義父の死に顔に見入る昭恵に涙はない。やがて瞑目《めいもく》すると、顔の前で手を合わせ、頭を垂れた。

「なんていったらいいか……あまりにも突然すぎて……言葉がないよ……」

「心不全だ。歳も歳だからな……。なにが起こっても不思議じゃないよ……」

「親父、心臓に問題を抱えていたのか？」

真也は久の健康状態を詳しくは知らないはずである。離れて住んでいる上に、持病を抱えていたわけでもないし、二世帯住宅とはいえ、医者である輝彦がドアひとつで仕切られた棟に常にいるのだ。

「心不全ってのは厄介でな。自覚症状があれば、治療によって病変の進行をある程度食い止めることができる可能性はあるんだが、人間ドックでも潜在的疾患を発見できないことが多々あるんだ。突然死の中で、急性心臓死が最も多いのはそのせいだ」

「苦しんだんだろうか……」

輝彦は首を振ると、父親の顔に視線をやった。

「この顔を見てみろよ。穏やかな死に顔じゃないか」

改めて久の顔に目をやった真也は、突然言葉に詰まると、震える声を絞り出す。

「……そうだな……本当に穏やかだ……少し痩せたけど、なんだか笑っているように見えるよな……」

「そうだ、紹介がまだだったな」

そこではたと気がついた輝彦は、「院長の馬渕先生だ。親父とは絵を介してのつながりもあってね。本当によくしていただいたんだ」

真也に馬渕を紹介した。

「そうでしたか、父が大変お世話になりまして……。次男の真也です……」

「馬渕です」

馬渕は頭を下げながら、重々しい声でいった。「藤枝先生は、本当にご立派な方でした。大変お世話になっただけに、残念です……」

「昭恵さん、暫くだね」

紹介が済んだところで、輝彦は昭恵にいった。

「ご無沙汰いたしております。お義父さまのお見舞いに伺わなくてはと思いながらも、なかなか時間ができなくて……。まさかこんなに早くにお亡くなりになるとは、思いもしなかったもので……。介護の件といい、なにからなにまで、お義兄さまにお任せしてしまって、本当に申し訳なく思っております」

昭恵は目を伏せたまま、深く体を折った。

「認知症の介護はいつまで続くか誰にも分かりませんし、長丁場になる場合も多いんです。介護の件についても、私たちだって、馬渕先生にお預けしたわけですから、気にしないでください」

「そうよ、昭恵さん。私だって、なにもして差し上げられなかったんだから……」

慶子がすかさず言葉を継いだ。「それに、お仕事がおありになるんだもの。専業主婦とはわけが違うわ」

昭恵は、相変わらず視線を合わせる気配はない。

同じ嫁であっても、両親とは頻繁に会っていたわけではないし、慶子がいうように昭恵には仕事がある。子供を産んでからはずっと共働きであったわけだし、育児に家事、子供の教育にも追われる時期が長く続いてきたのだ。事情は重々承知しているし、その点を責めたことは一度たりともないのだが、それでも不義理を働き続けたという思いは捨てきれないらしい。

「早々に葬儀の手配をしなければならんのだが、お袋の時と同じ葬儀社に任せようと思う。それでいいか？」

父親との対面が済んだ以上、いつまでも感傷に浸っているわけにはいかない。葬儀に向けて、斎場を手配し、親族、生前親交のあった人たちに知らせ、死亡届を役所に提出しと、やらなければならないことは山ほどある。

輝彦が、念を押すと、

「もちろん……」

真也は二つ返事で同意する。

「じゃあ、手配はこっちでやるよ。医者や絵の関係は、お前は分からんだろうし、お袋の葬儀の時の弔問客のリストはうちにある。それを元に──」

「あの……」

昭恵がはじめて顔を上げた。「できることがあれば、お手伝いさせてください」

「通夜がいつになるかは、まだ分かりません。遺体はひとまず自由が丘に運ぶことにしますが、斎場に移すまでの間は親戚か、ごく親しい人が訪ねてくるだけです。その間にやることといったら、遺影を選び、祭壇はどの程度のものにするかとか、葬儀関係の話が主です。そのあとの段取りは、全部葬儀社がやってくれますから……」

「でも、ご遺体を一旦、自由が丘に戻すのなら、お義父さまのお家《うち》ってことになるわよね。あちらには、立ち入らないのが決まりだったから、お掃除だってしていないし、昭恵さんにお手伝いしていただけるなら助かるわ」

輝彦は、覗き騒動があったあの夜、父親の住まいに立ち入った時、廊下もリビングも埃だらけであったのを思い出した。

母親が亡くなった時は、通夜までの間、リビングに遺体を安置したが、今回も同じになるはずだ。二階を使う必要はないし、アトリエにはまだ、父親が描いた絵がそのままになっている。二階やアトリエを掃除するつもりもないし、させるわけにもいかないが、人手があるに越したことはない。

「そうだな……」

輝彦は少しばかり思案すると、改めて訊ねた。「昭恵さん、学校は大丈夫なの？」

「身内の不幸ですもの。それも、義父ですから。それは大丈夫です」

「じゃあ、申し訳ないが、お言葉に甘えようか」

「それじゃすぐに家に戻って支度してきます」

昭恵は真也を促した。

「兄さんは大丈夫なのか。クリニックは休診ってことになるんだろ？」

真也にいわれて輝彦ははじめて気がついた。

クリニックは予約制、それも患者は来院のたびに次回の予約をしていくので、常に診察枠は埋まっている。まして、薬の処方を必要とする患者ばかりだから、いきなり休診というわけにもいかない。

「いかん、忘れてた」

もちろん、こうした事態に備えての対応策は講じてあるのだが、それにしても、今日の今日となれば、すぐに動かなければならない。

「俺も昭恵の支度が整い次第、自由が丘に行くよ。悪いが葬儀社の手配は任せていいかな」

「それは、私が責任を持って……」

慶子がいった。

いつの間にか、話題は父親の死を悼むものから、送る儀式の段取りへと変わっていた。

輝彦の目が、再び父親に向いた。

この間に、すっかり昇りきった朝の日差しが、ひときわ明るく父の顔に降り注ぐ。

親父……よかったな……家に帰れるぞ……。

輝彦は声にすることなく、父親に向かって語りかけた。

7

葬儀を執り行う立場になるのは、たぶん生涯に一度か二度、実の親を送る時ぐらいのものだろう。義父母の場合は、大抵喪主が別にいる。親戚や兄弟だってそれは同じだ。

自由が丘に戻り、真也夫妻がやってくると、葬儀に向けての準備がはじまった。

慶子と昭恵は両親宅の掃除に取り掛かり、輝彦と真也は親戚縁者と、生前父親が特に親しくしていた友人知人へ訃報を知らせた。そうこうしているうちに、葬儀社の人間がやってくる。葬儀の日程、段取りを話し合う間にも、訃報を知った先から次々に電話が入る。人間の死は、いつ訪れるか誰にも分からない。まして、突然の死である。事前に準備しておくことなどできようはずもなく、対応に追われるだけとなった。

故人を偲《しの》び、送る儀式を整えることが、逆に故人を偲ぶことも、悲しみに浸ることも忘れさせてしまうのだから、葬儀というのは不思議なものだ。

母親が亡くなってからは、父親はあまりリビングで過ごすことはなかったらしい。掃除がなされた痕跡がないことを除けば、物を片づける必要はなかったが、掃除機で埃を吸い取り、拭き掃除をしなければならず、それなりの大仕事になった。

「葬式は簡素に」

　生前、父親は折に触れそういっていたが、実際に執り行うとなると、その「簡素」というのが難しい。母親の葬儀は決して盛大といえるものではなかったが、通夜の場では弔問客の長い列ができたし、葬儀にも百人以上もの人が参列し、会場内に入りきらなくなった。改めて会葬者の名簿を確認すると、通夜、葬儀合わせて弔問客は三百五十人を超えている。通夜ぶるまい、精進落としのこともある。それなりの収容人数を持つ式場を確保すれば祭壇もそれに準ずるものにしなければバランスが取れない。結局、送る側、つまり故人の遺志よりも遺族の判断で規模を決めてしまうことになってしまった。

「なんとか間に合ったわ」

　両親宅から引き上げてきた慶子が自宅のリビングに入ってくると、ほっとしたように肩で息をつく。

　時刻は正午を三十分ほど回ったところだ。

「遺体はさっき病院を出たそうだ。到着するまで一時間といったところかな」

　輝彦はいった。

「じゃあ、その前に昼ごはんを済ましてしまわないと。夕方からは、親戚やお義父さまが親しくしていた方がお見えになるかもしれないし……。私、これからコンビニに買いに走るわ」

「なんだ、家になにもないのか？」

「まさか、こんな急に亡くなるとは思っていなかったんだもの」

「そうだよ。大半は通夜か葬式だろうけど、いつ、誰がくるかも分からないんだぜ。晩飯だってどうなるか分かったもんじゃないし、まさか親父を置いてみんなで外食ってわけにもいかないだろう。食える時に食えるようにしといた方がいいよ。おにぎりとかサンドウイッチを買い置きしといてさ」

真也が口を挟んだ。

「それもそうだな……」

輝彦が同意すると、慶子はバッグを手にリビングを出ようとしたが、

「あっ、大事なことを忘れてた」

突然立ち止まった。「お布団、用意しておかなきゃ」

「布団？」

「お義父さまを安置するお布団よ。どこにあるのかしら」

「布団なら、あっちの家の納戸にある。それを使おう」

「お二階だったわね。じゃあ、昭恵さんに――」

「いや、それは俺がやるよ」

輝彦は慌てて制した。

二階にはアトリエがあり、父親が描いた絵がそのままになっている。昭恵は向こうの家の様子を知らないはずだ。何かの拍子にあれを見られるのはまずい。

「そうね。昭恵さんは勝手が分からないし……。じゃあ、お願いするわね」

支度に追われているせいで、慶子はそういい残すと部屋を出ていく。

「俺も手伝うよ」

真也の申し出に、輝彦は黙って頷いた。

布団といっても、敷き布団に夏掛け一枚ずつだ。ひとりで十分なことは真也も承知のはずである。

真也は見たいのだ。父親が描いた絵を――。

そして、輝彦も見るべきだと思った。

両親宅に入ると、掃除道具を片づけている昭恵がいた。

フローリングの廊下は丁寧に拭き清められており、汚れひとつ見当たらない。リビングの家具は、母親の時同様に部屋の一角にひとまとめにされている。

「ご苦労さまでした。これで、親父を迎え入れる準備が整ったね」

輝彦は労《ねぎら》いの言葉をかけた。

「家具はこのままでいいんでしょうか。お義母さまの時は、この上に布をかけていた記憶があるんですが」

「布団と一緒に、上の納戸に仕舞ってあります。ここから先は真也とふたりでやっておくから、昭恵さんは一休みしてください。慶子が昼食を買いに出ましたので」

「私、お手伝いしましょうか？」

「いや、大丈夫です」

「でも、これから忙しくなるのは、お義兄さまじゃないですか」

「僕は接客だけだから」

輝彦は薄く笑うと、「弔問客がくればお茶を出したり、なんやかやで、女性の方が忙しくなるもんです。いまのうちにしっかり腹ごしらえをして、休んでおいてください」

優しくいった。

「そうですか……。じゃあ、そうさせていただきます」

両親宅の階段には、片側の壁に手すりが設けられている。

二世帯住宅を新築するにあたって、両親が年老いた時に備えて設えたものだが、世話にならずに済んでしまったようだ。それが喜ばしいことなのかどうかは分からない。だが、いずれ自分にも慶子にも老いがやってくる。両親が亡くなった後は、自分たちがこちらに移り、いま住んでいる棟は望むなら息子のどちらかに使ってもらえばいいと考えていたのだが、具体的に話し合ったことはない。もちろん、両親がそうであったように、息子家族の生活に干渉するつもりはないし、慶子と嫁の関係も極めて良好だ。しかし、義父母との同居を良しとするかどうかは嫁の意向によるところが大きい。もし望まないとなると、ドアひとつ隔てたところに他人を住まわせるわけにはいかないし、そんな物件を賃貸に出しても借り手は現れないだろう。となると、この住まいをどうするかという問題が生じてくる。

しかし、そんな思いを抱いたのは、一瞬のことで、階段に目をやった輝彦は我に返った。

掃除の必要はないといったせいで、階段には埃が積もっていたが、中央の部分はそれほどでもない。父親が上り下りした痕跡である。

階段を上りきったところで輝彦は、後ろに続く真也に向かって、

「アトリエを見たいんだろ」

振り向きざまに問うた。

真也は黙って頷いた。

輝彦もまた、小さく頷くとドアを引き開けた。

正面にイーゼルに置かれた未完成の絵がある。

慶子の入浴を覗いたあの夜、父親が一心不乱に描いていた絵だ。

そして、周囲に並んだ絵の数々――。

背後で真也が息を飲む気配がする。

「入れ――」

アトリエに足を踏み入れた真也は、愕然《がくぜん》とした面持ちで立ち尽くす。

後ろ手でドアを閉めた輝彦は、

「酷いもんだろ……」

ため息をつきながらいった。

「なんてこった……」

真也は絶句する。

カンバスの傍にある机の上に置かれた絵筆、色が氾濫するパレット。使いかけの絵の具、画溶液が入った瓶。絵の具がこびりついたペインティングナイフやパレットナイフが散乱している光景を目の当たりにした瞬間、輝彦の脳裏にあの日ここで目にした父親の後ろ姿が鮮明に蘇《よみがえ》った。そして、いまもなお、この部屋の中で息づく狂気を感じた。

アトリエには天窓がある。そこから差し込む光が、緻密な筆致の描きかけの絵に降り注ぐ。

「親父は、ここに籠り切りになって、ずっとこんな絵を描き続けていたんだ」

「いったい、いつから……半端な数じゃないぞ……」

「それは、分からん……」

輝彦は、首を振りながら周囲に置かれた絵を見渡した。「馬渕先生は、親父が病院で描いた性交図に、哲学めいたものを感ずるっていったけど、俺にはそうは思えない。感じるのは狂気だけだ」

「よりによって、息子の嫁をモデルに……。狂ってるよ……」

そういった途端、真也はこれ以上見るのは憚《はばか》られるとばかりに、天井を仰いで瞑目した。

「病のせいには違いないんだが……。なんだか、切なくてな……」

輝彦はいった。「死んだこと以上に、こんな絵を描き残してしまった親父の気持ちを思うとな……」

真也は言葉を返さなかった。

ただひとつ大きな息を吐くと、泣きそうな顔をして俯いた。

「ここにある絵は、親父の遺品ってことになるんだが、遺品てのは、故人を偲ぶものだ。故人との思い出に浸り、生前の姿に思いを馳せるきっかけになるものだ。だけど、こんなものを残してしまったら……」

「処分しようよ。慶子さんの目に触れたら……」

「ああ……」

もちろん、そのつもりだ。

葬儀が終われば、慶子の生活も元に戻る。ジムに乗馬に、日中家を空ける機会が多くなる。その間に、絵を切り刻み、ゴミに出してしまえばそれで終わりだ。

「しかし、ぞっとするな……」

真也は、ぽつりと漏らした。

「なにが？」

「自分がどんな形で死ぬのかってことを考えるとさ……」

真也は、そう前置きすると続けた。「余命が分かっていりゃ、残したくないものは事前に始末できるけど、突然死んじまうことだってあるんだもんな。外面と内面があるのが人間だ。世間はともかく、家族にも知られたくない自分だけの秘密ってものがあるはずなのに、それが形として残っちまう。死んでしまえば、どうってことはないといわれりゃその通りなんだが、まさかあの人がと思われるのはやっぱり嫌だよ」

「誰だってそう思うさ。だけどな、世間にはそんな話はごまんとあるんだ」

輝彦はいった。「心不全なんて、いつ、誰の身に起きたって不思議じゃないからな。病院じゃいわなかったが、腹上死の大半は心不全だ。カミさんが知らないところで亭主が浮気をしてた。それじゃ家族が死を悼む気にもなれんだろうし、自慰行為の最中に突然死ぬことだってあるんだぞ」

「自慰？」

「孤独死が増えてるだろ？　腐臭がするんで部屋を開けたら、掃除機がつけっぱなし。陰茎にホースが当てられた状態で発見されたとか」

「本当か？　それ……」

「大抵の人間がするものには違いないが、自慰は秘め事だ。それが突然死によって、人目に晒されてしまうことだってあるんだよ」

「まあ、さすがにそれはないけど……」

「だから、知られたくないものは、さっさと始末しておくに限るんだが、まさかの事態が我が身に起こるとは考えないのが人間ってもんだし、親父のようになってしまえば、始末どころか、どんな行動に出るか、自分でも制御が利かなくなるんだからな」

「それなんだよなあ……」

真也は憂鬱な声でいう。「この絵の話を聞いてから、親父のようになったらどうしよう、人生の最期にきて、親父のようにはなりたくない、ってことが頭を離れなくてさ……」

「俺だって同じだよ。だけど、こればっかりはどうしようもないんだよ」

輝彦は、またため息をついた。「どんな人間でも、不平不満、恨み辛みを抱えていれば、思い出したくもない記憶を抱えてもいる。とっくに忘れ、あるいは封印してきた負の感情が、自分を制御できなくなった途端、どんな形で現れたって不思議じゃない。それによって、家族を失望させ、あるいは傷つけることになることだってあり得るんだ」

「制御不能か……」

「感情があるって一点を除けば、人間はロボットと同じなんだ。脳はコンピュータで、日々の経験や学習によってデータが蓄積され、プログラムが進化していく。そこにバグが生じれば、当然動きはおかしくなる。しかも、人間の場合、脳に生じたバグを修正することはできない。それどころか増えていくんだ」

「暴走がはじまるってわけか……。俺だって、そうなる可能性はあるんだよな……」

「お前だけじゃない。誰にだってある」

真也はすぐに言葉を返さなかった。

暫しの沈黙の後、

「親父は幸せだったのかもな……」

真也はしみじみとした口調でいった。「こんな状態になってまで、生きたいとは願わなかっただろうからな。むしろ一刻も早く死んでしまいたい。そうも考えていただろうからな……」

途中から、声が震えだす。

こみ上げる涙を堪えようとしているのか、真也は天井を仰いだ。

「俺もそう思う……」

輝彦はいった。「本人が、一刻も早く人生を終わらせたい、こんな姿で生き続けたくはないと願っても、叶えられるものじゃない。それが、こんなに早く終わりの時を迎えられたんだ。親父は運に恵まれた人だったんだよ……」

真也が頷く気配を感じながら、輝彦は自らにいいきかせた。

第三章

1

「このたびは、大変お世話になりました。葬儀に参列していただいた上に、火葬にまで……。本当になんとお礼を申し上げていいものやら……」

　輝彦が杉並中央病院を訪ねたのは、葬儀からひと月がたった休日のことである。

　葬儀はできるだけ簡素にと心がけたつもりだが、医師仲間はもちろん、製薬会社、絵の仲間、地元で長く開業していたこともあって、焼香にやってくる患者も少なからずいた。輝彦と真也の関係者も加わったので、やはりそれなりの規模になった。

　逝去から三日も経つと、感情も落ち着きを取り戻す。葬儀の間は焼香客に頭を下げ、粛々と進む儀式の中に身を置くばかり。故人を悼む気持ちより、むしろ父親も自分たちも、早いうちに苦しみから解放されたことへの安堵の気持ちを覚えたように思う。

　葬儀には馬渕と宅間も参列してくれた。僧侶の読経が続く中、焼香が終わると密棺となる。棺には白菊の花と、父親が愛用していた絵筆を入れた。

「親父、ありがとう……。またな……」

別れの言葉を告げる気にはなれなかった。

死後の世界が存在するのかどうかは分からない。ただ、この人の子供としてこの世に生を享け、家族として長く生活を共にしてきたのだ。今生《こんじょう》の別れではあるが、親子の縁は切れたわけではない。もし、死後の世界があるのなら、語り合いたいことは山ほどある。いまはその時がやってくることを信じたいと思ったからだ。

それでも父親にそう語りかけた時、突然涙が溢れ出た。

悲しいのではない。惜別の感情の表れでもない。

自分でも分からない感情が一気に噴き出し、輝彦は嗚咽を漏らした。

「藤枝先生……お世話になりました……」

親族の献花が終わり、参列者が次々と棺に白菊を入れる中、馬渕は父親にそう語りかけ、顔の前で手を合わせながら瞑目した。宅間がそれに続く間に、「火葬場に私たちもご一緒させていただいてもよろしいでしょうか」と申し出てきたのだった。

「早いものですね。もうひと月になりますか……」

馬渕は感慨深げにいう。

「もっと早くにご挨拶に伺おうと思っていたのですが、いろいろと片づけなければならないことがございまして……」

「いや分かります。最後の親を亡くすと、長男にはやらなければならないことがありますからね」

「まったく、最後の親を送るのは、大変なものだと痛感いたしました。家内に任せておけないことも多々ございまして」

「輝彦先生には診察がありますからねえ。休診日しか自由には動けないでしょうから、大変ですな」

馬渕はコーヒーに口をつけると、「慶子さんはいかがです？　お元気でいらっしゃいますか」ふと思いついたように訊ねてきた。

「おかげさまで……」

輝彦もまたコーヒーに口をつけ、カップをソーサーに戻しながらこたえた。「あんなことがあったので少し心配していたのですが、父親が元気だった頃の時間の方がはるかに長かったわけですからね。よい記憶ばかりが思い出されるようで、安心しております」

「そうですか。それはよかった」

馬渕は、安堵するように息を吐いた。

「ところで先生……」

輝彦はいった。「父の遺体に対面した病室で、先生に、事前指示書に延命治療の拒否と認知症になった場合の意向を父が併記したのは、延命治療同様、認知症になったら一刻も早い死を迎えたいという願望の表れだったのではないかといいましたよね」

「ええ……覚えています……」

「このひと月、ずっとそのことを考えているうちに、私、確信したんです。間違いなく、父はそう願っていたんじゃないかと……」

馬渕は、黙って話に聞き入っている。

輝彦は続けた。

「我々医師は、命を長らえさせるために全力を尽くします。治る治らないの問題じゃない。患者が、その家族が苦しもうと、少しでも長く生かすのが義務だと考えている医師は多いと思うのです。父はそれを恐れていた。延命治療を拒む意思を明らかにしておけば、死が訪れるのは時間の問題ですが、認知症はそうはいきません。そうなってまで生きていたくはない。父が恐れていたのは、死ぬことではなく、生かされ続けることだったのではないかと」

「そうかもしれませんね」

馬渕は頷いた。「とはいえ、いくら望んだところで、こればっかりは叶えられるものではありませんからね」

「今回のことではいろいろと考えさせられました」

輝彦はいった。「同じ病に罹《かか》った患者でも医師の目で見るのと、家族の目で見るのとでは、まったく違うんですね。我々医師が、命を長らえさせるために全力を尽くして当然だと考えているのは、患者は所詮他人だからではないかと……。患者の大半は、病に罹ってはじめて医師を訪ねてきます。あくまでも、医師と患者。患者の人となりは知りませんし、元気だった頃の姿も知りません。いや、そもそも知る必要がありませんからね」

「そうですね……。医師が対峙《たいじ》するのは人間には違いありませんが、突き詰めるとその人間が罹った病ですからね」

「でも、あんなふうになってしまった父の姿を目の当たりにすると、とても医師としての目では見ていられなくなりましてね。それで、考えてしまったんです。もし、自分が父親と同じ状況になった時、なにを望むだろうか。それは速やかな死ではないかと……」

馬渕は視線を落とし、じっとテーブルの一点を見つめ、何事かを考えている。

長い沈黙があった。

ふと視線を上げた馬渕が唐突に問うてきた。

「輝彦先生は、藤枝先生が大学病院をお辞めになった理由をお聞きになったことがありますか?」

「ええ……。大学病院も一般企業も、組織であることに変わりはない。医局に残り学究の徒を目指すといえば聞こえはいいが、講師、助教授のポストは限られている。昇格するに従って、ポストは減っていく。教授になれるのは、最後に残ったたった一人の人間だけだ。誰しもが教授の座を目指している以上、激しい出世争いが繰り広げられる。そんな大学病院のあり方や、人間関係に嫌気がさしたと」

「藤枝先生は高潔な方だった。真の意味で学究の徒でもいらした。確かに、大学病院に嫌気がさしたことは事実でしょうが、実は他にも大きな理由があるんです」

「大きな理由?」

「輝彦先生だって、大学病院がどんなところか、教授の座を狙う人間たちが、どんな争いを繰り広げているかはよくご存知でしょうから、お父さまがお話しになった理由に納得がいったのでしょうが、実は講師の時に担当した入院患者がボ《V》ランタリー・ス《S》トッピング・イ《E》ーティング・アンド・ド《D》リンキングを行ったのがきっかけになったんです」

「VSEDって……患者が自発的に飲食を停止したんですか?」

そんなことははじめて聞く。

身を乗り出した輝彦に、馬渕は頷いた。

「担当した患者は、かつて文学部で哲学を教えていた教授で、名誉教授号を授与されていた方でしてね。確か七十二歳でしたか、肺ガンで入院してきたのです。当時の医療技術では、すでに手遅れで、やがて骨に転移し苦痛を訴えるようになったんです」

輝彦は黙って話に聞き入った。

馬渕は続ける。

「ガンは不治の病。家族はともかく、患者本人への告知なんてあり得なかった時代です。でもね、知識や学習能力があるってのは悲しいものでしてね。教授はご自分がガンであることに気がついていたんです。その分野では高名な学者でしたから、医学書だってその気になれば短期間のうちに読みこなしてしまうんですね。それで、ご自分がガンであること、それも末期で余命が長くはないことを悟ってしまったんです」

「それで、飲食を拒否なさったわけですか？」

「最終的にはそうなんですが……」

馬渕の瞳に影がさす。「それ以前に教授は、余命が短いことは知っている。お願いだから、早く楽にしてくれないかって、藤枝先生に懇願したそうなんです」

「楽にしてくれって……安楽死を依頼してきたわけですか？」

「もちろん、そんな依頼に応ずることはできません。願いを叶えてやろうものなら、藤枝先生は殺人罪に問われますからね」

馬渕はコーヒーカップを手に取ると、片一方の掌《てのひら》に置く。「骨転移が進行するにつれ、激痛に襲われる。痛みをコントロールするにはモルヒネが代表的ですが、闇雲に投与すれば副作用を強めてしまいますし、医療用麻薬の使用には監査が入りますから、後で医療ミスに問われる可能性だってあり得るわけです」

「それで、教授はＶＳＥＤを？」

「ええ……」

馬渕はやるせない表情を浮かべ瞼を閉じる。「食事はもちろん、水すら飲まない。点滴をしようにも拒否される。藤枝先生はもちろん、教授の家族もまた、そんなことはしないでくれと説得したのですが、教授は頑として受け入れない。死が時間の問題である以上、治療は無意味な戦いだ。この苦痛から一刻も早く解放されたい。それが唯一の自分の望みだといって……」

「では、教授は――」

「末期のガン患者が、食事も摂らず、水も飲まず、点滴もしなければ、確実に死期が早まります。二週間の後に、亡くなったそうです」

輝彦ははじめて聞く父親の過去の出来事に、衝撃のあまり声を失った。

「藤枝先生は、教授の死に大変なショックを受けましてね」

馬渕は深いため息とともに話を続ける。「事前指示書なんて発想すら存在しなかった、それどころか延命治療を中止しようものなら、殺人罪に問われた時代です。教授がいった無意味な戦いという言葉に、藤枝先生は、医療、医師としてのあり方を考えるようになったんです。死を迎えるのが時間の問題である患者に、苦痛を与えながらも生かし続けるのが医療なのか、医師の務めなのか。

一刻も早く苦痛から、無意味な戦いから解放されたいという患者の願いを叶えてやるのは、間違いなのかとね……」

「でも、それと父が大学病院を辞めた動機とどう関係するのです？」

輝彦は素直な疑問を口にした。「教授が望んだのは安楽死ですが、大学に残り教授になれば、それについての議論を喚起することだってできたのでは？」

「いまにしても結論がでないどころか、医師も世間も見て見ぬふりをしているのが安楽死じゃありませんか。安楽死を世界で最初に認めたオランダでさえ二〇〇二年、つい最近のことですよ」

そうこたえる馬渕の声には怒りが滲み出ている。「あの当時安楽死の是非を問おうものなら、議論どころか袋叩きにあうのは目に見えていましたからね。まして、講師は教育者です。助教授、教授となるにつれ、責任も増していくわけです。一分、一秒でも患者を生き長らえさせるのが医師の使命だ。無意味な戦いでも、患者も医師も最後まで戦うべきだと教えていた時代に、いったいどういう教育ができますか」

確かに、その通りかもしれない。

事前指示書が医療現場で効力を持つようになったのは、それほど昔の話ではない。いや、いまでさえ事前指示書がなければ、家族が中止を申し出なければ、医師は無駄な戦いを患者に強いるしかないことに変わりはない。

短い沈黙があった。

「藤枝先生は、こうおっしゃったことがありますか」

口を開いたのは馬渕だった。「仮に安楽死が社会のコンセンサスを得られたとしても、今度は誰がその任にあたるのかという問題に直面する。どんな手段を取るにせよ、安楽死を行うにあたっては、医学の知識を持つ人間の存在が不可欠だ。本当に回復の見込みがないのか。延命が苦痛を与え続けるだけのことになるのか。判断を下すのは医師だろうが、では実際に手を下すのは誰になる。看護師？　それとも、専門職を新たに設けるのか——」

「やはり医師でしょうね……。看護師はもちろん、専門職を設けるだなんて、現実的ではありませんし、そんな役目を負わされるのは誰だってごめんですから……」

「藤枝先生はこうもおっしゃいました。患者を我が身に置き換えて考えてみるべきだと。なにを望むかは明らかだ。苦痛からの一刻も早い解放。つまり速やかな死だ。しかし、いくら望んだところで、意図的に死の手助けをする医師はいない。となると、教授同様ＶＳＥＤという手段を取らざるを得ない。死期が早まることには違いないが、それは患者にさらなる苦痛を強いることになると——。藤枝先生は、そこに当時の医学教育の限界を見、医師のあり方、医療の現状に疑問を持たれたんです」

「ＶＳＥＤは自発的餓死ですからね……」

それ以上の言葉が続かない。

骨に転移したガンは激痛を伴う。ただでさえ体力が落ちているところに、空腹と喉の渇きにも耐えなければならないのだから、患者が覚える苦痛は尋常なものではない。よほど強靭《きようじん》な意志なくしては餓死は果たせるものではない。死を迎えるまでには、さぞや壮絶な経過を辿ったに違いなく、それを担当医としてつぶさに見てきた父親の衝撃がいかばかりであったかは、想像を絶するものがある。

「もちろん、藤枝先生は、積極的に安楽死を肯定していたわけではありません。快方に向かう可能性が少しでもあるのなら、患者も医師も全力をあげて病と戦うべきだと考えていらしたのは確かです。しかし、無意味な戦いを強いてでも、患者を生かすのが医師の義務だと学生に教えることはできない。それで、大学病院をお辞めになったんです」

「開業医は、患者の死に直面することはまずありませんし、治療できる病の患者が大半ですからね。手に余るなら、高度医療が整っている病院を紹介すればいいわけですから……」

「そこまで人間の死を深く考える医師は滅多にいないものですが、藤枝先生は、本当に真面目で、純粋な方でしたから……」

馬渕の口調が、故人を偲ぶように、しんみりとしたものになる。「もし、あの当時、せめて事前指示書が存在していれば、藤枝先生もあのまま大学におられて、また別の道を歩んでおられたでしょうに……」

そうだったのかもしれない、と輝彦は思った。

死なせてほしいと懇願するほどだ。いまの時代なら、教授には、事前指示書を書く能力もあったはずである。苦痛を緩和する治療も格段に進歩したし、終末期医療を専門とするホスピスもある。ある程度、教授の意向に沿うことはできたはずである。

とはいえ、いまに至ってもなお、患者が望まぬ治療が行われているのは事実だし、それゆえに困難な状況に直面する医師が少なくないのもまた事実である。

「輝彦先生の推測ですが、当たっていると思いますよ」

馬渕の言葉がなにを指してのものか、俄かにはピンとこない。

「えっ？」

輝彦は短く漏らした。

「藤枝先生が、事前指示書に認知症になった場合のことを併記した理由です。私だって、同じ思いを抱いている人間の一人ですから……」

「先生もですか？」

「誰だってそうでしょう。認知機能が衰えていくのに身を任せ、いつまで生きるか分からない。人生の最期をそんな形で迎えることをよしとする人間はいませんよ」

「私もそう思います」

輝彦は本心からいった。

「医療技術の進歩は、長寿を可能にしますが、脳機能の衰えを防ぐことはできません。我々も藤枝先生と同じことになることだってあり得るのです。でも、いくら願ったところで、そう簡単には叶うものではありません。それこそ巡り合わせ。ある意味、運の問題だと思うんです」

巡り合わせ。運の問題……。

馬渕の言葉が、重く胸に突き刺さる。

果たして、人生の最期をどんな形で迎えることになるのだろうか。自分は、その運に巡り合えるのだろうか――。

そこに思いが至ると、輝彦はいいようのない不安を覚え、その場で身を硬くした。

2

「これが、親父の残した遺産の明細だ。預貯金と株がほとんどだが、これはお前と俺とで、折半《せっぱん》することにする。それでいいかな」

遺産による相続税の申告期限は、相続開始を知った日、通常は被相続人が死亡した日の翌日から十ヶ月以内と定められている。

父親が亡くなって三ヶ月という比較的短い期間で準備を整えることができたのは、クリニックの申告を任せている税理士に依頼したからだ。

「ああ……それでいいよ」

カネの話を好まない真也らしく、明細を一瞥すると、ふたつ返事で同意する。

「多いと見るか、少ないと見るかは人それぞれだろうが、親父も結構なカネを残してくれたもんだ」

「しっかし税金てのは容赦ないな。こんなに持って行くんだ」

「お袋が先に死んじまったからな。配偶者控除がないとこうなる。場合によっては、大金を残されても、税金を払うために借金しなければならないことだってあるそうだ。これだけ残っただけでも御の字だよ」

「それぞれ、七千万円近くか……」

改めて明細に目をやった真也は、目を見開く。「こんな大金、手にするのははじめてだ」

「欲のない人だったからな」

午後七時を回った店内は、サラリーマンや学生と思《おぼ》しき若者が大半で、注文を調理場に告げる店員の大声が頻繁に行き交っている。

お世辞にも綺麗とはいえない格安の焼きとり屋だが、こんな店を指定してくるところがいかにも真也らしい。

輝彦はビール瓶を手に持つと、真也のグラスを満たしながら続けた。

「稼ごうと思えば、いくらでもやりようがあったろうが、そっちの方にはまったく関心がなかったからな。お袋は、旅行だ、歌舞伎だ、衣装だって結構贅沢《ぜいたく》してたし、クリニックを閉じてからは、医者としての稼ぎはゼロに等しかったからな。十年も介護施設に入ることになったら、どうするつもりだったんだろう」

「十年施設に入ってたって、これだけあれば十分事足りただろうさ」

一旦グラスを置いた真也は、返す手で瓶を受け取ると、輝彦にビールを注ぎにかかる。

「個室に入れたら、どれだけかかると思ってんだ。部屋代だけで、月々何十万円てカネが必要になるんだ。そりゃあ、足りなくなるってことはないだろうが、その分、相続額は確実に減っていくんだぞ」

「カネ儲けに興味がなくとも、これだけ残るんだ。医者はやっぱり儲かるんだな」

「そりゃ、どんな仕事だって同じだよ。弁護士だってそうじゃないか。儲けようと思えば方法はいくらでもあるだろうに、その点、お前は親父の血をひいちまったようだな」

「そこなんだよな……」

冗談半分、本気半分でいったつもりだが、真也は複雑な表情を浮かべ、言葉を濁す。

「どうした？」

そう問うた輝彦に向かって、

「その、親父の血をひいたってのが、ひっかかっててさ……。俺も、親父のようになっちまうんじゃないかって……」

真也は視線を落とし、珍しく気弱な言葉を口にする。

「また、その話か。前にもいったろ。レビー小体型認知症は遺伝しないんだよ」

「認知症には他にもタイプがあるじゃないか」

「まあ、お前の気持ちも分からないではないけどさ、気にしたってしょうがないよ。先のことなんか誰にも分からないんだし、これだけのカネを相続したんだ。仮に、認知症になったって、施設に入る資金には十分足りるだろう。それだけでも、お前は恵まれてんだぞ」

真也が口にした不安を自分も抱いているだけに、どうしても輝彦の口調はきつくなる。

「実は、親父がああなってから、昭恵が頻繁に老後のことを話題にするんだよな」

真也はため息をつきながら、ビールに口をつける。

「昭恵さんが？」

「もし、俺が認知症になったらどうするつもりだって。文也は大学の講師ったって非常勤だ。常勤になるのは難しいし、あいつの行く末のこともあって老後のことが心配でしょうがないんだよ」

「いくら心配したって、大抵は親が先に逝っちまうんだぞ。その後どうやって生きていくかなんて、文也次第じゃないか」

「兄貴のところは子供が二人。それも両方医者になったから、そんなことがいえるんだよ。うちは、ひとりっ子だぜ。俺は兄貴のいう通りだと思うけど、母親ってのは、ドライに割り切ることができないんだよなあ」

「学者の道を志したのは、文也自身じゃないか」

「ああ……」

「好きな道を歩める。それだけでも幸せだよ」

「兄貴はいいなあ」

真也は羨ましそうにいう。「親が医者だったんだ。医者の仕事は先刻承知、現実とのギャップを感じることはなかったろうけど、世の中にはその道に入ってはじめて分かるってことが山ほどあるんだよ。いまの時代、学者で身を立てるってのは、簡単なもんじゃないんだ」

博士課程を修了しても職を得られない。いわゆるポストドクターといわれる問題があることは知っている。だが、大学教育の現場で何が起きているのか、詳しい知識は持ち合わせてはいない。

「たとえば？」

「大学だってとどのつまりはビジネスだ。そこには当然、経営という概念が存在する。学生は多いに越したことはない。授業料を高額にし、その一方で教員の人件費を安く抑えれば、その分だけ多くの利益が上がる。だけど、志願者は、少しでも名の通った大学を目指す。となれば、学生を集めるためには学校の知名度をいかにして高めるか、ということになる」

「それで？」

「博士課程を終えた人間だけを教員にするなら、実はポストはそれなりにあるんだ。なにしろ、日本には七百六十を超える大学があるんだからね」

「じゃあ、どんな人間が教員になってるんだ」

「実績をあげた技術者や官僚、有名校で定年退官を迎えた名誉教授が下位校へ……。そこら辺はまだいいとして、著名文化人や新聞記者のようなマスコミ関係の退職者がかなりいるんだ。ジャーナリストなんてのもね」

「文化人やマスコミの人間が、大学で何を教えるんだ？」

「さあ」

真也は、その日はじめて笑った。もちろん、冷笑である。

「何でもいいんじゃないか。大学側の狙いはただひとつ、学校名の露出を増やすことだ。あいつらがテレビや新聞、雑誌に出るたびに、学校の名前が画面や紙誌面に出るんだからね。しかも無料だ。広告費に換算すれば、大学側からすりゃあひとりやふたり雇ったって人件費なんてタダみたいなもんだろうさ。それに、万が一の時のメディア対策にも使えるからな。テレビ局だってあいつらは文化人枠だ。出演料は格安で済むってメリットがあるし、一方の俄か教授にしたって非常勤だろうが、特任だろうが、小遣い程度のカネになる。全国的に名前が売れればべらぼうな講演料が懐に入る。学校にとっちゃ、学者を雇うより遥かにメリットがあるんだよ」

「それじゃ、カルチャースクールじゃないか」

「カルチャースクールね。確かにそのとおりだ」

真也は、ついに大口を開けて笑い出すと、「つまり、大学はその手の人間たちの利権の場になってるんだよ。だから、いつまでたっても、ポストドクターにはポストが回ってこないんだ」声に怒気を込めた。

輝彦ははじめて聞く教育界の現状に唖然《あぜん》とするしかない。

「昭恵がいうんだよ」

真也は一転して真顔でいう。「文也だって、医学部に入れるだけの成績はとっていた。医者にすればよかったってさ」

「医者だって楽な仕事じゃないし、なれば儲かるってわけでもないさ」

「俺だって医者の子供だ。よく分かっているさ。だけど、世間の人間たちには儲かる仕事に見えるんだよ。実際、昭恵は医者は病気をつくれるからっていうんだぜ」

「病気をつくれる？」

「基準値のハードルを下げてやりゃ、途端に患者が増えるじゃないかって……」

確かに、現在の医学界にそうした一面があることは否めない。

自分の専門分野である糖尿病にしてもそうだし、高血圧にしても、基準値を下げようとする動きがあるのもまた事実である。

深刻な状態に陥るのを防ぐためには、早期のうちに治療を行うに限るのだが、基準値を上回れば大抵の医師は薬を処方する。そして、糖尿病も高血圧も一旦飲みはじめたら服用を中断することはできないのだから、医師も潤い、製薬会社もまた潤うことになる。

「昭恵は、弁護士だって同じだっていうんだよ」

真也はやりきれない顔をして、一気にビールを飲み干し、手酌でグラスを満たしにかかる。「ほら、過払い金の返還とか、B型肝炎とか、テレビでしきりにコマーシャルが流れるだろ？　ああやって、稼いでいる弁護士だっているのにってさ……」

真也の家庭の経済状況は知るよしもないが、彼の性格からすれば、決して豊かとはいえないはずだ。まして弁護士も激増し、食べていくのが難しいという話も耳にしている。

男女ともに平均寿命が八十歳を超えたいま、昭恵が老後の暮らしに不安を覚えるのも無理からぬことなのかもしれない。

「それで、お前はどう考えるんだ？」

輝彦は問うた。

「カネは確かに大切だ。ありがたみもよく分かっている。でもさ、カネ目当ての仕事はやる気にはなれないんだよ」

真也は、テーブルの上のグラスに手を添え、じっと見つめる。「弁護士も様々でさ、必ずしも正義のために働くやつらばっかりじゃないからな。大企業の顧問弁護士なんて、その最たるものだ。不祥事やスキャンダルが持ち上がれば、大事に至る前にもみ消しに走る。法を盾に、脅し、すかし、果てはカネで解決を図る。弁護士が出てきて、法を持ち出されりゃ、そりゃあビビるさ。対抗するには自分も弁護士を立てるしかないんだが、報酬を支払う能力がなけりゃそれまでだ。泣きを見るのは常に弱者なんだ。強い側に立って評判上げりゃ、黙ってたって大金が転がり込んでくる。なるほど、それも一つの生き方かもしれないさ。だけど、俺がここで転んだら、いままでの弁護士人生を自分から否定することになるだろ」

相変わらずだな、と輝彦は思った。

青臭いといってしまえばそれまでだが、真也の信念は間違ってはいない。歳を重ねれば、世の中の垢に染まり、信念が現実に負けてしまいがちになるものだが、弁護士を目指すといった当時のまだ。それゆえに、昭恵に老後資金のことを持ち出されてからの苦悩は深いものがあったのは想像に難《かた》くない。

実際、昭恵とのやりとりを語る真也からは、自分たちの老後に対する不安が感じられたし、もしもの時を考えれば、カネはあるに越したことはないという現実を否定する言葉は一切でなかった。

「お前にどれだけの蓄財があるかは分からないけど、これだけあればなんとかなるさ。それで、いままで通りの仕事ができるなら、きっと親父も喜ぶと思うよ」

「親ってありがたいもんだな……。結局、親父に救われることになったんだもんな……。このカネは大事にしないとな……」

それは、紛れもない真也の本心からの言葉であっただろう。

父親の顔が、ふと脳裏に浮かんだ。

輝彦はなんだか切なくなった。

死を迎える過程で、あんな行動に駆り立てられたのは、不本意であったろうが、馬渕から聞かされた大学を去った経緯と事前指示書の内容を合わせてみると、父親自身の死生観と同時に、家族にかかる負担を極力軽減したいという思いが込められているように思えたからだ。

輝彦は、半分ほど残っていたビールを一気に飲み干し、すかさずグラスに注ぎ入れると、

「献杯しようじゃないか」

グラスを手に取った。「親父に……」

騒《ざわ》つく店内で、二人のグラスが触れ合った。

3

「そういえば、夕方に銀行から電話があったわよ」

夕食の席で、昭恵が思い出したようにいった。

「銀行？」

思い当たる節はない。「銀行がなんだって？」

真也は首を傾げながら問うた。

「あなたの口座って、四葉銀行の渋谷中央支店だったわね」

「ああ、そうだけど」

「澤口《さわぐち》さんって女性なんだけど、あなたの担当だって」

「担当？　俺に担当なんかいないぞ」

ますます目的が分からない。「なんの用だって？」

「それが、いわないのよ。勤めからまだ帰ってないってこたえたら、改めるって……」

そう聞けば、一つあったことに思い当たる。

父親の遺産だ。

輝彦と会ってからひと月近くが経つ。

手続きが済み次第振り込むからと、別れ際に口座番号を訊ねられたのだったが、それが入金されたのだ。渋谷中央支店は、都市銀行の四葉の中でも基幹店の一つだ。企業や商店など大口顧客を数多く抱えていても、個人の口座に七千万円もの現金が入金されることは滅多にあるまい。是が非でも預金を確保し、あわよくば運用を任せてもらおうと目論んでいるのだろう。

「相続したカネだろう」

真也は素《そ》っ気《け》なくいい、今夜の主菜の豚肉の生姜焼きに箸を伸ばした。

「相続？」

昭恵の箸が止まった。

「ひと月ほど前に、相続のことで兄貴と会ってね。手続きが終わり次第、俺の口座に振り込むっていわれてたんだ」

「そんなこと聞いてないわ。どうして黙っていたの？」

「当たり前だろ。相続人は俺と兄貴だけ。二人の間で決めることじゃないか」

昭恵の目の表情が明らかに変わった。

どこかで見た記憶があるのだが、どんな状況であったのか、何が話題であったのか、すぐに思い出せないが、いい兆候ではない。

「で、いくら相続したの？」

「そんなことどうでもいいだろ」

「どうでもいいことないわよ」

昭恵は箸と茶碗をテーブルの上に置き、噛《か》み付かんばかりの勢いでいった。「法律上の相続人は、あなたとお義兄さんだけど、私はあなたの妻よ。義理とはいえ、お義父さんの娘じゃない。第一、うちの家計はずっと一緒。私のおカネはあなたのおカネ、あなたのおカネは私のおカネ。そうやってきたんだもの、関係ないってことはないでしょう」

そこを衝《つ》かれると、言葉に窮する。

カネにならない弁護を引き受けたことは数知れない。人並みの暮らしを送ってこられたのも、昭恵に収入があればこそ。そうした一面は確かにある。

「七千万だよ」

真也は生姜焼きを口に入れると、続けて飯をかき込んだ。

昭恵の目元が緩んだような気がしたが、それも一瞬のことで、すぐに表情は元に戻る。

「お義兄さんは？」

「同じ額だよ。きっぱり折半したんだ。親父は、遺言も残さなかったからね。兄弟仲が悪いわけじゃなし、揉《も》めることはないと考えていたんだろうな。実際その通りになったんだし」

「その七千万って、何を根拠にした金額なの？」

「親父の預貯金と株だ」

「それだけ？」

「それだけって、他に何がある」

「おかしいわよ」

「おかしいってなにが？」

昭恵は瞼を閉じ、呆《あき》れたように首を振る。

「家や土地は？　あなたにだって相続の権利があるはずじゃない」

瞼が大きく開かれた昭恵の瞳がじっと真也を見据えてくる。

「二世帯住宅の建て替え費用は全額兄貴が出したし、土地はその時に兄貴に生前贈与されたんだ」

「生前贈与って……そんな話、聞いてないわ」

「なんで、相談する必要があるんだ」

真也は返した。「親父とお袋が家を二世帯住宅に建て替えたいと兄貴に相談した。つまり、自分たちの老後の面倒を見て欲しいっていったわけだ。兄貴も慶子さんも同意した。いまの時代に、ひとつ屋根の下で老いた親の面倒を見るなんて子供がどこにいるよ。しかも、建て替えの費用は、全額兄貴が出したんだぞ」

「それだけの理由で土地の相続を放棄したってわけ？」

「当たり前じゃないか」

妻とはいえ、亭主の実家のことに口を挟んでくる根性が気に食わない。「だったら、俺たちが親父、お袋の面倒を見れたってのか？　兄貴も慶子さんも、何かあったら最期まで世話をする覚悟の上で——」

語気を荒らげた真也だったが、

「お義母さまはくも膜下出血、お義父さまだって、すぐに施設に入れてしまったし、大した世話なんてしなかったじゃない！」

昭恵は、みなまで聞かずにさらに激しい口調で断じる。

「そりゃ結果論だ。あの時点では、親父、お袋が、どんな死に方をするかなんて分からなかったんだ。第一、生前贈与なんか受けたら、贈与税が発生するんだぞ。うちのどこにそんなカネがあるんだよ。あそこは自由が丘の一等地、しかも七十坪もあるんだぞ」

「馬鹿じゃないの」

昭恵は、不思議なものを見るような眼差しで真也を見つめる。「あの辺りの土地の価格相場は、坪三百万近くもするのよ。半額でも一億数千万、贈与税ったって全部が税金で持っていかれるわけじゃなし、差額だけでも大変なおカネになるじゃない」

「だから、それを誰が払うんだ」

「決まってるじゃない。お義兄さんよ」

「兄貴からカネをむしればよかったってのか？」

「なんでむしることになるの？　権利があるんだもの、当然の話じゃない！」

お互いの声のボリュームは、エスカレートする一方だ。

昭恵は続ける。

「だいたい、あなたのいっていることは辻褄《つじつま》が合わないわよ。お義兄さんが、お義父さん、お義母さんの面倒を見ることになったっていうけどさ、遺産を折半したっていうなら、一億四千万もの蓄財があったってことじゃない。お義父さんは、万が一認知症になったら在宅介護は望まない、施設に入れろって事前指示書に書いたんでしょ？　お義父さんは、これだけあれば施設の入所費用に十分足りると思っていた。お義父さんは、最初からお義兄さん夫婦の世話になんかなるつもりはなかったってことなんじゃないの」

「それは、順番が逆になったからだ」

「順番が逆ってどういうことよ」

「お袋が先に逝くなんて、考えていなかったからさ」

真也は、ため息をついた。「親父はお袋が趣味のようなもんだったんだ。慶子さんがいるにせよ、自分が認知症になれば、お袋だって介護に追われる。そんなことはさせたくない。だから、事前指示書にあんなことを書いたんだ」

「じゃあ、お義母さんを施設には入れるつもりはなかったってわけ？」

「自分が先に逝けば、お袋は寂しい思いをするんじゃないか。慶子さんともうまくいっていることだし、家族と暮らせるならば何よりだ。それに、お袋は社交的だったから、長年続いてきた交友関係もある。施設に入れれば付き合いも一からだ。高齢になってから新しい人間関係を作るのは大変だし、新しい環境に適応できるかどうかもわからない。二世帯住宅にしたのも、お袋のためを思ってのことだと思うよ」

「思う？　だったら、お義父さんが認知症にならなかったらどうなっていたのかしら。他の病気で亡くなったら、お義父さんの財産はお義母さんが相続するわけよね。お義母さんが、施設に入りたいって望んだら、お義兄さん夫婦だって――」

「そりゃあ、そうなったわけじゃないからなんともいえないね」

真也は、昭恵の言葉を遮った。「もっとも、お袋は結構贅沢してたからな。施設に入るっていっても、それなりのところになっただろうな」

「それにしたって十分すぎるわよ」

「それなりの施設がいったいいくらすると思ってんだ？　ピンの施設になりゃ、入居金だけでも三千万なんてのはざらだ。中には五千万、七千万、月々の費用が数十万、中には百万を超すところだってあるんだぞ。そんなところに入ろうものなら、一億四千万なんて、あっという間になくなっちまうよ。それ以降の費用を誰が面倒見るんだ。もらうもんをもらっちまったら、うちだって知らんぷりできないだろうが」

「まったく、おカネのことになると、なんでこうなのかしら」

苛立ちを隠そうともしない口調、軽蔑と怒りが籠った昭恵の眼差しを見た瞬間、真也は思い出した。

文也が学者の道を歩むと宣言した時、猛然と反対し説得にかかった昭恵を戒《いまし》めた自分に向けてきた目の表情だ。

「だから、取りっぱぐれるのよ！」

昭恵はもの凄い剣幕で睨《にら》みつけてくる。「相続したのは預貯金と株だけだっていったわよね」

「ああ、親父の趣味は絵しかなかったからな。他にカネ目のものなんかない、と続けようとするのを遮って、

「あるわよ！」

昭恵は断じる。

「あるって、なにが」

「その絵よ」

「絵って、親父の描いた絵か？」

「そうじゃないわ。お義父さんの家に飾ってあった絵。それに、壺や皿もそう」

こいつ……。

凄《すさ》まじいばかりのカネへの執念に、真也は言葉が出ない。

昭恵は突然立ち上がり、バッグの中からスマホを取り出すと、パネルを操作し真也の前に突きつける。

「馬渕先生がお描きになった絵が多いけど、画商に見てもらったら、どれもこれも雑誌や新聞の挿絵になったり、表紙になったものだって。この手のものは滅多に出ない。先生には根強いファンがいて、個展を開けば小さいものでも、最低四十万から。この大きい絵なんか、プレミアムがついて七十万からの値がつくだろうって」

そこに現れたのは父親の家の壁に飾られた絵である。

昭恵の指が動くたびに、違う構図の絵が次々に現れる。

驚愕したなんてもんじゃない。

「お前……こんなものいつの間に撮ったんだ」

真也は、かろうじて問うた。

「お義父さんの遺体をお迎えする前に、お家を掃除したでしょ。あの時よ」

「掃除の間に？」

「あなたのことだもの、きっと絵なんかに関心を持たないと思ったら案の定。一階だけでも八枚はあるものね。保管状態や汚れのこともあるから、現物を見ないとはっきりとはいえないけど、状態が良ければ一枚五十万で引き取るって。たぶん、これ以外にもあるでしょうから、絵だけでも五百万以上にはなるでしょうね」

「それを兄貴に請求しろってのか？」

「弁護士なら知ってるでしょ？　相続税を払っても、ふたりの息子に七千万ずつ。非課税の金額は遥かに超えてるわけだし、相続税の対象になるのは、なにも現金だけじゃない。書画骨董《こっとう》だって財産である以上、申告する義務がある。そうでしょ？」

「それは、そうだが……」

「お義兄さん、これ申告したのかしら？　その上で、財産を折半なさったのかしら」

昭恵は、嫌味ったらしく「なさった」と敬語を使う。

「したんだろ。クリニックの申告を任せてる税理士にやらせたっていってたからな」

「でも、お義父さんの資産は、現金と株だけっておっしゃったのよね」

今度は「おっしゃった」ときた。

「いい加減にしないか」

もううんざりだ、そう返したくなるのを堪えて真也はいった。「税金払って残ったのが一億四千万。俺は七千万ものカネをもらった。仮にその中に、絵が含まれていなかったとしても五百万。そこから税金払って、ふたりで分けたら、たかが二百万かそこらじゃないか」

「たかがぁ？」

昭恵は、鬼のような形相で声を張り上げる。「うちにとっては大きなおカネじゃない！　文也の年収に相当する金額よ。たかがというんだったら、どうして学者の道を目指すといい出した時に止めなかったのよ！　たかが二百万を稼ぐために、あの子がどれほど苦労してるか、私が先を心配しているか、あなた、分かってるの？」

文也の選んだ道だ。本人が進むと決めた道を後押ししてやるのが親の務めだ、という信念に変わりはないが、そう返したところで昭恵の怒りが収まるわけではない。

真也は沈黙し、生姜焼きに箸を伸ばした。

さっさと食事を済ませ、食卓を離れるに限るからだ。

そんな気配を察したのか、昭恵は押し黙る。

重苦しい沈黙があった。

しかし、それも短い時間のことで、昭恵は再び口を開いた。

「中告漏れは、まだあるかもしれないわよ」

「えっ」

真也は、短く漏らし箸を止めた。

思わず視線を戻した真也の目を昭恵は見据えると、驚くべき言葉を口にした。

4

夜七時を過ぎた時刻ともなると、新橋のガード下の焼きとり屋は会社帰りのサラリーマンでいっぱいになる。

路上に並べられた粗末な椅子に座り、注文した生中《なまちゅう》が席に届けられたところで、

「父の通夜においでいただき、ありがとうございました」

真也は正面に座る尾高政康《おだかまさやす》に頭を下げた。

「親を送るのは、大抵の人間が経験することだけど、やっぱり辛いものだからね。まして、君の場合はお母さまを亡くしてから三年ちょっとだものな」

尾高は心中のほど、察するにあまりあるとばかりに、しみじみというと、ジョッキを掲げ、ビールに口をつけた。

「八十五歳でしたけど、つい最近までは健康に問題はないと聞いていましたので、こんなに早く逝くとは思いませんでした」

真也もまた、ジョッキを傾けると、「でも、正直ほっとしたところもあるんです。認知症と分かってからの親父の変わりようは、かなりひどかったようですから……」

肩で息をついた。

「藤枝くんは、お父さんが認知症になってからは会っていなかったの？」

「二世帯住宅ですけど、親父は兄夫婦と同居しておりましてね。異状に気がついたのも、医者に連れていったのも兄でしたし、介護施設に入所させたのも兄だったんです。ちょうど難しい訴訟を抱えていたこともありましたし、兄も、認知症は長期戦だから慌てて見舞いに来ることはない、といっていたもので……」

「確か、お兄さんはお医者さんだったよね」

「ええ……川崎でクリニックを開業しています」

真也は、またひと口ビールを飲むと、ジョッキを置いた。「まさか、ひと月ちょっとで逝くとは」

「心不全じゃしょうがないが、一度も見舞わなかったとなると、やっぱり悔いが残るよなあ」

真也は、短い間を置くと、

「悔いはありますけど……親父の異常行動は兄から聞かされていましたからね。それを目の当たりにしなかった分だけ、私の中に残っている親父の姿は元気だった頃のままです。それはそれでよかったんじゃないかとも思ったりするんですよね……」

「それはいえているかもなあ。認知症は、介護する側にも精神的、肉体的負担が重くのしかかるものだからね……」

尾高は、苦い思いを飲み下すように、ジョッキを呷った。

今年、六十一歳になる尾高は同じ弁護士会に所属する弁護士だ。

真也と同じく人権派として知られ、死刑囚の再審請求や被告に同情の余地がある殺人や傷害など、主に刑事事件の分野を手がけている。折に触れ、酒席を共にする仲で、弁護士仲間の中では心を許せる数少ない一人だ。

「認知症と聞くと、随分前に弁護を担当した事件を思い出すよ」

果たして尾高はいう。「認知症になって六年。自分では食事も摂れず、排便もできない。そんな母親を七十過ぎた娘が、たった一人で面倒見ていてね。収入はわずかな年金だけ。職に就こうにも、仕事に出れば、その間母親は一人きり。第一、年齢からして雇ってくれる先がない。蓄えはとっくの昔になくなり、精魂尽き果てた娘は母親を手にかけた……」

「覚えています……」

真也はいった。「どんな事情があるにせよ、殺人ですからね。厳しい判決が下されるだろうと思っていたのに、執行猶予で済んだのはほっとしましたけど、その一方でやり切れない思いを抱いたものです」

「あの事件や裁判に関わった人間は、皆同じ思いを抱いたさ……」

尾高は悲しげな表情を瞳に宿すと、視線を落とした。「取り調べにあたった警察も検事も、みんな涙を流したそうだよ」

「長年精一杯世話をしてきた実の母親を手にかけるまで追い込まれるって、よほどのことですからね。確かあの方は、消費者金融から借りたカネの返済が滞って、再三の督促《とくそく》にあったのが、動機の一つでもあったんでしたよね」

「本当にひどい話だったな」

尾高の声に怒りが宿る。「返済能力の有無を審査せずにカネを貸して、返済が滞るようになるとあの手この手でカネ返せせだ。そこに、新たな貸し手が現れて、借金をさらに膨らませていく。そんな悪辣《あくらつ》非道極まりないビジネスが大手を振って成り立っていたんだからね」

「もう二十年になりますか……」

「被告になった娘さんの世代って、律儀というか真面目というか、借りたカネは返すもの。返せない自分が悪い。落ち度は自分にあるって考えてしまう人が多かったからね。生活保護だって制度があることは知っていても、社会に迷惑をかけるのは、恥だって考えている人も多かったし……」

尾高は汗をかいたジョッキを見つめ、ほっと息を吐いた。「現場となった部屋を見りゃ、どれだけ大変な生活をしていたかは一目瞭然だ。実際、電気代を節約するために夜は明かりを灯さない。オムツだってサラシを使い、毎日石鹼《せっけん》で手洗いしていたんだ。だから娘さんの右手の指の関節にはタコができていてね、事件が起きたのは真冬だったから、暖を取ることもできなくて、あかぎれと霜焼けができて……それでも、母親には三度の食事を欠かさなかったんだ」

「彼女、後を追うつもりで母親を手にかけたものの、死にきれなくて、自首したんでしたよね」

「それでも殺人を犯したことに変わりはない。検察も殺人罪を適用したし、それに値する量刑を求刑せざるを得なかったんだが、地裁の判決は執行猶予。これまでの判例からは、考えられないことだが、それでも検察が控訴しなかったのは、取り調べの過程で被告に深い同情の念を覚えたからだ」

「明日は我が身。他人事とは思えなかったでしょうからね」

尾高はジョッキを持ち上げると、

「それは、僕だって同じだよ。親父は七年前に亡くなったが、お袋は八十三だからね。最近、めっきり老いが目立ってきたし、三重の実家で一人暮らしだ。こっちに呼び寄せようにも、お袋は東京にいって何をして暮らすのっていうしね。確かにそれはいえてるんだよ。友達もいない、行くところもない。日がな一日、家の中にいるか、精々公園に行くかしかないんだからね。だから、お袋には元気でいて欲しいと願う一方で、介護が必要になったらどうしようって、そのことが頭に浮かんでしょうがないんだよ。だから藤枝くんがほっとしたっていう気持ちを覚えたことも、よく分かるんだ」

一気に思いの丈を打ち明けると、結露が滴《したた》るジョッキを傾けた。

「八十三ですか……」

「まあ、歳からすりゃあ、今ここで介護が必要になっても、長期になるってことはないんだろうがね」

そこで、尾高はジョッキを置くと、「ところで、お父さんの見舞いに行けなかったって、そんな大変な訴訟を抱えていたのかね」

話題を変えてきた。

「過労死の訴訟でしてね」

真也はこたえた。「一部上場の専門商社なんですが、とにかくノルマがきつくて、目標達成は至上命令。毎朝一番に上司から売り上げデータを突きつけられて、毎月の締め日が迫ってくると、売り上げが達成できるまで、帰社することも許されないって、ひどい会社がありましてね」

「昭和の時代じゃあるまいし、そんな会社、まだあるの？」

「むしろ、増えてるんじゃないですかね」

真也はジョッキに手を伸ばした。「大会社だろうが、中小企業だろうが、ノルマを達成できるかどうかに本人はもちろん、管理職だって出世がかかっていることに変わりはありませんからね。実際、上からの圧力は、パワハラとも取れるわけですから、この手の相談は本当に多いんですよ。しかもこの案件がややこしいのは、過労死の原因が、会社なのか、会社の人間関係のどちらにあるのか、判断が難しいってことでしてね」

「ほう、それはどうしてだね」

「部下が目標を達成できなきゃ、課長ひいては部長の責任になりますから、未達《みたつ》になりそうだとなると、上司は他の部下に穴埋め分の売り上げをつくるよう命じるわけです。楽に達成できるノルマなんてものはありませんからね。まして締め日が迫っているところに、不足分の穴埋めを命じられた人間は堪《たま》ったもんじゃない。当然、同僚たちの見る目は厳しくなるわけで、それに耐えきれなくなった本人は体力、精神ともにすっかり疲弊してしまいましてね、自殺してしまったんです」

「確かにややこしい話だが、企業風土が彼を自殺に追いやったことは事実なんだ。肉体的にというなら、長時間労働も恒常的に発生していたんだろうから、確たる証拠があるなら勝てるんじゃないのか」

「その証拠ってやつがなかなか得られなかったんですよ。上司はもちろん、同僚も、今現在も会社にいるわけですから、何を訊いてもそんなことはないの一点張り。長時間労働にしたって、売り上げが達成できるまで帰ってくるなといわれたら、タイムカードだって押せませんから、出社時間のレコードはあっても、帰社時間は直帰扱いになっているんです。その辺は、本当に巧妙なんですよ」

「外回りの間のやり取りは？　いまの時代、みんなスマホを持ってるんだ。商談の進捗状況とかの連絡はＬＩＮＥかなんかでやり取りしてるだろ」

「それが、あることはあるんですが、『どうなっている』程度のことで、プレッシャーをかけているようには読めないんです」

「それじゃ、どうしようもないじゃないか」

「記録に残すような真似は絶対にしないいんです。さっき、朝一番にデータを突きつけるっていいましたけど、プレッシャーをかけるのは、その時なんです。それこそ罵声を浴びせ、恫喝《どうかつ》し、とことん追い込む。そこで、散々恐怖を味わえば、『どうなっている』のメッセージの効果は絶大ですよ。そこに、同僚の目と態度が加われば、そりゃあ神経やられますよ」

「酷《ひで》え会社だな。上司や同僚にしたって、明日は我が身だろうに……でも、それが人間の本性っていうものかもしれないな。この仕事をやってると、人間の嫌な面を散々見せつけられるからね」

「ノルマにせよ目標にせよ、会社や上司が勝手に決めて、一方的に部下に押し付けるものですし、取引先といったって様々です。大口顧客を担当すれば、商いが大きい分だけ使える経費も大きくなりますから、人間関係も密になる。目標達成も比較的簡単ですが、中小規模の取引先の担当になればそうはいきません。経費はそれほど使えませんし、売り上げは数をこなすしかないんです。当然、手間がかかるわけですから、労働時間は長くなる。しかし、売り上げはなかなか伸びない。そんな取引先を押し付けられるのは、コストパフォーマンスが悪いとみなされた人間。つまり、組織の中での弱者なんです」

「さっさと辞めてくれ。体《てい》のいい、リストラってわけか」

「だから許せないんです」

真也は声に怒りを込めた。「ノルマなき営業は存在しない。全社員が抱えている。彼が例外ってわけじゃない。さも、彼の資質やメンタルに問題があったといわんばかりの会社の見解には怒りを覚えるばかりです。それで、同じ目に遭った人はいないか、何か証拠になるものはないかと、いろいろ当たっていたところ、ようやく同じ目に遭った元社員を探し出したんですが、証言台に立つことに難色を示しましてね。第三回公判が迫っていることもあって、説得を続ける一方で、要請に応じてもらえない場合にも備えなければならない。そんなところに、父が介護施設に入ったという知らせを受けたんです」

「そうか、それは大変だったね」

話がひとくぎりつくのを見計らったように、焼きとりが運ばれてきた。

尾高はシロのタレ焼きを摘み上げ、

「で、証言台に立つことを引き受けてもらえたの？」と訊ねてきた。

「ええ。それは、なんとか。それに彼、罵声を浴びせられた時の音声を持っていましてね。あれは、強力な物証になりますよ」

「よかったじゃないか。じゃあここからは、裁判に集中できるってわけだ」

視線が自然と落ちた。

「それが、そうでもないんです……」

愚痴をこぼすつもりで、酒席を共にしたわけではないが、尾高との付き合いは長い。手がける分野は異なるが、お互いの仕事の話もすれば、政治や社会問題について熱く語り合うのは毎度のことだし、胸の中に鬱積した思いを誰かに話したい思いもあった。

「何かあったのか？」

短い沈黙の後、真也はいった。

「遺産のことでちょっと……」

「揉めているの？」

「揉めているというか……」

真也はビールを口にすると、ため息をついた。「兄との間では、父の残した財産は折半するってことで簡単に話がついたんですが、家内が妙なことをいい出しまして……」

「奥さんが？」

「相続したのは、預貯金と株だったんですが、親父の財産はそれ以外にもあるといいましてね。相続の権利がある以上、もらえるものはもらうべきだって、頑として譲らないんですよ」

「他にってどんな？」

「書画骨董、それにお袋の貴金属とか……」

身内の恥をさらすことに、躊躇の念を覚えなかったといえば嘘になる。

だが、昭恵が父親の自宅に飾られていた絵を撮影し、画商に値踏みまでさせていたことに加えて、「お義母さんは、高価な貴金属をたくさんお持ちになっていたはずよ。それだってあなたには相続する権利があるわけじゃない。現物はいらないから、鑑定してもらって、その半額を現金でもらうべきよ」といわれた時には、カネに対する執着ぶりに驚愕したなんてもんじゃなかった。

長年、生活を共にしてきた昭恵の本性が、いったいどこにあるのか分からない。もし、それが昭恵の本性で、それをいまに至るまで隠し通してきたのかと思うと、真也は混乱し、恐怖すら覚えた。

「まあ、法律的には奥さんのいう通りだね。書画骨董、貴金属だって、相続税の対象になるのは間違いないんだし、藤枝くんにだって相続の権利があるのは確かだからね」

「それはそうなんですが、両親の面倒は兄夫婦にずっと任せっぱなしにしてきたという経緯もありますし、カネの話はどうも苦手で……」

「クライアントのカネの話は得意でも、自分のこととなるとからっきしかぁ。藤枝くんらしいな」

呵々《かか》とひとしきり笑い声をあげた尾高だったが、すぐに真顔になると続けた。「まあ、よくある話だね。親の遺産となれば相続人は大抵が実の子供たちだ。兄弟姉妹、ひとつ屋根の下で長く暮らした時期もあれば、家庭内の事情だってお互い十分承知だ。権利者同士で話し合えば丸く収まるものだが、それぞれが結婚して家庭を持っているとなると話が違ってくるものだからね」

「そうなんですよね……」

真也は、肩を落とした。「こういっちゃなんですけど、婿や嫁は、所詮は他人ですからね。家庭を持つと、兄弟仲は疎遠になりがちなものですし、相続でまとまったおカネが入ってくるとなると、口を挟むのは決まって他人なんですよね」

「まあ、弁護士をやってると、相続関係のいざこざは山ほど見るし、その手の訴訟はひきもきらずだ。実際、相続にまつわる訴訟は、年間一万三千件を超して、ずっと増加傾向が続いているっていうからね」

尾高はシロのタレ焼きを頰張ると、口を動かしながら訊ねてきた。「それで、藤枝くん、どうするの？」

「正直、随分まとまったおカネを残してもらいましたし、いままでの経緯を考えると、まだもらっていないものがあるとは兄にはいいづらいんですよね」

「それ、もらった額に比べれば、誤差の範囲ってこと？」

「まあ、そういうことです。それで、兄との関係が拗《こじ》れたら、悲しいじゃないですか。親父だってそんなつもりで遺産を残したわけじゃないんですから」

尾高は咀嚼《そしゃく》していたシロを飲み込むと、ジョッキに手を伸ばした。

「それは、ひとつの考え方だとは思うけど……」

「けどなんです？」

「僕は、話すべきだと思うけどな」

「話すって……相続分がまだあるはずだってですか？」

「そうじゃない。おカネじゃないって思われるようないい方もできるんじゃないかな」

尾高はジョッキを傾けると、テーブルの上に置いた。「聞く範囲では、相続税の申告漏れがある可能性があるかもしれないし、お父さまが残された遺産も金額が大きいようだ。だとすれば、税務署は申告漏れがないかどうか、絶対に調べるよ。近頃は、相続には特に目を光らせてるっていうし、忘れていた頃に突然やってきて、追徴税を課すのが税務署の手口だそうだからね。そんなことになろうものなら、困るのは君たちだ。お互いのためにも、訊いておくべきなんじゃないかな」

「なるほど、それはそうかもしれませんね」

同意の言葉を返したものの、それでもカネの話には違いない。

それ以上に、カネに執着する昭恵に尻を叩かれ、そんな話を持ち出すのが、不愉快極まりないという思いもあった。

もう、カネの話はここまでだ。

真也はジョッキを持ち上げると、半分ほど残っていたビールで内心の葛藤を一気に飲み下すと、

「生中のお代わりください」

店の中に向かって大声でいった。

5

「それで、旦那さん、なんだって？」

テーブルの上に灯るキャンドルの光のせいで、美沙の顔は陰影を強くする。

目が輝いているのは、キャンドルに灯る小さな炎が瞳に映っているせいもあるが、それだけではない。

いま交わされている話の内容に興味津々《しんしん》なのだ。

「なんで、お前は遺産のことに興味を持つんだ。法定相続人は、ふたりだけ。これは俺と兄貴の問題なんだって、そりゃあえらい剣幕でさ。しかも私を心底軽蔑した目で見るのよ」

コースディナーの前菜は、鮮魚のカルパッチョだ。皿の隣に置かれた、冷えた白ワインが注がれたグラスには、早くも表面に結露ができはじめている。

「それはないわあ」

美沙は、呆れたように首を振る。「そりゃあ、ご両親の面倒を見てきたのはお義兄さん夫婦かもしれないけどさ、お義母さんはぽっくり逝ったんだし、お義父さんだって、すぐに施設に入ったわけでしょう？　第一、昭恵の旦那が土地の相続権を放棄したからって、何も払わないお義兄さんもおかしいわよ。せめて権利分の何割とかを、お礼代わりに払うのが常識ってもんじゃない」

あれからひと月半が経つ。

相続のことを口にして以来、真也の帰宅時刻は以前にも増して遅くなった。文字通りの午前様、しかも泥酔に近い状態で帰宅すると、温いシャワーを浴びて早々に床に就く。

何を考えているのか。どうするつもりなのか。

訊くにも訊けない日々が続いていた。

昭恵の不満と焦燥感は募《つの》るばかりで、思いの丈を誰かに打ち明けなければ気が済まない。そこで、美沙と会うことにしたのだが、思った通りの反応を示す。

もっとも、そうした反応を示すのは、相続というカネがらみの話題のせいばかりではない。西麻布にあるイタリアンレストランは、ミシュランの一つ星を獲得するだけあって、予約を取るのが困難なことでも有名だ。料金も高額で、そう簡単に来られる店ではないのだが、今夜の食事の勘定は全て昭恵が持つといったせいもある。

「でしょう？」

昭恵はグラスを置きながらいった。「自由が丘の一等地、七十坪もの土地だもの。それだけでも、二億を優に超えるのよ。その相続権をそっくり放棄するっていううちの旦那もどうかしてるけど、はいそうですかってもらってそのままってのも、どうかしてるわよ」

「二億ぅ？」

美沙は目を見開き、声を張り上げる。

瞳に灯る光が増し、興奮のあまりかグラスに手を伸ばすと、ワインをがぶりと飲む。

「あれで弁護士だってんだから呆れるわよ。お義兄さんに丸め込まれちゃってさ。情けないったらありゃしない」

「カネ持ちほど利に聡いっていうからね。糖尿専門の開業医は儲かるから、節税、資産運用はお手の物だろうし、おカネはあるに越したことはないってことが身に染みて分かっているだろうからね」

「相続でもらったおカネは、うちにとっては大金だけど、あちらにしたら大した金額じゃないでしょうに、うちの旦那、見慣れないおカネが入ったもんで、それで満足しちゃってんのよ。ほんと、どうなってんだか」

「大金って、いくらもらったの？」

美沙の瞳の輝きがさらに増し、ぐいと身を乗り出してくる。

「いや、それはいえないけどさ。まあ、うちにとっては大きなおカネ」

さすがにこたえを濁した昭恵だったが、

「ふう～ん」

美沙の瞳に、今度は羨望の色が宿る。

ふたりが会う時の勘定はきっちり割り勘が決まりである。それが今夜はおごりな上に高級イタリアン。さぞや高額な財産を相続したのだろうと踏んだのだ。

もちろん、昭恵も気が大きくなったのは事実ではある。

家を出たとはいえ、文也は独立したとはいい難い。自身の収入だけでは、1LDKの家賃を払ってしまえば幾らも残らない。いまに至ってもなお、生活費は親が援助している。その点からいえば、七千万円は大金だし、心に余裕が生じもした。まして、真也のカネは昭恵のカネ。昭恵のカネは真也のカネ。この胸の中に鬱積した思いを聞いてもらう代償として、一度ぐらい大盤振る舞いしてもバチは当たるまいという気にもなろうというものだ。

「まあ、いくらもらったかは知らないけどさ、あちらのお義父さまは、長く開業医をなさってたんだもの、それ相応の額になるわよねえ。その点、うちは……」

美沙は一転して声のトーンを落とすと、カルパッチョを口に入れた。

「あなたの旦那の実家は専業農家で食べていけてんだもの、大きな土地を持ってるんでしょう？」

「なあにいってんのよ。今の時代に田畑なんて、財産になんかなりゃしないわよ。売っておカネに換えようにも、農業をやりたいなんて人は、いま時いるわけないじゃん」

「だったらアパートでも建てたら？　現金収入になるじゃない」

「そんなことできるなら苦労しないわよ」

美沙はワイングラスに手を伸ばす。「田舎には貸家の需要なんて、そんなにないし、それ以前に農地ってのは、勝手に転用できないの。厳密にいえば、家の改築どころか、農業従事者以外に売却することすらできないんだから」

「それ、本当のこと？」

昭恵は目を丸くして問い返した。

「じゃなかったら、耕作放棄地だらけになるわけないじゃん。農地なんか持ってても売るに売れない、使い道はない。おカネになるどころか、相続となれば税金が発生するんだからたまったもんじゃないわ」

「じゃあ、美沙の旦那には、相続するものがないってこと？」

「少なくとも、私は農業をやるつもりはないし、土地をもらったって、相続税を払った挙句、毎年固定資産税を取られるんだもの、おカネが出て行くだけのものをもらったってしょうがないじゃない」

美沙は、そこで一気にワインを飲み干すと、「まあ、旦那はなんていうか分かんないけどさ。大した金額にはならないけど、土地に価格があるのは間違いないんだし、私はその分はきっちりもらうつもりでいるけどね。もちろん、預貯金があるなら、そっちも。昭恵の旦那の実家と比べりゃ、そんなものがあったとしても、雀の涙程度しかないに決まってんだけど。ないよりはマシだからね」

再び羨望のこもった眼差しで昭恵を見る。

美沙のそんな姿を目の当たりにすると、「利に聡い」のは、何もカネ持ちに限ったことではない。

むしろ、持たざる者の方が、わずかなカネでももらえるとなれば執着するものなのかもしれない、と昭恵は思った。

そして、そこに考えが至った瞬間、昭恵は「カネ持ちほど利に聡い」は、カネに執着することを意味するのではなく、争えば損をすることをカネ持ちは知っていることを本来意味する言葉であることを思い出した。

美沙のいうように、輝彦がカネに困っていないのは確かだ。書画骨董、貴金属の評価額にしたって、輝彦にとっては取るに足らない額だろう。もし、カネ持ちが争えば損をすると考えるなら、相続すべき財産がまだ残っていることを指摘しても、すんなり応じるのではないだろうか。

そのためには、まず真也をその気にさせなければならないのだが、さて、どうすれば――。

「昭恵は、本当に恵まれているわよ」

ウエイターが空になったグラスにワインを注ぎ入れるのを、横目で見ながら美沙はいう。「介護だって事実上しなくて済んだんだし、その上遺産だものね。こういっちゃなんだけど、お姑さんも、お舅さんもご立派よ。ほとんど息子夫婦の世話にならずに、あっという間に逝ってしまったんだもの」

「その点は、本当にご立派だと思うわ。私もできることなら、ああいう最期を迎えたいと思うもの」

「誰だってそう思うけど、なかなかそうはいかないのが現実なんだなあ……」

現役の看護師だけに、美沙の言葉には実感がこもっている。「まあ、職業柄介護の話は、否応なしに耳に入るからね。施設で働く介護士は、みんなプロだけど、それでも大変なんだもの。それを家族でやろうものなら、どれだけ大変か。芸能人なんかが、主人のお義母さんを長い間介護して、最期を看取りましたなんて、涙ながらに話すのをテレビで見たりするけどさ。あれは悲しくて泣いてるんじゃなくて、ほっとして泣いてるんじゃないかと思うわよ」

「そうよねえ……。うちの場合は、お義父さんが事前指示書を残していて、延命治療の拒否と、認知症になった場合には在宅介護はするな、早々に施設に入れろって、お医者様まで指定していたからね。だからお義父さんの指示通りにしただけで済んだけど、それでもお義兄さんも、うちの旦那も、亡くなった時には、ほっとしたような顔をしてたもの」

「事前指示書を託されてたの。本当、ご立派だわあ」

美沙は驚きを露わにし、グラスを口元に運んだ手を止める。「最近、事前指示書を書く人も出てきちゃいるけど、大抵が延命治療の拒否程度だからね。認知症になった場合、それもお医者さんまで指定しておくなんて、はじめて聞いたわ」

「まあ、医者だったし、お義父さんは、認知症の介護施設に出張診療もしていたっていうからさ。たぶん、そこでいろんなケースをご覧になって、考えるところがあったんじゃない」

「じゃあ、その出張診療をしていた施設にお入りになったわけ？」

美沙はグラスを傾ける。

「違うんじゃないかしら……。お義父さんが指示したのは、確か老人内科の専門医で、その紹介で杉並中央病院に併設されている介護施設に入ったって聞いたけど」

「そっか、病院に併設された施設なら、出張診療に行くわけないもんね」

ワインを飲んだ美沙はグラスを置き、フォークとナイフを手にすると、カルパッチョの最後の一片を取りにかかる。「でもさ、恵まれる人は最期まで恵まれるものね」

「それ、どういう意味？」

「私、大学病院に勤めていた時代に、内科にいたことがあったのね。普通、医学部の教授って、看護師なんかに気を遣わないものだけど、ある先生だけは違ったの。それはよくしていただいてね。退官なさってからも年賀状のやり取りが続いたんだけど、五年前だったかな、突然来なくなったのよ。どうなさったのかと思ったら、認知症になられて施設に入ったっていうの。それも、入って間もなく亡くなったんだって」

美沙は羨ましそうにいい、カルパッチョを口に入れた。

「まるで、お義父さんとそっくりじゃない」

「おカネに恵まれ、地位に恵まれ、何一つ不自由しない生活を送って、最期はほとんど周りに迷惑をかけることなくぽっくりって、最高の人生じゃない」

「それはそうだけど……」

職業も同じ医師、介護施設に入所して間もなく死亡。

認知症の患者はたくさんいるし、突然死を迎える人もいるのだろうが、偶然にしては、あまりにも似すぎていることに、昭恵は何か引っかかるものを覚えた。

「看護師はさ、いろんな死に方を見てるからね」

美沙はいう。「意識なんかとっくになくなっているのに、体に何本ものチューブを取り付けられて、枯れ木のようになって死んでいく人もいれば、苦しさのあまり、死なせてくれって懇願する人もいる。でもさ、人間って意外に生命力が強くてね、そう簡単には死なないのよ」

「そういえば、だいぶ前にガンの末期患者に懇願されて、医者が安楽死させた事件があったわよね」

美沙はフォークとナイフをテーブルの上に置くと、

「あったわねえ……」

しんみりとした口調でいった。「看護師の私でさえ、患者さんに死なせてくれって懇願されたこと何度もあるもの。患者さんだって、自分はもう助からない。死期がそこまで迫ってるって分かるからね。いま、患者さんが味わっている苦痛が、意味のないものだってことは、担当医も看護師ももちろん承知しているわけだし、なんとかならないのかって、家族からいわれることだってあるからね……」

「じゃあ発覚しないだけで、密かに安楽死が……」

「まさか。それはないわ」

美沙は顔の前で手を振った。「それこそお義父さんが事前指示書を残したように、いまでは家族、あるいは患者本人の意思が明確ならば、延命治療を施さないことが認められるようになったからね。ひと頃、安楽死だって問題になったケースの大半は、いまだったら何の問題にもならないわよ」

「延命治療はそうかもしれないけど、薬物を注射して殺人に問われたケースもあったんじゃなかったっけ」

「それは、いまでも立派な殺人。いくら患者に懇願されたからって、そんなリスクを冒す医者がいるわけないわ。やろうものなら、それまでのキャリアも、将来も台無しになってしまうんだもの、誰だって患者さんより、我が身が可愛いに決まっててんじゃない」

「でも、実際にやった医者がいたわけでしょう？」

「あのさ……いくら医者でも人を意図的に死なせるのは、簡単な話じゃないの」

素人はこれだから困るとばかりに、美沙は苦笑する。「昭恵がいってるケースって、塩化カリウムを注射して死なせたやつのことでしょう？」

「薬の名前は覚えてないけど……」

「確かに塩化カリウムを注射すれば人間は確実に死ぬし、そこそこの病院なら常備しているから、簡単に手に入れることはできるわよ。でもね、そんな危ない薬だけに、厳重に管理されていて、いつ誰がどの患者に使用したか、記録も残さなければならないし、監査だってあるわけよ。あなたがいってるケースでは、安楽死が行われたことを公表したのは病院だったけど、そりゃあ発覚するのは時間の問題だから。その前にって、病院が慌てて公表したのよ」

「そっか……」

やっぱり、偶然なんだ……。

美沙の言葉に納得した昭恵は、カルパッチョを片づけにかかった。

「どうしたの？　急に安楽死のことなんか口にして」

美沙は、怪訝な顔をして問うてきた。

「自分はどんな最期を迎えるのかって考えたら、ちょっと気になっちゃってさ。だって、あなたが、恵まれる人は最期まで恵まれるなんていうんだもの。恵まれない私は、どうなるのかって心配になったのよ」

「昭恵がそんなことといったらバチが当たるわよ」

美沙は、少し怒ったようにいう。「弁護士に定年はないし、あんただってそうでしょ。その気になれば、塾の講師や家庭教師ぐらいやろうと思えばできるじゃない。少子化で子供の教育費に糸目はつけない親が増えてるっていうし、プロの家庭教師って結構な収入になるって聞くわよ」

「だから弁護士っていったって、様々なんだから。まして、私の実家の母親だって、いつ介護が必要になってもおかしくないんだからさ。弟だって決して豊かってわけじゃないんだもの。支援を求められたら、どうなることか……」

美沙は、グラスに残った白ワインを一気に飲み干すと、

「それは、うちも同じだわ……」

表情を曇らせ、ため息をついた。「送るのも大変、送られるのも大変……。ほんと、人生を全《まっと》うするのも大変だわ……」

「まあ、いいこともあれば、悪いこともある。先のことばかり考えてもしょうがないんだけどさ……」

「本当ね。こうして昭恵のおごりで、こんなイタリアンをご馳走《ちそう》になれるんだもの。少なくとも今日は、と、て、も、いいことがあった一日になったわ」

美沙は、白い歯を覗かせて満足そうに笑った。

「じゃあ、そろそろ赤ワインに変えよっか」

昭恵は、そういうとウエイターに向かって、ワインリストを持って来るよう命じた。

第四章

1

読み込んでいた公判資料から、真也は目を上げた。

最近、長い時間文字を追っていると、目が酷く疲れる。

背もたれに上体を預け、目頭を揉む。冷めた茶に口をつけ、ほっと息を吐いた。

遺産の申告漏れの件で、昭恵と一悶着《ひともんちゃく》あってから、二ヶ月近くが経つ。

輝彦には、遺産を受け取った礼の電話を入れたものの、やはり書画骨董の件は切り出せなかった。

昭恵がいうように、確かに二百万円は大金だ。自分たちの老後、文也の将来を思えば、少しでも蓄えが多いに越したことはないのも事実である。

いまにして思えば、尾高のアドバイスに従って、礼の電話をした際に、税務調査を理由に申告漏れがあるんじゃないかといえば済んだだろうに、やはりカネの話は苦手だ。

性分もあるのだろうが、それ以上に弁護士をしているうちに、人間の本性を嫌というほど見せつけられてきたせいもある。

長年放置してきた実の親が交通事故で死亡した途端、息子は「大切にしてきた母親を」と嘆き、険悪な仲であった嫁もまた「あんないいお義母さんが」と涙を流し、加害者に「許せない！」と怒りを向ける。労働争議にしたって同じだ。自殺の原因は過労やいじめによるものだと訴えながら、実は様々な要因が重なってのことではないかと思われるケースも少なくない。

身内の不幸な死に直面すると、その因を外に求めようとするのが人間の常だ。交通事故の場合なら加害者だが、過労死となると会社、時には国や社会までをも対象にする。そして、いずれのケースにおいても、最終的に決着をつけるのはカネである。

それで終《しま》いかといえば、そうではない。額の多少にかかわらず、今度は分配を巡って、遺族の中で争いに発展することは珍しい話ではない。

そんな光景を目の当たりにするたびに、「ああはなりたくない」と何度思ったか——。

大学入学と同時に家を出て以来、輝彦とは顔を合わせる機会が少なくなった。お互い家庭を持つようになってからは、ますます減った。ここで兄弟間に波風が立ったとしても、何が変わるというわけでもないのだが、その原因がカネとあっては、あまりにも情けない。

問題は昭恵だ。

意図的に話す機会を避けていることもあったが、昭恵とはあれ以来、申告漏れのことについて話し合ってはいない。しかし、あの時の口ぶりや、表情からすると、もらえるものはもらう、という意思は本物のようだ。

さて、どうしたものか……。

机の上に置いたスマホが鳴った。

パネルには文也の文字が浮かんでいる。

文也が電話をしてくるのは珍しい。しかも、まだ昼を過ぎたばかりである。

画面をタップし、スマホを耳に押し当てた。

「もしもし――」

「あっ、父さん……」

文也の声はいつになく暗い。そういったきり、口ごもる。

「どうした。珍しいじゃないか、何かあったのか？」

「ちょっと会って相談したいことがあるんだけど……」

「相談？　そりゃ構わないが、電話じゃ済まない話なのか？」

文也は短い沈黙の後、口を開いた。

「実は今日、学長名で、次回から非常勤講師の契約期間は最長五年とするって通達を受けたんだ」

「五年？」

五年の契約期間と聞けば、ピンとくる。

果たして、文也はいう。

「これまでは、非常勤講師の契約は一年ごとだったけど、特に問題がなければ、七十歳まで働けたんだ。それを五年と区切ってきたからには、契約期間が終了した時点で雇い止めにするつもりに間違いないと思う。それで、父さんに相談に乗ってもらいたくて……」

「それは構わんが、法学部にだって非常勤講師がいるじゃないか。労働法を専門にしている人だっているだろう」

「労働法を専門にしていても、大半は学者だからね。現役の弁護士もいないわけじゃないけど、講師の報酬なんかどうでもいい。法学部の講師って肩書きが箔付けになるからやってるんだ」

「下手に、お前たちの側に立って大学の方針に異を唱えれば、講師の肩書きがなくなってしまうってわけか」

「五年後に雇い止めになって次の職場を探しても、専任、まして准教授として採用されるとは思えないし、非常勤ってことになったら、五年後には、また同じ目に遭う。しかも大学は、次回の契約からは、担当する授業のコマ数を三つに制限するっていってきてるんだ」

「コマ数を制限する？」

「少なくとも、いま僕が持っている授業は一コマ減る」

いまでさえ、年収二百万程度の文也の収入が、一コマ減れば自立した生活を送るどころの話ではない。この先も、文也の生活は親の援助なくしては成り立たないということになる。

「酷い話だな」

真也は胸中に怒りがこみ上げてくるのを覚えた。

当事者が息子でなくとも、是非とも力になりたい事案だ。

「分かった」

真也は、即座にこたえを返し、「夕方、渋谷まで出られるか？」と問うた。

「今日の授業は三時半に終わるから、父さんの都合に合わせるよ」

「じゃあ、五時に渋谷のハチ公前で」

「忙しいところ、申し訳ないけど……」

「気にするな。とにかく、詳しい話は会ってから聞く」


前に文也とふたりだけで外で会ったのは、いつだったか。

改めて考えてみると、いつどころか、そんなことがあったのかどうかも思い出せない。

幼い頃には、遊園地に連れて行ったこともあれば、旅行に出かけたこともあるのだが、いつも昭恵と三人だった。中学に入ってからは、勉強一筋。それ以外の時間は、部活や友人と過ごすことが多かったし、大学に進んでからは、学者の道を目指したこともあって、研究室に籠ることが多くなった。

思春期を迎えた頃から、文也との間に微妙な距離が生じたのを感じはしたが、それは、子供が健全に成長していることの証《あかし》である。これといった問題が生じたわけでもなし、むしろ手間のかからぬ子供であっただけに、父親を頼ってきたのは、これがはじめてのことである。

しかし、真也の思いは複雑だった。

学者の道を志した時、猛然と反対する昭恵を尻目に、文也の背中を押したのは誰でもない、父親の自分であったからだ。

こうなることは、昭恵が指摘していたことだし、改正労働契約法が施行されて以来、同様の相談が多発していることは弁護士の間でもしばしば話題になっていた。

非正規労働者の契約が更新されて五年を超えた時には、労働者から申し入れがあれば、期間の定めがない無期限労働契約に転換すること、と定めたのが改正労働契約法だ。派遣労働者の安定雇用のための法改正だと政府は説明するが、それは嘘だ。

非正規労働者は、大抵が時給制だ。職歴が長くなろうと昇給の必要はないし、賞与も出さずに済む。つまり、経営的見地からすれば、人件費が常に一定で、業務量に応じて簡単に労働力を増減できる、雇用の調整弁として極めて使い勝手がいい存在なのだ。

それが、同一職場で五年を超え、労働者が望めば無期契約雇用が義務となれば、もはや雇用の調整弁とはなり得ない。五年を迎える寸前で、契約の延長を拒否するに決まっている。

渋谷駅の近くのファミレスに入り、注文したアイスティーがテーブルに置かれたところで、文也は詳しい状況を話しはじめた。

「大学が、こんな方針を打ち出してきたのは、無期契約雇用者を増やしたくないのが最大の理由だけど、もう一つ、この改正法の中で、『不合理な労働条件の相違』が禁止されたことにもあるんじゃないかと僕は睨んでいるんだ」

「不合理な労働条件って、賃金のことか？」

「以前から、噂《うわさ》になっていたんだけど、僕たち非常勤講師の一コマの報酬は、週一回授業をして、月額約三万円。ところが専任教授の年収は千三百万円にもなるっていうんだ。もちろん、教授はゼミもあるし、学内に他の仕事を抱えている人もいる。でも、専任教授の就業規定では、義務とされている授業のコマ数はたった週四コマなんだ。学生に与える単位の重さは同じでも、報酬には雲泥の差があるんだ」

「それが本当なら、確かに改正労働契約法の二十条に違反するな。まだ施行されてはいないが、同一労働同一賃金ってのが、政府の謳《うた》い文句の一つだからね。もちろん、役職やキャリアによって、報酬に差がつくのは当然ではあるんだが、そこまで差があるとなると、合理的な説明なんてできないよ」

「それに、教授や講師の経歴は様々だけど、博士、修士はおろか、学士しか持っていない人だって大勢いる。なのに、勉強と研究を重ねて学位を取った人間は、大抵が非常勤講師から。そもそもが、そこからしておかしいんだよ」

文也は、かねてから抱えていた不満を口にする。「そりゃあ、著名人や各分野で実績を残した人間を教壇に立たせることを頭から否定するわけじゃないよ。だけど、日々研究に取り組み、論文を書き、学究の徒を目指している人間が、准教授どころか、常勤講師にさえなれないってんじゃ、博士課程になんか進むやつはいなくなるよ。それって大学の存在意義に関わる大問題だと思うんだ」

文也の指摘はもっともである。

しかし、博士課程から講師、准教授、教授と、一貫して象牙の塔の中でキャリアを積み重ねた人材が、その分野の権威と称されるようになったとしても、学界内のことである。大学が存続できるのも、学生がいればこそ。学生を確保するためには、大学の名前をいかにして世に知らしめるかが鍵となる。大学が、メディアを通じて学校名を露出する機会が多い人材を、多く抱えたいという気持ちになるのも無理はない。

「まあ、それは大学の方針だからな。大学教員は教職免許が必要じゃないし、そのこと自体は法律に違反しているわけじゃない」

真也は、アイスティーに口をつけると、文也に問うた。「で、父さんに、何をして欲しいんだ。力になれることなら、できる限りのことはするが？」

おそらく、大学側との交渉にあたっての戦略か、あるいは弁護士として、直接交渉にあたって欲しいとでもいうのか。そんな言葉が出てくるものと考えていたのだが、文也の口を衝いて出たのは意外な言葉だった。

「僕……講師を辞めようかと考えてるんだ……」

「辞める？　辞めてどうする？」

「もう一度、勉強し直そうかと……」

「勉強し直すって……お前、もう三十なんだぞ？」

文也は視線を落とし、項垂《うなだ》れる。「今回のことで、はっきりと分かったんだ。このまま大学に居続けても、准教授はおろか、常勤講師にもなれないって。同僚の中には、訴訟を起こしてでも大学の方針を撤回させるっていってる人間も多くいるし、労働法の教授も応援するっていってはくれているんだけど、それで何が変わるってわけじゃない。非常勤講師の契約が、いままで通り、一年ごとに更新され、それが七十歳まで続く。つまり、いまの待遇がずっと続くだけだと思うんだ」

大学の打ち出した方針を巡って、団体交渉を行えば、雇用者に対して反旗を翻したことになる。勝利を収めたとしても、その後、反乱分子が冷や飯を食わされることになるのが労働争議の常だ。世相からして、他大学も同様の方針を打ち出してくるだろうから、職を求めようにも経歴を見た段階で相手にもされまい。それどころか、仮に他大学に採用されたとしても、新規契約に当たって、五年の有期採用が条件となっても、違法性はない。つまり、留まるも地獄、辞めるも地獄という状態に陥ることになる。

だから、文也が学者の道を断念する気持ちも理解できないではない。しかし、これから勉強し直しても、実務経験が皆無の三十歳を、雇う企業があるとは思えない。

なんとこたえたものか、真也は言葉に詰まった。

文也は続ける。

「それに、大学が今回の方針を打ち出したのは、間違いなく、今後ますます顕著になる少子化を念頭に置いてのことだと思うんだ。大学はすでに淘汰《とうた》の時代に入っているからね。潰れた大学の教員が、再就職先をどこに求めるかといえば、やっぱり大学だ。閉校にならずとも、規模を縮小すれば解雇される教員も数多く出てくる。少ないポストを巡っての競争も、激しくなるばかりだろうし……」

「淘汰されるにしたって、順番ってものがあるだろう。お前の学校は――」

有名校じゃないか、といおうとしたのを、

「潰れることはなくとも、大学側の買い手としての立場が強くなるのは間違いないじゃないか」

文也の言葉が遮った。「買い手の立場が強くなるんだから、売り手の条件が良くなることはあり得ないよ。今回の場合だって、明文化されてはいないけど、七十歳までは一年ごとに契約が延長され続けるってのが暗黙の了解事項だったからで、新規採用にあたっては、五年契約が前提になるに決まってるよ。それじゃあ、他の大学と掛け持ちできたとしても、五年経てば契約終了。その時、次の仕事が見つかるかどうか分からない。いや、まず見つからないよ」

文也の読みは、間違ってはいない。

真也は腕組みをし、深いため息を漏らすと、

「で、勉強し直すって、何をするつもりだ？」

考えを問うた。

「教員免許を取って、高校か中学の教師はどうかと考えたんだけど、どっちも少子化が進むに従って、学校数も減るに決まってるから同じ目に遭うだろうし……」

否定した考えを先に話すのは、自ら下した結論を正当化しようとする際に、よく見られる論法である。それも、端から結論を口にすれば、相手が肯定的な反応を示さないと分かっている場合が大半だ。

「まあ、そうだろうな」

真也は理解を示し、「それで?」と、先を促した。

「これからの時代はやっぱり資格が必要だと思ってね。医学部に入り直そうと……」

文也は、反応を窺うように上目遣いで真也を見、語尾を濁した。

「医者になろうってのか?」

さすがに、これには驚いた。「医者になるといっても、仮に合格したって、お前は三十一だぞ。卒業の時点で三十七。一人前になるまで、それから何年かかると思ってんだ?」

「企業に勤めてから医者を志した人は少なからずいるし、平均寿命が八十歳を超えてる時代じゃないか。四十年は続けられるだろうし、その間安定した生活が送れるんだよ。うちの大学の医学部の、過去五年間の入試問題を解いてみたけど、全教科合格点は全てクリアできた。人生をリセットするには、これしかないんだ」

農学部と医学部の試験科目は、ほぼ同じだ。高校生の頃は、医学部を志望しても合格は間違いないといわれていたのも事実だし、学者の道を歩みはじめてからは、遥かに高度な学問に日々打ち込んできたのだ。医学部とはいえ、大学入試程度の問題を解くのは朝飯前には違いなかろうが、それにしてもだ。

「あれほどの覚悟をもって学者の道に進んだのに、断念するってのか」

安易に過ぎるような気がして、真也は問うた。

「そりゃあ、学者で生涯を全うしたいとは思うよ。だけど、准教授どころか、常勤の講師になれるかどうかも怪しいし、これから先、ポストの絶対数が減っていくんだよ。どう考えたって、お先真っ暗じゃないか。このまま親に援助してもらいながら、いまの仕事を続けるのは、あまりにも惨めだし、父さんだって迷惑だろ?」

「あのな、患者がいてこその医者だぞ。人口が減ったからって、医学部はそう簡単に潰せるもんじゃない。医者が毎年一定数生まれる一方で、患者の数が減れば争奪戦だ。医者だって寿命が延びれば、現役を続ける期間が長くなる。四十年の間には、医者も歯医者と同じことになっちまうぞ」

「その時は、海外に行けばいいじゃないか」

文也は、あっさりといった。

「海外?」

「医者だってピンキリだからね。財力にものをいわせて医学部に入り、医者になったはいいが英語じゃ診療できないってのは当たり前にいるけど、いまでさえ論文はもれなく日本語と英語で書いているし、学会の発表や、外国人の研究者たちとの会話も英語だよ。世界には、日本の医師免許がそのまま通用する国がないわけじゃないし、患者がいなくなったら海外って手もないわけじゃない」

どうやら、昨日今日に思いついたものではないらしく、相当に下調べが済んでいるらしい。

こちらの質問や考えは、先刻お見通しとばかりに、文也はこたえる。

「学費はどうするんだ」

真也は強い口調で問うた。「お前、親に援助してもらうのは惨めだっていったけど、医学部を終えるまでの学費はどうするつもりなんだ？　蓄えがあるわけじゃなし、とどのつまりは、医者になるための学費を面倒みてくれ。それが、今日の相談の目的なのか？」

こたえは聞くまでもないことは分かっていた。文也の気持ちも十分に理解できる。口調が強くなってしまったのは、医師を目指すという考えが安易に思えた以上に、自分が背中を押したあげく、反対していた昭恵のいった通りになってしまったことへの、後ろめたさを覚えていたからかもしれない。

文也は視線を落とし、力なく項垂れると、

「その通りなんだけど……このままじゃ、父さん、母さんに迷惑をかけ続けることになる。俺……お祖父《じい》ちゃんが死んだ時、もし、父さん、母さんが同じようになったら、どうするんだろうって思ったんだ……。いまの状況がずっと続くなら、俺に親をみる力はない。かといって、他に面倒をみる人間は、うちにはいない。だから、俺……」

そこで、言葉を飲んだ。

声が震えているようだった。

「文也……お前……」

「虫のいいお願いだってことは分かってる」

顔を上げた文也の目に、涙が浮かんでいる。「だから、出してくれとはいわない。貸して欲しいんだ。医者になって、きちんとした収入が得られるようになったら、絶対に返すから。お願いします」

　文也は懇願すると、頭を下げた。

2

　都築康子《つづきやすこ》は内科の看護師で、美沙が勤めている総合病院で働くようになって、ふた月目を迎えた新人である。

　もっとも、看護師としてのキャリアは二十二年になるからベテランの域に入る。

　看護師不足は、病院経営者にとって深刻な問題だ。

　平成以降、政府は看護師の養成数を四万人から六万人に増やしたものの、看護師が多いとされる四国や九州での有効求人倍率ですら一倍から三倍、関西から東になると、二倍から五倍近くとなる。働き口に困らなければ、頻繁に転職を繰り返す看護師も出てくるわけで、都築も、これまで三度、職場を変えている。

　四十歳を過ぎて独身。面接の際に提出された履歴書を見ると、職場を変えるごとに一年程度の空白期間があることから、結婚して家庭を持つという月並みな人生よりも、趣味に生きる道を選んだらしい。おそらく、この病院もいずれ辞めるつもりなのだろうが、それを見越した上での採用である。とはいえ、少しでも長く働いてもらえるに越したことはない。そのためには、まずは良好な人間関係を築くに限る。

「偉いわねえ。それ、手作りのお弁当でしょう？」

看護師の休憩室で、弁当を広げた都築に向かって、美沙はいった。

「全部、昨日の夕食の残りなんです」

都築は、くすりと笑いながら箸を取る。「一人暮らしで毎日、ほとんど自炊ですから一食分だと食材が余っちゃうんです。いままでは、好きに生きてきましたけど、私も四十過ぎたし、そろそろ老後に備えないといけませんので」

「なにいってんのよ。昔と違うんだから。いまの時代の四十なんて、働き盛りの真っ只中。人生これからじゃない」

「もう十分に好きなことやってきましたから」

都築はガンモドキの煮物を頬張る。「師長さん、面接の時にはお訊ねになりませんでしたけど、私、職場を変えるたびに、一年程度、働いていない期間があったでしょう？　実はその間、東南アジアを放浪してたんです」

「放浪？」

「バックパッカーっていうやつです。計画も立てない、行き当たりばったり。安宿に泊まって、そこで出会うバックパッカーと情報を交換しながら、ガイドブックにも載っていない普通の観光客が行かないような土地を訪ねる。高校生の頃読んだ本に魅せられて、二十六歳の時にタイを訪ねたのがきっかけで、すっかりハマっちゃったんです」

「へ～えっ、若い女性が東南アジアの安宿に泊まりながら旅をねえ。大丈夫なの。随分危険なように思えるけど」

美沙の弁当は、手作りのおにぎりと、数品のおかずだ。緑茶のペットボトルのキャップを捻り開けながら、美沙は驚きの声を上げた。

面接の際に、空白期間のことに触れなかったのは、よほど人間性に問題がない限り、端から採用を決めており、質問の内容は事前に院長と打ち合わせをしていたからだが、バックパッカーとは意外である。

「危ない目にも遭いましたけど、慣れてくると勘が働くようになるんですよ」

都築の飲み物は、休憩室に備え付けの冷水機の水である。「町、宿泊施設、路地、ぱっと見ただけで、気配を感じるようになるんですよ。ここはやばいなって」

「なにも無くて済んだからいいようなものの、ご両親は反対しなかったの？」

「そりゃあ、最初に旅に出る時は、猛反対されましたよ」

都築は笑う。「年頃の娘が放浪の旅。しかも、東南アジアですからね。親の世代がイメージしてる東南アジアって、貧しくて、不衛生で治安も悪い。師長さんだって、そう思ってるでしょう？」

「まあね」

「そうした一面があるのは事実ですけど、田舎に行くと、そんなに悪い人はいないんです。貧しいことは確かなんですが、その分、人間が素朴なんですよねえ。親しくなれば、地域の人が、いろいろ周辺の事情を教えてくれるし、無茶さえしなければ、それほど危険ってわけでもないんです。それに両親は、私が一旦、こうと決めたら、絶対にいうことを聞かない性格だってことは知ってましたから、しょうがないってなもんですよ」

「老後に備えるっていうからには、バックパッカーは止めにするわけ？」

「ええ、足を洗います。きっぱりと」

どうやら、ここを数年で辞めるつもりはないようだ。

管理職としては嬉しい話だし、院長にとっても朗報である。

「それは、どうして？　何かきっかけがあったの？」

「生涯一人って、簡単な話じゃないなって気がついたんです」

都築は真顔になっていった。「お一人様の老後とか、家族は不要だとか、一人の人生が気楽だみたいなことをいう人がいますけど、それは経済的に恵まれていればの話です。東南アジアを旅しているうちに、それに気がついたんです。医療だって、日本のレベルにはほど遠いし、病院そのものがないって地域はざらにありますからね。第一、病院があっても、医療費がないって人の方が、圧倒的に多いんです。まして、老人介護施設なんてものは、あったとしても、使えるのは、ほんの僅かな富裕層だけです。病気の人を看病するのは誰か、老いた両親の面倒を見るのは誰かといえば家族なんですよね」

「そうよねえ」

そこに思いが至ると、自然と声が暗くなる。「私も、高齢の両親が田舎にいるけど、介護施設になんかとてもとても――」

美沙は声を落とし、小さなため息をついた。

「好き勝手やってきて、そこに気がついたのが六年前。かといって、婚活をする気にもなれないし、身に染み付いた習性ってのはそう消せるもんじゃありませんからね。合コンにも参加したんですけど、バックパッカーをやってたって話した途端、相手がドン引きしちゃうんですよ。変わった女だと思うんでしょうね」

都築は、明るい声で笑った。

「日本人の若い男の子は、内向きだっていうからね。それなら、いっそ同好の士を探せばいいんじゃない。海外を長いこと旅してれば、日本人のバックパッカーにもたくさん会ったでしょう」

「私、結婚に向いていないと思うんです」

「そんなの、してみないと分からないわよ。まだ、子供だって産める歳なんだし」

「これから子供を産んだら、成人する頃には、私、六十を超えるんですよ。それから老後の蓄えなんて無理です。それに――」

「それに、なに？」

「仮に結婚したとしても、相手だって私と同じくらいの年齢じゃないですか。平均寿命は男性の方が短いわけだし、長患い、あるいは介護が必要になったら、誰が面倒見るのかっていったら、私ってことになりますよね。じゃあ、私が同じことになったら、誰が面倒を見てくれるのかっていえば、誰もいないじゃないですか」

美沙は、きょうだいは？　と訊ねようとしたが、愚問であることに気がついた。

実のきょうだいでも、独立すれば財布は別だ。経済的負担が伴うことをしてくれるわけがないし、誰も見てくれないのと同じことになるのは間違いないからだ。

「介護施設があるって、簡単にいいますけど、おカネがかかるんですよねえ……」

都築は声のトーンを落とし、箸を置くと水を一口飲んだ。「前に勤めていた病院は、介護施設を併設していたんですけど、最低でも月に四十万からの費用がかかるんですよ」

「そういえば、都築さんは杉並中央病院に勤めていたのよね」

都築は頷く。

「まあ、東京のことだし、田舎に行けば遥かに安い施設があるんでしょうけど、それにしたって、年金だけじゃ賄い切れませんからね。それに、私が老後を迎える頃には、医療制度も介護制度も、悪くなることはあっても、良くなることはないと思うんです。杉並中央病院にいた頃に、うまく死ねるならいいけど、こんなことは滅多にあることじゃない。やっぱり備えは必要なんだって、思い知らされたことがありましてね……」

「思い知らされたことって？」

「五年前ですけど、認知症になられて介護施設に入所してきた患者さんがいましてね。入所して三ヶ月ほど経った頃に、風邪をこじらせて病棟の方に移ってきたんです。そしたら、その日の夜に心不全を起こして、亡くなったんです」

まさかと思った。

美沙は、生唾を飲み、身を乗り出した。

「亡くなった方って……ひょっとして、東都大学の医学部の教授だった津田太一《つだたいち》先生じゃない？」

「ええ、そうですけど？　師長さん、ご存知なんですか？」

「私、昔、東都大学病院に勤めていたのよ。内科の病棟看護師をしていた頃、津田先生が第一内科の教授をなさっていて、とてもお世話になったの」

「そうだったんですか」

偶然にも、上司と共通の知人がいることに驚いた様子の都築だったが、「東都大学の教授を務めた方でも、あんなふうになってしまうんですね……。それまで勤めた病院では、急患で搬送されてくる以外に認知症の患者さんを間近に見たことがなかったので、驚いてしまって……」

視線を落とし、感慨深げにいった。

「先生、どんなご様子だったの？」

「便コネするからって、介護施設の方からは聞かされてはいたんです。でも、病棟に移ってきた時は、熱も高かったし、意識も朦朧《もうろう》としていたので、まさかとは思っていたんですが……」

「なさったの？」

都築はこくりと頷く。

「見回りで、部屋に伺ったら、布団も津田さんも、便塗《まみ》れで……」

あの、津田先生が……。

はじめて聞く津田の症状に、美沙は言葉が出ない。

「それで、私、怖くなったんです。自分が歳を取って、介護が必要になった時が来たらどうなるんだろうって……」

都築は続ける。「津田さんは、介護施設でも個室でしたし、病棟も特別室。杉並中央病院の介護施設で個室に入れば、部屋の差額代と諸経費を合わせて、最低でも一日三万円から。病棟の特別室だって、一日三万五千円ですからね。津田さんは、介護施設に入所なさって三ヶ月ですから、その間だけでも三百万円以上もの費用が発生しているわけです。そんなの、普通の勤め人じゃとても負担できませんよ。相部屋だったら安いとはいっても、認知症はいつまで続くか分かりませんからね。津田さんは、短い期間で亡くなったけど、おカネが尽きたらどうなるんだろう。私には介護してくれる人間なんていないしって……」

「先生は、病棟に移られたその夜にお亡くなりになったのね」

「ええ……」

都築は再び頷いた。「夜勤の看護師が見回った時には、すでに亡くなっていたそうです」

「先生は、どうして杉並中央病院に入られたのかしら？」

「病院と介護施設を併設しているところは、そうありませんからね。それに、院長先生とは、以前からお知り合いだったみたいでしたから」

都築は、また一口水を飲むと箸を取る。「弄便を知った途端、院長先生はすぐに病室に駆けつけてきましたし、その夜も様子を見に病室を訪れたそうですよ」

「院長先生がそこまでするの？」

「馬渕先生は、優しい方ですから」

都築は、サヤエンドウの煮物を齧《かじ》り、玄米を口に入れた。「趣味の絵が高じて、挿絵画家もおやりになってましてね、その世界じゃ結構有名らしいですよ。私も、見せてもらったことがありますけど、人柄が絵にも滲み出ていて、思わず微笑んでしまうような画風なんですよね。患者さんにも分け隔てなく丁重に接するんですが、やっぱり知人となると特別なんでしょうね。病棟に移ってきた時も付き添っていらしたし、指示も事細かに伝えられましたから。津田さんが、東都大学の医学部教授だったってことも、それで知ったんです。大変、お世話になった人だからって」

何から何まで、昭恵の義父と同じだ。

津田と馬渕がかねてより親しい間柄であったこと。認知症になって、杉並中央病院の介護施設に入所してきたこと。二人とも医師であったこと。病棟に移されたその日のうちに、心不全で突然亡くなったこと――。

こんな偶然ってあるものなのだろうか……。もちろん、津田も昭恵の義父も高齢者だ。何があってても不思議ではないといえば、それまでなのだが、それにしても……。

「津田先生は、院長先生が様子を見に行った直後に亡くなったの？　その間、誰も津田先生の様子は確認してないの？」

「いえ、夜勤の看護師が、確認していたはずですよ。巡回は、時間通りにやるのが病院の決まりでしたから。あそこは、そうしたことには厳しいんです。看護師が確認した時には、津田先生はお休みになっていたそうですよ」

美沙の脳裏に浮かんでいたのは、先に昭恵と会食をした際に、彼女がふと漏らした、安楽死のことだ。

あの場では、そんなことをする医者がいるわけがないと一笑に付したが、長く看護師をやっていても、これほど似通った状況に遭遇したことはない。

「杉並中央病院では、認知症患者の突然死ってよくあるの？」

美沙は訊ねた。

「さあ……。でも、私はそれから四年働きましたけど、少なくとも、認知症患者に限っていえばその間には同じようなケースはありませんでしたね」

絶対におかしい。こんな偶然があるわけがない。

しかし、自分の推測通りの行為が行われていたとしたら、と考えると、恐怖を覚える一方で、果たして医師がリスクを冒してまで行う理由がどこにあるのかとも思う。

「師長さん……どうかなさったんですか？　顔色が悪いですよ」

都築の言葉で我に返った。

怪訝そうな眼差しで見つめる都築から視線を逸らすと、

「ううん、なんでもないの。都築さんが老後に備えてなんていうからさ、私も自分のことを考えちゃったの。私も子供いないから……。つまんない話しちゃったね。早くお昼済ませましょ」

話を取り繕い、おにぎりに手を伸ばした。

3

その日は、久しぶりに素面《しらふ》で帰宅した。

文也とは夕食を摂るつもりでいたが、あんな話を聞かされた後では、そんな気にもなれず、自宅での夕食となった。

「今日、文也に会ったよ」

キッチンに立ち、夕食の支度をする昭恵の背中に向かって、真也はいった。

昭恵は、包丁を動かす手を一瞬止め、

「珍しいじゃない。なんだってまた？」

そういいながら、また同じリズムを刻みはじめる。

「大学が、次回からの非常勤講師の契約を、五年の有期にしたいっていってきたっていうんだ」

「五年？　それどういうこと」

昭恵の手が止まった。

「決まってるじゃないか。雇い止めだよ。前から心配していたことが、いよいよ現実になろうとしてるんだ」

「雇い止めって……それじゃ、文也は……」

振り返った昭恵の顔は、強張っている。

「まあ、そうはいっても、非常勤講師の中には、労働法を専門にしている人だっているんだ。彼らが黙っているはずがないし、大学の方針には、明らかに法に反する部分がある。最終的には、現状通りになったとしても、それで解決するってもんじゃない。問題は、現状維持ってことは、あいつはいつまで経っても非常勤のままだってことだ」

「だから、いったじゃない。こうなることは最初から分かっていたのに、あなたが妙に物分かりのいいことをいって、あの子の背中を押したりするからよ」

「状況は思ったよりも悪くてな」

鬼の首を取ったかのように、激しくなじる昭恵から目を逸らし、真也は続けた。「大学の通告に異議を唱えりゃ、不満分子のレッテルを貼られる。授業のコマ数にも上限を設けるっていってきているらしいが、それは合法でどうすることもできない。かといって、他の大学に講師の口を見つけようにも、不満分子のレッテルを貼られりゃ、採用する大学があるわけがない」

「どうするのよ！　完全に行き詰まっちゃうじゃない！」

もはや、食事の支度どころではない。

昭恵は、真也の正面に座ると、どんとテーブルを叩いた。

「それであいつ、やり直したいっていってね」

「やり直す？」

「医学部へ入学して、医者を目指したいって」

「文也が、お医者さんになりたい……。本当にそういったの？」

「まあ、農学部と医学部の受験科目は似たようなものだし、修士、博士課程、講師になってからは、遥かに高度な学問をしてきたんだ。医学部の入試問題なんて簡単なもんだろうから、合格はまず間違いないとは思うんだが――」

「私は大賛成」

昭恵は真也の言葉を遮ると、一転して笑みを顔いっぱいに湛《たた》えた。「あの子は最初から、医学部に進むべきだったのよ。それだけの学力はあったんだし、これから先の時代は、絶対に資格がいる仕事につくべきよ。人がいる限り、病気はなくなるわけがないんだし、まだ三十だもの。社会に出てから、医者になった人の話だって聞いたことあるわよ」

「それでも医学部だからな。あいつに貯金があるわけじゃなし、仮に合格したとしても、バイトはまず無理だ。六年間は無収入、授業料に生活費、その他諸々。一切合切《いっさいがっさい》を俺たちが面倒みなけりゃならなくなるわけだ」

「そんなのどうってことないわよ」

昭恵は上機嫌だ。「国立なら、六年間にかかる学費は、入学金と授業料を合わせても、三百五十万円程度。東京の国立なら、家から通えば生活費なんて知れたものよ。食費だって、二人分と三人分じゃそう変わらないし、それで医者になれるなら安いものよ」

「六年間の授業料が三百五十万って……そんな程度なのか？」

「私立と国立とじゃ雲泥の差よ。私立は三千万から五千万が相場だけど、国立は違うの。生活費を入れたって、六百万かそこらで済むっていうわ。でも……」

昭恵は、そこで一旦言葉を区切ると、思いもしなかった言葉を口にした。「国立の医学部クラスの入試になると、一点、二点が命取りになるからね。万が一ってこともあるし、私立も受験した方がいいわ」

「私立って……三千万から五千万が相場だって、お前、いまいったばかりじゃないか」

「あの子の将来を考えれば安いものよ。いまのままだったら、いつになっても自立した生活なんか送れるわけがないんだもの。私たちが死んじゃったら、それこそ、どうなることか分からないじゃない」

その通りには違いないのだが、なんだか釈然としない。

初志貫徹という言葉があるが、それも道が開ける可能性があればこそ。叶わぬとなれば、方向転換を図るのは間違ってはいないし、三十という年齢は確かに若い。だが、医師という職業に転ずる理由が、食うに困らない、とどのつまりは高収入にあるとなると、余りにも安易に過ぎるように思えてならないのだ。

確かにカネは大切だ。あるに越したことはないし、邪魔になるものでもない。まして、薄給に甘んじた日々を送っていたのだ。カネの有り難みを思い知ったことだろう。学者だって、研究を続けるにはカネがいる。それが現実だといってしまえばそれまでなのだが、年齢からして研究医は無理だとしても、どんな医者になりたいのか、医者になって何をしたいのか、志というものをついぞ文也は語ることはなかった。

「五千万どころか、三千万だってうちにとっては大金だぞ。医者になったって、一人前になるまでは時間がかかるし、開業すれば話は別だが、勤務医の収入なんて一流企業のサラリーマンとそうは変わらないんだぞ。五千万ありゃ、立派なマンションが買えるんだ。そのクラスのサラリーマンが、いったい何年かかってローンを支払っていると思ってんだ」

「そこから先は文也が考えることよ。勤務医で一生を終えるのか、それとも開業するのか。どっちにしたって、いまよりはずっとマシには違いないんだから」

「開業って簡単にいうけどな、医者としての経験も積まなきゃならんし、家賃に機材、看護師、受付と人も雇わなければならないんだ。親父が生きているうちだったら、クリニックを継ぐってこともできただろうが、いまとなっては、時すでに遅しだ。一人前になった頃には、四十を超えるんだぞ。それから開業なんてできるもんか」

「何が気に食わないの？　だったら、どうしろってのよ？」

ネガティブな反応しか示さないことが、よほど腹に据えかねたらしい。「まだやり直しがきく歳で気がついた。医学部に入れるだけの学力もある。おカネだって、お義父さまから十分な額をいただいたばかり。こんな幸運はないじゃない」

昭恵は、怒気を露わに激しい口調でまたなじりはじめる。

「相続のカネを、文也の学資に当てるってのか？」

「当たり前じゃない」

昭恵は何をいっているのかとばかりに、目を丸くする。「文也のためよ。それこそ生きたおカネの使い道ってもんだわ」

そうか、そういうことか……。

子供は、父親、母親のどちらとの関係が密になるかといえば、やはり母親だ。娘なら、同性であればこそ分かり合え、あるいは語り合えることが多々あるからだが、それは息子でも同じだ。思春期になると、とかく親は煙たい存在になりがちなものだが、その傾向は父親に対して顕著に現れるのが常だ。第一、母親にとって、子供は分身だ。いくつになっても、子供は子供。何ものにも代え難い愛しい存在であり続けることに変わりはない。

おそらく、文也は大学から通知を受けて、真っ先に昭恵に相談をしたのだろう。そこで、昭恵は知恵を授けたのだ。カネのことなら心配するな。医者になるなら、全面的に支援すると——。

そんな、真也の内心が、表情に表れてしまったのか、

「それに、私立に行くのは万が一、国立に落ちた時のことじゃない。国立に受かれば、大した金額じゃないし、それこそお義兄さまから、まだ受け取っていない相続分をいただけば、それだけで六年分の学費なんかほとんど足りちゃうじゃない」

昭恵は、真也が輝彦にまだ話していないであろうことは、先刻お見通しとばかりに、痛いところを衝いてきた。

「俺のカネはお前のカネ、お前のカネは俺のカネ。うちはそうやってきたからってわけか」

「文也は、あなたと私の子供だもの。いずれ、私たちのおカネは、あの子にいくんだから、結果は同じよ」

これ以上議論を重ねても意味はない。

学者の道を断念したからには、どんな仕事に就くにせよ、年齢の一点だけでも一般企業への就職はまず難しいし、別の選択肢を提案したところで、文也がその気にならなければ不幸になるだけだ。

「まあ、いいさ。なんでいまさら医者なのか、俺には理解できないところもあるが、あいつが決めたんならしかたがないな」

真也の言葉を聞いて、昭恵は満足そうな笑みを浮かべると、黙って席を立ち、夕食の支度を続けようとした。

トートバッグの中で昭恵のスマホが鳴ったのは、その時だ。

スマホを取り出し、パネルに表示された名前を見た昭恵は、

「美沙。どうしたの？」

と耳に押し当てるなりいった。「えっ？　近いうちに会えないかって？――そりゃ構わないけど――話がある？　なんの話？――会ってから話す？　まあ、いいけど、じゃあ明後日、荒木町のあのお店で、七時でどう――分かった。じゃあその時にね」

美沙が高校時代からの友人で、度々会食をしていることは知っているが、女同士の話題に興味はない。

「会って話さなきゃならない話ってなんだろう」

小首を傾げながら呟く昭恵を無視して立ち上がると、

「ビールでも飲むか」

真也は独りごち、冷蔵庫の扉を開いた。

4

「待たせちゃってごめんなさい。仕事が長引いちゃって」

昭恵は約束の時間に、十分ほど遅れて店に現れた。

荒木町にある馴染みの小料理屋は、まだ客がまばらだ。

いつもはカウンターに座るのだが、話が話である。

美沙が座る、店の一番奥の四人掛けのテーブル席に歩み寄った昭恵は正面の椅子に腰を下ろした。

「ううん。私も少し遅れちゃったから……」

約束の時間の五分前には着いていたのだが、美沙は嘘をいった。

「そう、ならよかった」

昭恵は、にこりと笑いながら肩を竦《すく》めた。

まるで女子高生のような無邪気な仕草に、美沙は驚いた。

こんな昭恵は久しく見たことがない。

会食の場での話題は様々だが、昭恵の場合、最後は浮世離れした亭主への愚痴と、ひとり息子の将来を案ずる嘆きとなるのが常だ。当然、表情も暗くなるわけで、笑みを浮かべることはあっても、自嘲か、苦笑である。

それが今日は違う。

霧が晴れたというか、満たされた胸中が滲み出るような穏やかな笑顔である。

「どうしたの？」

美沙は、思わず訊ねた。

「どうしたって、何が？」

「なんか、すごくご機嫌じゃない」

「そお？」

昭恵はまた、ふふと笑う。

思い当たる節がないわけではない。

「あの話、うまくいったのね」

「あの話？」

「相続の取りっぱぐれのこと。そうなんでしょう？」

「ああ……あれね……」

昭恵の表情が曇ったが、それも一瞬のことで、「相変わらずよ。おカネのことになるとからっきし。いうのか、いわないのかすら、はっきりしないんだから」

不満を口にしながらも、穏やかな声でこたえた。

「じゃあ、なによ。いいことあったんでしょ。聞かせてよ」

「実はね、文也が非常勤講師を辞めることになったの」

「文也君が？　辞めてどうするの？」

「来年、医学部を受験して、医者になるって」

「どうしてまた？　文也君は、確か三十になっているんでしょ？」

「大学が次回からの契約を五年の有期にするって通達してきたのよ」

昭恵は大学の通達内容と、それによって文也に待ち受ける絶望的な将来を説明すると、「それで、あの子もようやく目が覚めてね。私に相談してきたのよ。どうしたらいいか分からないって」

「じゃあ、昭恵が医学部への進学を勧めたわけ？」

「当たり前じゃない」

昭恵は当然のように頷く。「三十まで、講師以外の仕事したことがないんだもの。就職しようにも、どこの会社も雇ってくれないわよ。派遣かバイトじゃ、講師を続けるのと同じだし、となれば資格を取って生計を立てるしかないじゃない。あの子は理系だから、会計士や弁護士は無理だろうし、その点、医学部なら受験に苦労はしないからね」

昭恵が文也の将来をどれほど案じているかは、会う度に聞かされている。まして、ひとり息子となればなおさらだし、昭恵にとっては最大の心配事であったことは確かなのだ。

それが、解決される目処がついた。しかも、「医学部に入れるだけの学力はあったのに」というのは、文也への憂《うれ》いを語る時の昭恵の決まり文句のひとつだ。それは、文也を医者にしたかったという願望の表れでもあったはずなのだ。回り道をしたとはいえ、ようやく思い通りになろうというのだから、上機嫌になるわけだ。

しかも昭恵には、義父の遺産が入ったばかりだ。どれほどの額かは知らないが、長いこと開業医であったなら、私立の医学部でも十分に足りるはずである。

そこに思いが至ると、昭恵の幸運が羨ましく思えると同時に、自分が抱いている疑念を、どう切り出したものか、美沙は戸惑った。

「大学の講師も派遣切りか……。世知辛い世の中になったものね……」

タイミングが見出せず、美沙は軽くため息をつくと話を続けた。「看護師なんか、慢性的な人手不足だっていうのに……」

「看護師だって、立派な資格仕事じゃない。だから、これから先、安定した生活を望むのなら資格が必要なのよ」

昭恵は、品書きに手を伸ばすと、「でもさ、派遣切りなんてやってると、そのうち日本に学者なんていなくなるんじゃないかしら。大学や研究所にだって、文也のような立場の人たちは大勢いるし、研究だって派遣や非正規雇用者がいなけりゃ成り立たないんだもの」

憂うる言葉を口にしながらも、どこか他人事のようにいう。

「そうかもね。どんな職場だって、下で支える人がいてのこと。病院だって、看護師や事務員がいなけりゃ成り立たないからね」

「国の研究機関でも、派遣切りがはじまっているっていうのよ」

昭恵は品書きから目を上げた。「資料の取りまとめ、研究成果のデータ化、事務処理とかは、派遣や非正規の人がほとんどやっているそうなんだけど、五年の契約期間が目前になった途端、延長はしませんって」

「じゃあ、どうするのよ。そんなことやってたら……」

「一年職場を離れて、また戻ってくるんだって」

「誰が？　その派遣や非正規の人たちが？」

「いなければ、研究所が困るからって」

昭恵はいった。「よくは知らないけど、たぶん女性が大半なんじゃないかな。自宅や親元から勤めに出てる人たちなら、仕事を求めて他所《よそ》の土地に移り住むってわけにもいかないからね。華々しい研究成果を挙げてる日本の研究の現場は、そうした人たちの善意と使命感に支えられているってわけ。だけど、それだっていつまで続くか……」

「いらっしゃいませ。今日は何を召し上がります？」

馴染みの客であるふたりに、店の女将《おかみ》が親しげに声をかけてきた。

ビールと数品の料理を注文し、女将が席を離れたところで、

「ところで、話ってなに？」

昭恵が訊ねてきた。

「どこから、話していいのか……」

口ごもる美沙に、

「なあに？　美沙らしくないわね。さっさといいなさいよ」

昭恵は、明るい声で促す。

「あのね、あなたのお義父さんのことなんだけど……」

「お義父さんのこと？」

「あなたのお義父さん、杉並中央病院で亡くなったのよね」

「ええ……」

「この前会った時、大学病院でお世話になった教授が、五年前に同じような亡くなり方をしたっていったでしょう」

「うん、覚えてるわよ」

「実は、先生がお亡くなりになったのが、杉並中央病院だったのよ」

「えっ……」

昭恵は、顔を強張らせ絶句する。

美沙は、昭恵の視線をしっかと捉え、頷いた。

暫しの沈黙の後、美沙は口を開いた。

「昭恵は、お義父さんとそっくりじゃないっていったけど、先生が亡くなったのが同じ病院だとなると、私もそんな偶然があるのかっていう気がしてきて……」

昭恵は、言葉が見つからない様子で身を硬くする。

「ごめんなさい……。なんか変な話しちゃって……」

視線を落とした美沙に、

「美沙……」

昭恵は、ようやく口を開くと、押し殺した声で訊ねてきた。「まさか、ふたりは殺されたっていいたいわけ?」

「それは、分からない」

美沙は首を振った。「つい最近、うちの病院に勤めはじめた看護師が、津田先生、あっ、大学病院に勤めていた頃、お世話になった先生の名前なんだけど、その津田先生がお亡くなりになった時に、杉並中央病院に勤めていて、その日の状況を覚えてたのね」

昭恵は、無言のまま先を促す。

美沙は続けて都築から聞かされた、津田が介護施設から病棟に移された経緯を話す。

「馬渕先生は、津田先生と親しくしてらしたこともあって、病棟に移されてから何度か様子を見にきたそうなの。先生が最後に病室を訪ねられた後に、当直の看護師が見回った時には、津田先生は眠っていたっていうの」

「それ、どういうこと？」

「お義父さんの時も、亡くなっていることに気がついたのは看護師なんでしょう？」

「ええ……確か……」

「嘔吐も苦しんだ痕跡もなかったわけよね」

「聞いている範囲ではそうだけど？」

「馬渕先生が津田先生を手にかけたって前提で話すわね」

美沙は、そう前置きすると続けていった。「亡くなったふたりの状況、馬渕先生との関係からしても、死に至るまで苦しまずに済む方法を用いた。となると、考えられるのは、まず麻酔薬で眠らせてから、塩化カリウムを投与することだけど、この前もいったとおり、塩化カリウムの管理は厳重だし、アメリカでは死刑に使われているほど即効性のある薬品だから、死に至るまでにそれほど時間がかからない」

「塩化カリウムを使わなくたって、殺そうと思えば、殺せるんじゃないの？　当たり前に処方されている薬にだって、致死量ってものがあるんだし、医者はそのあたりの知識は——」

「致死量に達する薬を飲ませれば、死ぬ前に体が反応するから、看護師が異状に気づくわよ。それに、服用薬で致死量っていったら大変な量よ。認知症の患者さんに飲ませるのはまず無理よ。注射の場合は、すぐさま効果が現れるだろうし――」

「殺人があったのか、なかったのか、どっちなのよ」

そういわれても困ってしまう。

「分からない……」

美沙は首を振った。「でも、どう考えても不自然だと思うの。同じ病院で、ふたりの認知症患者が、病棟に移されて間もなく突然死した。ふたりとも医師で、馬渕先生とは、生前親交があった。こんな偶然って、あり得ないと思うの」

「お待たせしました」

女将がビールで満たされたふたつのグラスと突き出しの小鉢をテーブルの上に置いた。

いつもなら、早々に乾杯となるところだが、今日ばかりはそんな気にはなれない。

「お義父さんが亡くなられた時、お義兄さん、なにかいってなかった?」

美沙は訊ねた。

「なにかって?」

「死因に疑問を持った様子はなかった?」

「そんな様子はなかったと思うけど」

昭恵は、当時の記憶を探るように視線を逸らし、テーブルの一点を見つめる。「私たちが病院に駆けつけた時には、すでにお義兄さん夫婦は、病室にいたからね……。馬渕先生との間で、どんな会話があったか知らないけれど、心不全という死因には納得していたように思うわ」

「そう……」

「それに、ほっとした気持ちにもなったでしょうしね。だって、いつまで続くか分からない介護から解放されたんだもの。そりゃあ、あちらの家は裕福だから、お義父さんの介護を他人に任せられたけど、その分だけ大変なおカネがかかるわけだし、精神的な負担から解放されるってわけじゃないからね。実際、うちは出る幕がなかったけれど、それでも何もかも、あちらの家任せにしておくことに、私だって後ろめたさを覚えたもの」

昭恵の言葉を聞いて、美沙ははっとした。

肉親の死を願う家族は、まずいない。だが、介護は経済的にも精神的にも、重い負担となって家族にのしかかる。まして、終わりの時が、いつやってくるのか分からないのが認知症の介護だ。

肉親との別れは悲しいものに違いないが、死を迎えることが、介護からの解放を意味するのであれば、そこに安堵の気持ちを抱いたとしても不思議ではない。

もし、そうであるならば、死因に対して疑念を抱くより、安堵の気持ちが先に立つ。たとえ医師であろうとも、すんなりと肉親の死を受け入れてしまうのではないだろうか。

やはり、このふたりの死には、何かある……。

美沙の疑念は、確信へと変わった。

「昭恵……」

視線を上げた昭恵に向かって美沙はいった。「やっぱり、おかしいわよ」

第五章

1

「それ、本当のことか？」

話を聞き終えた真也は、昭恵に向かって問うた。

日頃、滅多に電話をしてこない昭恵から携帯に連絡が入ったのは、一時間ほど前のことだ。

「すぐに家に帰って。聞いてもらいたいことがあるの」

今夜は美沙と会食の予定である。彼女と会う時は必ず酒が入り、帰宅は大抵十一時前後になる。それに真也は、外で夕食を済ますのが常だから、電話を受けたのは、渋谷の居酒屋に入ったばかりの時だった。

用件を訊ねたものの、昭恵は電話では話せないというし、声のトーンからもただならぬ気配が感じられた。

そこで、早々に家に帰ったのだが、聞かされたのは俄かには信じがたい話である。

「馬渕先生が親父を殺しただなんて、あり得ないよ。ぶっ殺してやりたいなんて、口にするやつは世間にごまんといるが、実際に殺すやつなんかまずいるもんじゃない。殺人事件だって、事の成り行きで理性を失ってしまった挙句起きるのが圧倒的に多くて、端から相手を殺すつもりで起きたケースはむしろ稀《まれ》なんだ。意図的に人を殺すなんてのは、そう簡単にできるもんじゃないんだよ。まして、親父と馬渕先生は絵仲間で、親しくしてた仲なんだぜ。あり得ないね」

真也は結論を二度繰り返し、昭恵の推測を否定した。

「でも、あり得ないっていうんなら、こんな偶然だってそうじゃない」

一瞬、返事に詰まった真也だったが、それでも、昭恵の推測を受け入れる気にはなれない。

「先生には動機がないよ。お前は馬渕先生が、親父を安楽死させたんじゃないかっていいたいようだが、安楽死は日本じゃ認められていないんだぜ。そんなことをしようものなら、どんな理由があるにせよ、先生は殺人罪に問われることになる。発覚すれば、先生は終わり。病院だって潰れちまう。誰が好き好んで、そんな馬鹿な真似をするもんか」

「それは発覚すればの話でしょ」

昭恵はぴしゃりといった。「五年前に津田先生が亡くなった時も、お義父さんが亡くなった時も、誰も突然の死を不審に思わなかった。もし、美沙が勤めている病院に、津田先生が亡くなった時、杉並中央病院に勤めていた看護師がやってこなかったら、ふたりが寸分違《たが》わず同じ死に方をしたなんて、誰も気がつかなかったのよ」

「それはそうかもしれんが、親父の死因に不審な点があったなら、兄貴が気がつくよ」

「そうかなあ」

「そうかなあって……兄貴は医者だぞ？」

「お義父さんが亡くなった時、お義兄さん、どんな気持ちを覚えたと思う？」

「どんな気持ちって……そりゃあ、実の親が死んだんだ。悲しいに決まってるじゃないか」

「それだけ？」

「他になにがある」

「同時に、ほっとした気持ちにもなったんじゃない？」

「おい！」

思わず声を荒らげた真也だったが、昭恵は意に介する様子もない。

「施設に入れたとはいえ、お義兄さんだって、大変だったと思うのね。私たちだって、お義父さんが認知症になったって聞いた時には、不安を覚えたじゃない」

「当たり前だろ。親に万一のことがあれば、面倒を見るのは子供だ。親父も兄貴も経済的には恵まれているとはいえ、うちが何もしないってわけにはいかないからな。実際、お前、あの時いったじゃないか。なにもかも、お義兄さん任せにして、それで平気なのかって」

「じゃあ訊くけど、お義父さんが亡くなった時、あなたが感じたのは、悲しみだけ？　どこかでほっとしなかった？」

真也は言葉に詰まった。

そんな気持ちを覚えたのを否定できないからだ。

「ほら、見なさい」

昭恵は言葉に弾みをつける。「私だって、そうだったもの。お義兄さんもあなたも当事者だけど、介護の一切合切を引き受けたのは、あちらの家だもの。お義兄さんだって、心のどこかでほっとした気持ちを覚えたと思うのね。だとすればよ、死因に疑問を持つよりも、死をもってしか解決されない難題から解放されたという、安堵の気持ちが先に立つんじゃないかしら」

なんとも、冷徹というか身も蓋もない指摘だが、それだけに、あながち違うとは断じられない気がしてくる。

父親の遺体を自宅に迎える支度の最中、アトリエに残された父親が描いた絵を見た時、「親父は幸せだったのかもな……」「こんな状態になってまで、生きたいとは願わなかっただろうからな。むしろ一刻も早く死んでしまいたい。そうも考えていただろうからな……」といったのは、誰でもない、この自分だし、輝彦もまたこういった。

「俺もそう思う……」「本人が、一刻も早く人生を終わらせたい、こんな姿で生き続けたくはないと願っても、叶えられるものじゃない。それが、こんなに早く終わりの時を迎えられたんだ。親父は運に恵まれた人だったんだよ……」と——。

あの言葉からして、輝彦が父親の突然死に疑問を抱くどころか、幸運だったと考えていたことは明らかだ。

「それに、お義父さんが、自分が認知症になった場合のことまで指示していたのも、なんだか妙な気がしてくるの」

昭恵は続ける。「延命治療を拒否する意思を事前指示書として家族に託す人が増えているとはいうけれど、そこまでする人っているのかしら」

「だけど、親父は端から、杉並中央病院を指定していたわけじゃなかったはずだぜ。兄貴が親父の異変に気がついて、最初に連れていったのは、確か家の近くの――」

「認知症専門の介護施設を併設した病院は、そう多くはないっていうわよ。自由が丘から、一番近いのは杉並中央病院。認知症と診断されれば、そこを紹介されるってことを、お義父さんが分かっていたとしたら？」

昭恵が何をいわんとしているかは明らかだ。

安楽死といっても、馬渕が自らの意思で父を死に至らしめたのではない。死を選んだのは父親の意思で、馬渕はそれを実行しただけ。つまり、父親は自殺したのであり、馬渕は実行を請け負った。

つまり、嘱託殺人があったといいたいのだ。

そう考えると、昭恵の推測も荒唐無稽《こうとうむけい》とは思えなくなってくる。

父親が突然死という形で終わりを迎えたことを、「幸せだったのかもしれない」といったのは、万が一、自分が認知症になった場合、同じような形で終わりを迎えたいという願望があったからだ。

もし、そうだとしたら――。

その先を考えはじめるより早く、昭恵はいう。

「もし、そうならばよ。これは完全犯罪だって美沙はいうの」

「完全犯罪？」

「病院以外の場所で死んでいるのが発見されたら、遺体は行政解剖や司法解剖にふされる。そうなれば、当然死因がはっきりするわけだけど、病院で死んだとなれば話は別。医者が心不全だと診断してしまえばそれまでだし、遺体が火葬されてしまった以上、死因なんて突き止めようがないって」

確かにその通りだ。

入院患者の突然死が、どれほどの頻度で発生するのか、詳しいことは知らない。しかし、医師に告げられた死因に納得がゆかず、家族との間で訴訟になったケースは耳にしたことはある。

昭恵の話を聞く限り、状況的には確かに怪しい。偶然と片づけるには、無理がありすぎるようにも思える。だが、それだけでは事件とはなり得ない。最近では、物証がなくとも状況証拠だけで立件された事件も少なくないが、それでも父親の死の真相を解明しようにも、物証は皆無だし、状況証拠といっても——。

「状況」という言葉が、脳裏に浮かんだ瞬間、真也ははっとなった。

アトリエに残された、父親が描いた絵のことを思い出したからだ。

老いるとは、そういうことだといってしまえばそれまでだが、あんな光景を見れば、願わくば認知症だけは避けたいと誰しもが願うだろう。もちろん、認知症といっても、進行具合も症状も人それぞれだが、感情や行動がコントロールできなくなり、健常であった頃からは、考えられない姿になることに変わりはない。それを日々間近で見守りながら介護に当たる家族も辛いが、最も辛いのは認知症になった当の本人なのではないだろうか。

そういえば、父親は開業していた当時、認知症の介護施設へ出張診療に出向いていた。おそらく、そこで様々な症状を見ているうちに、自分が認知症になった場合のことに思いが至ったのではないだろうか。

実際、父親が認知症になって、描きはじめたのがあの絵である。

同居する実の息子の嫁の慶子をモデルに、しかも描く絵のテーマは裸体と性交だ。

父親が慶子にどんな感情を抱いていたのかは知るよしもないが、元気だった頃には、想像もつかない行動なのは間違いない。そして、あの日「親父のようになったらどうしよう、人生の最期にきて、親父のようにはなりたくない」そういったのは、誰でもない、この自分である。

父親も同じ思いを抱いていたのではないだろうか。だから延命拒否の指示を残すと同時に、自分が認知症になった場合の指示も書き残したのではないだろうか。

そして、五年前に亡くなった津田もそうだったのではないだろうか。

東都大学の医学部教授といえば、日本医学界の最高権威だ。功なり名を遂げた人間は、生に執着するものだが、津田は医師である。認知症に快癒はないことは十分承知しているだろう。不治の病の苦しみからの解放は死以外にないこともだ。

津田が、杉並中央病院に併設された施設に入居した経緯は知らないが、もし、ふたりの間で、事前に認知症になった場合の合意があり、馬渕によってもたらされる死が確約されていたのだとしたら——。

そこに考えが至った瞬間、真也の胸中にこみ上げてきたのは怒りである。

いつ終わるともしれない介護に追われ、病からの解放をいくら願っても、叶わぬまま戦っている患者がいるというのに、あまりにも虫が良すぎやしないか、いや身勝手すぎやしないか。生命を預かる、医師という特権を行使し、自分たちだけが苦しみからさっさと逃れるとは……。

確かに、自分も父親のようにはなりたくはないと願ったのは事実だ。発症が判明してから、短い期間で死を迎えたことは、父親にとって幸せだったのかもしれないともいった。

その気持ちは今も変わってはいない。世間にも同じ思いを抱いている人間は、数多くいるだろう。

しかし、だからといって、三人が行ったかもしれない行為は許されるものではない。ならば、正面から、その是非を世に問うべきではないのか。もし、本当に安楽死が行われたのなら、少なくとも自分たちの考えは正しいという確信があったはずだ。もちろん、安楽死の是非を問うた瞬間から、非難の声が湧き起こるのは目に見えている。いかなる理由があろうとも、意図的に人の生命を絶つことを世間は決して許さないだろう。意図的に人間を死に至らしめる唯一の例外である死刑にしたって、廃止すべきだというのが世界の趨勢《すうせい》であることからしても明らかだ。

法を定めるのは立法府、つまり議会である。異論があれど、最終的に多数決で決まるものであるにせよ、国民の信託を得た人間たちの承認があって、はじめて成立するのが法なのだ。つまり、社会的コンセンサスなき法は民主主義社会には存在しないのだ。

弁護士としては、看過できない大問題である。

しかしだ……。

「で、俺にどうしろと？」

長い沈黙の後、真也は問うた。

「どうしたらいいか分からないから、相談してるんじゃない」

「確かに、お前の話を聞く限りでは、偶然と片づけてしまうには無理があるような気がしないわけでもない」

真也は慎重にこたえた。「しかし、物証がない以上、警察にいっても関心を示さんだろうし、杉並中央病院に併設されている施設には、認知症患者がたくさんいるんだ。これまでにも、同じような死に方をした人は、他にもいないわけではないだろうし、その中のふたりが親父と津田さんだったってことも考えられる」

「杉並中央病院に勤めていた看護師は、津田先生が亡くなってからも四年勤めたそうだけど、その間そんな死に方をした患者はいなかったっていっているのよ」

「その看護師さんって、その後の四年間、ずっと病棟勤めだったのか？」

「それは……」

「杉並中央病院は、そこそこの規模だ。認知症の患者でなくとも、他の病気で入院していた患者が、突然死することはあったかもしれないじゃないか」

「だけど――」

「それに、兄貴は医者だ」

真也は、昭恵がいいかけた言葉を遮った。「確かに、親父があんな形で死んだことについては、兄貴もほっとしたようなことはいってたさ。正直、俺だってそう思ったからな。でも、不審な点があったら、やっぱり兄貴は気がつくはずだよ」

疑わしさを覚えてはいても、いまの時点では推測にすぎない。

これまで担当した刑事事件の中には、冤罪《えんざい》を争うものもいくつかあったが、勝訴を収めた訴訟に共通しているのは、結論ありきで捜査を進めた警察や検事の取り調べに問題があったことが認められた点にある。

結論ありきで動き出すと、辻褄を合わせる情報や証言ばかりに目がいくようになり、どうしても、不都合な情報や証言を排除する意識が働くようになってしまうのだ。

内心では、安楽死が行われた可能性が高いと思いながらも、昭恵の推測に否定的な見解が口を衝いて出てしまったのは、過去の冤罪事件を担当した際に、痛切に学んだ、人に嫌疑をかける際への思い込みの恐ろしさを思い出したからだ。

「じゃあ、何も行動を起こさないつもり？」

昭恵は非難の声を上げた。

「いや、そうじゃない」

真也は、昭恵の目を見つめ、静かにいった。「いまここで、お前がいうような行為があったのか、なかったのか結論づけることはできないといってるだけだ」

「それじゃ、どうするの？」

「調べてみるよ」

「調べるって何を？」

「まず、津田先生が、どんな経緯で杉並中央病院が併設する介護施設に入ったのかだ。先生の意思だったのか、それとも偶然だったのか。もっとも、馬渕先生とは生前親交があったそうだから、そのご縁もあってのことかもしれないがね」

「そのご縁があったからこそ、あの施設に入ったに決まってるじゃない」

「結論ありきでいうのはよせ。あったのか、なかったのか、いまここで判断できないっていったばかりだろ」

真也は、ぴしゃりと戒めると続けた。「次に医者だ。入院中の患者の突然死がどれほどの頻度で起こるのか。不審を抱かれることなく、入院中の患者の命を絶つことができるのか。それも、時間差を持たせて死に至らしめる方法があるのか、医者に訊いてみる」

「津田先生のことなんて、どうやって調べるの？」

「俺は弁護士だぞ。調べようと思えばいくらだって手はあるさ」

「大した自信だこと」

昭恵は、鼻を鳴らした。

いいたいことは分かっている。

それなら、少しはカネになる案件を手がけりゃいいのにと、いいたいのだ。

「もっとも弁護士の目からすれば、難しいケースだがね」

真也はいった。「仮に、お前の推測通りの行為が行われたとしても、だいぶ時間が経っているからな。現行犯じゃない限り、犯罪を立証するには、証拠か自白がなければまず無理だ。それに、馬渕先生だって発覚すれば全てが台無しになることを承知でやるからには、完璧を期すはずだ。やったというわけがないし、証拠になるようなものは、綺麗さっぱり処分しているだろうからね」

「じゃあ、どうするのよ」

昭恵は、苛立った声を上げる。「お義父さんが、安楽死させられたのに、証拠がないからお咎《とが》めなしっていうんじゃ、泣き寝入りじゃない」

「泣き寝入りって、お前、何を望んでるんだ？」

真也は、思わず問うた。「法に基づく罰か、それとも他の何かなのか？」

「それは……」

昭恵はバツの悪そうな表情になり、視線を落とした。

何を望んでいるのか、重ねて訊く気にもなれない。

「まあいいさ」

真也は、ふうっと大きく息をすると、「俺はあくまでも、自分の信念に基づいて調べてみるよ。真実を知るためにね」

席を立ちながら念を押した。

「それから、この話は誰にもいうんじゃないぞ。いまの時点では、あったともなかったとも、分からないんだからね。美沙さんにも、そう伝えておくように」

2

「お初にお目にかかります。藤枝でございます」

真也は名刺を差し出しながら頭を下げた。「この度は、突然のお願いにもかかわらず、講演をご快諾いただき、ありがとうございました」

「津田でございます」

名刺の交換を終えた津田洋平《ようへい》は、「どうぞ、お掛けください」

着席を促してきた。

「つまらないものですが、講義の合間にでも……」

真也が菓子の入った紙袋を差し出すと、

「これは、ご丁寧に。じゃあ、遠慮なく頂戴いたします」

洋平は軽く頭を下げ、「何か、お飲みになりますか？　といっても、お茶か缶コーヒーしかありませんが」

洋平は立ったまま訊ねる。

「いや、どうぞお構いなく」

「私だけ飲むわけにもいきませんので……。ご遠慮なさらずに」

洋平は、銀縁眼鏡の奥の目元を緩ませる。

「では、缶コーヒーを頂戴します」

小型の冷蔵庫の中から取り出した缶コーヒーを机の上に置き、正面の椅子に腰を下ろした洋平は、

「弁護士事務所では、秘書さんがお茶を出してくれるのでしょうが、ここではそうもいきませんので」

恐縮した様子でいう。

壁面に設けられた書架を埋め尽くす本。収納しきれなかった本や書類が、うずたかく積み上げられた机。部屋の中央に置かれたテーブルを囲むパイプ椅子。窓際には津田の机があり、そこもまた本や書類が山となっている。

「懐かしいですねえ。大学を卒業して以来、ゼミ室というところに足を踏み入れるのは初めてですが、私が学生だった頃と何も変わってないんですね」

真也は、目を細めながら室内を見渡した。

「教える内容は、時とともに変化していきますが、学問の場であることに変わりはありませんから。ゼミ室は教授と学生、人間と人間が向き合って学ぶ場です。ゼミという形式が存在する限り、外の世界が変わっても、部屋の光景は、これから先も変わらないでしょうね」

長身瘦軀《そうく》、豊かな白髪の洋平は、六十八歳。湘南にある私立大学の教授をしている。ここで教《きょう》鞭《べん》を執る以前は、都内の国立大学の教授をしており、定年退官を迎え、名誉教授になったのを機に、この大学に転じたという経歴を持つ。専門は社会学。この分野では名の知れた人物で、最近も日本の高齢化社会を論じた本が、話題になったばかりだ。

昭恵には、「調べようと思えばいくらだって手はあるさ」とはいったものの、津田の家族と面識があるわけでもなければ伝手《つて》もない。そこで、杉並中央病院で亡くなった、津田の名前をネットで検索してみたところ、洋平の存在が浮かんできたのだ。

津田洋平の名前は、新聞や雑誌で何度か目にしたことがある。もっとも、その多くは、コラムやインタビューで、主に日本社会が抱える問題点を論じ、それも長期的視点に立つものが多いという程度の知識でしかない。

そこで、数ある洋平の著書をネットで購入することにしたのだが、驚いたのは読者の評価である。五段階評価の一が圧倒的に多いのだ。

レビューに至っては、それこそ著者の思想はおろか、人格を否定するようなものばかり。実際に読んでみれば、なるほど読者の反応も理解できなくはない。

論ずるテーマは著書によって異なるのだが、内容に共通するのは、現代社会が直面している問題が何に起因するものなのかを深く分析した上で、問題を解決することが新たな問題を生み、さらに解決を困難なものにすると指摘している点だ。

たとえば、「少子化は高学歴社会の宿命」であるとか、「医学の進歩は国民を不幸にする」とか、幸せになるための人間の努力を真っ向から否定するような刺激的な言葉が並ぶ。

おそらく、読者が厳しい評価を下すのは、洋平の論に反論のしようがない、つまり、絶望的な日本の、ひいては己の将来を見せつけられ、「こんな、身も蓋もないことを書きやがって」と、対価を支払った挙句に不快感を覚えさせられたことに、腹が立ったのだろう。まして、解決策が提示されていないとあっては、「だったら、どうすればいいのだ」と文句をいいたくなる気持ちになるのも分からないではない。

加えて、最近の著書には、東日本大震災が引き起こした原発事故を機に、国内に蔓延する脱原発の気運をシニカルに批判したものまである。その中では太陽光発電が自然を破壊するだけでなく、いずれ膨大な量の産業廃棄物を生むと指摘し、小型原子炉による発電をこれから先の電力供給源にすべきだと説き、反原発の世論を扇動するマスコミを社会学者の視点から厳しく批判しているのだから、こちらも散々な評価ばかりだ。

もっとも、そこは社会学者である。洋平の論には、頷ける点が多々あるのは事実で、特に近い将来日本社会が直面するであろう問題のうち、弁護士の立場で考えておかねばならないテーマもあった。そこで、不定期に開催している弁護士仲間の勉強会に、洋平を講師として招くことにしたのだが、もちろん、目的は別にある。津田の父親が亡くなった時の状況を知るためだ。

「先生のお父様は、東都大学の医学部で教授をなさっておられたとか？」

真也は、さりげなく切り出した。

「ええ……そうですが？」

いきなり父親のことを話題にされた洋平は、訝《いぶか》しげにこたえた。

「先生は、なぜ社会学者の道を歩まれたのでしょう。医者の息子は、医者を目指すものじゃありませんか？」

「そりゃあ、開業医の家に生まれたら医者を目指していたかもしれませんが、父は学者でしたからね。進路についてはなにもいわれたことはありませんでしたし、私自身も医者という職業には、全く関心がありませんでしたから」

「では、社会学を専攻なさった理由は？」

真也は矢継ぎ早に問うた。

「それは、父の影響があったかもしれませんね」

洋平は、少しの間を置いて続けた。「進路に関してはなにひとつアドバイスめいたことはいいませんでしたが、私が中学生になった頃からだったでしょうかね、父との間では人間の存在について、話す機会が多くなったんです」

哲学めいた話題が日常的に交わされるとは、学者の家庭ならではだろうが、やはり驚きを禁じ得ない。

「人間の存在……ですか？」

真也は、思わず問い返した。

「まあ、いろいろな話をしましたが、ざっくりといってしまえば、個としての人間の有り様《あよう》とか、社会の中での人間の有り様とか。父は医者でしたからね、病を通して人間の本質、本音を見てしまうわけですよ。そうしたことも含めて、小難しい話をしたもんです。たぶん、私が社会学に興味を持ったのは、そうした会話を日常的に重ねていたせいもあったでしょうね」

洋平は、苦笑いを浮かべると、「まあ、そんな話はどうでもいいじゃないですか。ところで、講演では何をテーマに話せばいいのでしょう。弁護士さんの勉強会というからには、やはり仕事のお役に立てるものがいいでしょうから、テーマを絞った方がいいと思うのです。藤枝さんに、これをというテーマはおありですか？」

真摯な眼差しを向けてきた。

話の展開は、すでに頭の中にある。

「先生の著書の中で、もっとも考えさせられたのは、医学の進歩が国民を不幸にすると書かれた本です」

真也は、すかさずこたえた。「あの本に書かれた先生のお考えには、衝撃を受けました。病の克服は人類の悲願だが、ただ生かし続けることを可能にするだけのものなら、社会保障費が増大していくだけだ。長寿がめでたいものだというのは、医学が未発達だった時代の話で、長生きは、重病にかからず健康でいた、つまり、幸運に恵まれた数少ない人間のひとりであったことの証だからこそ祝福に値したのだ、と。いや、全くその通りだと思います。まさに、目から鱗《うろこ》でございました」

著書の内容を、ここぞとばかりに持ち上げてみせた真也に、

「そのテーマが弁護士さんの仕事のお役に立つのでしょうか」

洋平は、怪訝な表情で問い返してきた。

「そこから、安楽死の是非について、話を展開していただけたらと……」

真也はいった。「ご承知かと思いますが、最近では、延命治療を望まない旨を記した事前指示書を用意される方が増えています。しかし、延命治療を行わないのも、中断するのも、認められたというだけで、法的拘束力はありません。本人の意思が明確であっても、家族が延命治療を望む、あ

るいは医師が治療中止の処置を拒むケースが出てくることも考えられるわけです」

「なるほど。確かに、そういうケースは出てくるかもしれませんね」

洋平は合点がいった様子で頷いた。「延命治療を最初から施さない、中断する、のどちらにしても、意図的に死期を早めることに変わりはありませんからね。要は、見殺しにするわけですから、家族はもちろん、医師の中にも拒絶する人間が必ず出てくるでしょうからね」

「そうしたケースが起これば、おそらく事前指示書に法的拘束力を持たせるのか否かの議論に発展するでしょう。その時、もし、法的拘束力を持たせるのならば、次に、事前指示書が適用される範囲、いかなる状況に陥った場合、効力を持つことになるのかという点が焦点になると思うのです」

「適用範囲ねえ……」

洋平は、天井を仰ぎ腕組みをして考え込む。

「延命治療は、処置を施しても回復の見込みがない患者に施される医療行為を意味しますが、たとえ死期を早めることになっても、患者から苦痛を取り除く処置は行われるはずです。実際、末期ガンの患者には、そうした行為が行われておりますからね。私が懸念しているのは、その点なんです。回復の見込みがなければ、死期を早めても苦痛から解放すべきだというなら、そうした状況に陥る疾病《しっぺい》は、他にもたくさんあります。それが、やがて安楽死の是非を問う議論に発展するのではないかと……」

「懸念なさっているとおっしゃるからには、藤枝さんは安楽死に反対の立場なわけですね」

洋平は視線を戻し、真也に問うた。

「懸念しているのは、安楽死が肯定されることではありません。どう判断すべきなのか、いくら考えても結論が出せないんじゃないかという点なんです」

「確かに、テーマとしては、ありかもしれませんが……」

洋平は重々しい声でいい、「しかし、安楽死の議論にまで、発展しますかねえ。少し考えすぎじゃありませんか」

真也は自分の見解を述べることを避けた。

「実は安楽死を考えるようになったのは、つい最近、父親を亡くしたのがきっかけでして……」

真也は、洋平の表情を窺いながら、いよいよ本題に入った。

「お父様を亡くされた？」

缶コーヒーを口元に運びかけた洋平の手が止まる。

「認知症になりましてね……」

「認知症？」

洋平は、缶コーヒーをテーブルの上に戻すと、「亡くなった父も認知症だったんです」

思った通り、話に乗ってきた。

「先生のお父様もですか？」

真也が驚く素振りを見せると、洋平は、当時の記憶を探るかのように、遠い目をして窓の外に眼差しを移した。

「五年前に亡くなりましたがね……」

「先生は、在宅介護をなさったのですか」

真也は問うた。

「ええ……二年ほど……」

洋平は視線を転じ、なんともやるせない表情を浮かべテーブルの一点を見つめた。「最初のうちは、物忘れとか、認識能力が落ちたという程度でしたから、母親ひとりでもなんとかなっていたんです。でも、症状が進むと、やっぱりひとりでは手に負えなくなってきましてね。徘徊がはじまった頃から、家内と妹が交代で実家に泊まり込み、父の世話をすることになったんですが、そのうち弄便をするようになって……」

「排泄物を弄《もてあそ》ぶようになったわけですね」

「認知症患者の介護については、体験や接し方が書かれた本がたくさんありますが、やはり実際に体験すると、ほとんど参考にはなりませんでしたね。身内とはいえ、介護する側も人間ですからね。いつ何時、どんな行動に出るか分からない。一時も目を離せないわけですから、気が休まる暇もない。まして、弄便ともなると始末するのも大変です。ストレスも溜まれば、肉体的にも疲弊しますし、介護する側は、元気な頃の父の姿を間近に見てきた人間ばかりなわけです。そりゃあ、なんでこんなことにという思いも抱きますからね」

「では、最終的に施設に入れられた？」

「ええ……」

洋平は、鼻から深い息を吐きながら静かに頷き、視線を上げた。「実は、父は事前指示書を母に託していたんですよ」

「えっ……」

昭恵の推測が裏付けられた。

やはり……と思う一方で、行われた行為の悍ましさに、背筋に冷たい戦慄《せんりつ》が走り、全身に鳥肌が立つのを真也は覚えた。

「延命治療のこともですが、自分が認知症になった場合、どの病院に診察を仰ぐか、どこの施設に入れるかも……。もちろん、そこまで入念に指示をしたくらいです。在宅介護はするなとあったんですが、母にしてみれば、長年連れ添った夫ですからね。できることなら、最期まで家族で世話をと思ったのでしょうが、さすがにああなってしまうと……」

胸の鼓動が速くなる。息苦しさを覚えるのをこらえ、

「じゃあ、その施設で息を引き取られたわけですね？」

真也は、あくまでも話の流れを装い、冷静な口調で訊ねた。

「施設に入れて、三ヶ月でした。心不全を起こしましてね……。それで……」

洋平は、真也に視線を向けると、「あっけない最期でしたが、正直、どこか、ほっとした気持ちを覚えたのも事実です」

その言葉の反応を窺うような目で真也を見た。

「分かります……。私も、父親が亡くなった時に、そうした気持ちを覚えましたので……」

真也もまた、上目遣いで洋平の反応を窺った。

短い沈黙があった。

やがて洋平は口を開くと、

「それで安楽死のことをお考えになるようになったわけですか……」

なんとも沈鬱な表情を浮かべた。

「ええ……」

洋平は、深い息を吐くと、

「難しい問題ですね……」

呻くようにいった。「ただ、議論を重ねたところで結論は見えていますね。安楽死が認められることは絶対にないでしょうし、仮に認められたとしても、あまり意味のないものになりますよ」

「なぜ、そう思われます？」

「理由はふたつあります」

洋平は、そう前置きして続けた。「まず、第一に、安楽死は与えられるものだからです。安楽死が認められているオランダにしても、医師が患者に回復の見込みがないことを説明し、本人が処置を望むことが大前提です。さらに、担当医師は中立医に意見を求めなくてはならないことになっています。日本で安楽死が認められたとしても、人間の命を意図的に絶つわけですからね。手続きはもっと複雑、審査も慎重かつ厳密に行われることになるでしょうから、判断が下されるまでには相当な時間がかかるでしょう。一刻も早く、苦しみから解放されたいと願う患者のことなんか、そっちのけでね。それじゃあ、意味ないじゃないですか」

著書の内容と同じで、現代社会を論ずる洋平の言葉に毒が籠りはじめる。

しかし、その読みに間違いはない。

「確かに……」

真也は同意の言葉を口にした。

「ふたつ目は、藤枝さんが懸念されるように、回復の見込みがないというのが安楽死を認める理由になれば、対象が際限なく広がる可能性があるからです。認知症なんかその典型ですよ。激しい痛みに苦しむ末期ガン患者に戦いを強いるのは酷だという理解は得られても、認知機能の衰えが進行していくだけじゃ、安楽死の対象になるとは思えませんからね。医師が説明したところで、認知症患者は状況を理解できるわけがないし、明確な意思表示をすることもできません。本人が望んでいるかどうか分からない死を、どうして与えてやることができますか」

洋平の言葉に怒りが滲み出ているのは気のせいではあるまい。

「家族で介護を行っていた頃、父の姿を見ていると、なんともいえない気持ちになったものです」

果たして、洋平は続ける。「誰だって、なりたくて認知症になるわけじゃありませんからね。一番辛い思いをしているのは、父本人だろうと……。そう考えると、この病を解決するのが死しかないのなら、父はその時が一刻も早くやってくるのを望んでいるんじゃないだろうかと……。いったい、いつまで父は苦しまなければならないんだと……。ほっとした気持ちを覚えたのは、家族が介護から解放されたからというよりも、むしろ、これで父は苦しみから解放されたという気持ちの方が大きかったように思うんです」

やっぱり――。

洋平の話す内容は、真也が抱いた確信を、裏付けるものだった。

医師、それも国立大学の教授である。頭脳明晰にして、社会的地位も名声も手にした紛れもない成功者だ。認知症を発症するまでの姿を間近に見てきた人間にしてみれば、やるせない思いに駆られるのも当然だ。

津田にしてもその思いは同じはずだ。

一般的に、認知症は身内が発症してはじめて直面するが、医師は違う。医師になる過程で認知症を学び、診療の現場では直接患者と関わることも多々あるはずだ。そこに我が身の最期の姿を重ね見れば、こんな姿になってまで生きていたくはない。そうした思いを抱きもするだろう。

それは、いまの日本では、到底叶わぬ願いだが、同じ思いを抱く医師が結託すれば……願いは叶う。

真也は、杉並中央病院で、全く同じ経緯で父親が突然死したことを、洋平に話したい衝動に駆られたが、やはり止めておくことにした。

少なくとも、いまの時点で、洋平を巻き込んでもメリットがあるとは思えないし、むしろ厄介なことになりかねないと思ったからだ。

馬渕を告発するには、まだ調べなければならないことがある。洋平を巻き込むにしても、調べが完全に済んでからでいい。

「でもね、藤枝さん。日本では認められるわけがないとしても、私は、認知症にも安楽死を認めるべきじゃないかと思いますよ」

洋平はいった。「先ほど、認知症患者は、意思を示すことはできないといいましたが、なった時に備えて、意思を明確にしておくことはできますからね。実際、父にしたって、安楽死を望むとは書いていませんでしたが、なった場合のことを事前指示書に明確にしていたんですからね。もし、認知症に安楽死が認められていたなら、父は望んだと思いますよ。私だって、叶えられるものなら、その旨を明確に書いておきますよ」

「実際、オランダでは、認知症は安楽死の対象とされておりますし、実施件数も増える傾向にあるといいますからね」

「まあ、それでもやっぱり、日本では無理でしょうね」

洋平は両眉を吊り上げ、皮肉めいた薄い笑みを浮かべた。「オランダでは、医師が致死処置をする安楽死がほとんどです。つまり、患者を意図的に死に追いやるわけです。そんなことができる医者なんて、日本にはいないでしょうからね」

それが、いるんだ――。

真也は胸の中で、そう返しながら、

「その点の問題もご講演の中で、是非……」

丁重に頭を下げた。

3

「そういえば、この間の話、どうなった？」

新橋駅にほど近いモツ鍋屋で、注文を終えた尾高が、ふと思い出したように訊ねてきた。

「この間の話って……ああ、遺産の申告漏れの件ですか？」

「お兄さんには話したのか？」

「いいえ、まだ話していません」

「どうして？」

尾高は、おしぼりで手を拭きながら、怪訝そうな顔をする。「奥さんにせっつかれてたんだろ？」

「親の面倒を任せっきりにしてきましたからね。兄貴はともかく、何があったたってわけじゃありませんが、旦那の両親と同居となれば、義姉には精神的な負担があったと思うんですよ。その分だといわれてしまえば、それまでですし、少なくとも書画骨董以外の財産は、ふたりの兄弟で折半したわけです。僅かなカネで兄弟仲がぎくしゃくするのも、みっともないなと思ったりもしましてね」

真也は嘘をいった。

遺産のことよりも、父親の死の真相解明で頭の中はいっぱいだ。それは、昭恵も同じであるらしく、最近の昭恵の関心は父の死の真相に集中している。

もっとも、洋平と会ったことも含めて、「調べは進んでいる」とこたえるだけで、内容は一切明かしてはいないし、告発するにしても、自分ひとりで行うと腹を決めていた。

「まあ、それがいいだろうな」

尾高は頷きながら、おしぼりをテーブルの上に置く。「カネは魔物だ。まして権利だけで生じた泡銭《あぶくぜに》となると、欲のぶつかり合いになって、結末はロクなことにはならないもんだ。そこに気がついたのは、立派だよ」

「そうさせないために法があるんですが、故人との関わりの度合いや距離、仲がいい悪いってのもありますからね。それぞれにいい分があるだけに、かえって法が事をややこしくする場合が、多いように思えるんですよ」

「じゃなかったら、弁護士が困る」

尾高は、冗談をいうと、「でもな、申告漏れのことは、お兄さんに伝えておくべきだよ。取れるものは取る。それが税務署だからな」

一転して、真顔でいった。

「ええ、そうします……」

真也がこたえたその時、注文した生中と、突き出しのモズクが入った小鉢がテーブルの上に置かれた。

「じゃあ、まずは乾杯だ」

尾高はジョッキを掲げる。

「お疲れ様でした」

ジョッキが鈍い音を立てて触れ合う。

喉を鳴らす音が聞こえそうなほどの勢いで、ビールを喉に流し込んだ尾高が、

「ところで、今日はどんな相談があった？」

口元についた泡を手の甲で拭いながら問うてきた。

今日は、ふた月に一度の割合で開催している無料法律相談室の日だ。弁護士の相談料は時間制で、それも一時間五千円から一万円というのが相場である。込み入った相談ならば、その分だけ時間も長くなるし、事情を聴くだけでも、相手の説明能力次第で長短も変わってくる。

まして、貧富の格差が拡大する一方なのが、いまの日本社会だ。日々の生活を送るのが精一杯の人間が多数を占めるのだから、弁護士に相談したくてもできないでいる人間が世の中には数多いる。

そうした人たちの役に立ちたい、という思いではじめた相談会だったが、会が終わった後は、主宰者である尾高と一杯やるのが習慣で、必ずその日の相談内容が話題になる。

「ちょっと難しい話でしてね。親の死因に、納得がいかないという相談を受けたんです」

嘘である。

今日は、ご近所トラブル、交通事故の損害賠償に対する保険会社の見解、お決まりの遺産相続と、相談を受けた三件の中に、そんな内容はない。

尾高には父親の死に対する疑惑を正直に話そうかとも考えた。しかし、話さなかったのは、洋平と会って以来、真也が新たな疑念を抱いたからだ。

「親の死は医療ミスが原因だったと疑っているのかね？」

尾高は箸を取り、小鉢に入ったモズクをちゅるりと啜《すす》る。

「亡くなったのは、八十二歳の男性なんですが、熱中症を起こして病院に救急搬送されて入院した。症状は快方に向かい、明日は退院というその朝に、部屋を訪れた看護師が亡くなっているのを発見した。医師からは死因は心不全と告げられたそうなんですが、いまになって考えてみると、どうも納得がいかないと……」

「解剖は要請しなかったんだね」

ジョッキを傾ける尾高の目が、弁護士のそれになる。

「相談者がいうには、父親の死があまりに突然だったので、葬儀の手配や、親戚縁者への連絡に追われ、死因については医師の診断を受け入れてしまったと……」

尾高は、医療訴訟を原告側の弁護士として、担当したことがあったはずだ。

「確かに、難しい相談だな」

果たして、尾高の眉間に皺が浮かぶ。「本来、突然死の場合、病理解剖を行わなければならないんだが、義務じゃないからな」

「確か、病院内で亡くなった場合、医師が死因を特定できた場合は、解剖の必要はなかったんじゃ……」

「それは、ちょっと違うね」

尾高は真也を遮るといった。「本来、亡くなった場所がどこであろうとも、病死した遺体は、解剖して死因を解明すべきなんだが実際にはほとんど行われてはいないんだよ。現に、日本病理学会は、院内で突然死した患者は、すべて病理解剖によって死因を解明すべきだという声明を出したが、その背景には、この三十年間で、実施件数が七割も減っているからなんだ」

「な、ななわり？」

驚くべき数字を聞いて、真也はジョッキを口元に運んだ手を止めた。

「とにかく、病理解剖ってやつは手間と時間がかかるっていうんだ」

尾高は苦々しげにいう。「遺体の組織を調べるためには、死後すぐに解剖するに限るわけだが、診療もあれば当直もある。死因を突き止めるのにだって時間がかかるし、突き止めたら今度は報告書の作成だ。その上、解剖には約二十五万円の費用がかかるってんだが、全額病院の負担だ。それじゃあ、解剖する必要があるなんていう医者はいないさ。遺族が望んだって、必要ないっていわれるのが関の山だ」

「なるほど、そういう背景があるわけですね。どうりで、他の医者に相談しても、心不全ならあり得るでしょうねといわれ、中には、苦しまずに亡くなったと思いますよといった医者もいたそうですから」

真也は、また話をでっち上げた。

「まあ、医者の家庭で育ち、お兄さんが医者の君の前でいうのは憚られるが、医療ミスは医者が最も恐れるものだし、医者なら誰もが起こす可能性はあるからな。医療訴訟で原告側についてくれる医者を探すのに苦労するのは、いつ自分が被告になるか分からない。明日は我が身という思いが働くからだ」

憚られると断りはしたものの、口にしてしまったのを後悔したのか、

「遺体は、とっくに火葬してしまったんだろ？」

尾高は話を元に戻した。

「そりゃそうですよ。相談に来るまで、他の医者を何軒か回ってるんですから」

「どうしようもないね」

尾高は、苦々しげに吐き捨てた。「死因なんてもんは、医者以外に突き止めようがない。それに、医者は看取るのも仕事だからな。日常的に人間の死に直面してるんだ。死には慣れっこになってるだろうからね。遺体に明らかに不審な点があるなら別だが、病理解剖はまずやらんだろう。まして、病理解剖には遺族の同意が必要だしね。どっちにしても焼いちまえば骨になるのは分かっていても、遺体を切り刻むとなりゃ、同意しない遺族も多いだろうからね」

真也が抱いた新たな疑念とは、医師である輝彦が、なぜ父親の病理解剖を望まなかったのかということだ。

身内の解剖に抵抗を覚えぬ者は、まずいないだろうが、輝彦は医師である。父親が突然死したとなれば、医師の目から馬渕の下した診断が妥当なものか、改めて確認をしたのではないだろうか。

そして輝彦は、病理解剖の必要性を訴えることはせず、馬渕が下した診断を、すんなりと受け入れ

たようだ。

もちろん、輝彦だって病理解剖が医師、病院の双方に、大きな負担を強いることは知っている。だから、いい出せなかったと考えられなくもない。

しかし、こうも考えられるのだ。

輝彦は、父親が意図的に命を絶たれたことを知っていた、あるいは気づいていた——。

津田と父親の事前指示書の記載内容は、非常に似ているようだ。それに、事前指示書は延命治療を拒むために書かれるのが一般的で、認知症になった場合のことまで書き記すのは異例である。

そのことから、考えられるのはひとつしかない。

ふたりは認知症を恐れていた。万が一、自分が認知症になった場合、杉並中央病院が併設する介護施設に入所すれば、馬渕の手によって速やかに、かつ穏やかな死が与えられる約束ができていた。

その約束の存在を、父親が死ぬ以前に輝彦も知っていたのかもしれない。

事実、父親が亡くなったあの日、実家のアトリエで「親父は幸せだったのかもな……」「こんな状態になってまで、生きたいとは願わなかっただろうからな」といった時、輝彦もまた「俺もそう思う……」、「親父は運に恵まれた人だったんだよ……」といった。

父親の死の真相を知っていたなら、あの言葉は自分たちが取った処置の正当性を自らにいい聞かせるものであったとも思えるし、少なくとも輝彦の願望が込められていたのは間違いない。

だとすれば、病理解剖を望まなかったことにも説明がつく。それどころか、万が一、自分が認知症になった時には、父親と同じように、速やか、かつ穏やかな死を与えて欲しいと、願い出たのではあるまいか。そして、馬渕はそれを受け入れた。なぜなら、約束が交わせる資格は、相手が医師であることに違いないからだ。

尾高に自分の推測を、正直に話さなかった理由はそこにある。

真也の目から見ても、尾高の正義感の強さは突出している。どんな理由があろうとも、事の善悪を判断するのは法廷だ。情状酌量の余地があるのなら、判決もそれなりに軽減されるだろうし、無罪とされることもある、というのが法廷に臨む時の覚悟だといったことがある。そんな尾高に、この疑惑を話そうものなら、たちまちのうちに大事になるのは明らかだ。

もし、真也の推測通りなら、馬渕が殺人罪に問われるのは確実だし、輝彦も共犯者となってしまう。どんな理由があるにせよ、決して許されることではないのだが、公《おおやけ》になれば、馬渕はともかく、事は輝彦ひとりの問題にとどまらない。輝彦の医師としての将来が絶たれることはもちろん、家庭も崩壊してしまう。

弁護士になった以上は、正義を貫き通す覚悟で生きてきた真也だったが、身内、それも実兄が絡んでいるかもしれないと思うと、さすがに怯む。全容が把握できるまでは、やはり他言はできないと思ったのだ。

「おまたせしました」

店員が、ニラが山盛りになったモツ鍋をコンロの上に置いた。

尾高は残っていたビールを一気に飲み干すと、

「生中、もう一杯」

空になったジョッキを差し出した。

真也も、慌ててビールを飲み干し、

「もうひとつね」

といいながら、こうなれば、直接輝彦に当たるしかないと腹を括った。

4

「馬鹿なことをいうな。親父が馬渕先生に殺されたなんて、そんなことあるわけがないだろうが。お前、どうかしてんじゃないのか」

いきなり電話をかけてきて、「話したいことがある」というので、どんな話かと思い会ってみれば、「親父の死因は本当に心不全だったのか」と鬼気迫る表情で問いかける。

理由を訊ねてみると、五年前に東都大学の津田先生が父親の久と全く同じ経緯を辿って杉並中央病院で亡くなったからだという。

「いや、しかしね、こんな偶然があるわけないよ」

ところは、渋谷の喫茶店だ。

店を指定してきたのは真也である。

チェーン店に客を奪われ、めっきり少なくなったとはいえ、渋谷には昔ながらの喫茶店が散在する。この店もそのひとつで、客の姿はあまりなく、秘密の話をするには好都合と考えたのだろう。

真也は続ける。

「だいたい、事前指示書の内容って、延命治療は望まない、文言は様々だけど、その一点にあるわけじゃないか。なのに、津田先生も親父も、自分が認知症になった場合の指示も事細かに書き記しているんだぜ」

「それは、津田先生と親父に親交があったからだよ」

馬鹿馬鹿しいにもほどがあるが、真也の性格からして、とことん納得するまでは、考えを改めるまい。

そんな内心の思いを輝彦はコーヒーで飲み下した。

「親父と津田先生は知り合いだったのか？」

真也は、少し驚いたような反応を示す。

「親父も開業するまでは、大学で講師をしてたからな。大学は違っても、同じ内科だし、大学にいた頃はもちろん、開業してからも学会とかで、会う機会は多かったはずだ。それに、内科医は認知症の患者だって診察するからな。自分が認知症になった時のことを考えりゃ、事前指示書の内容が同じになったって、俺は違和感を覚えないね」

真也が、そもそも、なぜこんな突拍子もない考えを抱くようになったのか、訊く気にもなれず、輝彦は、素っ気なく返した。

「じゃあ、死因についてはどうなんだ。ふたりとも、死因が心不全なんて、あり得るのか？」

「あり得るとも、あり得ないとも、断言なんてできないね」

輝彦は、コーヒーカップを置き、背もたれに体を預け、足を組んだ。「津田先生の健康状態は分からんが、ふたりとも高齢者だからね。人間、あの歳になれば、何が起きたって不思議じゃないよ。孤独死が社会問題化しているのは、お前も知ってるだろ？　もちろん、孤独死の死因は様々さ。持病が悪化したってケースもあれば、ほら、前にいっただろ。自慰行為の最中に、亡くなったケースだってあるんだ。自慰をやれるのは、健康な証だ。そんな人だって、突然死ぬことだってあるんだ」

「だったら、なぜ兄貴は病理解剖を進言しなかったんだ。日本病理学会が出しているガイドラインでは、治療中の方で、院内において突然死あるいは予期されない死亡をされ、診療行為と関係がないと考えられると同時に、司法解剖の対象とならない場合、と、病理解剖の対象の具体例として挙げられてるじゃないか」

よほど勉強したとみえて、真也はガイドラインの文言を一言一句、違うことなく諳《そら》んじる。

ならばと、輝彦は問うた。

「お前、全国で病理解剖が年に何件行われていると思う？」

さすがに、そこまでの調べはついていないとみえて、真也はこたえに詰まる。

輝彦はいった。

「二〇一五年で、一万一千件ちょっとだ。学会のガイドラインじゃ、原則病気で亡くなった方はすべて病理解剖の対象になるとあるが、日本じゃ年間百三十万人以上もの人が亡くなってんだ。医者の数は、約三十二万人。もちろん、すべての診療科目を合わせてだ。解剖がやれる医者の数となると、はるかに――」

「知ってるよ」

真也は輝彦の言葉を遮った。「そんなことをやってたら、診療に支障をきたすし、死因解明の作業に報告書、医者の負担が大きすぎるっていうんだろ。じゃあ訊くけどさ、兄貴は、親父の死因に不審な点はなかったって断言できるのか。できるとしたら、その根拠を教えてくれよ」

そこを衝かれると、確たる根拠はない。

馬渕は医者だ。しかも父親を介護施設に入所させて以来、その容態を日々注視してくれていたし、亡くなっているのが発見された直後に、病室に駆けつけてきた馬渕の診断を信じただけに過ぎない。

沈黙は、肯定である。

「兄貴……」

真也の声が低くなった。「亡くなった親父の姿を見た時、ほっとしただろ」

「いや……それは……」

図星である。

輝彦は、思わず視線を逸らした。

真也に、ほっとしたといった記憶はないが、そうした気持ちを覚えたことは確かだ。

「責めるつもりでいったんじゃない。俺だって、ほっとしたのは同じだし、親父だって、あんな状態になってても生き続けたいとは思わないだろうからな。むしろ、早く終わりの時を迎えたい、そう思っていたに違いないんだ」

真也から視線を逸らしたまま、輝彦は黙ってコーヒーカップに手を伸ばした。

「俺はね、これは殺人、正確にいえば、嘱託殺人が行われたんじゃないかと睨んでるんだ」

「嘱託殺人?」

顔を上げた輝彦を、真也の確信に満ちた視線が捉える。

「つまり、こういうことだ」

真也はいった。「津田先生、親父、馬渕先生、ひょっとすると宅間先生もそうかもしれない。いや、もっといるかもしれないが、ある盟約を結んだグループがある」

「ある盟約を結んだグループ？」

「死生観を共にするグループだよ。そして、盟約に加われる資格は医者であること。グループの中の誰かが、死をもってしか苦しみから解放されない病にかかった時は、積極的安楽死を行う……」

「おいおい」

否定する言葉を口にしかけたものの、かつて馬渕を訪ねた時、お互いの死生観を語りあったことを輝彦は思い出した。

中でも、鮮明に覚えているのが、事前指示書に延命治療の拒否と、認知症になった場合の意向を父が併記したのは、延命治療同様、認知症になったら一刻も早い死を迎えたいという願望の表れだったのではないかといった、輝彦の推測に対する馬渕の見解である。

「輝彦先生の推測ですが、当たっていると思いますよ」

確かに馬渕はそういった。そして、こう続けた。「私だって、同じ思いを抱いている人間の一人ですから……」

考えてみれば、馬渕によれば、父親が大学を辞めた理由は、VSEDの患者を看取ったことがきっかけだという。耐え難い激痛からの解放が死しかなく、その時が目前に迫っていても、生きよと命ずるのは酷だ。患者と我が身を置き換えてみれば、何を望むかは明らかだ。しかし、いくら望んだところで、意図的に死の手助けをする医師はいない。そこに父親は、当時の医学教育の限界を見、医師のあり方、医療の現状に疑問を持った。

馬渕は、父親が積極的に安楽死を肯定していたわけではないといった。しかし、それも、快方に向かう可能性があればのことで、患者に無意味な戦いを強いるのが、医師の義務とは思えないと、父親は考えていたともいった。

あの時の話を総合的に考えれば、他人がなんといおうと、少なくとも父親にとって認知症は無意味な戦いのひとつであったのではないだろうか。

だとすれば、真也の推測は、荒唐無稽とはいえない。いや、むしろ、当たっているようにも思えてくる。

「そりゃあ、肉親の死は悲しいものさ」

真也はいう。「だけど、介護に関わらなかった俺がいうのもなんだけど、介護、それも認知症の介護は、する側にとっては、精神的、肉体的、経済的にも大きな負担になるものだ。その負担から解放されたとなれば、家族だって悲しみと同時に、ほっとする気持ちを覚えるだろうさ。長い介護の果てにとなれば、やっと、という思いを抱きもするだろう。それが悪いといってるんじゃない。誰もが当たり前に抱く感情だからいってるんだ。となれば、死因なんかどうでもいい。疑念を抱くこともなく、すんなりと受け入れてしまうんじゃないのかな」

確かに、そうかもしれない。

果たして、真也はいう。

「実際、医者の兄貴が疑問を抱くこともなく、馬渕先生の診断に納得したんだからね。人の感情につけ込んだ、完全犯罪が成立するってわけだ」

まさか、そんなことが……。

否定する材料を見つけようとしても、思い浮かばない。

輝彦は、無意識のうちにコーヒーカップに手を伸ばそうとしたが、途中で引っ込めた。手が小刻みに震えていたからだ。

「きったねえよ……」

真也は、押し殺した声でいった。

「えっ？」

「そりゃあ、俺だってあんな状態になれば、さっさと死んでしまいたいとは思うさ。だったら、真正面から安楽死の是非を世間に問い、議論すべきじゃないか。いま、この瞬間も、認知症で苦しんでいる患者、家族は世の中にごまんといるんだぞ。それを、医者同士が結託して、仲間内だけで苦しみから逃れようとするなんて、虫が良すぎるよ」

真也のこめかみが、微かに収縮を繰り返す。上目遣いで輝彦を見据えて微動だにしない目。そこに浮かんでいるのは、怒りだ。

「こんな、重大な話を、そう簡単に断定するもんじゃない」

そうとしかいいようがない。「第一、証拠がどこにある。確かに、俺は親父の死因には疑問を抱かなかったし、病理解剖も希望しなかった。だけどな、いまとなっては、お前の推測を裏付ける証拠はどこにも存在しない。こんなことを公にしようものなら、事件をでっち上げることになるぞ。それこそ、お前が憎む、冤罪ってやつをな」

「心証的には、真っ黒だ」

真也が目に宿す、怒りの色がますます濃くなる。

正義感が強く、こうと思い込んだら決して譲らない一途な性格だけに、ここまでくると、真也の考えを改めさせるのは容易なことではない。

「よし、お前がそこまでいうなら、こうしよう」

輝彦は組んでいた足を解き、身を乗り出した。「俺が、馬渕先生と会う」

「兄貴が会ってどうするんだ」

「そんな盟約があるのかどうか、訊いてみる」

「ありますなんて認めるもんか」

真也は鼻を鳴らしたが、目の表情に変化はない。

「俺が、盟約を結びたいといったら？」

真也の眉がぴくりと動き、怒りに満ちた目に、輝彦の心中を探るかのような表情が新たに浮かんだ。

「とにかく、この話は俺に暫く預けてくれ。親父が死んだ時の状況、死因を心不全と診断した根拠も含めて、馬渕先生に訊ねてみる。医師としてね。その上で、分かったことはお前に、洗いざらい報告する。それでどうだ」

ふたりの間に、重苦しい沈黙があった。

やがて、真也は口を開くと、

「約束できるか。馬渕先生が話した内容を、洗いざらい打ち明けることを」

表情を消した顔で、念を押す。

「ああ、約束する……」

短い沈黙の後、真也が頷いた時、輝彦の掌には嫌な汗が滲み出ていた。

5

輝彦が馬渕に面会を申し入れるまでには、二週間を要した。

共通の趣味があるなら話は簡単だが、馬渕はゴルフをしない。絵はとうの昔に趣味の域を超え、医師と並ぶ立派な職業、それも締め切り仕事である。世話になった御礼を口実に会食の場を設けることも考えたのだが、馬渕とは慶子も面識がある。ふたりきりでというのは不自然だ。

ただ、お目にかかって話をしたい——。それで済みそうなものなのだが、目的が目的だけに、取り繕う理由づくりに時間がかかってしまったのだ。

それに、真也の推測が裏付けられた時、どうするのか。考えをまとめる時間が必要だったこともある。

「お忙しいところ、申し訳ありません」

杉並中央病院の院長室で、ソファに腰を下ろした輝彦は、改めて頭を下げた。

「いや、もうひとつの仕事の方も、昨日入稿が終わりましたので、月はじめは、比較的時間があるんですよ。挿絵の仕事は、作家さんの原稿を読まないことには、何を描いたらいいのか、皆目見当がつきませんのでね。そこからは時間との勝負。作家さんも大変ですが、絵描きも大変なんですよ」

一仕事終えた解放感もあるのだろう、コーヒーが入ったカップをテーブルの上に置きながら、馬渕は屈託のない笑みを浮かべる。

「実は、先生。電話でも申し上げましたが、今日お訪ねしたのは、父が亡くなって以来、自分の最期の時を考えるようになってしまいまして……。専門外とはいえ、私も医者ですから認知症の患者を診たことはありましたが、身内、それも実の父親があんなふうになった姿を目の当たりにしてしまうと、明日は我が身かと恐ろしくなりまして……」

馬渕は笑みを消し、真摯な眼差しを向けながらも、

「先生のお気持ちは分かりますが、仮にそうなるとしても、まだまだ先の話です。いまのうちから、先のことに思いを巡らせても、しかたないじゃありませんか。先生がお父様と同じようになるとは限らないんだし、いくら考えたって、これぱかりはどうしようもないんですから」

ありきたりな言葉を返してきた。

「それは、その通りなんですが……」

話の展開は考えてきたつもりだが、やはり馬渕を目の前にすると思い通りにはいかない。

輝彦は語尾を濁すと、

「父のような幸運に巡り合うとは限りませんから……」

段取りをスキップして、いきなり核心に入った。

「幸運？　幸運とは？」

馬渕は小首を傾げ、怪訝そうに問い返してきた。

「突然死したことです」

輝彦はこたえた。「前に、先生には、父の事前指示書には、延命治療の拒否と、自分が認知症になった場合のことが併記されていたことをお話ししましたよね」

「ええ」

「延命治療の拒否は、後は死を待つばかりとなった場合、早い話が一刻も早く死なせて欲しいということです。つまり、父は認知症になった場合も――」

「藤枝先生のお考えを知っている者からすれば、そうした願望を抱かれていたかもしれませんね」

馬渕はみなまで聞かずにいう。「でも、それは考えすぎじゃないでしょうか。私は藤枝先生がお書きになった事前指示書を拝見していませんが、伺った限りでは認知症になった場合、在宅介護はするな。専門施設へ入れろと書いてあっただけなんでしょう？」

「ですが……」

輝彦がいいかけたのを馬渕は再び遮り、

「じゃあ、ひとつお訊きしますが、先生がいまの時点で事前指示書を家族に託されるとしたら、どんな内容にします？　延命治療は望まない。ただそれだけですか？」と、問うてきた。

「いや……それは……」

そういわれると、こたえは決まっている。「あんなふうになってしまった父の姿を見たいまとなっては、自分が認知症になった場合のことを、事細かに書くでしょうね」

「それはなぜです？」

「認知症患者の介護は、家族に大きな負担がかかります。早々に施設に入れてもそうでしたからね。いつまで続くか分からない。家族の日常生活にも大きな影響を及ぼしますし、精神的にも負担がかかる。在宅介護となれば、なおさらです。自分の家族には、そんな思いをさせたくありませんので……」

「認知症の難しい点はそこなんです」

馬渕は、こたえを見透かしていたかのように、間髪を容《い》れず口を開いた。「経済的な問題もありますが、肉親が認知症になると、いよいよ手に負えなくなるまで、家族で介護しようとするのが一般的です。親子の関係が良好であればあるほど、介護する側は、できることなら最期を迎えるまでと頑張ってしまう傾向があるように思うんです。じゃあ、介護される側の気持ちはどうなのかといえば、真逆なんじゃないか。関係が良好であればあるほど、負担をかけたくないと考えるものなんじゃないか。私はそう思うんです」

なるほど、確かにいわれてみればその通りである。

「介護する側、介護される側とに意識の乖離《かいり》があるというわけですね」

輝彦はいった。

「乖離といえば、もうひとつあるでしょうね」

「といいますと？」

「患者本人が、こうなってまで生きたくはないと思っても、家族は一日でも長く生きて欲しい。そう願うことですよ」

馬渕は、冷徹な眼差しを輝彦に向け断じた。「先生は、藤枝先生が突然お亡くなりになられたことを幸運だとおっしゃいました。ということは、もしご自分が認知症になったら、一刻も早く死が訪れることを望んでいらっしゃるわけですね？」

「ええ……まあ……」

「じゃあ、ご家族はどうでしょう。奥様やお子様たちが、同じような気持ちを抱くでしょうか？」

「それは……たぶん……ない……と思います……」

「それが、もうひとつの乖離です」

馬渕は、重い息を吐き、顔の前に人差し指を突き立てた。「つまり、介護する側、介護される側のどちらに立たされるのかによって真逆の思いを抱くわけです」

介護する側、される側のどちらに立つかで、思いは違う——。

その言葉が、妙に腑《ふ》に落ちる。

死は永遠の別れだ。長く生活を共にしてきた肉親との別れは身を裂かれるように辛い。そして、大抵の場合、別れに際しては、「何かもっとやれたことがあったのではないか」、「ああしてやれば、こうしてやれば……」、様々な後悔と自責の念に駆られるのが常である。しかし、それは「家族の一員」としての一方的な思いに過ぎないのではないだろうか。なぜなら、回復する見込みがあるのなら別だが、最期を迎えるまでが時間次第となった時、「家族」に負担をかけてまで、一日でも長く生きたいと思う人間は、まずいないように思われたからだ。

短い沈黙があった。

やがて、口を開いた馬渕は、

「でもね、先生。家族は一日でも長くと願うといいましたが、認知症に限らず、苦しみを伴う病、特に高齢の家族の最期を看取った時には、深い悲しみや喪失感を覚える一方で、心のどこかで安堵の気持ちを抱くのではないかと思うんです」

「私も父親の死に際して、そうした気持ちを覚えたのは否定できません……」

「その安堵の気持ちは、何に対してのものです？」

「何に対してって……」

「藤枝先生はご自分が認知症になった場合、早期の死を望んでいたに違いないと先生はおっしゃいましたが、それが叶えられたからですか？　それとも、介護から解放されたからですか？」

こたえを前者に絞ったのでは嘘になる。しかし、後者の部分があったことを認めるのは、さすがに「家族の一員」としてどうかと思う。

こたえに詰まった輝彦に、

「大抵の場合、その両方だと私は思いますね」

馬渕はいった。「介護に当たる家族にも、生活がありますからね。勤めに出ていれば仕事との兼ね合い、専業主婦だって時間や行動が制約されます。まして、親が高齢となれば、子供が現役で働いているなら、重責を担う地位にある。あるいは、もう一段、上の役職に就けるかどうかで、その後の暮らし向きも変わってくる。何十年というサラリーマン人生の集大成の時期にあるわけです。そんな時に肉親の介護に直面すれば、これは大変な問題ですよ」

そこまで考えたことはなかったが、これも認知症専門の介護施設を経営している馬渕ならではの見解だろう。

早々に父親を施設に入れてしまったこともあって、仕事には影響をきたさなかったものの、世間一般の勤め人はそうはいかない。

五十五歳という自分の年齢は、定年後の暮らしを真剣に考えなければならないはずだし、順調に出世を遂げていたならさらに上のポジションを目指し、激烈な出世レースの最中に身を置いているはずだ。そんな最中に親の介護に直面すれば、時間を割くのも難しいだろうし、かといって放置するわけにもいかない。いくら考えても、結論の出ない選択を迫られることになる。

近年では再就職や延長雇用を望む者も多いのだが、親の介護であろうとも、家庭の事情にフレキシブルに対応する組織はあまりない。仮にあっても、与えられる仕事も報酬もそれ相応のものになるはずだ。それは、医師だって同じである。親の介護に時間を取られ、休診が相次ぐようになれば、患者は間違いなく離れて行く。

いや、それだけではない。いまの社会の様相からすれば、もっと深刻な状況下にある人間はたくさんいるはずなのだ。

「まして、若者が都会に職を求める時代が長く続いていますからね」

輝彦はいった。「地方に親を置いたまま、生活基盤を都会に設けた人たちは、大変なんてものじゃないでしょうね……」

「だから介護に直面した、あるいはその現実を知る者ならば、病からの解放が、死をもってしか叶えられないのなら、一刻も早くと願うんじゃないでしょうか」

そこで、馬渕は短い間を置くと、沈痛な面持ちで漏らした。「私はねえ、思うんですよ。闘病が長引くにつれ、介護する家族の側にだって、もういいかげんにしてくれ、自分たちにも暮らしがあるんだ、お願いだから、この状況から解放してくれ……、そんな気持ちを抱いてしまうのが、むしろ自然なんじゃないかと」

過激に過ぎる言葉だが、父が亡くなった時、言葉にこそしなかったものの、死に顔に向かって「親父……よかったな……」と語りかけたことを輝彦は思い出した。病からの解放が、死を意味することを知りながらである。つまり、自分も密かに父親に死が与えられることを願っていたことに、輝彦はいまさらながらに気がついた。

馬渕の見立ては間違ってはいない。そして、そこに、輝彦は馬渕の揺るがない信念を見た思いがした。

「先生……」

輝彦は姿勢を正すと、馬渕に呼びかけた。

心臓が重い鼓動を打ちはじめる。

輝彦は、生唾を飲み込むと、意を決して切りだした。

「父の突然の死は、偶然だったのでしょうか……」

馬渕の顔から表情が消えた。冷え冷えとした瞳が、輝彦をじっと見据えてくる。

しかし、それは一瞬のことで、

「それは、どういうことでしょう」

馬渕は、小首を傾げながら落ち着いた声で訊ねてきた。

「東都大学医学部の教授だった津田先生が、五年前にこの病院でお亡くなりになったそうですね」

「ええ……」

馬渕は視線を逸らすことなく、静かに頷いた。

「津田先生と父が亡くなった時の状況が、あまりにも酷似しているように思えるのです」

「津田先生も心不全でしたからね」

「死因だけではありません。亡くなった時の状況もです」

輝彦は間を置かずにいった。「介護施設に入所して三ヶ月、風邪をこじらせて病棟に移され、その日の夜に亡くなったと聞きました」

馬渕は身を起こし、コーヒーカップに手を伸ばしながら、

「おふたりとも高齢者です。心不全を起こしても不思議じゃないでしょう」

とこたえ、再び背もたれに身を預け、足を組む。

「先生は津田先生とご親交がおありだったのでしょう？」

「ありましたよ。同じ内科医ですからね。先生は内科の権威でいらしたし、認知症を発症してからは、こちらの病院に通院なさっていましたので。介護施設に入所なさったのも、そんな経緯があったからです」

「津田先生が事前指示書を残されていたことをご存知でしたか？」

「いいえ……」

馬渕はゆっくりと首を振る。

「そこには、延命治療を望まないことと、ご自分が認知症になった場合のことが書いてあったそうです。父のものと非常に似ている内容で……」

「そうでしたか……」

馬渕は、輝彦の目を見据えていた視線を逸らし、コーヒーを啜った。「でも、私は、おふたりが事前指示書に同じことをお書きになっていたことには、違和感は覚えませんね」

「どうしてです」

「津田先生も多くの患者を看取り、死に至る過程もつぶさに見てきたでしょうからね」

馬渕はそこで、再び視線を上げると、「先程、介護する側は、一日でも長く生きて欲しいと願う

といいましたが、生かすのは家族じゃありません。我々医師です。家族の願いを叶えるべく、必死で治療に当たるわけです。当然ですよね。それが医師の務めなんですから」

輝彦が頷くと、馬渕は続けた。

「家族の中には、最期を迎えるまで必死に、それこそ献身的に介護に尽くす方もおられます。どんな姿になろうとも、生きて欲しい。介護が苦痛だなんて露ほども感じない。そうした方々がおられるのも事実でしょう。でもね、先生。それこそさっきの話に戻りますが、じゃあその介護に当たった本人が、介護される側になったらどう思うでしょう。自分は最期まで親の面倒を見たんだ。お前たちも最期まで私の面倒を見ろ。そういう気持ちになるでしょうか？」

「いや、それはない……と思います」

「医者だって同じじゃないでしょうか」

馬渕はいった。「医者は、患者の命の灯火が消えるその時まで、全力を尽くすのが義務だからです。でも、自分が患者になった時は、治療なんか望まない。そうした願望を抱いたとしても不思議じゃありませんからね」

「延命治療と認知症になった場合のことを併記したのは、ふたりの願望の表れだったとおっしゃりたいわけですね」

「願望……そうかもしれませんね」

馬渕はコーヒーカップをテーブルの上に戻すと、「そして、おふたりの願望は叶えられた。幸運にもね……」

輝彦の反応を探るような眼差しを向けてきた。

6

長い沈黙がふたりの間に流れた。

馬渕は、輝彦が間違いなく気づいていると確信していた。

津田と藤枝にもたらされたのは意図的な死。それも安楽死によるもので、ふたりの意思に沿ったものであることを……。

自分が行ったのは、嘱託殺人に問われる行為だ。発覚すれば重罪が科されるだけに、行う限りは患者の死に直面した際の家族の心理状態の盲点をつき、手法もまた、入念に検討したつもりだが、まさか五年前に亡くなった津田の存在が発覚するとは……。

しかし、不思議なことに馬渕は慌てなかった。

輝彦に非難するような様子は見られない。むしろ、ふたりに行われた処置を肯定的に捉え、叶うものならば自分もまた、その幸運にあやかりたい、そんな考えを抱いているように思えたからだ。

しかし、まだ真相を明かすには早過ぎる。

「先生……」

沈黙を破ったのは輝彦だった。「実は、ふたりの死に、最初に疑念を抱いたのは、弟なんです」

「弟さん？」

「弁護士をしているのですが、こんな偶然はあるものなのかといい出しまして……」

「おふたりだけを結びつけて考えるからですよ」

「病理解剖を行わなかったのも変だ。死因を突き止めるべきだったんじゃないのかとも……」

「それは、ご存知のように――」

「いや、もちろん私は理解しております」

輝彦は慌てて制した。「ただ、弟はこういうのです。父親が亡くなった時には、正直、自分も心のどこかでほっとする気持ちを抱いた。介護に一度たりとも加わらなかった自分がそんな気持ちを抱くくらいだ。当事者となって、介護に追われてきた人間ならなおさらだ。病理解剖なんていい出すわけがない。そんな家族の心情につけ込んで、つまり……その……」

さすがに続く言葉を口にするのは憚られると見えて、困惑した表情を浮かべる輝彦に代わって、

「安楽死が行われたんじゃないかとおっしゃるわけですね」

馬渕はいった。

「どうも、困ったやつでして……」

輝彦は軽くため息をつく。「思いこんだら梃子《てこ》でも動かない。子供の頃から、正義感だけは滅法強くて、弁護士とはいっても、いわゆる人権派で、カネにならない案件ばかりを手がけておりまして……」

輝彦が安楽死を否定的に捉えているなら、ここまでいってしまった以上、舌鋒《ぜっぽう》鋭く切り込んでくるはずだ。それが、安楽死という言葉を口にしかけた途端、失速してしまったことから、馬渕は輝彦が肯定的に捉えていることを確信した。

「私を告発するとでもおっしゃるわけですか?」

「そんなことができるわけがありません。遺体は病理解剖されぬまま、荼毘《だび》にふされてしまった以

上、死因の特定は不可能なんですから」

「じゃあ、どうなさるおつもりなんですか？」

「たぶん、真実を知りたいだけではないかと……」

藤枝とは絵を通して親しくしてきた仲だ。次男の真也が弁護士をしていることは知っていたが、人権派とははじめて聞いた。

少しばかりややこしいことになってきた。

そんな思いを抱きながら、

「真実とおっしゃいましてもねえ……。生前親交を結んだおふたりの医師が、認知症になり、この病院で亡くなった。死因はどちらも心不全。私としては、それ以外にいいようがありませんね」

馬渕は素っ気なくこたえた。

「いや、全くおっしゃる通りです」

輝彦は困惑した表情を浮かべると、「ですが、弟はこうもいうのです。医者の間で、誰かが認知症になったら、安楽死をさせる。そうした盟約が存在するんじゃないのか。もし、そうだとすれば、生きたくない……、というか狡《ずる》い。誰だってあんな姿になってまで、生きたいとは思わない。安楽死を肯定するのなら、その必要性を真正面から世に問うべきだと……」

「盟約ですか……」

馬渕は苦笑を浮かべて見せた。「弟さんは、随分と想像力が豊かでいらっしゃる」

「いや、本当に失礼な話でして……」

輝彦は、すっかり恐縮した様子で項垂れる。

「安楽死の議論は、おおいにすべきだというのは、弟さんのいう通りなんです。ですが、以前にも申し上げましたが、日本ではまず認められないでしょうね。認められたとしても、意味のないものになりますよ。オランダのように、ふたりの医者が認めれば実行できるってわけにはいかないでしょうからね。審査は厳密、かつ結論が出るまでには時間がかかるでしょうから、その間に患者の方が先に死んでしまいます。第一、誰がやるのかっていえば医者じゃないですか。そんな役目は誰も引き受けませんよ」

「だから、怖いんです」

輝彦の表情が変わった。いままでにも増して、真剣な眼差しになると、「弟から、この話を聞かされて以来、自分は人生の最期をどんな形で迎えることになるのかと。それを考えると……」

言葉を飲んだ。

そこで、馬渕は問うた。

「先生にとって、望ましい最期とは？」

「こんなことを公言すれば大問題になるかもしれませんが、私はガンで死にたいと思います」

「公言している医者は結構いますがね」

「宅間先生にはお話ししたことがあるのですが、父もかねがねそういっていました。ガンは優しい病気だと……。余命が分かれば、身の回りの始末もできますし、家族への負担も介護期間に目処がつくかつかないかでは随分違いますからね。それにいよいよ末期となれば、緩和治療も受けられるし、延命治療を拒否することもできるわけですから」

「じゃあ、最も避けたい状況は？」

こたえは分かりきっているが、馬渕はあえて問うた。

「認知症です」

果たして輝彦は断言する。

「そうでしょうねえ。認知症の場合、それこそ別の病を発症しない限りは――」

「だから怖いんです」

輝彦は間髪を容れずいう。「医療技術は進歩する一方です。それは病の治療もしますが、いままでは死んでいた患者を、生かす技術でもあるわけです。認知症の患者がなんらかの病気を併発すれば、医者は当然治療を施します。効くと分かっている以上、新薬であろうと投与するわけです。しかし、認知症は進行するばかり。そんなのごめんですよ！」

7

それは紛れもない輝彦の本心だった。

この二週間、輝彦は自分の死の迎え方についてずっと考えていた。

父親が亡くなった時以上に、真剣、かつ切実にだ。

それは、「俺はね、これは殺人、正確にいえば、嘱託殺人が行われたんじゃないかと睨んでるんだ」といった真也の言葉にあった。

もし、真也の推測が当たっているとしたら、法的にはもちろん、医師の倫理からしても許されざる行為が行われ、父親は殺されたことになる。だが、輝彦は怒りを覚えることもなければ、死を乞《こ》うた父親はもちろん、死を与えた馬渕を責める気にもなれなかった。むしろ、その時、胸中に込み上げてきたのは、万が一自分が父親と同じ状況に陥ったとしたら、やはり早期の死が与えられることを望むだろうという切実な思いだった。

だが、結論を見出した途端、今度は怖くなった。いくら神に願ったところで、簡単には与えられないのが死だからだ。

となると、真也がいった「盟約」の存在が気にかかってくる。

もし、本当にそんな盟約が存在するのなら、自分も――。

「先生」

胸に秘めていた思いが、本心を明かした瞬間、口から迸《ほとばし》った。「もし、弟の推測通り、そんな盟約が存在するのなら、私も加えていただきたいと思いますし、ないとおっしゃるのなら、意を同じくする人間と盟約を結ぶべきです」

そういい放った輝彦を、馬渕は驚いたように目を見開いて凝視する。

沈黙の中で、心臓の鼓動がやけに大きく聞こえる。

「なければ盟約を結ぶべき、ですか……」

馬渕はようやく口を開くと、「では、意を同じくする人間をどうやって集めるのです？　安楽死というなら、手段は限られています。それも誰にも気づかれないようにというなら、薬物を使わなければなりませんし、不審を抱かれない状況下で行わなければなりません。それに、秘密というのは、知る人間が多くなればなるほど、発覚する恐れが大きくなるものです。人選も慎重に行わなければなりません。そんなことが可能だと思いますか？」

と落ち着いた声で訊ねてきた。

馬渕は一笑に付さなかった。それどころか、盟約を結ぶに当たっての条件を問うてきた。これは盟約の存在を肯定したも同然だ。

やはり、盟約は存在するのだ。

「死生観を共有する医師同士が盟約を結べば、可能だと思います」

そう断言した輝彦に、

「それでは、弟さんがおっしゃるように、医師だけの特権になってしまいますが？」

馬渕は問うてきた。

「先生は、ついさっき、おっしゃったじゃないですか。安楽死が認められるわけがない。認められたとしても、意味のないものになるし、第一実行するのは医者だ。そんな役を引き受ける医者はいないと。それに……」

「それに、なんでしょう」

「医者以外の人間を盟約に加えるのは、ある意味不公平だと思うんです」

輝彦は促されるまま続けた。「そうじゃありませんか。盟約が成立する条件は、加わる人間が応分の役割とリスクを負うのが大前提になります。仲間の誰かが安楽死を叶えて欲しい状況に陥った時、誰かが実行役を引き受けなければならないことになるんですからね。つまり、仲間の誰もが安楽死をさせる側、される側に立つことの合意なくして、この盟約は成立しないんです。安楽死を叶えるためには、医師の存在が不可欠です。ならば、医師以外の人間を加えたのでは、医師はただの安楽死請負人になってしまいます。それでは盟約なんか成立しませんよ」

これも真也の言葉がきっかけとなって、この二週間の間に輝彦が考えたことのひとつだった。

もしも盟約が存在するのなら、成立する条件とは何か――。

真也は、医者が仲間内だけで苦しみから逃れようとするなんて、虫が良すぎるといったが、そういった気持ちを抱くのも、当然ではある。だが、仲間の安楽死を実行するのは医者以外に考えられない。そして、それは盟約を結んだ仲間の中では、最も辛く、願わくば避けたい役目であるはずだ。

それなのに、医者でない者でも盟約に加わることができれば、自ら手を下すことは絶対にない。願いだけは叶えられるというのは、考えようによっては、それこそ虫が良すぎるというものだ。

8

気がつくと、輝彦の様子は一変していた。

切実というか、鬼気迫るというか、ただならぬ覚悟が伝わってくる。

話す時が来たのかもしれない……。

馬渕はそう思った。

決断するのに、時間を要した。

「先生」

沈黙に耐えかねたように、輝彦が迫ってきた。

そこでようやく口を開いた馬渕は、

「先生は本当に、そんな盟約が必要だ、あったとしたら、仲間に加わりたい、そうお考えになるわけですね」

改めて念を押した。

「はい……」

馬渕は、再び体を起こし、コーヒーカップを手に取った。そして、残っていたコーヒーを一気に飲み干すと立ち上がり、背後のサイドボードの上に置かれたコーヒーサーバーに歩み寄り、輝彦に背を向けたまま話しはじめた。

「私がこの盟約に加わったのは、十年ほど前のことです」

「では、やはり盟約は……」

「存在します」

肯定した馬渕は、コーヒーをカップに注ぎ入れながら続けた。「そもそも、藤枝先生が、この盟約に加わったきっかけは、医学部時代の恩師の死がきっかけだったのです」

馬渕はそこで、輝彦に向き直り、

「コーヒーのお代わりは？」

と訊ねた。

輝彦は首を振る。

「認知症になった上に、ガンを発症しましてね。進行状況からすれば、疼痛《とうつう》、激痛に襲われているはずなんですが、当時は緩和ケア病棟なんてものはありません。言葉が通じないほど、認知症が進んでいて、看護師も表情や行動の僅かな変化から痛みの度合いを察するしかなかったそうなんです」

馬渕は、ソファに腰を下ろすと続けた。

「あんなにしっかりしていた恩師が……それも、二重の苦しみに襲われている姿を見れば、そりゃあ誰でも様々な思いに駆られますよ。もっとも、当時は事前指示書なんてものはありませんでしたし、患者や家族が望まなくとも、延命治療を行うのが当たり前だった時代です。その時は、安楽死のことまでは考えなかったと藤枝先生はおっしゃっていましたが、それから時が経ち、講師になられたところでVSEDの患者を受け持つことになったのです」

「それじゃ、盟約の発起人になったのは――」

「いや、藤枝先生ではありません」

馬渕はきっぱりと否定した。「私も誰が発起人かは知りません。知る必要もありませんし、知りたいとも思いません。ただ、私はこの盟約に加わるに際して、藤枝先生から聞かされたことをお話ししているだけです」

頷く輝彦に向かって、馬渕は話を続けた。

「藤枝先生が、大学を離れると決意なさった時には、当時の教授をはじめ、多くの人が慰留しようとしていたのは私も知っています。ですが、VSEDの患者を受け持つうちに、終末医療のあり方、ひいては自分の人生の最期のあり方を考えるようになったんです。そのことは、前にお話ししましたね」

「ええ……」

「慰留しようとする人たちは、そんなことをいちいち考えていたら医者なんか務まらない、ナイーブ過ぎる、哲学者じゃあるまいし、現実に向き合うしかないじゃないか、大抵がそんな反応だったそうです。でも、そんな中にひとり、藤枝先生のお考えを真正面から受け止めた医師がいたそうなんです」

「その方が、父を盟約に？」

「その通りです」

「じゃあ、盟約は、それよりずっと前から存在していたわけですか？」

「ガンの末期医療に緩和ケアなんて概念が存在しなかった時代でしたし、認知症に至っては、家族が介護するのが当たり前とされていた頃の話ですからね。いまとは比較にならないほど、闘病生活は過酷だったでしょうから、患者や家族の姿に我が身を重ね見て、自分自身の最期のあり方を考えるに至った医師がいたって不思議じゃないでしょう」

「では、やはり父は先生に……」

輝彦の口調に責める様子は窺えなかったが、それでも目が鋭くなった。

さすがに、そんな視線を真正面から受け止めながら肯定する勇気はない。

「ええ……」

馬渕は、視線を落とし頷くと、「約束ですから……」

つい、いい訳がましい言葉を口にした。

「いったいどうやって……」

「薬を使いました」

「塩化カリウム……とか？」

「違います。ＫＣｌはうちの病院にも常備していますが、薬局が厳重に管理していますからね。オーダーしても、誰に、何の目的で使うのか、量によっては大丈夫なのかと薬剤師が問い合わせてくるのが常じゃないですか。それに、致死量のＫＣｌを投与すれば、心臓が停止するまでの時間が短すぎますので」

　馬渕は否定し、「座薬を使いました」と続けた。

「座薬？」

「二つの薬、睡眠導入剤と鎮静剤を組み合わせたものです。経口摂取は困難ですが、座薬なら簡単ですし、腸からの吸収は経口摂取よりも速く確実ですので……」

　父親が安楽死に至った手法を知ったこともあるだろうが、それに加えて、方法も想像だにしなかったのだろう。

　輝彦は目を丸くして驚きを露わにしながら、

「では、津田先生も同じ方法で？」

　と問うてきた。

「その通りです」

　馬渕は重いため息をつき、「約束ですから……」

　再び同じ言葉を口にした。

「宅間先生も仲間なんですね？」

「ええ」

「いったい、この盟約に加わっている医師は何人いるんですか？」

「私も正確には知りません。取り纏《まと》めている人間もいませんし、仲間が会合を持つこともありません。盟約を結んだ人間が認知症になり、いよいよ日常生活を送れなくなった時、仲間の誰かがしかるべき医療機関を斡旋《あっせん》する。それだけです」

「じゃあ、実行役を一度も務めることなく、安楽死された方もいらっしゃるわけですね」

「いるでしょうね。私のように実行役に二度も当たる医師も……」

「いままで、死因に不審を抱かれた家族はいなかったのですか？」

9

輝彦は矢継ぎ早に質問を重ねた。

「回復の見込みがない家族を看病する家族は辛いものです。まして認知症ともなれば、精神的、経済的にも大きな負担がかかります。弟さんがおっしゃったように、死に際しては、家族は悲しみを覚える一方で、介護から解放されたと、心のどこかで安堵する気持ちを覚えるものです。私が知る限りにおいては、家族の方から死因に不審を抱き、病理解剖を申し出てきたという話は聞いたことがありません。でなかったら、盟約の存在は、とっくの昔に表に出ていたでしょうからね」

父親を死に至らしめた手法を聞かされた時には、さすがに感情が大きく揺らぐのを感じたが、輝彦は馬渕が打ち明けた内容を冷静に受け止めることができた。

以前から馬渕と宅間によって父親の死生観を聞かされていたこともある。父親が認知症になった場合、早期の死を望んでいたことは、事前指示書からも明らかだし、何よりも輝彦自身が同じ状況に陥った場合、やはり早期の死を望むからだ。

「父は苦しむことなく、逝ったんですね……」

不思議なことに、輝彦は安堵の気持ちさえ覚えながら、ふと漏らした。「その時、何を見たんでしょうね……。どんな思いを抱いたんでしょうね」

「何も見なかった……どんな思いも抱かなかったと思いますよ」

「えっ？」

あまりにドライな言葉に、輝彦は思わず顔を上げた。

「先生は、全身麻酔で手術をお受けになったことがありますか？」

馬渕は唐突とも取れる質問を投げかけてきた。

「いいえ」

「大した手術じゃありませんが、私は三度ほど受けたことがあります。恐怖……というか、不安を覚えたのは、初回だけでしてね。二度目からは、麻酔医が、眠ります、といった次の瞬間から意識を失う。夢も見ない。時間の感覚もない。気がついた時には手術は終わってる。冷静でいられたものでした。たぶん、死を迎える瞬間もあれと同じじゃないかと思うんです」

「気がついた時には、別の世界にいると？」

「別の世界って、あの世のことですか？」

「父は、解剖実習を行った際に、どんな人間の構造も、教本通りにできているのに、この世に生まれた瞬間から異なった人生を歩むことに、神の存在を感じるといっていたと宅間先生から聞いたことがあります」

馬渕は首を捻り、少し考え込むと、

「その話は、私も聞いたことがあります。ただ、藤枝先生が、神の存在を本心から信じていたかどうかは、私には分かりません」

困惑した様子でいった。「人間は、理解不能な現実、現代科学をもってしても、未だ解明できない現象を考える時、見えざる何かの存在にこたえを求めるものですからね」

「といいますと？」

「たとえば宇宙です。いま我々が存在している宇宙空間は、ビッグバンによって生まれ、この瞬間にも膨張し続けているのは、物理学的に解明されています。しかし、じゃあそれ以前はどうだったのか。それよりも前はと考えていくと、この世の起源となる世界がいつからあったのか。突き詰めて考えていくと、無だといわれます……。そんなことをいわれても、納得できる人間が、世の中にどれだけいますか？」

「確かに……」

「だから、そこには見えざる何かの意思が働いていた。つまり、理解不能な現象の全てのこたえを神の存在に求めるのではないかと思うんです。幸運、不運もそうですね。おっしゃったように藤枝先生は、人体が構造的には寸分違わず同じであるのに、ひとりとして同じ人生を歩む人間はいないとおっしゃっていました。そこに神の存在を感ずるとも。でもね、これもまた科学がどれほど進歩しようとも、解明不可能な永遠の謎なのです。だから、藤枝先生も神という言葉を使ったんじゃないか。私にはそう思えるんです」

「では、父は神の存在を信じてはいなかったと？」

「ですから、それは分かりません……。ただ私自身は神の存在はともかく、死後の世界は存在しないと考えています。生きた証は残っても、死ねば終わり。何も残らない。ただそれだけだと……」

馬渕は、淡々とした口調でいうと、「だから、藤枝先生は、そこに怒りを覚えたんでしょうね」

輝彦をしっかと見つめた。

「そこ、といいますと？」

「得体の知れない何かによって、望まぬ状況に陥り、人生の最期の終わり方さえも自分自身では決められないことにです。そして、人命は尊い、何物にも代えがたい、命が潰えるその時まで、どんな状態になろうとも、生きるべきだ……それを是とする世の中にです」

そういう馬渕の声には怒りが籠っている。「死生観は人それぞれです。どんな姿になっても生きていたい。患者本人がそう願うなら、家族も医師も願いを叶えてやるべく、全力を尽くすべきです。でも、無意味な戦いはしたくない、早く苦痛から解放されたいというのが本人の意思であるならば、本当に死をもってしか叶えられないものであるのなら、それを叶えてやるのもまた、家族であり、医師の務めじゃないのか。藤枝先生は、そうおっしゃっていらっしゃいましたし、私も考えは同じです。だから、私は、この役目をお引き受けしたんです」

怒りの陰に、盟約を結んだとはいえ、生前深い親交を結んでいた人間の命を絶ったことへのやるせない思いが伝わってくるようだった。

「先生……」

輝彦はソファに座ったままながら、姿勢を正すと、「父の願いを叶えていただきましたこと、感謝申し上げます……。ありがとうございました……」

深々と頭を下げた。

「いや……そんな……」

馬渕の困惑した声が、頭上から聞こえる。

輝彦は、頭を上げると、正面から馬渕の顔を見据えた。

「私は、先生方のお考えを全面的に支持します。重ねてお願いします。私も盟約に加えてください」

改めて決意を告げ、輝彦は再び頭を下げた。

第六章

1

「まだ起きてたんだ。珍しいな。明日も仕事だろ？」

終電での帰宅である。

すでに日は変わり、時刻は午前零時半になろうとしている。

普段なら、とっくに床に就いているはずなのに、珍しくリビングにひとりいる昭恵に真也は声をかけた。

「ちょっと困ったことになってね……」

ソファに座る昭恵は深刻な顔をして、ため息をつく。

「困ったこと？　文也のことか？」

昭恵の心配事といえば、それ以外に思い当たらない。

そう問うた真也に、

「そうじゃないの……」

昭恵は首を振り、視線を上げた。「お母さんが、足首の骨を折ったって……」

「お義母さんが、骨折？　いつ？」

「今日の夕方……」

「なんで、それを早くいわないんだ」

真也は間髪を容れず返した。

「いったところで、どうすることもできないじゃない。骨折だもの。命に関わるわけじゃなし。駆けつけたところで、何ができるってものじゃないでしょ」

意外にも昭恵は冷めた言葉を口にする。

確かに怪我、それも骨折となれば、手術の後、患部を固定し回復を待つしかないのだが、義母は八十三歳になった。まして、昭恵にとっては実の母親である。「容態はどうなんだ。手術か」

「開放骨折だって。明日、手術だそうよ」

「当然、手術には立ち会うんだろうな」

「行けるわけないじゃない。期末試験が迫ってるんだから」

昭恵は、苛立った声を上げる。

「じゃあ、放っておくのか」

「長く入院することになるっていうから、できるだけ早いうちに、日帰りで様子を見に行くわ」

「日帰り？　何もそんなにあわただしく動かなくても……。土曜の午後に出て、せめて一泊するとかさ」

「泊まったりすれば、面倒な話になるに決まってるもの」

昭恵は、またひとつため息をつく。

「面倒なこと？」

「重人《しげと》がね……」

昭恵は弟の名を口にした。「お母さん、最近めっきり歳を取った。動きが大分怪しくなってきたって、何度か電話してきてたのよ……」

義母に最後に会ったのは、二年前の正月を昭恵の実家で過ごした時だったが、年齢の割には至って健康で、それらしき兆候は見られなかった。

「老いってものは、急にくることがあるからね。特にこの一年は、傍目からも足元が怪しくなっているのがはっきりと見て取れていたので、重人も無理するなって散々注意していたっていうんだけど、本人にその自覚がないって……」

「転びでもしたのか？」

「畳の縁《へり》に足を引っかけたっていうの」

「そうか……。歳を取れば、そんなこともあるかもな……」

「問題は、これから先のことよ」

昭恵はいう。「重人が、ひょっとするとこのまま寝たきりになって、介護が必要になるんじゃないかって。もし、そうなればお母さんを施設に入れなければならなくなるかもしれないって……」

「どうして施設なんだ。お義母さんは、頭の方ははっきりしてるんだろ？」

「年寄りの骨折は、ただの骨折じゃない。気持ちも折れるもんだっていうのよ。大抵は認知症の症状が現れはじめるもんだって……」

確かに、そんな話を聞いたことがある。歩けるようになるまで、何もできなくなってしまうからな」

「骨折、まして足を折ったら、動くに動けない。入院している間はともかく、退院後はお母さんを自宅にひとりにしておくわけにはいかないって……」

「重人にも、早苗《さなえ》さんにも仕事があるし、隆人《たかと》は来年大学受験。

昭恵は、ほとほと困り果てた様子で漏らす。

重人は昭恵より七歳年下だ。家を継ぐこともあって、地元の農業高校を卒業したのだが、固定収入を得るために近郊の都市に進出した中央資本の電子機器メーカーに入社したのだった。しかし、地方採用社員の給与は本社と比べれば格段に安い。生活費が都市部に比べて安く済むとはいえ、教育費は別だ。長女の奈美《なみ》は仙台にある大学の三年生、長男の隆人が大学に進めば、やはりカネがいる。妻の早苗も働きに出てはいるのだが、地場の中小企業の事務員で、こちらの収入も知れたものだ。それでも、母親の面倒をみてこられたのは、先祖から受け継いだ土地があったことに加えて、自家消費分の野菜を耕作してきたからだ。

義母の蓄えもそれほどないだろうし、年金だって十分とはいえない額なのは、聞くまでもない。重人夫婦の収入では、日々の暮らしを送るのがやっと。そこに二人の子供への仕送りとなれば、義母の面倒をみるために仕事を辞めるわけにもいくまいし、義母を施設に入れるにしても、先立つものがない。

「お前が面倒をみるか、施設に入れるカネを出してくれ。そういってるのか？」

真也は問うた。

「はっきりとはいわないけど、話を聞いてりゃ、察しがつくわよ」

「まだ、お義母さんが認知症になるって決まったわけじゃないだろ。歳の取り方は様々なら、骨折したからって、みんながみんな認知症になると決まっているわけじゃあるまいし……」

最悪の状況を想定し、事前に策を講じておくのは大切なことだが、それも解決の目処があればこそだ。しかし、義母が介護を必要とする状態になった場合、面倒をみるのが難しいのは、昭恵だって同じだ。家族で介護に当たるのは現実的な策とはいえない。となれば策はひとつ。施設に入れるしかないのだが、父親の遺産が入ったお陰で、余裕があるとはいえ、文也の学費もあれば、自分たちの老後のこともある。決して安心できる額とはいえないだろう。

真也が、結論を先延ばしにかかったのは、カネで解決するしかないことに気がついたからだ。

「重人も早苗さんも虫が良すぎるわよ。お父さんが死んだ時、家や田畑の相続を放棄したのは、いったいなんのためだったと思ってるのかしら」

「実の母親のことじゃないか。面倒みないってわけにはいかんだろうが。相続を放棄したこととと、介護は別の話だ！」

嫁と姑の仲は、うまくいかないのが世の常とされる反面、実の親との関係は、娘が嫁いだ後も深い絆《きずな》で結ばれているといわれているが昭恵は違う。

たぶん、それは昭恵の生い立ちに起因するものと思われる。

専業農家の長女として生まれ、贅沢とは無縁の暮らしを送った幼少期のことは、何度か聞かされたことがあった。大学どころか、農業高校を卒業して就職をといわれていたことにも、「あの人たちは、自分と同じ人生を私に歩ませようとした」といい、「中卒のうえ、田舎から一歩も出たこともない。世間ってものを知らないのよ」と、両親を見下す言葉を口にしたこともある。

要は、昭恵にとって大学に進学し、東京での生活がはじまるまでの期間は、暗黒の時代であり、親はその象徴ともいえる存在と考えられるのだが、あまりに冷酷な言葉に、思わず真也は声を荒らげた。

「そりゃあ、できるだけ顔は見せに行くわよ。でも、現実問題として、私だって、そう簡単には行ったり来たりできないし、かといって、お母さんを東京に呼ぶってわけにもいかない。文也が首尾良く医学部に入ったって、これから六年よ。卒業したって一人前になるまでには、何年もかかるのよ。それに加えて、老後の資金の確保。私だって、どうしていいか分からないからいっているのよ」

昭恵のいうことは、もっともではある。

親ならば、誰だって子供に負担はかけたくはないと思うだろうし、重人夫婦が親の面倒を最後までみてやりたいと思っても、夫婦ふたりが仕事を持っているとなれば、介護に費やす時間には限りがある。義母を東京に呼び寄せたところで、状況は同じだし、施設に入れれば、東京は新潟よりも遥かに高くつく。

「親父が入ったような施設に入れたら、いくらかかるか分からんからな……」

真也は、うっかりいった。

「そういえば、杉並中央病院のこと、調べはついたの？」

昭恵は表情を一変させ、まるで訊きたくとも訊けなかった話題を持ち出してくれたとばかりに、いきなり話を転じてきた。

「ああ……」

真也は内心で舌打ちをしながら、「兄貴に話したんだが、あれは、やっぱり単なる偶然だったようだね」

あっさりとこたえた。

「偶然？　本当なのそれ？」

「兄貴は直接馬渕先生にお会いして、問い質《ただ》したそうだ。改めてカルテも見たし、状況も詳しく聞いたが、死因の心不全に疑いの余地はないとね、はっきりと断言したよ」

「そんな馬鹿な！　馬渕先生と知り合いの、それも医者が、同じ症状で入院した病院で、そう都合良く突然死するなんて、あり得ないわよ」

「お前は、素人だから、そう思うんだ」

真也はそういい、輝彦から受けた説明を話しはじめた。

2

輝彦から連絡があったのは、ふた月ほど前のことだった。

「例の件で、馬渕先生と会ったよ。電話では何だし、お前も訊きたいことが山ほどあるだろうから、話の内容は会って直接話す」

三日後、いつもの渋谷の喫茶店に現れた輝彦は、注文したコーヒーが運ばれてきたところで、

「やはり、馬渕先生の診断通り、心不全としか考えられんね」

いきなり結論を告げた。「確かに、カルテを見る限り、認知症であることを除けば、親父の健康状態にこれといった異状は見当たらなかった。しかし、心不全の兆候というのは、必ずしも事前に把握できるとは限らんものだし、親父は亡くなる前の二年間、健康診断を受けていなかったんだ」

「健康診断を受けていない？」

意外なことを聞いて、真也は声を張り上げた。「後期高齢者の健康診断は年一回、基本、無料で行われるんじゃなかったか？」

「通知は来るが、受診するかどうかは本人次第だ」

輝彦はあっさりとこたえる。「区役所から受診券が送られてくるのが五月末だが、受診期間は六月から十一月末まで。それだけの期間があれば、そのうちにという気になるだろうし、親父の場合、たぶん頭の中は慶子のことでいっぱいだっただろうからな。あの絵を描くのに夢中で、健康診断どころの話じゃなかったんだろうな」

「入院時には？　患者の全身状況を検査しないのか？」

「認知症で、しかも施設に入所したんだぞ。杉並中央病院は、病院を併設しているから、そう思うだろうが、普通の介護施設なら既往歴を把握するのが精々だ。定期的な健康診断を行うにしたって、集団健診だろうから、期日は決まってる。親父の場合は入所から亡くなるまで、ひと月半だったかならな。二年の間に、何らかの兆候があったのかもしれないな」

「それじゃあ、心不全だってことを証明する根拠にならないだろう。逆に死因に不審があるって、いってるようなもんじゃないか」

「馬渕先生、笑ってたよ」

輝彦はいう。「お前が安楽死させたんじゃないかと疑っているといったら、医者がそんなことするわけがないでしょうって……」

「しかし、実際にふたりの医者が──」

「俺も、お前の話を聞いて、ひょっとしてと思っちまったんだが、先生のいう通りだよ」

輝彦は真也の言葉を遮ると、「お前、病院に行くと、世の中にはこんなに病人がいるのかと驚かないか？」

唐突に訊ねてきた。

「ああ……そりゃあ、いつも病院は患者でいっぱいだし、長い時間待たされるからな……」

「医者にとっては、日常の光景だから気がつかなかったんだが、健康に問題を抱えている人間が集まる場所が病院だ。もちろん、抱えている疾病も症状も人それぞれだが、重篤な患者を集めれば、患者が死亡するケースは多くなる」

当然の話だが、何をいわんとしているのか理解できない。

「それで？」

真也は先を促した。

「ハイリスクの患者が集まれば、それだけ不測の事態に直面する確率が高くなるってことさ。杉並中央病院の介護施設に入所している認知症患者は、後期高齢者が圧倒的多数を占める。そしてその大半が、死亡直前まで施設で暮らす。もちろん、死に至る要因は人それぞれだが、退所は死期が目前に迫っていることを意味するものであることに変わりはない。いったいあの施設にどれほどの入所者がいるか、知ってるか？」

「いや……」

真也は首を振った。

「百五十人だ」

輝彦はいう。「仮に、一年で二十人の入所者が亡くなるとしようか。津田先生が亡くなったのは五年前。親父が死ぬまでの間に、百人もの入所者があそこで死んだことになる。もちろん、持病の悪化、ガン、老衰と、医者が入所者の健康状態を逐一観察し、治療の甲斐なくという患者もいるだろうが、これだけ後期高齢者ばかりが集まれば、中には心疾患で突然死する入所者だって出てくるよ」

確かに、輝彦の見解には一理あるのかもしれない。

考え込んだ真也に、輝彦は続ける。

「お前は、親父と津田先生がどちらも医者で、しかも馬渕先生と知り合いだったことに疑念を抱いているが、心疾患はガンに次ぐ日本人の死亡原因の第二位で約十六パーセント。つまり、確率的には、百人の人が亡くなっていたなら、そのうちの十六人の死因は心疾患ってことになるわけだ」

「じゃあ、実際に杉並中央病院では、心疾患で亡くなった人がどれだけいるんだ？」

「五人いるそうだ」

輝彦は、間髪を容れず断言する。

「たった、五人？」

「妥当な数字だよ。十六パーセントってのは、あくまで日本全体での数字であって、杉並中央病院にその確率がピタリと当てはまるわけじゃないからな。それでも、心疾患による死亡は、ごくありふれたものだとはいえるね」

「じゃあ、病理解剖をしなかったことについては、馬渕先生は何と？　当然訊いたんだろ？」

「それについては先生も、するべきだったと反省していたよ。こんな疑念を持たれないためにもね」

輝彦は、困惑した表情を浮かべると、「でもな、病理解剖については、大学病院や、大きな総合病院でこそ解剖室があるが、私立病院にはそんな設備はまずない。解剖医は圧倒的に不足しているし、経費の件については前に説明した通りだ。それに、病理解剖を行わなかった責任は俺にある。本来なら、医者である俺が申し出るべきだったんだからな……」

声のトーンを落とした。

輝彦のいうことはもっともだ。

「まあ、そうだよな。兄貴だって、そこは、強くはいえないよな」

真也は理解を示した。

「でもな、病理解剖を行わなかったことは抜きにしても、親父の死因は心不全。それ以外に考えられんのだ。医者の目から見ても、馬渕先生の診断は、絶対的に正しいと断言するよ」

真也の反応に安堵したのか、輝彦は声に力を込め、結論づける。

「そうか……それだけの確率で起きるなら、ふたりが同じ心不全で亡くなったとしても不思議じゃないかもな」

病院に行くと、世の中にこんなに病人がいるのかと驚かないかといわれてみれば、その通りだし、それは弁護士の世界だって同じだ。刑務所なんかはその典型的な例だろう。仕事柄、受刑者と面会をする機会は頻繁にあるから驚きはしないものの、一般市民が刑務所を訪れたなら、世の中にはこれほど多くの犯罪者がいるのかと驚愕するだろう。

高齢者の介護施設にしたって、それは同じだ。介護の大変さが、一般的にいまひとつ切実な問題として認知されていないように思えるのは、介護の現場をあまり目にする機会がないからだ。病院、刑務所、そして介護施設のいずれにしても、同じ問題を抱えた人間が集まる場所であり、一般市民が目にすることはあまりないという共通点がある。そして、認知症患者の施設からの退所が、死が間近に迫った時にしか叶えられないとするならば、死亡原因がガンに次いで二番目に多い心疾患を原因として亡くなる確率が高くなるのも当然のことなのかもしれない。

「馬渕先生には不愉快な思いをさせてしまったね」

真也は、胸にこみ上げる苦いものをコーヒーで押し流した。

「笑ってはいたけど、親父を殺した疑いをかけられたんだ。馬渕先生も内心は穏やかじゃなかっただろうな」

「いやな役目をさせちまったな……。すまん……」

真也は頭を下げた。

「まあいいさ……」

輝彦は冷めたコーヒーに口をつけると、「すべては、親父の願いがあまりにもあっさりと叶えられてしまったことからはじまったんだ。そして、それは、俺たちも親父のようになったら、同じような幸運に巡り合いたい。そうした願望の表れでもあったわけだからな」

ほっと息を吐いた。

「願望の表れか……」

真也はぽつりと漏らした。

「なんたって、そう簡単に死なせちゃくれないのが、いまの時代だからな」

輝彦の言葉に、

「ぽっくり寺ってのがあるけど、家族に迷惑かけず、ぽっくり逝きたいってのは、誰しもの願いだろうが、こればっかりはどうなるか分からんからな……」

真也はいった。

「ぽっくり寺な……」

輝彦は、コーヒーカップをソーサーの上に戻しながら、呟くようにいうと、「願《がん》をかける人たちは、たぶん身内の介護を経験したか、目の当たりにした人たちが多いんだろうな」

しみじみという。

「どうして？」

「馬渕先生がいってたよ。どんな状態になろうと、大切な人には一日でも長く生きて欲しいと誰しもが思う。だけど、自分が介護される側になったらどうなんだろう。介護されて当たり前だと思う人間はいないだろうし、むしろ、家族に負担はかけたくはない。一日も早く死なせてくれ。そう思うもんじゃないのかって……」

輝彦の一言一句が、胸に突き刺さる。

「なるほどなあ……」

真也は唸った。

「俺だって、そう思うよ」

輝彦は真剣な眼差しを向けてくる。「そりゃあ、慶子のことだ。俺が認知症になれば、一生懸命介護をしてくれるだろうさ。子供たちだって、たぶん協力して介護に当たってくれるとは思うよ。でもな、俺は家族に、そんなことはさせたくないね。親父のように、さっさと死ねたらどんなにいいかと……」

「まあ、兄貴は施設に入れるから、慶子さんだって多少は楽ができるだろうが、その点うちはなあ……」

そこに思いが至ると、暗澹たる気持ちになる。

真也は、思わず深いため息をついた。

輝彦は、それにこたえることなく話を続ける。

「俺だって慶子が介護を必要とする状態になったら、やっぱり一日でも長く生きて欲しいと思うだろうさ。でもなあ、慶子が果たしてそれを望むかといえば、たぶんそうじゃないと思う」

「つまり、本人の意思と、家族の意思は必ずしも一致しない。むしろ、相反するものだっていいたいわけか」

「そして、お互いが、相手を大切に思っていればいるほど、その乖離は大きくなる。そこがこの問題を難しくしている最大の要因なんだよ」

輝彦の言葉が、再び胸に突き刺さった。

ならば昭恵はどうなんだ。もし、俺が介護を必要とする状態になったら、果たして昭恵はどんな気持ちを抱くだろう。

「でもさ、大切に思っていなくとも、介護しなけりゃならないことに変わりはないよ」

内心で覚えた不安が真也の口を衝いて出た。「だってそうだろ？　施設に入れりゃ別だけど、そうじゃなければ、誰かがやらなきゃならないのが介護じゃないか。そして、その時は意識の乖離なんか生じない。お互いが早く終わりにしてくれって、同じ思いを抱きながらも叶えられない、そんな状態が続くだけってことになるんじゃないかな」

「そんな身も蓋もないことというなよ」

輝彦は驚いたように、眉を吊り上げたが、

「いや、現実はむしろ、そっちの方が多いと思うよ」

真也は反論した。「実際、俺たちだって、親父が死んだ時、ほっとした気持ちになったのは、親父が苦しみから解放されたと思っただけじゃない。介護から解放されたことに、安堵したというのもあったわけだからね」

「まあ……それはそうなんだが……」

輝彦は複雑な表情を浮かべ、視線を落とした。

「だから怖いんだよ。そして、俺が疑ったように、医者の間に安楽死を行うような盟約が存在するのなら、狡いと思ったんだよ。もし、そんなことが行われているのなら、是非にと切望する人間は世の中にはごまんといるだろうからね。だったら、なぜその必要性を世間に訴え、真正面から議論しないんだと怒りを覚えたわけさ」

「意外だな。お前の口から安楽死を肯定する言葉を聞くとは思わなかった」

「難しい議論になるだろうし、まず受け入れられないのは分かってる。でもね、兄貴の話を聞いているうちに考えが変わったよ。お互いが、相手を大切に思っていればいるほど、乖離が大きくなるってのは、確かにその通りだろうからね。ならば、どちらの意思を優先すべきかといったら、介護を受ける当事者の意思であるべきだよ」

真也は自ら発した言葉に驚いていた。

安楽死を肯定する考えなど、いままで一度たりとも抱いたことはなかった。しかし、もし自分が認知症になった時、果たして昭恵はどんな思いを抱くのか。一日でも長く生きて欲しいと思うだろうかと考えた時、そうだといえる確信が持てなかった。いやむしろ、一日でも早く逝って欲しいと願うだろう。そして何よりも、自分自身もそう切望するに決まっているからだ。

輝彦は、言葉を返さなかった。

ただじっと、まるで真也の胸の内を探るような眼差しで見据える。

そして暫しの沈黙の後口を開くと、

「俺は願をかけたよ」

ぽつりといった。

「願をかけた？」

「事前指示書を書いたんだ。親父が記したのと寸分違わぬ内容のものをね。願わくば親父と同じように、さっさと死なせて欲しい。そんな願いを込めて……」

「そううまく行くかな」

「それは神のみぞ知るというやつだが、親父と津田先生の願いは叶えられたからな。願えば神様に通じるかもしれないじゃないか。俺だって、怖いことに変わりはないんだ」

「神様ね。そんな言葉を兄貴の口から聞くとは思わなかった」

真也は、ついいまし方輝彦に投げかけられた言葉をそのまま返すと、

「じゃあ、俺も願かけをしておくことにするか」

薄く笑った。

3

真也は輝彦から受けた説明を話して聞かせたのだったが、

「なんか、釈然としないな」

昭恵はしきりに首を捻る。

「兄貴が直接馬渕先生に会って確かめたんだ。お前がいくら釈然としないっていったって、兄貴は医者だぞ。素人のお前に何が分かる」

「美沙は看護師よ。おかしいっていい出したのは素人じゃないわ」

いったい昭恵は、どうしてこの件にここまで執着するのか。

実の母親が骨折したという知らせを受けた途端、容態を案じてすぐさま実家に駆けつけるどころか、真っ先に昭恵の口を衝いて出たのは、介護が必要になった場合への懸念だ。しかも、労力、経済面、双方の支援を拒む意思を隠そうともしない。ならば、親父のことにしたって、死因に不審を抱くどころか、むしろ介護にも駆り出されず、カネも出さずに済んだことに感謝しそうなものなのに……。

真也にはそこが不思議でならない。

「お前に話を聞かされて、うっかりその気になっちまったが、弁護士としてあるまじき行為を働いてしまったよ。確たる証拠があるわけじゃなし、単にふたりが同じ場所で、同じ死因で亡くなった、それだけの理由で、殺人行為が行われたかもしれないと疑ってしまったんだからね。冤罪事件ってのは、思い込みから生じたストーリーに沿って行われた捜査の果てに生ずるものだってことをすっかり忘れていたよ」

「お義兄さんと馬渕先生がグルだったら？」

まだいうのか。

「もう、その話はいいよ！　俺は兄貴の説明に納得したんだ！」

真也は厳しい口調で断じると、昭恵を睨みつけた。「それより、いまはお義母さんのことを考えるのが先だろ。高齢者の骨折はただの骨折じゃない。気持ちが折れるってのは、俺も聞いたことがある。実際、その通りだろうさ。長く床に就けば、行動も制限される。人と会う機会は格段に減るわけだし、外からの刺激だってほとんどなくなるからね。お義母さんの年齢を考えれば、本当に認知症がはじまったって不思議じゃないんだぞ」

「だけど、私は東京を離れられないわよ」

昭恵は眉間に皺を刻み、反論に出る。「春、夏、冬の休みにしたって、教師には仕事があるんですからね。年休だって限られているし、授業があるから、そう簡単に取れるもんじゃない。サラリーマンと大して変わりはないんだから」

「それじゃあ年休はなんのためにあるんだ。しかも、実の親の介護のためだぞ。誰だって、いつ同じ問題に直面するかわからないんだ。お互い様じゃないか」

「そんなの理屈よ。第一、介護は日々続くのよ。重人が心配しているのは日々の人手であって、一定期間来てもらったって、あの人たちが抱えることになる問題解決にはならないの」

「だったら、お義母さんが介護を必要とするようになったら、辞めればいいじゃないか」

「辞める？　学校を辞めろっていうの？」

昭恵は、信じられないといわんばかりに目を見開く。

「重人君のところは共稼ぎ。しかも、子供にはまだまだカネがかかる。早苗さんだって仕事を辞めるわけにはいかないんだ。だったら、動ける人間が介護を受け持つしかないだろ」

「あなた、本気でいってるの？」

睨みつける昭恵の目には、激しい怒りが籠っている。「定年まで、あと七年もあるのよ。あなたは、重人はまだまだおカネが必要だっていうけど、うちだって文也が医学部に入れば、六年間は学生生活を送ることになるのよ。うちだって、おカネが必要なことに変わりはないじゃない」

「だったら、万が一にもお義母さんが介護が必要になったら、施設に入れるしかないじゃないか」

「そのおカネ、誰が出すのよ」

カネ、カネ、カネ……。昭恵と議論がはじまると、結局はカネだ。

もううんざりだ。

「俺が出すよ！」

真也は、勢いに任せていった。「田舎の施設は、東京よりも格段に安いと聞くし、うちには、親父が残してくれた遺産がある。義理とはいえ、お義母さんは家族だ。それこそ生きたカネの使い道ってもんじゃないか」

本当は、義理の母親のために、実の父親から受け継いだ財産を使う婿がどこにいる、そういってやりたいところだし、当然昭恵の口からは感謝の言葉が返ってくるものだと思った。

ところがである。

「それじゃあ、重人の丸儲けじゃない」

昭恵は平然といってのけた。「お父さんが死んだ時、私は相続の一切合切を放棄したのよ。その上、介護の費用も全部うちが面倒みるって、おかしくない？」

「いままで、お義母さんの面倒をみてきたのは誰だよ。お前が、いままで東京で働いてこれたのは誰のお陰だよ」

凄まじいまでのカネへの執着に、真也は呆れながらも反論に出た。「それでも、重人君は応分の負担をすべきだと、お前はいいたいんだろうが、無い袖は振れないんだよ。これぱっかしは、出せるやつが出すしかないんだよ」

「じゃあ、あなたが介護を必要とするようになったら？」

昭恵は、論点を変え、食い下がってくる。「生活基盤を東京に置いている限り、施設に入るなら当然東京、あるいは近郊ってことになるわよね。当たり前よね。新潟の実家には重人が住んでいるわけだし、そこに私がお母さんの世話をするために厄介になりながら、さらにあなたの介護をしてあげるわけにはいきませんからね。費用だって高額になるわけだし、いつまで続くか分からないんじゃ、いただいた遺産で足りるかどうかも分からないわよ」

「そのために、お前は文也を医者にするっていうんだろ？」

「あなた、息子にすがるつもりなの？」

昭恵は、軽蔑するような眼差しで真也を見る。「前にいったわよね。医者といっても勤務医の収入なんて知れたもの。開業するなら、応分の資金が必要なの。きちんとした収入を得ようと思えば、それなりの先行投資がいるのよ」

「それは、文也が考えることだ。なんで、親が開業資金の面倒までみなきゃならないんだよ」

「あなたは、その文也に頼るっていってんじゃない」

まったく、こういう議論になると、些細《ささい》な落ち度も見逃さない。

言葉に窮しかけた真也だったが、そこは弁護士だ。

「だいたいだな、お前は、さも俺が介護が必要になるようにいうがな、まだ五十三だぞ。認知症になるにしたって、まだまだ先の話だ。それに、弁護士には定年はないし、お前が定年になった時には、応分の退職金がもらえるじゃないか。それを先に、お義母さんのために使うっていう考え方だってできるだろうが」

「あなたが、おカネにならない仕事ばっかり引き受けるから心配なのよ。第一、弁護士には定年はないっていうけど、その代わり退職金だってないじゃない。働けなくなったら、僅かばかりの年金と、蓄えで暮らしていくしかないのよ。あなたは見たこともないおカネを手にしたから、気が大きくなってるんだろうけど、先のことを考えたら、あるに越したことがないのがオ、カ、ネなの」

ここまで昭恵がカネに執着する原因の一端は、自分にもある。人並みの生活は送ってはいるが、贅沢とは無縁の暮らしであることは事実だし、最近でこそ弁護士の収入は格段に落ちたとはいえ、かつては高収入が保証された職業であった時代もあったのだ。昭恵は、本当は弁護士の妻として、家庭に入り、裕福な暮らしを送りたかったに違いない。

しかし、これぱかりは、どうしようもない。カネのためには生きない。それが自分の信念だからだ。

「俺のカネも使いたくないというなら、もう何もいわんよ。重人君と話し合って、折り合いをつけるんだな。だけど、これだけはいっておく。お義母さんを不幸にするようなことだけは絶対にするな。当たり前だろ。お前の実の母親だぞ」

真也は、昭恵を睨みつけると、もうこれ以上の議論はごめんだとばかりに席を立った。


それから、真也は書斎に籠り、事前指示書を三通したためた。

一通は、文也に。もう一通は輝彦に。そして、残る一通は、仕事机の引き出しに保管しておくためだ。

今夜の話し合いで、自分が父親と同じ状態になった時、昭恵が積極的に介護に当たるとはとても思えないのははっきりした。いや、真也にはそもそも、そんなつもりなどなかった。

延命治療の一切を拒否する。もし、認知症になった場合は、早々に施設に入れる。父親が残した事前指示書と寸分違わぬ内容をしたためながら、真也は、もしそうなった場合は、一刻も早い死が与えられるよう、願をかけた。

4

三月に入ると、気候もめっきり春めいてくる。

本来教師にとっては、最も忙しい時期なのだが、学年末のテスト問題を作り終えた直後だけは仕事に余裕ができる。

しかし、今年ばかりは例年と異なった。

文也の医学部受験があったからだ。

一月下旬から二月の中旬にかけて、文也は私立大学の医学部を三校受験した。

大学の講師を辞めて以来、受験勉強に専念してきたこともあって、二校は合格したのだが、一校は不合格という結果であった。だが、本命は国立大学の医学部である。滑り止めの受験であることを考えれば、医師になる目処がついただけでも本来の目的は達成できたといえるのだが、国立大学の医学部は難関中の難関だ。一校が不合格であったことに不安を覚えながらも、試験が終わり、合否を待つばかりとなれば、気持ちにも多少の余裕が生じる。

「よかったわねえ。国立の結果がどうあれ、文也君が医者になれる目処がついたんだもの。昭恵も満願成就。これで将来安泰じゃない」

荒木町の小料理屋で、正面の席に座る美沙が、羨望の眼差しを向けてくる。

美沙と会うのは、久の死因への疑念を語り合って以来だ。美沙の勤務はシフト制だし、昭恵も夏休みを終えると、授業や試験、運動会に学園祭と、行事が目白押しだ。久しく会うことがなかったのは、そんな理由があってのことなのだが、本命の結果が出る前とはいえ、やはり文也が医者になれる目処がついたのは嬉しい。

この喜び、誇らしさを誰かに伝えたいというのもあったし、新たに生じた問題や、真也への愚痴を聞いて欲しいという気持ちもあった。そこで、美沙を呼び出したのだ。

「まあね」

昭恵は笑みを浮かべながら、ビールを口にした。「でもさ、これで国立に受かってくれればいいけど、不合格だったらおカネがねえ……。六年間じゃ何千万って単位で違ってくるんだもの」

「それでも、医者にするんでしょ？」

「講師を辞めちゃったんだもの、医者にさせるしかないじゃない」

「何千万っておカネを出してやれるだけ、恵まれてるわよ。しかも、借金するわけじゃないんだし……」

「そりゃあ、まあ、そうなんだけどさ」

「そんな家庭って世間にはそうあるもんじゃないわよ」

美沙の目に浮かぶ、羨望の色がますます深まる。「医学部進学者に医者の子供が多いのは、家業を継がせたいって親が望むせいもあるけどさ、経済力の裏付けがあればこその話よ。普通の勤め人じゃそうはいかないもの。どうしても、子供を医者にしたいとなれば、国公立に行ってもらうか、さもなくばローンを組んで学費を捻出するしかないのよ。どっちが多いかといえば、もちろん後者。家を一軒買うような借金をして、子供を医者にするって家庭の方が多いんだから」

「でもね、おカネなんて、いくらあっても足りないわよ。入れば入るだけ、出費が嵩むようにできてるものなんだって、つくづく思うわ」

昭恵は、偽らざる実感を口にした。

「お母さんのこと？」

昭恵は、こくりと頷くと、軽くため息を漏らした。

「ようやく二週間後に退院だけど、その後は通院しながらリハビリでしょう。弟のところは共稼ぎだから、送り迎えの問題もあれば、平日は家にひとりきりの時間が長くなるわけよ。歩くどころか、立つのもやっとの年寄りを放置しておくわけにもいかないし……」

「昭恵があっちに行って、お母さんの面倒をみるってわけにもいかないものね」

「それがさ、うちの人、お前が学校辞めて世話をすればいいじゃないかっていうのよ」

あの時の真也の発言は、思い出すだに腹が立つ。

昭恵の声に自然と怒りが籠る。

「辞めろって……だって定年までは――」

「まだ七年もあるのにさ。大体、七年も早く辞めてしまったら、退職金の算出基準は勤務年数に退職時の基本給ですからね、何百万って違いが出てくるわけよ。万が一にでも、母親が介護を必要とするようになれば、施設に入れることだって考えなきゃならなくなるわけじゃない」

「お母さん、その兆しがあるの？」

「う〜ん」

昭恵は小首を傾げた。

母親の元には月に二度の割合で、訪ねていたが、当初こそ「そんなに頻繁に来てもらっても、骨がつくまで寝てるしかないんだから」と気丈に振る舞ってはいたものの、たまに見舞い客が訪れるくらいで、一日の大半はベッドの上で過ごしているだけである。同室の入院患者とは、年齢差もある。入院が長引くにつれて、母親の目から生気が失われていくように感ずるのは気のせいではないだろう。

「まあ、いまのところは、あまり感じないんだけど、やっぱり骨折前と比べるとねえ……」

昭恵は声を落とし、「せめて歩けるようになるまで、病院に置いておいてくれれば助かるんだけど……」

またため息をついた。

「随分、病院だって便宜を図ってくれてると思うわよ。都会の病院だったら、とっくの昔に退院させられてるもん」

「それは分かってるんだけどさ……。でもね、もし、施設になんてことになったら、いったいどれほどおカネがいるか……。都会に比べりゃ、安いとはいってもねえ……」

「でもさ、実の母親のことだもの。昭恵だって、弟さんに任せっぱなしってわけにはいかないじゃない。義理の親とは違うんだからさ」

美沙が義理の親とは違うというのは、夫の実家の親が介護が必要になった場合、自分が介護の担い手と目されていることに抵抗を感じているからだろう。

「それがまた、うちの旦那ときたら、その時は費用を全額出してやればいいじゃないかっていうのよ」

呆れていったつもりだったが、美沙の驚くまいことか。

あんぐりと口を開けて、目をしばたたかせると、

「旦那が嫁の実家の親の介護費用を出すっていうの？」

身を乗り出してきた。

「あの人、すっかり気が大きくなっちゃってんのよ。見慣れない額のおカネが入ったもんで……。

そんな大盤振る舞いしてたら、あっという間になくなっちゃうのに」

「あんた、そんなこといったら、バチが当たるわよ。そんなことといってくれる旦那なんていないよ」

「そりゃあね、ありがたいとは思うわよ」

さすがに疚しさを覚えた昭恵は、弁解に出た。「実際、あちらのお義父さんの介護はお義兄さん任せだったわけだし、費用だってお義父さんのおカネで足りなきゃ、お義兄さんが出したでしょうよ。もちろん忸怩たる思いはあったけど、無い袖は振れない。おカネのある人の世話になるしかない。あの時は、そうも思ったりはしたんだけどさ」

「今度は、それが昭恵の番になったってことじゃない」

「そんな簡単な話じゃないのよ。状況が根本的に異なるわけ」

昭恵は、美沙の言葉をぴしゃりと撥《は》ね付けた。「あちらが、うちに何も要求してこなかったのは、先の収入に目処があればこそ。第一、医者には定年がないんですからね。健康でいる限りは何歳まででも働けるんだもの。その点、うちは違うの。私はあと七年。弁護士には確かに定年はないけど、カネのためには生きない。その信念は曲げられない。うちの人、そういって憚らないんだもの」

昭恵は、その上、もしも文也が国立大学に不合格となろうものなら、数千万円ものおカネが必要になる、と続けようとしたが、口にしてしまうと現実になりそうな気がして、その言葉を飲み込み、

「杉並中央病院の件にしたって、あの程度の説明で納得しちゃうんだから、人がいいにもほどがあるわ」

いきなり話題を転じた。

「旦那さん、あのことを調べたんだ」

「お義兄さんに、私たちが覚えた疑念をぶつけたんだって。それで、お義兄さんが馬渕先生のところへ行って――」

昭恵はそれから、真也から聞かされた内容を話して聞かせ、「美沙はどう思う？　こんな説明で納得できる？」

美沙に見解を求めた。

「まあ、確かに理屈は通っているとは思うけど……」

美沙は小首を傾げると、「でもねえ、統計的には心疾患が死亡原因の二番目だっていっても、医者がふたりも、同じ病院で亡くなるものかしら……。それに、都築さん……あっ、前に杉並中央病院に勤めていた看護師なんだけど、彼女は津田先生が亡くなってから四年間、あの病院で働いたけど、その間、同じようなケースはなかったっていってたわよ」

「それは、認知症の患者の話であって、入院患者なら他に三人いるって」

「そうか、確かに、彼女も認知症の患者はっていってたわね……」

それでも美沙は釈然としない思いを捨てきれないらしく、「調べてみようか」

ふと思いついたようにいった。

「調べるってどうやって？」

「知り合いに、ジャーナリストがいるのよ。フリーの……」

美沙の瞳が炯々《けいけい》と輝き出すのを見て、昭恵は怯んだ。

明らかに、正義ではない。単なる好奇心でもない。彼女の心の奥底に潜む、何かを感じ取ったからだ。

「よしてよ」

昭恵は、笑って顔の前で手を振った。「そんなことやったって、何も出てこないわよ。お義兄さんだって、素人じゃないんだからさ」

「でもあなた、そのお義兄さんの説明に納得がいっていないんでしょう?」

「まあ、うちの旦那の説明にはね……。医者同士なら、分かり合えるってこともあるだろうし……」

昭恵は、慌てて言葉を繕うと、「それに、ジャーナリストは警察じゃないからね。適当な取材で、面白おかしく記事を書かれた日には、馬渕先生どころか、お義兄さんにも迷惑がかかるかもしれないし、そこまでする必要はないわよ」

「そうかな……」

不服そうな顔をしながら、グラスを口元に運ぶ美沙を見ながら、先ほど彼女の瞳に宿ったものの正体に、思いを馳せた。

5

「尊厳死法制化の必要性を世に問いたい?」

新橋のガード下にある焼きとり屋で、尾高は口元に運んだグラスを止め、「何でまた」怪訝な表情で真也に問うてきた。

「実は先日、事前指示書を書きまして……」

「事前指示書？　延命治療を望まないって意思を書いておく、あれか？」

「ええ……」

　頷いた真也に向かって、

「まだ、そんな歳じゃないだろ。男女共に平均寿命が八十歳を超えてる時代に、あと何十年生きると思ってんだ。それまでの間には、今は治らん病を治しちまう新薬や医療技術だって出てくるだろうし、そうなりゃ寿命だってどんどん延びる。死ぬに死ねない時代になっているかもしれんじゃないか」

　呆れ顔でいい、焼酎のお湯割りを口に含んだ。

「だから尊厳死法制化が必要だと考えるようになったんです」

「えっ？」

「尾高さん。死ぬに死ねない時代になっているかもっておっしゃいますが、それって喜ばしいことなんですかね」

「それは──」

　真也の瞳の表情に気圧されたように、尾高は言葉を飲む。

「厚労省や医学会が出しているガイドラインには、本人が事前指示書で延命治療を拒否する旨を明確にしている場合、意思を尊重するようにと書かれてあります。治療を中断しても、ガイドラインに従っている限り、医師が罰せられたことは一度もありません。ですが、中断を拒む医師がいることも事実なんです。それはなぜだと思います？」

「そりゃあ、あくまでもガイドラインだからな。尊厳死、安楽死を巡る論争は、昔から繰り広げられてきたけど、出ては消え、決着はついちゃいないんだ。法の裏付けがない限り、遺族から殺人罪で訴えられる可能性はなきにしもあらず。第一、治療を中断すれば患者は確実に死ぬんだからな。いくら患者の意思でも、それだけはごめんだって医者もいるだろうさ」

延命治療の中止による患者の死亡は、件数こそ少ないものの、警察の捜査対象となったものもある。しかし、いずれの場合も不起訴とされたことは、尾高も知っているはずである。なのに、罪に問われる可能性をわざわざ口にしたのは、結果的に不起訴になるにしても、殺人事件の疑いがあるとなれば警察も捜査せざるを得ず、処置を行った医師が面倒に巻き込まれることに変わりはないからだ。

「でもね、やっぱりそれは医者がやらなきゃならないことだし、いままでの医者の仕事に欠けていた最も重要な役目なんじゃないかと思うんですよ」

尾高はグラスをテーブルの上に置き、腕組みをすると、

「君のいうことは分からなくはないが、尊厳死を法制化するとなると医者だけの問題じゃないよ。少なくとも、もうひとつ法を設ける必要があるね」

眉間に皺を寄せ、厳しい表情を浮かべた。

「もうひとつとおっしゃいますと？」

「患者の権利法だよ」

尾高は即座にこたえた。「皆が皆、事前指示書を書いて意思を明確にしておくとは限らんからね。延命治療が必要な状態になるまでの経緯は人それぞれだが、医者は症例から今後患者がどうなって

行くのか、延命治療が必要な状態になる可能性があるのかどうか、患者の判断力がなくなる遥か前に察しがつくはずだ。つまり、インフォームドコンセントの徹底やカルテの公開などを医者に法で義務づけ、患者の意思を事前に把握しておくことを徹底する必要があるんだよ」

「なるほど」

真也が肯定すると、

「それと、仮に尊厳死が法制化されたとしても、何を以《もっ》て死を迎えたと判断するか。日本人が考える死の基準からして、実際に尊厳死が行われるようになるか、私には疑問に思われるんだ」

新たな問題を提起してきた。

「日本人の死の基準……ですか？」

「たとえば脳死だよ」

尾高はいう。「医学的には脳死を以て死と判断するコンセンサスは確立されてはいるし、実際二〇一〇年に施行された改正臓器移植法では本人の意思が不明でも、家族・遺族の書面での承諾があれば、臓器移植が可能になったが、それでも脳死ドナー数は年間八十件に満たない。それはなぜだと思う？」

「日本人は、心臓が動いている限り、死んじゃいないと考えているからでしょうね」

「だったら、延命治療の中止だって同じじゃないか。心臓が動いているのに、人工呼吸器を外してくれなんて、いえる家族がどれほどいるかな。まだ生きている。でき得る限りの治療を施して欲しい。そう医者に申し出る家族の方が大半だろうさ。第一、脳は死んじゃいないんだぞ」

「だから、尊厳死の法制化が必要なんですよ。だって、そうじゃありませんか。自分の命ですよ。

本人が延命治療を望まない意思が明確であるなら、それを叶えてやるのが――」

「じゃあ、家族が止めてくれっていってる傍らで、医者が呼吸器を止めたり、栄養補給のチューブを外すってのかね？」

尾高は真也の言葉が終わらぬうちにいった。「それじゃ、法の力で命を終わらせるってことになってしまうじゃないか。第一、そんなことができる医者がいるわけないよ」

尾高の言はもっともなのだが、尊厳死の法制化を世に問うからには、もちろん考えはある。

真也は黙って焼酎のお湯割りに口をつけた。

晩春から晩秋にかけては、店の前の路上にテーブルと椅子が並ぶが、早春のこの時期は夜になると寒気が残っている。外気を遮るビニールの間から、冷気が忍び込んでくる。

「尾高さんが、おっしゃることはもっともです」

短い間の後、真也は口を開いた。「さっき、日本人は心臓が動いている限り生きていると考えるとおっしゃいましたが、医者だってそう考えている人が多いのは事実ですからね。ヨーロッパでは八割以上の医者が脳死を迎えた時点で死と考えるのに対して、日本では約四割といいます。断固として延命治療の中止を拒否する家族を無視して、患者の願いを叶える医者は、日本にはいないと断言してもいいでしょうね」

「つまり、尊厳死を法制化するには、何を以て死と考えるか。死というものの日本人の概念を根底から覆さなければならないわけだ。そんなことが可能だと思うかね」

そこで、真也はいった。

「日本人全員の概念を覆す必要があるんでしょうか」

「え?」

「大切なのは本人と家族が尊厳死について事前に十分話し合い、双方の意思の合意を形成しておくことであり、それを叶える法が整備されているってことなんじゃないでしょうか。本人が望まないというなら延命治療を受ければいい。でも、そうまでして生かされたくはない、延命治療は端から拒絶するし、なんらかの要因で施されてしまった治療を即刻中止してくれというなら叶えてやればいいだけの話だと思うんです。これは、自分の生涯をどう閉じるか、死の迎え方に、選択肢を与えるかどうかの問題なんじゃないでしょうか」

「う〜ん……」

唸り、瞑目する尾高に向かって、真也は続けた。

「それに、日本人の医者の約四割が、脳死を以て死と考えているわけですし、脳死移植が認められてからも、ドナー数は年間八十件程度に留まっているとはいえ、実際に行われていることは事実なんです。ですから、日本人の医者の中にも、尊厳死を肯定する人が少なからず存在するんじゃないかと思うんです」

尾高は瞼を開き、

「尊厳死を選ぶかどうかは個人の自由。認めないというなら拒否すればいいだけの話か……」

重々しい声でいった。

「尾高さんだって、延命治療を施されてまで、少しでも長く生きたいと思いますか?」

「いや……そりゃごめんだな」

尾高は口をへの字に曲げ、首を振る。「そういえば、うちの親もいってたな。親戚の爺さんが胃瘦されている姿を見て、ああまでして生きたくはない。本人も苦しいだろうし、見ている方だって辛いって……」

「私だってそうですよ」

真也はいった。「父親の死に際して、兄貴といろいろ話したんですが、こういわれて気がついたんです。どんな姿になっても、肉親には一日でも長く生きて欲しいと願うものだし、実際献身的に介護する家族も大勢いる。だけど、じゃあ自分が介護される側になったらどうなんだ。一日でも長く生きたい。自分は最期まで介護に当たったんだ。介護をされて当然だと思うかって……」

尾高は、言葉を返さなかった。テーブルの上のグラスを手にすると、焼酎のお湯割りに黙って口をつける。

真也は続けた。

「ひょっとすると、介護する側とされる側には、意識の乖離が生じているケースが多いんじゃないかと思うんです。だから、尊厳死の法制化が必要なんです。尊厳死が認められれば、延命治療を望むのか否か、本人はもちろん、家族との間でも議論が交わされるようになるでしょう。両者の間で事前にコンセンサスが取れていれば、するかしないか、中止するか否か、判断に苦しむことはなくなると思うんです」

「そういった風潮が広がれば、医者の尊厳死への抵抗感も薄れていくかもしれないかもな……」

「もちろん、尊厳死の法制化の必要性を訴えれば、即座に反対の声も上がるでしょう。囂々《ごうごう》たる非難に晒されもするでしょう。でも、賛同する人たちだって少なからずいると思うんです」

「日本の高齢化は、今後ますます進む一方だし、誰にでも確実に訪れるのが死だ。やってみる価値はあるかもな」

尾高はグラスを置くと、「君の考えを聞けば、共感する弁護士仲間も少なからずいるはずだ。まずは仲間を募り、尊厳死についての研究会を立ち上げてみようか。法制化するには、最終的に政治家を動かさなきゃならん。尊厳死を立法化する動きはこれまでにも何度かあったが、医療費の削減が狙いだとか、濫用《らんよう》を警戒する人たちもいることだし、そうはさせないための仕組みを検討した上でないと、誤解されんとも限らんからね」

尾高がいう「誤解」が何を意味するかは、改めて聞くまでもない。

安楽死はもちろん、尊厳死であっても、人は生命が尽きるその時まで生きるべきだと考えている人権派の弁護士が、真也の周りには少なからず存在することを尾高は知っているからだ。

「ありがとうございます」

尾高の気持ちが嬉しかった。

椅子の上で身を正し、頭を下げた真也に向かって、

「来週にでも、何人かの弁護士に声をかけてみるよ。そこで、君の尊厳死に対しての考えを話してみたらどうだね。まずは、そこからはじめようじゃないか」

尾高は、穏やかな声でいった。

6

学年末の試験が終わり、生徒の成績が出揃うと、進級判定会議が開かれる。昭恵が勤務する中学

では義務教育であっても進級ラインを満たさぬ生徒は留年となる。生徒本人と保護者を学校に呼び、校長、学年主任、担任を交えた面談もあれば、同時に新入生への入学説明会やクラス編成、そして卒業式に入学式と行事に追われる日々が続く。

昭恵が勤務する中高一貫校は、都内有数の進学校で、入学してくる生徒は、ほぼ全員が塾に通い、高い学力を身につけているはずなのだが、成績不振に陥る生徒は必ず出る。なにしろ皆、小学校での成績は常にトップクラス。塾でも上位の成績を収め、合格を勝ち取った、いわゆる勝ち組であるだけに、一旦負のスパイラルに入ってしまうと、気持ちが折れるというか投げやりになる生徒も少なくないのだ。

まして、全員が大学進学、それも難関校を目指す生徒ばかりである。高三までのカリキュラムは高二で終わり、最後の一年は受験対策だから、授業の進度は速いし、内容も高度だ。大学入試以前に進級に値せずと判定されれば、留年となることを承知で受験したのだから、面談の場は、学校側がその旨を伝え、保護者もその現実を深刻に受け止めて、それで終わるのが常である。そして、大半が義務教育課程での留年を恐れ、他の中学に転じて行くのだが、今日の面談の場はいささか様相が異なった。

保護者が「進学校であるのは承知しているが、成績不振に陥った生徒へのケアが全くない。学校は予備校とは違うはずだ。ついていけない生徒は、置いてけぼりとは、学校としていかがなものか」と猛然と抗議してきたのだ。

そのせいで、午前十一時からはじまった面談は長引き、昼を過ぎても終わらない。

学年主任として同席した昭恵は気が気ではなかった。

文也が受験した医学部の合格発表は、午後一時半。その時刻が刻々と迫っていたからだ。

面談がようやく終わり、職員室に戻ったのが発表の十分前。

まだ、時間前だと分かっていても、真っ先にスマホを手に取り、ＬＩＮＥを確認してしまったのだが、やはりメッセージは届いていない。

文也は「できた」といっていたが、大丈夫だろうか。面接もあったが、大学で講師をやっていたのだから弁は立つし、一度社会に出た経験があるだけに、受験一筋でやってきた高校生とはこたえる内容に格段の開きがあるはずだ。第一、面接は、どう考えても医者には不向き、いわゆる「不適合者」を排除するのが目的で、合否の基準はあくまでも学力テストの結果にある。

大丈夫。絶対に合格するはずだ。いや合格するに決まってる。

そう思う一方で、「まさか」が起きるのが一発勝負の怖いところ。まして、国立大学の医学部は難関中の難関だ。僅か一点の差が合否を決する試験である。

たった一点……。

そこに思いが至ると、昭恵の確信も揺らぎはじめ、不安の方が徐々に大きくなってくる。

とても席で待ってはいられなかった。

職員室を出た昭恵は、ひとり音楽室に向かった。

教壇の傍らに置かれたグランドピアノの前の椅子に座り、昭恵はスマホを蓋の上に置いた。

階段状の教室は、壁に防音材が使われているせいで、物音ひとつ聞こえない。

そのためもあってか、心臓が強く、速く鼓動を刻む音が耳の中に鳴り響く。

息苦しさを覚えた。喉が渇き、鼻息が荒くなる。

抱く不安が大きくなればなるほど、解消された時の喜び、安堵の気持ちは大きくなるものだ。これは、その予兆なのだ。

昭恵は自らにそういい聞かせた。

しかし、「予兆」という言葉が浮かんだ瞬間、ついさっきまで、同席していた留年確定者との面談を思い出した。

留年告知の場で、保護者が学校の教育方針に異議を唱えたのははじめてだ。「義務教育で遅れるのは可哀想だ。なんとかなりませんか」あるいは、「高校へ上がれなくとも、せめて中学は」と泣きつくのが精々なのに、まさかの事態である。

今度は「まさか」という言葉が引っかかった。

「予兆」に「まさか」……。

あれは、まさかの結果が出る予兆だったんじゃないだろうか……。ひょっとして……。

猛烈な不安に襲われた昭恵は、すがる思いでスマホをじっと見つめた。

電源ボタンを押し、時刻を確認する。画面が暗くなる度に、同じ操作を繰り返す。

程なくして、その時刻がやってきた。一分、二分……。五分過ぎても、連絡は入らない。

不安が確信に変わりはじめる。

そして、一時四十分。

スマホが鳴った。パネルには文也の文字が浮かんでいる。

昭恵はすかさず指先で着信ボタンを二度タップした。指先が震え、一度目で回線がつながらなかったからだ。

「もしもし……」

声も震えているのを感じながら昭恵はこたえた。

心臓が喉から飛び出しそうだ。こめかみが拍動と同調し、収縮を繰り返す。

文也はすぐには言葉を発しなかった。

やはり……。

そう思いながら、

「どうだった？」

昭恵はかろうじて訊ねた。

「……駄目だった……」

文也の消え入りそうな声が聞こえた。

昭恵は無意識のうちに、大きく息を吐いていた。

落胆したのではない。失望したのとも違う。極限まで達していた緊張感から解放されたことによる反応である。

「そう……」

昭恵は母親の声でいった。「そりゃあ、全国の秀才中の秀才が合否を競うんだもの。一点の差が命取りになる試験だもの。頑張ったじゃない。私立に合格してるんだし、どこの医学部を出たって、医者に変わりはないわ。何も研究者になろうっていうんじゃないんだから」

「でも、私立はカネがかかるよ。これから六年もだよ……。満足な収入が得られるようになるまでには、もっとかかるし……」

「おカネのことなんか、心配することはないわよ。あなたにはいってなかったけど、お祖父さまが、たくさん遺産を残してくださってね。私立に行ったって、うちの家計はびくともしないから」

「でも、それは親父に残してくれたものだろ？」

「孫のあなたが医者になるために使うのよ。それこそ、生きたおカネの使い道ってもんじゃない。お祖父さまだって、喜んでくださるわよ」

「母さん……ごめん……。こんな歳になって、まだ親の脛《すね》を齧らなきゃならないなんて……情けなくて……」

文也の声が震えはじめ、言葉が途切れ途切れになってくる。

「馬鹿ねえ。親はいつまでたっても親なのよ。齧れる脛があれば、齧ればいいのよ」

努めて明るくいったつもりだが、昭恵の目から涙が溢れ出す。「とにかく、これで受験は終わり。もうすぐ学校の方も、忙しい時期が過ぎるから、改めて合格祝いをしましょう。今日は家に帰ってゆっくりしなさい」

昭恵はそういい、回線を切った。

7

「まあ、こんなもんだろう。これで国立に受かったらでき過ぎだ。とりあえず、再出発の道筋はついたんだし、終わったことを悔いたってしょうがないよ」

無念さを滲ませる昭恵に向かって真也はいった。

不合格の知らせは文也から電話で直接受けたが、相当落ち込んでいる様子が窺えた。カネのことは気にするなと昭恵にはいわれたものの、講師時代の収入からすれば途方もない金額である。ふたつ返事でその気になれないらしい。それが文也のいいところでもある。とはいえ第二の人生に向けて歩み出すことが決まった門出の日だ。たまには父親らしいこともしてやらねばなるまいと思い、夕食に誘ったのだが、文也は「今日はそんな気になれない」という。

心情はよく分かる。祝いの席は改めてということにして話を終わらせたのだったが、昭恵は違う反応を見せるはずである。なにしろ、一度潰えた文也を医者にという悲願が叶ったのだ。そこで、久しぶりに早い時間に帰宅し、祝杯をあげることにしたのだが、昭恵の口を衝いて出るのは、愚痴と恨み節ばかりだ。

「やっぱり、現役時代に医学部を受験しておけばよかったのよ。いくら大学の講師たって、入試問題はちょっと勝手が違うもの。それに、文也の時代とは、高校の学習内容だって随分変わってしまっているし……」

「それでも、合格できたんだ。立派なもんじゃないか」

「現役で受験していたら、今頃は一人前の医者になっていたのよ。あの子のことだもの、大学に残って教授だって目指せたかもしれない。学者になるのが夢だっていうなら、どうして最初から医学の道を目指さなかったのかしら」

まるで、文也の意向をあなたが後押ししたからだといわんばかりに、昭恵は恨みがましい視線を向けてくる。

真也は、早く帰宅したことを後悔した。

お前の願いは叶ったんだ。現役で医学部に入ったとしても、学者の道を歩んでいたとは限らないし、歩むことを許されたかどうかも分からないじゃないか。そんなの全部、たらればの話だ。そういいたいのは山々だが、返したところで、不毛な時間が長く続くだけだ。

「まあ、五十万円が無駄にならなくて良かったじゃないか」

真也はいった。

「五十万？」

昭恵は怪訝な表情を浮かべ、問い返してきた。

「同窓会の入会費だよ。入学を辞退すれば、入学金と授業料は戻ってくるが、同窓会費は対象外だ。考えてみりゃ、入学しない学校の同窓会への入会費用だなんて、随分おかしな話だがね」

入学時に支払う費用の内訳は、学校によって様々だが、文也が万が一国立に落ちた時に備えて入学手続きをした私立大学には、入学金と授業料に加えて、同窓会の入会費の支払いが義務となっていた。しかも、納付期限は国立大学医学部の合格発表の前日である。

おそらく、合格者は国立との併願者が多く、滑り止めに使われていることへのささやかな抵抗といったところなのだろうが、入学を辞退した場合、入学金と授業料は返還されても、同窓会への入会費は対象外である。

「あんなの、保険代よ。国立に合格していれば、賽銭《さいせん》代わりと思えば安いものよ」

昭恵の目の表情が変わった。

うっかりカネの話を持ち出したのが間違いだった。

しかし、もう遅い。

「これから、いくらかかると思ってるの？　国立に合格していたら、いくらで済んでいたと思うの？」

昭恵は凄まじい剣幕で、延々とカネの話を続けはじめた。

下手に遮っては、火に油を注ぐだけだ。

黙って聞くことにしたのだが、一向に止める気配はない。

「カネの話はよさないか」

もううんざりだ。

真也は昭恵を遮ると、「入学を決めた以上、かかるものはかかるんだ。第一、国立に落ちた場合は私立にやるって、最初から腹を括っていたんじゃないか。そんなことより、兄貴に文也が医学部に行くことになったと知らせたら、大層喜んでね。近々、お祝いの席を設けてやるっていうんだよ」

話題を変えた。

「お義兄さまが？　あなた、知らせたの？」

「当たり前じゃないか。あいつは、医者になるんだぞ。将来、勤務医、開業医のどちらになるにしたって、兄貴は長いキャリアを持ってるんだ。学術的なこと、業界の仕組みとか、アドバイスを受けられるし、いろいろと相談事も出てくるだろうさ。これから先、文也にとっては俺たち以上に兄貴は大切な存在になるんだぞ」

どうも最後の一言が気に障《さわ》ったらしく、不愉快そうに眉をひそめた昭恵だったが、

「ありがたいお話だけど、慶子さんも同席なさるの？」

と問うてきた。

なぜそんなことを訊くのか。怪訝に思いながら、

「久しぶりに家族でっていってたから、そうなんじゃないか」

真也は軽くこたえた。

「また、高いお店に行くんでしょうね……」

昭恵はうんざりした声を漏らした。

「お祝いしてくれるっていうんだ。勘定のことなんか、うちが気にすることはないよ」

昭恵はむっとした顔になり、上目遣いで真也を睨みつけると、

「勘定のことを気にすることはないって、よくそんなことがいえるわね！　あなた恥ずかしくないの！　毎回、毎回、両家での食事のお勘定は、いつもお義兄さま持ち。勘定の段になっても、あなたは支払う素振りも見せない。私がどれだけ、惨めな思いをしてるか、少しは考えてよ！」

顔を蒼白にし、唇を震わせながら罵声を浴びせる。

そんな思いを抱いていたのか……。

人権派弁護士の収入は決して十分とはいえないのは確かである。

大抵の場合、弁護士の報酬は、受任する案件の経済的利益に比例して算出されるが、人権が絡む案件は、概して少額なものが多く、場合によっては持ち出しとなることすらあるからだ。もちろん、それだけでは生活が成り立たないので、中小企業の顧問を務め、あるいは民事、刑事事件を受任して収入を確保するのだが、相手が個人だけに、得られる収入は僅かでしかない。

しかし、それは弁護士の力を必要としていても、経済的な理由で助けを受けられないでいる人が、

世間には数多くいることの証左なのだ。

もし、報酬の多寡《たか》に重きを置けば、貧しき者は訴えを起こすこともできず、法は富める者だけに有利に働くものとなってしまうだろう。いままで真也が受任した案件では、勝訴すれば皆一様に感謝してくれたし、少ない報酬に泣いて詫びる依頼者も数多くいた。敗訴に終わっても、感謝の言葉をもらいこそすれ、非難されたことは皆無である。その度に、自分が選んだ道は間違ってはいなかった、弁護士になって本当に良かったと、喜びと充実感に満たされたものだった。社会の弱者のために働いているという矜持すらも覚えていた。

確かに、昭恵の気持ちは分からないではない。しかし、輝彦は自分が弁護士の道を目指した動機を知っている。法学部に入り、司法試験に合格した時こそ裁判官を目指したらといわれはしたが、以降弁護士として活動をはじめた後も、いまに至るまで道を変えよといったことは一度たりともない。それは、実の弟が歩んでいる道は間違ってはいないと認めているからだ。輝彦は最大の理解者の一人であると真也は考えていた。

だからこそ、輝彦の厚意に甘えることに、いささかの抵抗感も引け目も感じたことはなかったのだ。

輝彦が常に会食の場を高額な店にするのは、自分の経済力を誇示するためでは、毛頭ないはずだ。たまには勘定のことなど気にせずに、美味《うま》い物を存分に食え。俺とお前は生き方は違うが、たった二人の兄弟だ。カネなんかあるやつが払えばいいんだ。そんな気持ちの表れだと思っていた。

だが、それは大学に入学するまでの十八年間、寝食を共にした兄弟だからこそ分かり合えることなのかもしれない。そこに思いが至ると、相続で揉めるのは当事者同士ではなく、他人の思惑が絡む場合が圧倒的に多いケースと状況が似ていることに真也は気がついた。

「せっかく、文也が医学部に合格したってのに、なんて夜だ……」

昭恵には説明したところで分かるまい。

真也はため息をつき、首を振りながら席を立った。


リビングを出て行こうとする真也の後ろ姿を見ながら、昭恵は後悔した。

本命への入学が叶わなかったことの無念さのあまりとはいえ、文也に医者になる道が開けたのは事実なのだ。それに、学費の捻出に頭を痛めることもない。満願成就とはいえないまでも、願いが叶ったのは確かなのだ。文也の今後を考えれば、輝彦一家とは良好な関係を築いておくに越したことはないというのも、真也のいう通りである。

「あなた……」

昭恵は立ち上がり、真也を呼び止めた。「ごめんなさい……。ちょっと今日、学校でトラブルがあって……。どうかしてたわ、私……」

「トラブル？」

「留年が決まった子がいてね。普段なら、儀式みたいなもので、すぐに終わるんだけど、親が学校の教育内容を批判しはじめて、文也の合格発表の直前まで議論になってたの。こんなことはじめてだったし、まさかの事態がよりによって、結果を待つ直前に起きるなんて縁起でもないと思っていたら、本当にまさかの結果になってしまって……。それで……」

「そうか、それは大変だったな」

事情を聞いた真也は、理解をみせはしたものの、やはり表情に変化はない。

「お義兄さまのご厚意も、ありがたくお受けするわ」

「いいんだぞ、無理に出なくても。新学期を控えて忙しいとか、何とでも言い訳はつくし、息子の祝いの席だ、勘定をこっちが持つといったところで、こっちの懐具合は先刻承知だ。まして、文也が医学部に進学すると決まった以上、物入りだってことも分かってるんだ。兄貴は絶対に俺に払わせなんかしないぞ」

「無い袖は振れませんからね。見栄を張ったってしかたないわ」

昭恵は精一杯の笑みを浮かべて見せた。

「分かった。君の好きにしたらいいさ」

昭恵の本音を知ってしまっただけに、真也の表情は硬い。

まして、夫婦の間で論争になると、避けようとするのが真也の常だ。

「風呂に入るわ」

果たして、ぶっきらぼうにいい、背を向けようとした真也だったが、ふと何か思いついた様子で動きを止め、「そういえば、新潟の実家には文也が医学部に合格したこと、知らせたのか？」

と訊ねてきた。

「まだだけど？」

「早く知らせてやれよ。お義母さんだって、入院して心細い思いをなさってるに違いないんだ。孫が医者になるって聞いたら元気も湧くだろうし、重人君だって喜ぶよ」

「そうね、じゃあすぐに……」

そうこたえたものの、正直、気乗りのしない勧めだった。

仕事が忙しいのは事実だが、見舞いに行っても日帰りで、春休みに入ってからは、平日に限定し夕刻前には病院を去るのは、重人に会えば母親の介護の話になるのが分かっていたからだ。

あれ以来、重人はその問題を改めて持ち出しては来ないが、早晩その時がやって来るのは間違いない。ここで電話をしようものなら、絶対に介護の話を持ち出してくるに決まっている。

しかし、昭恵には本音を晒してしまった負い目があるだけに、今夜ばかりは真也の勧めに応じないわけにはいかない。

昭恵はスマホを手に取ると、重人の携帯に電話をかけた。

「もしもし、姉ちゃんか……」

重人の声が聞こえた。

「ちょっと報告したいことがあって電話したの。文也がね、医学部に合格したの」

「医学部？　文也君、大学の講師を辞めたのか？」

「なかなか先が見えなくてね。講師のままじゃ、食べていけないから。それで、医学部を受験して医者になることにしたの。もっとも、国立は落ちちゃって、合格したのは私立なんだけどさ」

昭恵は大きな出費を強いられることを言外に匂わせ、予防線を張った。

「大学出てから長いこと経ってるのに、やっぱり文也君は優秀なんだなあ。あの歳になって、医学部に合格するなんて凄いよ」

「お母さんにも知らせてあげて。骨を折ってからは、大分気落ちしている様子だし、文也が医者になるって聞いたら、少しは元気が出るでしょうから」

「そりゃあ喜ぶよ。母ちゃんには、明日にでも知らせるよ」

明るい声で快諾した重人だったが、「姉ちゃん、もらった電話でなんだけど、俺の方にもちょっと相談したいことがあったんだ。そろそろ電話をしなけりゃと思っていたところだったんだけど、いま、ちょっといいか」

一転して声のトーンを落とした。

やっぱり……。

その時がきたまでだ、といってしまえばそれまでなのだが、やはり気が重くなる。

「いいけど……」

昭恵は低い声でこたえた。

「話というのは他でもない。母ちゃんのことなんだ」

思った通り、重人はいう。「俺と早苗には仕事があるし、隆人は春休みで家にいるけど、もうすぐ新学期だ。そうなると、平日の日中、母ちゃんは家に一人でいることになってしまう。元のように歩けるようになるかどうかは、経過を見てみないことには分からないって医者はいうし、かといって早苗が仕事を辞めるわけにはいかないし……」

「私だって仕事があることには変わりはないわ。そりゃあ力になってあげたいのは山々だけど、いまいったように、文也が合格したのは私立だからね。少なくとも、これからの六年間は、真也さんと私で、文也を支えていかなくちゃならないのよ」

「それでな、姉ちゃん……前に話したことなんだけど……」

どうやら、そんな言葉が返ってくると見通していたと見えて、重人は本題に入る。「早苗とも話したんだけど、やっぱり、この際、母ちゃんを施設に入れるのが一番いいんじゃないかってことになったんだ」

来た……。カネの相談だ……。

「そりゃあ、あなたたちがそうしたいならすればいいじゃない。もちろん、お母さんが同意してくれればだけどさ」

昭恵は、重人夫婦の問題だと印象づけたが効果はない。

「問題は費用なんだよ」

重人はため息交じりにいい、話を進める。「そのことを考えはじめてから、あちこちの施設から資料を取り寄せてみたんだけどさ、最低でも月に十二、三万はかかるんだよね。国民年金では全然足りないし、農業者年金には入ってないし……。それに、姉ちゃんにはいってなかったけど、母ちゃん、最近別の病気で医者通いをするようになっててさ、そっちの病院代や薬代もあるんだ。どう頑張ったって、俺の方はこれ以上節約は無理だし……」

「別の病気って……お母さん、どこが悪いの？」

そんなことは見舞いの場でも、母親はひと言も口にしなかった。

はじめて聞かされる事実に、昭恵は問うた。

「高血圧と膝関節の痛みだよ」

重人はこたえる。「母ちゃん、健康には自信を持ってたからな。だけど、骨を折るひと月前ぐらいから、どうも膝が痛くてしかたがねえっていってさ。毎日田畑に出てりゃ、歳も歳だし、ガタがきたっておかしくはないから、それで、医者に行ったら、関節が相当悪くなってるし、血圧が高いっていわれてさ」

病気らしい病気をしたことがなかっただけに、おそらく母親は定期健康診断を受けていなかったのだろう。

高血圧の薬は一度服用しだしたら、止めることはできない。膝の方は自力で歩行できるまでに回復するのか、杖を使うようになるのか、あるいは車椅子が必要となるのかはまだ分からないが、年齢からしてなにかしらの後遺症が残る可能性は高い。

いずれにしても、今後継続的に医療費が発生することは間違いなく、重人夫婦の収入だけでは賄いきれないのは想像に難くない。

「それに、自宅で面倒をみるってことになれば、バリアフリーにしなけりゃならないだろ……」

重人の言葉に、昭恵は「あっ」と声を上げそうになった。

その通りである。杖や車椅子を使わざるを得なくなれば、その必要性は確かにある。

沈黙した昭恵に向かって重人は続ける。

「それも考えた上で、施設に入れるのが一番いいって判断したんだ。ただでさえ、あちこちガタがきてる古い家なのに、バリアフリーに改築すれば、半端にカネを使うだけだからな」

「だったら、田畑を売ったらどうなの？　お母さんはもう、田んぼも畑もやれないんでしょ？　人の懐を当てにする前に、まず先におカネに換えられるものに手をつけたら」

「いまどき、田んぼや畑なんて、誰も買わねえよ」

重人は怒気の籠った声で返してきた。「周りは高齢者ばっかりだし空き家だらけなんだぞ。家を売りに出しても、買い手がつかねえってのに、田畑を買うやつがいるわけないだろ」

「でもねえ……うちだっておカネに余裕があるわけじゃないのよ。文也の学費だって、国立に受かっていたら事情は変わっていたけど、私立に行くことになってしまったんだもの、おカネのやりくりが大変なのよ」

「カネに困っているのは、うちだって同じだよ」

しかし、重人に引き下がる気配はない。「奈美は大学生、隆人だって、一人前になるのはまだ先だし、地方採用の社員の給料なんて知れたものだ。早苗の勤め先は、町の中小企業だぞ。母ちゃんを施設に入れたら、早苗の給料の大半が消えちまうことになるんだ。それじゃあやって行けるわけないだろ。隆人を大学にやることもできなくなっちまう」

「でもねえ、あなたは家を継いだんだから」

「姉ちゃんの母親のことじゃないか！　面倒みる義務は姉ちゃんにもあるんじゃないのかよ！」

重人が激しくなじったその時だ。

「貸せ……」

背後から真也の声が聞こえたと思った次の瞬間、昭恵の手からスマホを取り上げた。

てっきり風呂に入っているものだと思っていたが、どうやら真也は会話の一部始終を聞いていたらしい。

「やあ、重人君。すっかりご無沙汰してしまったね」

真也は努めて明るい声で話しはじめる。「仕事の都合がなかなかつかなくて、お義母さんのお見舞いにも行かず不義理してしまって申し訳なかったね。話が聞こえてしまったんだが、お義母さんを施設に入れるつもりなの？」

啞然とする昭恵の前で、真也は事情を聞きはじめる。

もはや、こうなると会話を遮るわけにもいかない。

時折頷きながら、短く相槌を打ち、ひとしきり重人の話を聞き終えたところで、真也はいった。

「事情は分かった。重人君、お義母さんを施設に入れなよ。費用はうちが出すから」

「ちょっと、あなた」

慌てて、声を上げた昭恵を真也は片手を上げて押しとどめると、

「もちろん、うちにとっても小さな額じゃないけど、だからってお義母さんを放っておくってわけにはいかないよ。おカネの問題はね、出せるやつが出せばいいんだし、うちはご両親のことでは、いままで重人君任せにして、何にもしてこなかったんだ。せめてこれくらいのことはさせてもらわないとね」

これまでの不義理を詫びるように、神妙な声でいい、それから二言三言、言葉を交わすと電話を切った。

「そんな大盤振る舞いして大丈夫なの？　入所費用は月十三万円っていってるけど、居住費、管理費、食費だけの話なのよ。介護が必要になれば、別途料金がかかるし、病気が増えれば診察費に薬代、通院費。他にも日用品とか細々とした出費が嵩むのよ。チリも積もればなんとやら。馬鹿にならないおカネが出て行くことになるんだけど？」

「いまの話、きいてなかったのか？」

真也は低い声でいいながら、スマホを手渡してきた。「カネなんてものはね、出せるやつが出せばいいんだ。しかも君のお母さんのためじゃないか」

「そりゃあ、あなたの気持ちはありがたいとは思うわよ。でもね、あなたがそんなことをいえるのも、お義父さまが残してくれた遺産があればこその話じゃない。お義父さまだって、嫁の家のために使ってもらうつもりで遺産を残したわけじゃないと思うの」

「そういうなら、親父は嫁のために残したんじゃないって論も成り立つんじゃないのか」

全く想像だにしない言葉を聞いて、

「えっ……」

昭恵は返事に詰まった。

「それとも、嫁は別だとでもいうのか？」

見下ろす真也の目が鋭くなった。

「そ、それは……」

「どんな老後を迎えることになるのかなんて、誰にも分からない。最悪の事態に備えるなら、蓄えはあるに越したことはない。そう考えるお前の気持ちはよく分かるよ。でもね、だからといって、身内、まして実の母親を見捨てるような真似は絶対に許されないよ」

「そりゃあ、あなたの言うことはもっともだけど、たまたまうちには遺産が入ったからできるのであって、世間にはしてあげたくともできない人たちが大半なのよ。じゃあ、その人たちが親を見捨てるかっていったら、そんなことはない。どんな制度があるのか、どんな支援を受けられるのか。施設に入れるなら、どうしたら費用を捻出できるのか。みんな必死になって調べ、学び、知恵を絞ってなんとかしてるんじゃないの？　重人の話を聞いてると、そこまで突き詰めたとは思えないからいってるのよ」

「いまなら、うちには支援してやれるだけの経済力がある。それじゃ駄目なのか？」

「端からうちを当てにするのは安易過ぎるわよ」

一瞬の間があった。そして真也の口から出た言葉に、昭恵はまたしても虚を衝かれた。

「うちだって、そうしてきたんじゃないか」

「どういうこと？」

「お袋、親父の面倒をみてきたのは誰だよ。兄貴であり、慶子さんじゃないか。兄貴がうちに面倒をみろなんてことをいってきたことがあったか？　応分の費用を負担しろなんて一度でもいってきたか？」

そこを衝かれると、返す言葉がない。

視線を落とし、黙ってしまった昭恵に向かって真也は続けた。

「俺たちは、兄貴と慶子さんの善意に甘えてきたんじゃないか。面倒をみれるやつが面倒をみればいい、カネがあるやつが、カネを出せばいい。その言葉を実践してきたんじゃないか。今回の場合は、俺たちが逆の立場に立つことになった。ただそれだけのことなんだよ。そうは思わないか？」

反論しようと思えばできないわけではない。

真也は一時的に大金を手にしたに過ぎないが、輝彦の場合は違う。これから先も、継続的に高額な収入が得られる目処がある。家計の余裕には格段の差が存在し続けるのだ。真也の申し出に釈然としない思いが拭えないでいる理由はそこにある。

しかし、今日のところは引き下がるしかない。反論しようにも、真也のいっていることに間違いはないからだ。

「分かったわ……。あなたのいう通りかもしれないわね……」

昭恵は視線を上げ、真也の目を見つめると、「実家のためにごめんなさい。ありがたく支援をうけさせてもらうことにするわ」

礼をいい、頭を下げた。

終章

1

文也の合格祝いは、青山の中華料理店で行われることになった。

三月も残すところあと三日。すでに桜も満開を過ぎ、路上は花びらで埋まり、枝に残った花の間に若葉が芽吹きはじめている。

宴の開始時刻は午後七時だが、渋滞にあったせいで到着は五分遅れとなった。

最初にタクシーを降りた昭恵は、目前のエントランスの光景を見て、思わず息を飲み、その場に立ち尽くした。

十階建てのビルの地上階は、一面がガラス張りとなっており、そこに二十鉢はあるか、見事な胡蝶蘭の鉢植えが整然と並べられていたからだ。そのスペースだけでも小さな町食堂なら十分営めるであろうに、店内への入り口はその先のドアであるらしい。

「こりゃ、凄《すげ》え店だな……」

支払いを終え、タクシーを降りた真也の感嘆する声が背後から聞こえた。

輝彦のことだから値の張る店には違いないと思っていたが、それにしても想像を絶する店構えである。贈り主の札がないところからすると、胡蝶蘭は常設のもののようだし、青山という土地柄を考えれば、家賃だって高額なはずだ。なのに、一文のカネも生まぬスペースに、これだけの広さを割くということは、料理の値段に転嫁されていると物語っているようなものである。

「もっと気楽なお店で良かったのに……」

昭恵が漏らすと、

「兄貴、文也の合格を我がことのように喜んでくれていたからな。再出発の門出の席だ。目一杯、気張ってくれたんだろう」

真也は一転して気楽な口調でこたえた。

「なんだか緊張しちゃうわ。これじゃ、せっかくのお料理の味も、分からなくなっちゃいそう……」

昭恵は、そこで背後に立つ文也に向かって、「ねえ……」と同意を求めた。

「確かに、高級ってイメージを超えてるよね。世の中には、こんな店があるんだ……」

文也も緊張しているようだが、それ以上に、見たこともない世界への興味の表れか、あるいは、いままでとは異なる世界に身を置くことになるのを実感したのか、瞳が炯々と輝き出す。

「さあ、行こう。兄貴は、もう着いているはずだ」

促す真也を先頭に、三人は中に入った。

分厚い木製の扉を押し開くと、

「いらっしゃいませ……」

そこに待ち構えていた女性が丁重に頭を下げた。

「藤枝です」

真也が名乗ると、

「お待ちしておりました。コートをお預かりいたしましょうか？」

如才《じょさい》なく昭恵の服装に目を遣った女性が手を差し出した。

昭恵がコートを預ける間に、代わって現れたウエイターが、

「どうぞこちらへ。お席にご案内いたします」

先に立って歩きはじめる。

まず現れたのがカウンター席だ。それもバーを兼ねているらしく、正面の壁面に酒瓶が並んでいる。どうやら二人連れの客は、ここで食事も摂れるらしい。奥のテーブル席との間に壁はなく、木製の格子《こうし》の隙間から十席ほどの四人掛けの席が見える。

内装には木がふんだんに使われ、深い焦げ茶色と、ところどころに用いられた無垢《むく》の木材とのコントラストが見事である。それがまた、光量を抑えたダウンライトの光の中で、重厚感と豪華さに拍車をかける。

まだ、時間が早いせいなのか。あるいは、やはりこれだけの店になると、滅多なことでは足を運ぶことができないのか。客席は半分ほどしか埋まってはいない。しかし、ディナーを楽しんでいる客から漂ってくる雰囲気は明らかに違う。

服装といい、身だしなみといい、普段昭恵の周りにいる人間たちとは全く異質なもので、富と環境に恵まれた人間だけが醸し出す、オーラのようなものが感じられた。

やっぱり、来るんじゃなかった……。

昭恵は、早くも後悔しはじめていた。

誰が気にとめるというわけでもないのだが、身を置いている環境があまりにも違いすぎる。第一、今日も昼間は仕事があり、渋谷で待ち合わせてここに直行したせいで、服装だって平服に毛が生えたようなものだ。それに比べて、彼ら、彼女らが着ている服といったら……。

そこに思いが至ると、昭恵は自分が異物のように思えて、なんだか惨めになってきた。

「こちらでございます」

ウエイターが立ち止まり、道を空けた。

完全ではないが、どうやらこの店の個室であるらしい。格子の間から、輝彦の家族の姿が見えた。

「待たせてしまったかな。余裕を見たつもりだったんだけど、道が混んじゃっててさ」

昭恵の心情など知るよしもない真也は、明るい声でいう。

「あっ、真也さん」

そういいながら慶子が立ち上がると、輝彦の家族全員がそれに続いた。

「ご無沙汰しています。慶子さんもお元気そうですね」

真也は、満面の笑みを浮かべる。

「おかげさまで」

微笑みながら軽く頭を下げた慶子は、すぐに視線を文也に転ずると、「文也さん、医学部合格おめでとう。本当によかったわね」

祝いの言葉を口にした。

「ありがとうございます。この歳になって、これから六年も学生をやるのは恥ずかしいんですけど、なんとか医者になれる目処がつきました。伯父《おじ》さん一家には、これからいろいろお世話になると思いますが、どうぞよろしくお願いいたします」

真摯にこたえる文也の傍らで、

「あれっ？　こちらは？」

真也が輝彦の次男、宗治《むねはる》の隣に佇む女性に目をやった。

「紹介するよ。宗治の婚約者の凛《りん》さんだ」

輝彦がこたえると、

「婚約者？　そうか宗治君、結婚するのか」

真也は声を弾ませる。

「彼女、大学の後輩で、長く付き合ってきたんですが、結婚は臨床研修を終えてからってていいましてね。それで……」

「そうかあ。そりゃあおめでとう」

「初めまして。大塚《おおつか》凛と申します」

肩まで伸びた黒髪。名前の通り、凛とした顔立ちからは、医師らしい知性が感じられる。

家族を紹介した真也は、そこでふと気がついたように、

「早希《さき》ちゃんは？」

長男、悠輔《ゆうすけ》の嫁の名前を口にした。

「早希ちゃん、お目出度《めでた》なんですよ」

慶子が嬉しそうに顔をほころばせる。

「そうか、二人目ができたのか」

「もう一人欲しいと思ってたんですが、ようやく来てくれまして……」

悠輔も喜びを隠せない。満面の笑みでこたえたのだったが、「でも、一人目の時もそうだったんですが、悪阻《つわり》が酷いんですよ。特に、食べ物の匂いに反応するもんで、今日は遠慮させてもらうことにしたんです。それに、ここは小さな子供を連れてくるような店じゃありませんからね。子供と一緒に留守番です」

残念そうにいった。

「まあ、座ろうじゃないか。話の続きはそれからだ」

輝彦の勧めに従って、全員が着席すると、すかさずウエイターがやってくる。

すでに、テーブルの上には八人分のカトラリーがセットされており、真也一家のグラスに水を注ぎはじめる。

「じゃあ、はじめてください」

輝彦がウエイターに命じた。

「あれ、メニューは？」

真也が訊ねると、

「今日は、コースを頼んであるんだ。この店のシェフは乾貨食材の仕事が上手でね。一週間前に頼んでおいたんだ」

輝彦は小鼻を膨らませた。

「かんか？」

「乾物だよ」

輝彦はいう。「アワビとか、ナマコとか、フカヒレとかの」

「一週間前から予約しないと駄目なのか？」

「そりゃそうだよ。戻すだけでも時間がかかるし、戻す途中で水の中には食材の旨味が出るからね。それを、本番に使うためにまた工夫したりするんだから、どうしてもそうなってしまうんだ」

これだけの場所に、この広さ。しかも、この圧倒されるような豪華な内装。食材にしたって、アワビ、ナマコ、フカヒレは、中華料理の中でも最も値の張るものなのに、一週間もの手間暇をかけたら、いったい幾らするものなのか……。

昭恵は圧倒されて、言葉も出ない。

「なんか、聞くだけでも凄い値段になりそうだな」

どうやら、真也も同じ思いを抱いたとみえて、昭恵の気持ちを代弁するかのようにいう。

「文也君の門出の席だ。うちにしたって、宗治の結婚に、悠輔には二人目の子供。俺と慶子にとっては、二人目の孫ができるんだ。目出度いことが、これだけ重なるなんてことは、滅多にあるもんじゃないからな。勘定なんか気にするな」

「こんな豪華な店ははじめてだ。兄貴、よく来るの？」

真也は、改めて室内を見渡す。

「俺は三度目かな。慶子が乗馬クラブの仲間に連れてこられて、絶賛するものでね。それで、医者仲間と来てみたんだが、確かに美味い。すっかり気に入ってしまって、凜さんのご家族との顔合わせの会食もここを使ったんだ」

「本当に美味《おい》しいのよ。お祝い事には、ぴったりのお店なの」

輝彦にも慶子にも他意がないことは分かっている。文也の門出を祝いたいという純粋な気持ちでこの場を設けたこともだ。輝彦一家にも慶事が重なったこともあるだろう。

だが、それも経済力の裏付けがあればこそだ。

第一、文也の門出を祝うのが主たる目的であるのなら、こちらの身の丈に合った場所を選ぶべきだ。それに、早希が悪阻で同席できないというのなら、自由が丘の自宅でという選択もあっただろう。まして、こちらに支払い能力がないことは、輝彦が「勘定なんか気にするな」といったことからも明らかだ。これじゃ、こちらが肩身の狭い思いをするだけじゃないか。

そこに思いが至ると、圧倒的な経済力の違い、身を置く環境の違いを見せつけられたようで、昭恵はますます惨めになった。

「お待たせいたしました。こちらでよろしいでしょうか」

ウエイターが水と氷が入ったワインクーラーを運んでくると、その中に入れられた二本のうちの一本を取り出し、輝彦に確認する。

シャンペンである。残る一本は、白ワインだ。

輝彦は頷くと、

「赤は、抜栓《ばっせん》しておいてください」

鷹揚《おうよう》な口調で命じた。

「かしこまりました……」

ウエイターが、それぞれのグラスにシャンペンを注いで回る。

全員のグラスが満たされたところで、

「じゃあ、乾杯しようか」

輝彦は一同を促し音頭を取る。「文也君の医学部合格を、我々に新しい医者仲間ができたことを祝って。そして、宗治と凜さんの結婚と、我が家に新しい家族が加わることを祝って、乾杯！」

「かんぱ〜い！」

全員が音頭にこたえ、杯を傾ける間の短い沈黙の後、誰に向けるともなく、一斉に拍手が打ち鳴らされた。

2

あの日の様子を美沙に話して聞かせたのは、祝宴から四ヶ月、学校が夏休みに入って間もなくのことだった。

「ひとり、ろ、く、まん、えん！　そんなコースがあるの？」

コースの値段を聞いた美沙の驚くまいことか。目を丸くして身をのけぞらせ、口をあんぐりと開けて、絶句する。

「ネットで調べて、びっくりよ。それに、お義兄さん、シャンペンやワインは全部持ち込んだのよ。いくらするのかは知らないけどさ、料理の値段に相応《ふさわ》しいものには違いないんでしょうから、さぞや値の張るものだったと思うわ」

「食事代だけでも、四十八万。それにワインを持ち込むのだって、ただってわけじゃないものね」

「他に、消費税やサービス料だってかかるしね。ワインの値段を考えたら、軽く六十万は超えているんじゃない」

「ろ、く、じゅう、まん……。一回の食事に……」

美沙は、それ以上の言葉が見つからないらしく、大きなため息をつく。

昭恵は、半分ほどになったグラスの中のビールを一口飲んだ。

あの日供されたワインは、それは素晴らしいものだった。

ワインの知識は皆無に等しいから、名前も産地も、輝彦が酔いに任せて語った蘊蓄《うんちく》も忘れてしまったが、それでも味といい、香りといい、たまに口にする代物《しろもの》とは全く違う。これがワインなら、いままで飲んでいたのは別物なのではないのかと思ったほどだ。

しかし、あんな代物は一度で十分だ。実際、いま喉を滑り落ちていくビールは、あの日飲んだ上等なワインよりも数段美味く感じるし、何よりも体が抵抗なく受け付ける。

「私なんか、この程度の料理でもご馳走なのに……」

短い沈黙の後、美沙はテーブルの上に置かれた、刺身の盛り合わせに目をやると、「でもさ、文也君が医者になったら、昭恵だってセレブの仲間入りじゃない。お義兄さん家族の姿は、明日のあなたの姿。優雅な老後が暮らせるんだもの、やっぱり持つべき者は優秀な子供よね。その点、うちは……」

大きく息を吐き、肩を落とす。

「それがさ……あれ以来、文也が、すっかり変わっちゃってね」

昭恵はグラスを置いた。

「変わった？　どう変わったの？」

「妙にあちらの家族に懐《なつ》いちゃって、頻繁に自宅に出入りしているみたいなの」

「いいことじゃない。あちらのお家は、皆さん医者なんだもの。医学部のこととか、いろいろ教えてもらえるし、文也君だって勉強になることが多いんじゃないの」

「勉強ねえ……」

昭恵は、言葉に皮肉を込めた。

「そりゃあ、あちらだって、身内にまた一人、同業者が出たんだもの、嬉しいわよ。まして、たった一人の甥っ子なんだもの、世話も焼きたくもなるでしょう」

「お義兄さん、文也にゴルフを教えているらしいのね」

昭恵はいった。

「ゴルフ？」

「お義兄さんは、ゴルフが唯一の趣味なんだけどさ、お祝いの席で、とりあえずお古のフルセットをプレゼントするからはじめてみればっていいだしたのよ。あの子、土曜の夜は、あちらのお家で夕食をご馳走になって、翌日は朝からゴルフ場に出かけて練習三昧。家にはさっぱり寄りつかないの」

「いいことじゃない。ゴルフが趣味って医者はいっぱいいるし、文也君だって、いままで遊びとは無縁の暮らしをしてたんだしさぁ。医学部の勉強は大変なんだもの、週末の一日ぐらいならいい気分転換になるんじゃないの」

「あの子は、まだ医者になったわけじゃないの。医学生になっただけなのよ。ただでさえ、大きく出遅れてるのに、ゴルフなんてやってる場合じゃないわよ」

「心配ないわよ。文也君だって、散々回り道をしたんだもの、その辺のことは、わきまえてるって」

「あの子、遊びに対する耐性がないからね」

もはや美沙の言葉など昭恵の耳には入らない。「中高時代は、大学入試に向けて、大学に入ってからは学者の道を目指して、勉強ばっかりしてきたんだもの。念願叶って講師にはなったけど、今度は薄給に苦しんで、遊ぶどころの話じゃなかったの。いまだって、遊べるほどのおカネは持っちゃいないけど、お義兄さんっていう財布があれば──」

「そっか……、誘った以上はお義兄さんが、面倒みてくれるわけか」

「困ったもんだわ。そりゃあ、悪気がないことは分かるけどさ、楽しいことに流されるのが人間だからね。うちの学校の生徒にしても、中学受験の重圧から解放された途端、ゲームやスマホに夢中になったあげく、成績不振に陥ったなんてのは、毎年何人もでるからね。文也だって、そうならないとは限らないじゃない」

そうはいったものの、こと文也の学業に関していうなら、昭恵は全く心配していなかった。

母親が、あれほど反対した学者への道を志したあげくの挫折である。夢と現実のギャップを思い知ったであろうし、再起のチャンスを与えられたことへの感謝の念も抱いているだろう。何よりも、せっかく摑んだこの機会を棒に振るようなことにでもなれば、三度目はない。その後の人生が、どうなるかは文也自身がよく分かっているはずだからだ。

昭恵が不愉快でならないのは、あの日を境に、文也との距離が急速に遠のき、まるで輝彦の家族同然となってしまったことにある。

慶子は料理が趣味の一つで、玄人はだしの腕を持つ。週末に文也のために作られる夕食は、さぞや豪華なものだろうし、美味い酒もふんだんに供されるだろう。思い返してみれば、真也と結婚して以来、ずっと共働きをしてきたせいで、文也に手料理を振る舞う機会はそう多くはなかった。たまに作るものといえば、カレーライスやシチューといったありきたりなもので、それも食材はスーパーから調達したつましいものであった。母子の関係にしても、まずは勉強ありき。母子というより、教師と生徒の関係といった方が当たっていたかもしれない。

それでも、文也には十分愛情を注いだつもりだし、将来に幸あらんことを願って大切に育てたという自負の念は抱いている。

それが、いまやどうだ。

あの日、中華料理店のエントランスに立った時、異なる世界に身を置くことを実感したかのように、文也の瞳が炯々と輝き出したのは、気のせいではなかったのだ。あの扉を開き、輝彦の家族と会食をするうちに、自分が同じ世界の住人になったことを確信したに違いないのだ。

この気持ちをなんと表現したらいいのだろう。

昭恵にとって文也は紛れもない掌中《しょうちゅう》の珠《たま》だ。それがこれから光を放とうとする時になって、輝彦一家に奪い取られてしまう。それもこれも、圧倒的な経済力の差によるものだと思うと、昭恵はなんとも惨めな気持ちになった。

そして惨めといえば、あの会食の場で思い知らされた慶子との格差もそうだ。

自分は平服だというのに、慶子ときたら、ブランドもののシックなツーピース。首元にはゴールドのネックレス、指にはエメラルドとダイヤと金の結婚指輪。バッグはフランス製の黒のクロコダイルだ。

会食の間中、両家の間の格差をまざまざと見せつけられた自分がどれほど惨めであったか。まして、悠輔には二人目の子供が、宗治は結婚と、慶事が重なるばかりなのに、自分はといえば、新潟の母親の介護問題である。

もちろん母親の件は、真也が介護にまつわる費用をすべて負担することになったので、世間一般からすれば恵まれているとはいえるだろう。文也のことにしたってほぼ満願成就、医師の道を歩むことにはなったのだからよしとせねばなるまい。

しかし、どう考えても、輝彦一家は恵まれすぎている。もちろん、幸運、不運は人の世に常につきまとうものだし、それはおそらく神の采配によるもので、どうしようもないことは分かっている。第一、美沙からすれば、自分だって十分過ぎるくらいの運に恵まれた人間に見えるだろう。

だが、同じ親から生まれた兄弟と結婚したにもかかわらず、なぜこうも違うのか。それも僅かな違いではない。雲泥の差といえる違いはなんなのだ。伴侶に恵まれ、子供に恵まれ、財力に恵まれ、趣味は美貌を維持するためのジム通いに乗馬である。あの慶子との違いは、あまりに不公平に過ぎる。

そして、何よりも許せないのは、文也が離れていくことだ。そのきっかけを作り、我が方に引き寄せんばかりに振る舞う輝彦の家族は、昭恵にとってもはや怨嗟《えんさ》の対象ですらあるのだった。

「まあねえ……。おカネ持つと世界が一変するっていうからね」

美沙は、諦観したようにいう。「付き合う人たちも変わるでしょうし、出入りする場所だって変わってくるでしょうし……。私も、この世界に長くいるから分かるんだけど、研修医の頃には安月給で、つましい生活をしてたのが、久しぶりに会ったら、暮らしぶりどころか人柄も激変してたなんて医者は、たくさんいるもの」

「神様って、不公平よ。お義兄さん一家を見てると、つくづくそう思うわ」

「なあにいってるのよ。私から見れば、昭恵だって十分過ぎるくらいに恵まれてるじゃない」

果たして、美沙は思った通りの言葉を返す。

「そうでもないのよ」

昭恵は声を落とした。「実はね、最近実家の母を施設に入れたの。費用は全額うちの人が出すってことになっちゃってさ……」

「だからあ、それが恵まれてるってことよ。前にもいったでしょ？　施設に入れる費用をぽんと出せるなんて家庭は、世間にはそうないんだから。まして、嫁の実家のこととなりゃ、おカネを出すなんていってくれる旦那なんていやしないって」

「でもさ、お義兄さんのところは、さっさと施設に入れて、そのお義父さんだって、あっという間に亡くなってしまったじゃない。うちは、これからなのよ。それもどれだけ続くか分からないわけじゃない」

「そりゃあ、人がいつ死ぬかなんて、誰にも分からないもの。だから、介護は大変な問題になってるんじゃない」

「なんか、あちらはなにもかもうまく行き過ぎんのよねえ……。幸運って、そう何度も重なるものなのかなあ……」

　昭恵は何気ないふりをして、今日美沙と会うことにした目的へと話を振った。

「幸運？　まだあるの？」

「そうじゃなくて……お義父さんのことよ」

　昭恵は首を振り否定すると、話を続けた。「幸運っていうのは気が引けるけど、お義父さんが、あっという間に亡くなったこと」

「やっぱり、旦那さんの説明に納得してないんだ……」

　昭恵は、その間にビールに口をつけ、グラスをテーブルに戻した。

「確かに、お義父さんが認知症って分かった時には、あちらの家も暫く大変だったみたいだけど、事前指示書に従って、早々に施設に入れてしまったわけだから、介護に追われたってわけじゃないわけよ」

「それに、十分おカネもあったしね」

　グラスを持ち上げ口に運ぶ美沙は、昭恵に向けた視線を逸らさない。

「あんなにうまく行くもんじゃないと思うのよね」

「そうよ。それで、みんな大変な思いをしてるんだもの」

　グラスを置き、身を乗り出した美沙の瞳が妖しく輝き出す。

　彼女の胸中が透けて見えるようだった。

　恵まれた人間が抱えているスキャンダルを暴き、地位が失墜する様を見るのは、まさに人の不幸は蜜の味というやつだし、立志伝を好む一方で、栄華を誇った一族が没落する話を好むのが人間である。

「お義兄さんの家に、幸運が何度も重なっていいるっていったのはね、長男は二人目の子供を授かるわ、次男の婚約も整った。あの家にはお目出度続きで、これといった問題は見当たらないの。まるで運を独り占めしているようなもんじゃない」

「まあ、たまたま、そういうこともあるかもしれないけどさ……」

「そりゃあね、うちが知らないだけで、あちらはあちらで、いろいろとおありになるのかもしれないけどさ、財力に恵まれ、子供に恵まれ、今度は二人目の孫にお嫁さん。それもお相手は女医さんよ？」

「そうかぁ……。お相手も医者なんだ」

「まあ、医者同士の結婚なんて、珍しくはないんだろうけど、旦那と結婚して以来、お義兄さんの家を見ていると、ほんと万事において恵まれてるのよ。明けぬ夜はないっていうけど、あちらの家は、ずっと昼が続いているような感じがするのよね」

「普通は、人生、山あり谷ありだもんね」

美沙は、そこでグラスに手を伸ばすと、「で、どうするつもりなの。お義父さんのこと、やっぱりおかしいと思ってるなら、自分で調べてみるつもり？」

反応を窺うかのように、上目遣いで昭恵を見た。

「私には無理よ。医学の知識なんて、これっぽっちもないんだから……」

昭恵は首を振ると、「それに、こういうのは第三者の力を借りるべきだと思うの。うちの旦那で分かったことだけど、身内や知人が相手だと、調べる方も手心が加わるものだからね。客観的、かつ冷徹に事実関係を調査する立場の人にやってもらうのがいいと思うの」

断固とした口調でいった。

「当てはあるの？」

「あなた、知り合いにジャーナリストがいるっていってたわよね――」

「そりゃあ、話を聞けば興味を示すと思うけど？」

「どんな人なの？」

「随分前に、私がいま勤めてる病院に入院してきて以来の付き合いなんだけど、その頃にはもうフリーだったけど、前は全国紙の社会部で記者をやってたって聞いたわ」

「入院患者と、退院後も？」

一瞬、秘密めいた関係かと昭恵は思った。

そんな表情が顔に出たのか、

「やあねえ。そんなんじゃないわよ」

美沙は慌てて顔の前で手を振った。「その人、竹岡《たけおか》さんっていうんだけど、取材範囲が広くてさ、興味を覚えれば何でもやるんだけど、退院して暫くして、医療事故の取材をしてるので、院長に見解を訊きたいって病院にやってきたの。院長も出たがりなところがあるから、それ以来、ちょくちょく病院を訪ねてくるようになってさ。そのうち、看護師としての見解を訊かれるようになって、電話番号を交換したのよ」

「で、その竹岡さんが取材した結果って記事になってるの？」

「それで食べてるんだもの、なってるんじゃない？」

「なってるんじゃないって……あなた、読んだことないの？」

「新聞、雑誌が、いったいどれだけあると思うの？　それにいまじゃ、ネットメディアだってあるし、いちいち、どこに載ったかなんて調べてないわよ。第一、自慢じゃないけど、私、新聞も雑誌もほとんど読まないから」

「大丈夫なのかなあ……」

ここまでの話を聞く限り、うってつけの人物のように思えたが、いまの美沙の言葉を聞いて、昭恵は躊躇した。

「どんな媒体で記事になってるかなんて、いまの時代、ネットですぐ分かるじゃない。それに、竹岡さんって、正義感の塊みたいな人なの。巨悪は眠らせないとか、弱い立場にある人を泣き寝入りさせては駄目だとかさ、ことあるごとに口にするのよ。そういえば、新聞社にいた頃、原発事故のことで大スクープをものにしたことがあったっていってたなぁ。そんな人だもの、結果はどうあれ、この話を聞いたら、絶対に興味を持つわよ」

まるで真也じゃないか、と昭恵は思った。

並外れた正義感、己の信念を絶対に曲げない頑固者。この手の人間は、正義のためなら、自分が納得ゆくまで徹底的に仕事をするものだ。第一、全国紙の記者なんて、そう簡単になれるものではない。給料は高額だし、社会的地位もある。信念を掲げることは簡単だが、貫き通すのは困難なものだし、一旦手にした地位を、自ら手放すのはさらに困難を極める。

「その竹岡さんって、どうして新聞社を辞めたの？」

ふと、興味を覚えて昭恵は問うた。

「新聞社なんて、所詮はサラリーマン。ジャーナリストなんて呼べる代物じゃないって」

即座に答えた美沙だったが、いわんとしていることが昭恵にはピンとこない。

「どういうこと？」

「竹岡さんがいうには、新聞にせよ、雑誌にせよ、社によって論調ってものがある。記事を書くのは記者だけど、どう報じるかは編集局長、ひいては会社の上層部が決めるものだ。記者だって組織の中に身を置く限り、上司の意向には背けない。だから、普通のサラリーマンと何ら変わらないんだってさ」

美沙の言葉に、今度はなぜか文也の顔が重なった。

そんな昭恵の内心を見透かしたかのように美沙は続ける。

「それに竹岡さん、こんなこともいってたわね。上の意向に逆らえないのは、異を唱えたって他の記者が書くことになるんだし、そんな面倒な部下を好んで使う上司はいない。地方に飛ばされるか、閑職に追いやられるか。そうなれば、退職後の生活が全く違うものになるからだって」

「退職後の生活？」

「大学教授とか、どこぞの会社の広報とかさ、新聞記者とかテレビ局の報道をやってると、退職しても再就職先は結構ある。そこに誰を入れるかは、先にポストについているＯＢの意向が強く働くんだって。まっ、早い話が天下りのようなものよ」

なるほど、そういうわけか。

どうりで文也が、いつまで経っても非常勤講師から抜け出せなかったわけだ。文也の説明でも納得がいったが、いまの美沙の話を聞いて、大学とマスコミの癒着《ゆちゃく》ぶりがよく分かった。

ジャーナリストを気取っていても、とどのつまりは生活のため、安定した老後を過ごすため。ポストドクターの悲惨な境遇を訴えた記事は何度も目にしたことはあるが、何のことはない、その原因の一つとなっているのが、当のジャーナリストだったとは、酷い話があったものだ。

昭恵は、返す言葉が見つからず、思わずため息を漏らした。

「どうする？　相談してみる？」

美沙が決断を促してきた。

「どうやら、信頼できる人のようね」

昭恵はいった。「悪いけど美沙、一度席を設けてくれない。できるだけ合わせるけど、竹岡さんの都合のいい日を二、三、挙げてもらえるとありがたいわ」

3

「えっ……。鉢山《はちやま》先生が、研究会に出てくださるんですか？」

尾高の話を聞いて、真也は心底驚いた。

「出がけに電話があってね。叱られちまったよ。何で、俺に声をかけないんだって、そりゃあえらい剣幕でね」

尾高は、決まり悪そうに苦笑する。

「だって、鉢山先生は、安楽死に関しては断固否定する論文を法曹界誌に寄稿なさってたじゃありませんか。あれを読んだら、尊厳死だって、たとえ研究会といえども——」

「まあ、先生も他人事じゃないんだろうな……」

思い当たる節があるらしく、尾高は声のトーンを落とした。

「なにかあったんですか？」

真也が訊ねたその時、ウエイトレスが現れた。

落ち合った場所は、新橋の中華料理店である。

もちろん、輝彦が席を設けてくれたような高級店ではない。

最近、新橋には中国人が経営する中華料理店が増えていて、値段は手頃だし、味もいいとあって、界隈で働くサラリーマンが連日押しかける。この店もその一つで、尾高とは何度か利用したことがある。もっとも、値段が安いだけに内装は薄汚れ、食器も粗末なものだが、真也にはこの程度の店がやはり落ち着く。

生中を注文し、四品ほどの料理を頼んだところで、尾高は話を続ける。

「先生、糖尿持ちなんだが、ここにきて、かなり状態が悪化しているらしいんだよ」

「透析になるんですか？」

「いや、まだそこまではいってないらしいんだが、この分だと、遠からずそうなるかもしれないって……」

鉢山は、人権派弁護士として名の通った人物で、数多くの冤罪事件や労働争議、あるいは悪徳商法の告発、医療訴訟を手がけてきた。人権派と称される弁護士の主張は、正義や弱者救済という大義に立つだけに、概して明確で、まず宗旨替えはしないものだ。

実際、大分前に法曹界誌に寄稿した安楽死についての論文は、いかなる理由があろうとも絶対に合法化することは許されない。果ては、医学の場に死刑制度を導入するようなものだと断じる激しさだったのだ。

「先生も、じきに八十だからな……」

尾高は、おしぼりで手を拭うと眉尻を下げ、悲しそうにいった。「津田先生が行った安楽死についての講演を聞いて、色々と考えるところがあったみたいだし、あんなことがあると、自分の姿を重ね見る思いがしたんじゃないのかな」

「あんなこと？」

「人工透析の中断だよ」

「ああ……あの件ですか……」

関東近郊の病院で、人工透析の中断による、糖尿病患者の死亡が発覚して、一年近くになる。

腎機能が低下した糖尿病の重症患者は、人工透析を受けなければ生存できない。その点からいえば、胃瘻や人工呼吸器と同様、人工透析もまた、延命治療の一つであり、患者、あるいは状況次第では家族の意思で治療を中止することができるのだが、このケースが問題視されることになったのは、医師が患者に治療の中断という選択肢があることを教え、患者がそれを望んだことで、死亡したことにある。

一旦はじめれば、止めることはできない。生きることを望むなら、続けるしかないのが透析療法である。そして、患者自身に大きな負担を強いるのが、人工透析である。

心身共に疲弊している患者に、人工透析の中断という選択肢を突きつけるのは、死への誘導、自殺幇助そのものではないかというのだ。

「人工透析って、患者に重い負担がかかるといいますからね」

真也はいった。「一回、三時間から五時間。週三回。食生活に注意するのはもちろん、入浴時も透析のため血管につくるシャントはずっと取り付けたままで、入浴や睡眠時の姿勢にまで注意を払わなきゃいけないっていうんですから、そりゃあ大変ですよ。透析を終えた直後はともかく、次の透析までの間には、体調だって徐々に悪くなっていくんでしょうし、ましてそれが生きている限りはずっと続くんです。中断が死を意味するのを承知の上で望む人もいるでしょうね」

「もっとも先生は、あのケースで医者が行った行為を全面的に肯定しているわけじゃないようだがね」

尾高はいう。「メディアが報じたように、あのケースで医者が行った行為は、死への誘導、自殺幇助と取られてもしかたがないが、それは行政の怠慢、法の未整備にそもそもの原因があると、先生は考えてるみたいなんだ」

「どういうことです？」

「人工透析からの解放は可能。つまり、腎機能の再生には根本的治療法が存在するからだよ」

「腎移植ですね」

ウエイトレスが生中を運んできた。

ジョッキを持ち上げた尾高は、ビールに口をつけ、

「大分前の話だが、病気腎移植が問題になったの覚えてるか？」と、訊ねてきた。

「ええ。確か、四国の病院の医者が、ガン患者から摘出した腎臓を、ガン細胞を取り除いた上で、他の腎臓病患者に移植した件ですね」

「あの時は、医学界はもちろん、メディアも一緒になって、大変な批判が湧き上がった。厚労省も処分を検討したが、結果的に責任問題には発展しなかっただろ？」

「確か、移植を行った医者を擁護する運動を患者たちが起こしたんでしたよね」

「その通りだ」

尾高は、大きく頷き、「この反応の違いはいったい何に起因すると思う？」

と問うてきた。

「まあ、患者の側からすれば、そのおかげで人工透析から解放され、普通の生活を送れる体になったからでしょう」

となると、一方の医師たちが移植を非難した理由が思い当たらず、真也は言葉に詰まった。

「病気腎移植自体が抱えるリスクもあるだろうが、医者たちが、移植をした医者を非難したのは、人工透析はものすごく儲かるからだ。透析患者が治っちまったら、飯の種が消えちまうからさ」

尾高の口調の激しさに、

「えっ……」

真也は言葉を飲んだ。

「患者自身の費用負担は健康保険のおかげで月額、一、二万。だから患者自身も気がつかないんだが、実際には一人月額四十万円もの費用がかかってるんだ」

「四十万って……。そしたら一人、年間五百万近くにもなるじゃないですか」

驚きのあまり、真也の声が裏返った。

「透析患者は全国で三十三万人、しかも年間五千人のペースで増え続けてる。年間五百万円の費用を国庫が負担しているとすると、単純計算で年間一兆六千五百億円。透析患者は合併症を起こすことも多いから、その分の治療費を含めると二兆円にもなるという推計もあるそうでね」

「二兆円って、日本の医療費は四十兆円ですよ。五パーセントが透析に使われてるってわけですか？」

途方もない金額に、真也は愕然とした。

「はじめたら最後、一生続けなきゃならないのが透析だ。患者を一人摑んだら、週三回、月に十二回、ベッドに寝かして、管をつなげて三時間から五時間で確実に四十万円の売り上げになる。一日三回転させりゃ、一つのベッドだけで、月額二百四十万円のカネが病院に入ってくるんだ。毎日三人患者が来れば、年間なら、二千八百八十万だ。こんなボロい商売は滅多にあるもんじゃない。そりゃあ医者にしたら、完治されたら困るってもんさ」

「じゃあ、なんでメディアは移植を行った医者を非難したんでしょう。むしろ、その問題点を世に知らしめ、移植の推進を啓蒙するのがメディアの使命ってもんじゃないですか」

尾高はジョッキを傾けると、

「大人の事情ってやつじゃないか」

苦々しい表情を浮かべ吐き捨てた。「透析は製薬会社のドル箱だっていうからね。造血剤なんて、医者の診療報酬よりも高かった時代もあったらしいよ」

「それって、不都合な真実を報道すれば、製薬会社に広告を打ち切られるからってことですか？」

「だろうな。立派なことをいってるようで、メディアだってビジネスだ。広告収入がなけりゃ、経営が成り立たないのは事実だし、民放に至ってはそれで番組を作ってんだからな」

鉢山がそういったのか尾高自身の考えなのかは分からないが、十分に納得がいく話である。

「治すより、生かさず殺さずが、医者や製薬会社にとっては好都合ってわけですか……」

冷たい怒りが、腹の底からこみ上げてくるのを真也は覚えた。「なるほど、腎移植が普及しないわけですね。医者が勧めなきゃ、よほど意識の高い患者じゃないと、移植という手段があることを知らないでしょうからね」

「先生が、今回の人工透析の中断という選択肢があると患者にいった医者を、完全に否定しない理由はそこにあるんだ」

尾高はいう。「確かに移植はドナーがいてはじめて可能になるもの。だとしても、それによって完治するってことを透析開始以前、あるいは以降でも患者に教えるのが医者のあり方だ。完治されたら商売にならないから、教えないってのはどう考えたっておかしいとおっしゃってね」

「そういえば、いつだったか訴訟でお世話になった医師に、こんな話を聞いたことがあります」

真也は、そう前置きすると続けた。「格段に優れた効果を発揮する新薬が開発されると、既存の薬を販売している薬品メーカーが、あの手この手で認可を妨害する、あるいは導入を遅らせようとすることがある。なぜなら飲み続けなければならない薬は製薬会社のドル箱だからだ。患者にとっては朗報以外の何物でもないが、製薬会社にとってはまさに悪夢。死活問題なんだと」

「考えてみりゃ、医者にしても最大の悪夢ってのは、病人がいなくなることだからな。だから、あの手この手で病気を作り出す。血圧なんてその最たるもんだ。高血圧の降圧目標が百四十とされていたのが、今度は百三十だからな」

腎機能を低下させる病といえば、輝彦が専門とする糖尿病が真っ先に思い浮かぶ。もっとも、輝彦の場合、透析を必要とする状態に陥らぬよう患者を指導し、薬を処方するのだが、こんな話をしているとやはり思いは複雑だ。

真也は、黙ってジョッキに手を伸ばしビールを飲んだ。

「鉢山先生、いってたよ」

尾高は続ける。「病気腎の移植が発覚してから、条件付きだが病気腎移植を厚労省が認めるまでに、実に十一年。その間、どれほどの透析患者が苦しんできたか。確かに腎移植の件数は増えてはいるが、アメリカの十分の一だ。それも九十パーセントは生体腎移植、ドナーのほとんどは家族だ。移植に対する啓蒙活動も進んでいないし、システムだって整っているというにはほど遠い。これじゃあ、透析を中断するという選択肢があることを知れば、死を選ぶ患者が出たって不思議じゃないとね」

「つまり、今回問題になったケースの根本的な問題点は、日本の医療現場のあり方、医療システムのあり方にある。その点も含め、尊厳死というものを世に問うチャンスだと鉢山先生はおっしゃるわけですか」

「そして、こうもおっしゃった」

尾高は頷くと続けた。「どんな病でも、末期になれば苦痛を伴うものだ。治癒する見込みはない。死を迎えるのが時間の問題となった時、延命治療を望むか、治療を中断するかを決めるのは、医者でもなければ家族でもない。まして、社会でもない。やはり本人が決めることなのかもしれないとね」

「なるほど……」

鉢山のような、人権派弁護士の中でも原理主義者と称された人物でさえ、己の最期に思いを馳せると、やはり考えが改まるものらしい。

「鉢山先生が、研究会に加わってくださるとなると、改めて尊厳死について勉強をしておかなければなりませんね。迂闊《うかつ》なことをいおうものなら、厳しくやり込められてしまいますから」

「全くだ」

尾高は苦笑いを浮かべながら、ジョッキに手を伸ばす。

「私も三人ばかりの仲間に、声をかけましたが、全員が是非メンバーに加わりたいといいまして」

「ほう、全員が？」

尾高は、少し驚いた様子でジョッキを口元に運んだ手を止めた。

「みんな、私と同年代ですからね。親のこともあるでしょうし、自分だって、遅かれ早かれ最期のあり方を考えなきゃならない時は来るんです。そして、それは、いつ来るかは誰にも分からない。それこそ神のみぞ知るってやつですから……」

「俺よりも若い君が、事前指示書を書いたなんていうからさ。俺もなんだか、考えちまってさ。書いたよ、事前指示書……」

尾高は、半分ほど空になったジョッキをテーブルの上に静かに置くと、ほっと短く息を吐き、神妙な口調でいった。

「えっ、お書きになったんですか？」

「前に、君がいったけど、死ぬに死ねないってのは、確かにぞっとするもんな……」

尾高がいったその時、ウエイトレスが注文した料理を持ってきた。

大ぶりの餃子《ギョーザ》と、キクラゲと豚肉の卵炒めだ。

「おっ、来た来た。ここの餃子、本当に美味いよな」

箸を持った尾高は、ふと思い出したように、「で、その研究会に加わる三人ってのは、どんなメンツだ？」

と問うてきた。

「柳《やなぎはら》原先生と大月《おおつき》先生、それと……」

真也は、もう一人の名前が思い出せず、口ごもった。

「あと、一人は？」

尾高が、餃子に箸を伸ばしながら促してくる。

「あれ……？　え～と……」

「おいおい、認知症にゃまだ早いぞ」

尾高は失笑を浮かべ、茶化すようにいうと、「まあ、いいさ。俺もそういうことがよくあるからな。それより、早く食おう。餃子は熱いうちに限る」

大ぶりの餃子を箸で摘んだ。

4

「なるほど……」

昭恵の話を聞き終えた竹岡が、はじめて口を開いた。「改めてお聞きすると、確かに偶然にしては状況が似過ぎていますね」

竹岡との場を設けて欲しいと依頼してから、ちょうどひと月。

美沙によると、話を聞かされた竹岡は、はじめのうちは俄かには信じ難いという反応を示したらしい。しかし、そこは長く報道の世界で生きてきた人間である。「いいよ。会うよ。スクープのネタはどこに転がっているか分からないからね」といって、昭恵に会うことを承諾したという。

場所は渋谷にある一流ホテルの喫茶室である。

この場所を指定してきたのは竹岡だった。

話の内容が内容だ。他人に聞かれる恐れがない場所で、というのが理由である。最も不向きな場所のように思えたが、来てみれば客の姿はほとんどない。

竹岡は初対面の挨拶を終えると早々に、「平日は結婚式のような宴会はほとんどありませんからね。夕飯時に喫茶室を使う客は少ないし、スペースが広い分だけ席も選べますから」と、語ったのだったが、まさにいわれてみればというやつで、その一言からも他社に先駆けてスクープをものにせんと戦ってきた竹岡の経験の豊富さが窺えた。

「私も長いこと看護師をしてきたけど、同じ認知症専門の施設で、二人の医者が、同じ死因で突然死したなんて、聞いたことないもの。絶対に変よ。偶然なわけないわ」

同席していた美沙が、我が意を得たりとばかりに断定する。

竹岡はちらりと美沙を見ると、視線を昭恵に戻した。

「藤枝さん。もう一度確認させていただきますが、あなたが抱いた疑念をご主人は、お兄様にお話しになった。その上で、お兄様は馬渕先生と、この件で面談をなされたわけですね」

「ええ……。主人からは、そのように聞いています」

「そして、ご主人は、お兄様……ひいては馬渕先生の説明に納得なさったと……」

「はい……」

見たところ、同年代。水色の半袖のワイシャツ、生成りのチノパンと、ジャーナリストに抱いていたイメージとはちょっと違って、服装はラフだし、話の内容を確認する竹岡の口調、視線の強さ、目の動きは、取材というより取り調べを行う刑事のようだ。

昭恵は頷きながら、思わず生唾を飲んだ。

「ご主人が弁護士をなさっていると聞きまして、少し調べさせていただきました。人権派の弁護士として、かなり有名な方なんですね」

「学生時代から、常に弱者の側に立つ弁護士として活動するのを目標としておりましたので……」

「薬害訴訟や冤罪事件といった、私でも知ってるような難しい訴訟も手がけられていらっしゃる」

「主人は仕事の話をしませんし、私も主人の仕事には、あまり関心がないもので……。詳しくはちょっと……」

まるで言質《げんち》を取られているような気がして、昭恵は語尾を濁した。

「薬害訴訟は大企業が相手ですし、冤罪事件ともなると、確定した判決を覆すわけですから、労力もさることながら、情報や資料の大変な収集力、分析力が必要になります。調査能力にも長けていなければなりません。それら全ての能力を持ち合わせているはずのご主人が、ご自分で調べもせず、お兄様を通じて受けた馬渕先生の説明に納得なさった。そうおっしゃるわけですね」

「義兄は医者ですから……。医者同士が改めて死因を確認し、不審な点はないと判断したからには、主人も納得するしかなかったのではないかと思うんです……。それに、義兄にしたって、実の父親が意図的に命を絶たれたとなれば、黙っているはずがないとも思ったでしょうし……」

「そうですね。普通はそう考えますよね」

昭恵のこたえに同調しながら、竹岡の目は逆に鋭さを増す。「しかし、藤枝さんは納得がいかないとおっしゃる。つまり、馬渕先生とお義兄さまはグルなのではないか。ひょっとすると、ご主人も結託してお義父さまの死の真相を隠蔽《いんぺい》しにかかっているのかもしれないと疑っておられるわけですね」

「えっ……？」

馬渕と輝彦はともかく、真也がグルだなんて、考えもしなかったし、いったつもりもない。

昭恵は驚愕し、短く漏らした。

「そういうことでしょう。ご主人ほどの弁護士が、自分で調べもせずに、実の兄とはいえ、又聞きに過ぎない説明で納得する。しかも、実の父親の死の真相がかかってるのにですよ。そんなこと、あり得ないでしょう」

「違います！　私、主人を疑ったりはしていません。私は、ただ……」

反論しようとした昭恵だったが、続く言葉が見つからない。

「ただ、何です？」

竹岡は先を促す。

「こんな偶然があり得るのかと……」

「竹岡さん」

美沙が慌てて口を挟んだ。「昭恵とは、この件について何度か話し合ったんだけど、認知症っていまだ治療法は確立してない病じゃない。実の親が認知症になれば、少しでも長く生きて欲しいと願う一方で、元気だった頃の姿を重ね見ると、複雑な思いを抱きもすると思うのね。まして、昭恵のお義父さんは、事前指示書を残されていたし、認知症になった場合のことも、同じ書面に併記してあったわけ」

竹岡は美沙に視線を向け、黙って話に聞き入っている。

美沙は続けた。

「これは私の推測だけど、昭恵のお義父さんは事前指示書で延命治療を拒む意思を明確にした。そこに認知症になった場合のことも併記したってことは、万が一にも、ご自分がそうなった時には、一刻も早く人生を終わらせたいと願っていたことの表れなんじゃないかと思うの」

「なるほど。そんな本人の気持ちを察したからこそ、死の真相を究明しようとしなかったというわけか」

「そうじゃなくて――」

「そうじゃないっていうなら、何なの？」

「認知症の介護は、家族の側に経済的、精神的負担が大きくのしかかることが多いわけ。介護から解放されるのは、本人が死んだ時。悲しみに駆られる一方で、心のどこかでほっとした気持ちだって覚えるでしょう」

「だから、死の真相なんか追及するまでもない、終わったことだと、お義兄さんは馬渕先生と会ってはいないかもしれない。ひょっとすると、お義兄さんと藤枝さんのご主人との間でも話がついちまっているかもしれないじゃないか。もしそうならば、意図的に死が与えられたことに気づいていながら黙認した。結果的に馬渕先生の行った行為に加担したってことになるよ」

竹岡は冷徹な声で断言した。

美沙は、竹岡の考えを否定するつもりでいったのだろうが、完全に裏目に出てしまったようだ。

言葉に詰まった美沙に向かって、竹岡は追い討ちをかける。

「安楽死、尊厳死、何といおうが意図的に死期を早めた。いや、命を絶ったというなら立派な殺人だ。気づいていながら、黙認していたのなら共犯だよ」

想像だにしなかった展開に、昭恵は焦りと恐怖を覚えた。

本音をいえば、義父の死の真相なんかどうでもいい。調べたところで遺体はすでになく、存在するのはカルテだけ。馬渕の下した死因を覆せるわけがないと考えていた。

竹岡にこの話をする気になったのは、あまりにも恵まれ過ぎた輝彦一家の経済環境や慶事が続くことに加えて、文也が医学部に入学した途端、輝彦一家と親密になり、向こうの家に入り浸りになってしまったことへの焦燥感と不快感。同じ兄弟で、なぜにこうまで違うのか。全ての面において、両家の間に厳然と存在する格差を思うにつけ、輝彦がトラブルに直面し困惑する様を見てみたかっただけなのだ。

それがまさか、こともあろうに真也にまで共犯の疑いが向けられるとは……。

「真偽のほどは調べてみないと分からないけど、疑惑だけでも大変な話題になるだろうね」

竹岡は美沙に視線を向けたまま、どこか嬉しそうにいう。「日本は超高齢化社会に突入しているからね。これから先、認知症患者は増加の一途を辿るのは間違いないんだ。かつてはとっくに死んでいた病気でも、医療技術が進歩したお陰で寿命は延びる一方だ。医療費の激増は、すでに深刻な問題だけど、かといって尊厳死、安楽死がそう簡単に社会的コンセンサスを得られるとは思えない。人間の最期のあり方をどう考えるか。結論は出なくとも、議論百出。大反響を呼ぶのは間違いないね」

「ちょ、ちょっと竹岡さん。昭恵のご主人に嫌疑をかけるようなことをいっておきながら、そのいいぐさはないいんじゃない」

美沙にとっても、全くの想定外の展開になってしまったのだろう。

腰を浮かさんばかりの勢いで、慌てふためく様に拍車がかかる。

「竹岡さん。疑惑があるというだけで、こんな重大なことを記事にすれば、調査の結果、やはり心不全だったということになろうものなら大変なことになるんじゃありません？　謝って済むような問題じゃなくなりますよ。主人は弁護士なんですよ」

昭恵は努めて冷静を装い、竹岡に警告を発した。

「責任問題になんか、なりませんね」

ところが竹岡は平然という。

「なりますよ。立派な名誉毀損じゃありませんか」

「病院や医師の名前を出すわけじゃなし、疑惑として記事にするだけですから」

「それじゃ、ただ話題性があるからだ、売れるなら真偽のほどはどうでもいいとおっしゃるわけですか？」

竹岡の表情が変わった。不愉快そうに眉を寄せ、眉間に深い皺を浮かべると、

「疑惑として報じることが、事件の解明に繋がることだってありますからね」

あざ笑うかのように口の端を歪《ゆが》めた。「ロス疑惑ってのを覚えてますか?」

もちろん覚えているが、返事をするのも不愉快だ。

ただ、睨みつけるだけの昭恵に向かって、竹岡は続けた。

「ロサンゼルスで奥さんが何者かに銃撃され、その後亡くなった事件は、実は保険金目的で旦那が雇ったヒットマンによる嘱託殺人の可能性があった。『疑惑の銃弾』と銘打った週刊誌の連載報道が、やがて日米双方の警察を動かすことになったんだ。話題性があるから、売れるからでやるんじゃない。疑惑として報じることが、社会を動かすこともあるからやるんですよ」

「それにしたって、入念な取材を重ね、あったという確信が持てなければ疑惑にならないでしょう」

「もちろん、記事にするまでには入念な取材を行いますよ。馬渕先生、藤枝先生、それにご主人にも話を伺います。その上で、馬渕先生、藤枝先生がおっしゃっていることが医学的に妥当なものなのか、しかるべき医師の見解を求めることになるでしょう。不自然な点はない。医学的にあり得るというなら、疑惑にはなりませんが、ただ今回のケースはねえ……」

竹岡は、もったいぶった口調で、言葉を切った。

「今回のケースは何だというのです?」

「仮に、心不全という診断が肯定されたとしても、ボツにするのは惜しいと思うんですよねえ」

竹岡は、体を起こすと冷めたコーヒーに口をつけた。「先ほど小倉さんが、藤枝さんのお義父さんは、万が一ご自分が認知症になった場合、一刻も早く解放されたいという思いを抱いていたから延命治療の拒否と、認知症になった場合のことを併記したのだといいましたが、世間にはそう考えている人が、たくさんいるでしょうからね。人間の最期を考える上での、問題提起として記事にするってこともありだと思うんですよね」

「問題提起をするにしたって、疑惑が晴れたらうちの家のことに触れることなんかしなくていいじゃありませんか」

「そんなことはできませんね」

竹岡は、緩慢な動作でカップをソーサーに戻した。「幸運にもといっちゃなんですが、願い通りに、介護施設に入所して間もなく心不全で亡くなった人がいたことをケースとして記事にするんです。それを幸運と捉えるかどうかは、人それぞれでしょうが、命に終わりがある以上、最期の迎え方は誰しもが考えておくべきことなんですから」

「ちょっと、竹岡さん」

棘のある声で、美沙は名を呼んだ。「最期の迎え方なんて、考えたところでしょうがないじゃない。なるようにしかならないんだからさ。それより、昭恵のご主人のところにも取材に行くっていうけどさ。確たる証拠なしで押しかけたりしたら、ご主人は弁護士よ、それも難しい事件をいくつも担当してきたのよ、それこそ、あなた返り討ちにされるわよ」

「証拠といっても様々でしてね。状況証拠ってのもありますからね」

そこで竹岡は、美沙と昭恵を交互に見ると、「二人とも、だから私にこの話を聞かせようと思ったわけでしょう？」

念を押すように問うてきた。

「そりゃ……まあ……そうなんだけど……」

美沙は、困り果てたように昭恵に視線を向けた。

「でも、真偽のほどはともかく記事にするなんて――」

そう話しはじめた昭恵に向かって、

「それじゃあ、藤枝さんは、どうなさりたいんです？　何を望んで、私にこんな話を聞かせたんですか」

竹岡は苛立った声を上げた。

「調べて欲しかっただけなんです。竹岡さんはジャーナリストで、取材力がおありになるし、調査報道だって何度も経験されてきたと思ったから……」

「ほう……」

竹岡の表情がまた変わった。

小首を傾げ、両眉を吊り上げると、底冷えのするような冷たい光を瞳に宿す。

短い間を置いて、竹岡はいった。

「記事にするな、調べて欲しかっただけだって、それじゃ私に探偵をやらせるつもりだったわけ？」

「そんな……探偵だなんて……」

昭恵は大変なことになったと思った。

調べてみようかという美沙の言葉にうっかり乗ってしまったが、竹岡がいうように、ジャーナリストにとって、闇に葬られようとする殺人事件を暴くとなれば、特ダネ以外の何物でもない。しかも、労せずしてネタを手にしたとなれば、何が何でもものにしようと思うに決まってる。それに、調査だけで終わらせろというなら、ジャーナリストの仕事ではない。探偵の仕事だというのも、竹岡のいう通りである。

「これは、私の勘だけどね、やっぱりなんかおかしいよ。何かあるね、この病院には」

竹岡の言葉に、昭恵は暗澹たる気持ちになった。

「竹岡さん。もう止めて。この話、聞かなかったことにしてよ」

昭恵の心情を察したものか、美沙が突然切り出した。「昭恵は、馬渕先生やお義兄さんを告発するつもりで、この話をしたわけじゃないの。死因が本当に診断通りのものであったかどうか、それを確かめてもらいたかっただけなの。だから、私が竹岡さんに相談してみたらって勧めたわけ」

「そもそも、それが間違いだったんだよ。いま、いったじゃないか。そんなら探偵を雇うべきだって」

「昭恵だって、調べたところでやっぱりお義父さんの死因は心不全だったってことになるのは分かっていたわよ。でもね、昭恵は藤枝家の一員になってからというもの、あちらのご両親には嫁らしいことは何一つしてあげられなかった。お義母さんが亡くなってからも、一人になったお義父さんのお世話は、すべてお義兄さんの家任せ。認知症になって施設に入ってからも、介護すらして差し上げられなかったことに、負い目を感じてたのよ。なのに、お義父さんは、随分な遺産をお義兄さんとご主人に均等に残してくださった……」

それは、少し話が違う。

遺産を兄弟二人で均等に分けろとは、久は指示していない。あくまでも、あれは輝彦の意思で行われたことだ。

しかし、取材を行い、記事にするという竹岡を説得するために美沙は話を作ったのだと解して、昭恵は黙って頷いた。

「昭恵はね、お義父さんに嫁らしいことをしてあげられなかったことを悔いているの。遺産を残してくださったお義父さんに感謝しているの。だから、お義父さんの死を受け入れられないでいるだけなのよ」

竹岡は反応を示さなかった。表情を消し、またコーヒーに口をつけた。

「第一ね、昭恵の息子さんは、医学部に入学したばかりなのよ」

美沙は続ける。「学者を目指して大学の非常勤講師になったものの、正式採用には至らない。それで一念発起して、これから医者になろうって息子さんがいるのに、身内の、しかも医者のお義兄さんと、弁護士のご主人に、疑惑の目が向けられることを承知で、調べてくれなんていうと思う？竹岡さんが記事にしたら、どう書こうとも世間は疑いの目で見るだろうし、他のマスコミだって面白おかしくあることないこと書きたてるわよ。そんなことになったら、息子さんの将来だって台無しよ」

忘れていた……。

こんなことが記事になろうものなら、影響をうけるのは輝彦や真也だけではない。文也の医師としての将来に甚大な影響がでるかもしれないというのは、美沙のいう通りだ。

「ねえ、昭恵」

そこで美沙は昭恵に視線を向け、同意を促してきた。

「そ、そうなんです。美沙がいうように、自分を納得させるために、結論は分かっているのに、調べて欲しかっただけで……。第一、主人は医療過誤の訴訟だって何度も手がけてきましたから、不審な点があれば気がつくはずです。あの人の医学知識は、そんじょそこらの素人とは違うんです。だから、お義兄さんが馬渕先生と話された内容に疑いを抱かなかったんです」

とにかく、ここは竹岡を翻意させなければならない。その一心で、ついさっき、真也の仕事には関心はないといったことすら昭恵は気がつかなかった。

「そういわれましてもねえ」

竹岡の口調が急にゆったりとしたものに変わった。同時に、目に下卑《げび》た光が宿る。完全に弱みを握った、相手の優位に立ったことを確信したことの表れのように感じ、昭恵は竹岡の次の言葉を聞くのが怖くなった。

「さっきもいいましたが、特ダネなんですよね、これは。それも滅多にない……」

竹岡は、さも勿体《もったい》をつけるようにいう。「私も、これ一本で食ってるわけですし、フリーのジャーナリストは実績勝負。反響を呼ぶ記事をものにできるかどうかで、今後の仕事の依頼も条件も変わってきますのでねえ」

竹岡の言葉が何を意味するかは明らかだ。

記事にするなというのなら、相応の対価を支払え。

そういっているのだ。

まさか、こんなことになるなんて……。

人を呪わば穴二つとはよくいったものだ。

輝彦一家を厄介事に直面させるつもりが、とんだことになってしまった……。

昭恵は、恐怖のあまり言葉を失った。

「竹岡さん。それ、脅しじゃない。昭恵を恐喝するわけ！」

美沙が、顔面を蒼白にしながら激しくなじる。

「恐喝だなんて、人聞きの悪いことをいわんでくださいよ」

口調とは裏腹に、竹岡は余裕すら感じさせる声でこたえた。「私は事実をいってるだけですよ」

「よくいうわよ。あんた、要は記事にするなというのならカネを出せ。そういってるんでしょ」

「そんなふうに聞こえるかな」

「聞こえるわよ！　そうとしか、取りようがないじゃない！」

激しく罵《ののし》りはじめる美沙だったが、昭恵はすでに腹を決めていた。

いくら支払うことになるかは分からぬが、良からぬことを企んだ自分が愚かだったのだ。しかも、美沙に調査を勧められた際、ジャーナリストは警察じゃない、適当な取材で、面白おかしく記事を書かれた日には、馬渕先生どころか、お義兄さんにも迷惑がかかるかもしれない、そこまでする必要はないと、一旦は断ったにもかかわらず、翻意したあげくのこのざまだ。

「美沙、もういいわ」

昭恵は美沙を制すると、竹岡を正面から見つめた。「おカネで済むとおっしゃるなら、構いません。いかほどなら納得していただけるのでしょうか」

ところが、竹岡から返ってきたのは意外な言葉だった。

「仕事もしないで、ただおカネをいただいたのでは、それこそ脅したことになってしまいます。だから、お望み通り調査はさせてもらいますよ」

「そんなの、探偵の仕事だとおっしゃったじゃないですか」

「取材も似たようなものですので、やれないことはありませんから」

竹岡は平然といってのけ、さらに驚くべき条件を突きつけてきた。「ただ、調査に要する時間、費用は探偵と同じで実際にやってみないことには分かりません。結果が出た後、ご請求させていただくということにしたいと思います」

「そ、そんな……。それじゃ、いくらになるか分からないじゃないですか。言い値じゃ困ります」

慌てふためく昭恵を竹岡は無言のまま見据えた。

何をいわんとしているのかは、目の表情から明らかだ。

竹岡は、こういっているのだ。

交渉の余地はない。記事にするなというなら、条件を飲む以外にない、と……。

5

考えてみれば、一人酒なんてはじめてだ……。

居酒屋のカウンターに座った美沙は、冷や酒の入ったグラスをぼんやりと見つめながら、ふと思った。

いまは当たり前なのかもしれないが、若かりし頃の昭和の時代には、一人酒どころか、女が一人で外食をすることさえ憚られる風潮が存在した。外食すれば無精な女、飲酒をすればワケありの女と色眼鏡で見られたものだ。もっとも、行きつけの店で、顔馴染みの客と酒を飲むのは別ではあったのだが、今日はふらりと入ったはじめて訪れた店である。

ワケありの女か……。確かにそうだわ……。

美沙は胸の中で呟くと、自嘲めいた笑いを浮かべ、冷や酒に口をつけた。

「この家を売りに出すとするると、いくらの値がつくか、一度不動産屋に見てもらおうと思うんだが……」

夫の茂《しげる》が、そう切り出してきたのは三日前のことだった。

退職後の身の処し方を話題にするのは久しぶりのことだったが、どうやら茂の中では家を売却し、新潟に帰るのは既定の路線であったらしい。

「どうして？」

果たして、そう問うた美沙に向かって、

「どうしてって、そりゃお前、老後をこんなところで暮らしたら、カネなんかいくらあったたって足りやしねえからだよ」

茂は当然のようにいった。「その点、実家の近辺は空き家だらけで、買い手もいねえっていうからな。かといって、放置したままにしておきゃ固定資産税もかかるし、人が住まなくなると家は途端に傷みはじめる。解体すれば結構カネがかかるってんで、二束三文、ただ同然の値段で家が買えるっていうんだ。しかも田畑までつくんだぜ」

「あんた、それ本気でいってんの？」

「本気だよ」

茂は当然のようにこたえた。

「古い家に住んで、農業やって老後を過ごすっていうの」

「古いったって、空き家はいっぱいあるんだ。その中から気に入ったもんを選べばいいんだし、田畑をやれば米野菜は買わなくて済む。それなら二人の退職金と年金で、なんとかやっていけんだろ」

「あんた、私に農業やれって？」

「お前だって、農家の生まれじゃないか。ほら、昔取った杵柄《きねづか》ってやつさ。別に、それで生計立てようってんじゃないんだ。家庭菜園に毛の生えたようなもんだし、それなら楽しみながら、やっていけるよ」

冗談じゃないと思った。

そもそも、その農業が嫌いだったから、東京に職を求めることにしたのだ。

もちろん茂だって、それは承知しているのに、こともあろうに農業をやれとは……。

「あんたさあ、安い、安いっていうけどさ、安いものにはワケがあんの」

美沙は硬い声でいった。「トイレ一つとっても、いまだボットンじゃない。そんなトイレで私に用をたせっていうわけ？」

「水洗に替えればいいじゃないか」

「水洗ったって、下水も整備されてないのよ。便槽を入れ替え、便器を据えつけてって、いったいいくらかかんのよ。それに田舎で暮らすとなれば、車だって必要じゃない。税金に維持費、ガソリン代。いままでなかった経費が発生すんのよ。安くつくなんて、なんでいえるの」

「親父やお袋の面倒を見なけりゃならなくなるかもしれないだろ」

茂の感情が高ぶりはじめるのが手に取るように分かる。「いまのところ二人とも元気ではいるけど、俺が退職する頃には、ふたりとも九十目前になってんだぞ。どうなるかは分かんねえけど、寝たきりになっちまったり、認知症になっちまって、世話をしてやらなきゃならなくなったっておかしくはないんだ」

「それは、家を継いだお義兄さんがやることじゃない」

「お前は、その話になるといつもそういうが、親の世話は子供の義務、嫁の義務だ」

「嫁の義務って……」

そんなのは容認できない。

あまりの言葉に、絶句した美沙に向かって、

「ここに住んだまま世話に加わるとなれば、その都度交通費がかかるんだ。月に二度、三度と往復してみろ。大変な出費になるじゃねえか。だったら――」

「あんたさあ、二言目にはお義父さんお義母さんの世話を持ち出すけど、看護師なら、老人の世話はお手のもの、喜んでやってくれると思ってんじゃないの？」

「いや……そういうわけじゃ……」

どうやら図星を指されたらしい。

茂は瞳を左右に動かしながら、口ごもる。

「あのね、看護師は私の職業、仕事なの。そりゃあ、お下《しも》の世話もすれば、食事の介助をすることもあるけどさ、それも給料のうちだから。あんたが期待しているのは無料の奉仕。ボランティアじゃない」

だったら施設に入れれば……といいたいところだが、そんなカネなど義兄の家はもちろん、自分の家にだってありはしないのだから、口にすれば空《むな》しくなるだけだ。かくして、議論は堂々巡り、決着がつかぬまま終わってしまったのだった。

茂も定年まであと二年。素面で帰宅すれば、またこの話になるのは目に見えている。茂の考えは分かっているし、かといって自分の考えを変えるつもりは毛頭ない。本来ならば昭恵を呼び出し、相談がてら愚痴の一つも漏らしたいところだが、竹岡とのことがあったばかりだ。

あの一件のことが脳裏に浮かんだ瞬間、

「あんなことになっちゃったけど、それでもやっぱり昭恵は恵まれてるわ……」

美沙は胸の中で呟き、昭恵の置かれた境遇が心底羨ましくなる。

多額の遺産が転がり込んでくるわ、母親を施設に入れる費用を旦那が負担してくれるわ、息子は医学部に入るわ、幸運続き……。竹岡にゆすられたのは災難だったけど、それだってカネで解決できるんだもの……。それに比べてこの私は……。同じ田舎から出てきたってのに、人の人生って、なんでこんなに差がつくのかしら……。あまりにも不公平ってもんだわ……。

美沙は、ため息をつくと、また一口冷や酒をがぶりと飲み、

「結局は、おカネか……」

ぽつりと呟き、視線を宙に向けた。

携帯が鳴ったのはその時だ。

パネルに浮かぶ名前を見て、美沙は眉を顰めた。

竹岡である。

ジャーナリストが聞いて呆れる。確か、かつての新聞記者には「羽織ゴロ」という蔑称があったが、竹岡はまさにそれだ。あれじゃ、ただのゆすり、たかりじゃないか。

拒否のボタンをタップしようかと思ったが、酔いのせいか美沙は皮肉の一つもいいたい気分になって、回線を繋げることにした。

「あんた、よく私に電話をしてこれたわね。すっかり見損なったわよ。あんたには恥ってもんがないの」

スマホを耳に押し当てた瞬間、竹岡の声を聞く前に、美沙は低い声で罵った。

「いや、悪かったよ。俺も後で恥ずかしくなっちゃってさ」

驚いたことに、竹岡は殊勝な言葉を口にする。「このところ取材がうまくいってなくて、正直カネに困ってたんだ。それでつい……」

「人間、窮地に陥ると本性を現すっていうけど、本当のことなのね」

声を聞くだに腹の虫が治まらない。思い切り皮肉をいった美沙に、

「あれから、いろいろ考えたんだけどさ」

呆れたことに、元新聞記者らしく一方的に竹岡は自分の話を進める。「もし、小倉さんと藤枝さんが睨んだ通りのことが行われていたのなら、許せなくなってきてね」

昭恵の義父と津田の二人の死因に抱いた疑念は、いまも変わってはいない。しかし、竹岡と会ったあの場では昭恵を庇《かば》うためとはいえ、疑念を否定するような言葉を口にしてしまっただけに、肯定するわけにもいかない。

何とこたえたものか、黙った美沙に、竹岡は続けた。

「あれから三週間経つけど、この間に何人かの医者に、それとなく状況を話した上で、見解を聞いてみたんだ。結論を先にいうとグレー。断片的な情報だけで、おかしいという医者もいれば、あり得るという医者もいてね」

「だったらどうだっての？」

医師によって見解が異なるのは、医療行為を巡る争いにはつきものだ。そして、大抵は訴えられた側の医師の勝利で終わる。つまり取材を続けたところで、疑念を裏付ける結果は得られずに終わる公算の方が大きいということだ。

「要は、詳細な資料が出揃えば、白と判断した医者の見解も変わるかもしれないってことさ」

「あのさあ……白が黒になるっていうなら、その逆だってあるんじゃないの？」

「馬鹿馬鹿しい」と続けたくなるのを、美沙はすんでのところで飲み込んだ。

「もちろん」

ところが意外なことに竹岡は美沙の見解を肯定する。「私がいいたいのはね。もし……もしもだよ。本当に二人に意図的な死が与えられたのなら、これは医者という職業、それも死生観、人生観を共有する人間しか享受できない行為が行われたということになるってことなんだ」

そんなことは考えもしなかった。

美沙は黙って、竹岡の次の言葉を待つことにした。

「認知症になってまで、生き長らえようとは思わない。いや、認知症ばかりじゃない。完治が望めない病はまだまだたくさんある。絶望感に打ちひしがれ、苦しみながらも病と戦っている人たちは世の中に大勢いるんだ。なのに、死によって病から逃れる選択肢がある。ただし、それは万人に与えられるものじゃない。医者に限られるとなれば、特権そのものってことになるじゃないか」

特権……確かにその通りだ。

美沙はそう思うのと同時に、藤枝久と津田太一の二人の死因に、そして昭恵、ひいては輝彦の一家の恵まれた環境に、自分が感じていたものの正体がなんであったのかをはっきりと悟った。

そう、特権。その一言に尽きるのだ。

「だから、許せなくなったんだよ」

続ける竹岡の声に勢いがつく。「私だって、自分が認知症になったら、完治が見込めない病にかかったら、たぶんしかるべき時点で苦しみから解放して欲しいと思うよ。でもそれは、いくら私が願ったところで、少なくともいまの日本社会じゃ叶えられないことなんだ。なのに、誰に知られることもなく、その願いを叶えている人間たちがいるとしたら……」

「じゃあ、竹岡さん、取材を進めるわけね」

「もちろん」

「昭恵のご主人にも？」

「最終的にはね……。まずは、津田教授に面会を申し込み、お父さんが亡くなった時の状況を訊いてみる。同時に馬渕先生をはじめとする、三人の周辺と交友関係を徹底的に洗ってみるよ。これは私の勘だけど、もし、本当に意図的に死を与える行為が行われているとしたら、昨日今日にはじまったことではないような気がするんだ。そこから他にも同じような経緯で、死を迎えた人間が出てきたら、それこそ状況的には真っ黒だ。三人に当たるのはそれからだ」

美沙は竹岡の決断に快哉《かいさい》を叫びたくなる一方で、その時昭恵の一家が置かれる状況に思いが至る

と、呆然としながら、

「じゃあ、昭恵には、調査費用は請求しないのね」

かろうじて訊ねた。

「もちろんさ」

竹岡は、即答する。「こんなことが、本当に行われていたなら、医学界はじまって以来の一大スキャンダルだ。それこそ、人間の死生観を巡っての大論争に発展するのは間違いないからね。私にとっても、いや誰にとっても、他人事で済むような問題じゃないんだ」

竹岡は、すっかり興奮した様子でいうと、「でも、このことは藤枝さんには、話さんでくれよ。外堀を埋める前に、私が動いていることを知られたら、取材がうまく行かなくなるからね」

そう念を押し、携帯を切った。

6

「文也が随分世話になっているのに、こんな安い店で悪いね」

久々に輝彦と会ったのは、渋谷のスペイン風居酒屋でのことだ。

「俺だって、この前のような店にばかり出入りしてるわけじゃない。美味くて、安いに越したことないんだからさ」

輝彦は、運ばれてきたばかりのビールに手を伸ばすと、「文也君の合格祝い以来か……。まずは乾杯しよう」

グラスを掲げた。

午後六時半と、まだ早い時間ということもあって、店の中に客の姿はまばらである。

「じゃ……」

二つのグラスが硬い音を立てて触れ合う。

真也はビールを一気に半分ほど飲み干した。

七月後半からは連日の猛暑日で、九月に入っても酷暑が和らぐ気配はない。

日中の気温は三十五度を超えた。この時間になっても、まだそれほど下がってはいないはずだし、熱せられたアスファルトやコンクリートの余熱もある。駅から僅かな距離とはいえ、そんな中を歩いて来ただけに、冷えたビールの味は格別だ。

真也は思い切り息を吐き、

「いやあ……美味い。やっぱり夏はビールだな」

顔をくしゃくしゃにしながらいった。

「全くだ」

輝彦も笑顔を浮かべながら同意すると、「文也君も、ゴルフの後のビールの味を覚えたみたいでね。ラウンドを終えて家に戻って来るなり、真っ先に冷蔵庫からビールを取り出すんだ」

愉快そうにいった。

「勝手にか？」

「伯父貴の家だ。遠慮なんかいるもんか」

輝彦は目元を緩ませ、「俺も嬉しいんだよ。悠輔も宗治も独立して家を出ちまったし、親父が死んで以来、あの家には俺と慶子の二人だけだろ。そんなところに、酒とゴルフの相手になってくれる甥っ子が頻繁に来てくれるようになったんだ。生活にリズムもできたし、慶子だって飯の作り甲斐があるって、文也君が来てくれるのを楽しみにしてんだ」

しみじみとした口調でいった。

「ゴルフはいいんだが、プレイフィーは兄貴が面倒見てくれてんだろ？」

「俺のホームコースは練習場がタダでな。コースデビューから二、三回は俺が払ったが、文也君、夏休みに入ってからは、家庭教師のバイトをはじめてさ。結構稼いでんだよ。だから最近は自腹だ」

「あいつ、家庭教師なんかやってんのか？」

「なんだ、知らなかったのか」

輝彦は意外そうにいう。「昔から医学部の学生の定番のバイトっていやあ家庭教師だし、文也君は非常勤とはいえ大学の講師をやってたからな。結構、いい稼ぎになるらしいよ。確か、時給四千円とかいってたな」

「四千円？　二時間やったら一回八千円か？　そりゃあ親は大変だ」

「もっとも、四千円は文也君の手取りであって、家庭教師派遣会社との契約だから、親は少なくともその倍は払ってるだろうな」

輝彦はいとも簡単にいう。「まっ、一日二軒、三軒と回る日もあるようだから、伯父貴の財布なんか当てにはしないさ」

「それもなんだかなあ……。親は誰しも、子供の成績向上を願うもんだけど、そんな大金出せる家庭は限られているだろうからなあ。富裕層相手のバイトでカネ稼ぐって、どうなんだろう……」

ボランティアで恵まれない家庭の子供たちの教育支援をしているとでもいうなら、素直に喜ぶこともできるが、真也の思いは複雑だ。

「ところで、昭恵さんは変わりないのか？」

真也が文也のバイトの話にどんな思いを抱いたか、先刻承知とばかりに輝彦は話題を変えた。

「夏休みだからね。多少仕事は楽なようだけど、まあ相変わらずだよ」

「なんだ、その気のない返事は」

「俺は、夏休みがないも同然だからね」

「文也君は、うちに入り浸りだけど、昭恵さん怒ってないか？」

「そんなことないさ。三十過ぎた息子が、実家に入り浸っている方が気持ち悪いよ。それに、料理の腕は慶子さんにはかなわないし、俺はゴルフをしないからね」

そうはいったものの、ここのところ、昭恵の様子については少し気になるところがある。

弁護士本来の仕事に加えて、尊厳死に関する研究会の準備にも追われているせいもあって、真也の帰宅時間は相変わらず遅い。ところが、普段ならとっくにベッドに入っている時刻でも、リビングのソファに座りテレビを見るわけでも、本を読むわけでもなく、何か考え事をしている様子に出くわすことがある。ベッドに入り明かりを消しても、しきりに寝返りを打ったり、ため息をついたり、なかなか寝付けないでいるようだ。

「なにか、あったのか」と訊ねても、「どうして？　別に」とこたえるだけで、それ以上のことは話そうとしない。真也に思い当たる節はなく、文也が無事に医学部に合格し、悲願が叶ったことで気が抜けてしまったのかと思ったりもするのだが、どうも違うような気がする。しかし、昭恵の様子よりも、真也には自分自身のことで、少し気になることがあった。

「で、どうしたんだ。急に相談したいことがあるって、いったい何だ？」

輝彦を呼び出したのは、その気になる点について、医師としての見解を聞きたかったからだ。

「あのさ、なんか俺……最近、物忘れしたり、人の名前や物の名前が急に出なくなることが多くなっているような気がするんだ。まさか、これって認知症の初期症状じゃないよな」

輝彦は、まじまじと真也の顔を見つめると、

「そんなことで俺を呼び出したのか？」

急に吹き出した。「お前、五十三だよな。認知症になるにしちゃまだ早いが、その物忘れってどれくらいの頻度で起こるんだ」

「頻度といわれても……記録しているわけじゃないから具体的にはいえないけど……これまではそんなことなかったのに、ちょくちょく起きるんだよ……」

「たとえば？」

「スマホや鍵を置いた場所を忘れてしまったりとか……」

「そういうことって、誰にでもよくあると思うがね。別に置いたってこと自体を忘れてしまうんじゃないんだろ？」

「そりゃあ、大抵は家の中でのことだから、どこかに置いたという確信はあるんだけど、そのどこかが思い出せなくてさ……」

「それって、ただお前がだらしないだけじゃないのか」

輝彦は茶化すようにいい、苦笑する。

「それに、物の名前や人の名前とかも、あれっ？　て急に出なくなることがままあって……」

「たとえば？」

「この間も寿司屋に入ったんだけど、ホッキ貝ってあるだろ？　ツマミに焼いてもらったら滅法美味くて、そのことを風呂に入りながら思い浮かべたんだけど、名前が出てこなくて……」

「ホッキの名前がすぐに思い浮かばなかったって？」

輝彦は呆れた口調でいい、軽く息を吐くと、「お前、滅多にホッキなんか食べないだろ」

「まあ……」

「だったら、思い出せないのはそのせいだ」

輝彦は、馬鹿馬鹿しいとばかりに断言する。

そんなことはない……と真也は内心で呟いた。

輝彦は、物を置いた場所を忘れるのは、真也がだらしないからだというが、家の中を探し回ることが多くなっていることが気になりはじめてからは、携帯はここに、鍵はここにと心がけるようにした。ところが、その場所に行ってみると見当たらない。そこで慌てて探してみると、なぜこんなところにと自分でも心当たりのない場所で見つかるのだ。

「お前、酒の飲み過ぎなんじゃないのか」

輝彦はいった。「相変わらず、毎晩酒飲んでんだろ？」

「ああ……」

「飲むなとはいわんが、過度の飲酒、習慣化は万病の元だ。肝機能にも影響が出るし、お前が気にしてる認知症だって、酒は原因の一つに挙げられてんだ。それでなくとも歳を取れば、アルコールの分解機能は低下する。当然、酔い方だって若い頃とは違ってくる。飲んでる間は何を喋ったか、どんな行動を取ったか、まだ正気でいるつもりでも、素面になると、記憶が飛んでいる。そんなことだって起こるようにもなるんだよ」

確かにこの数年、酒は一口たりとも欠かしてはいない。

仕事も忙しかったし、それ以上に口煩い昭恵と二人きりの夕食は気が進まないこともあった。夜の外食や会合に、酒はつきものだ。帰宅した時には、酔っ払っているから、スマホや鍵をあらぬ場所に置いてしまうのもあり得ない話ではないのかもしれない。それに、たまに夕食を自宅で摂る時も、昭恵との会話は決して楽しいものではないから、さっさと寝てしまうに限るという意識が働いて、つい深酒をしてしまう。

「だいたいお前、健康診断を受けてるのか？」

輝彦は訊ねてきた。

「ああ……一応……」

「健康診断ったって、どうせ保険組合の健診だろ？」

「まあ……そうだけど……」

「人間ドックを受けるべきだよ」

いつの間にか、輝彦の口調は医師のそれになっている。「五十三といえば、立派な初老だ。そろそろ体のあちこちから物音が聞こえてきても不思議じゃない歳なんだぞ。自覚症状がなくたって、隠れ脳梗塞があるかもしれないし、早期のガンが見つかることもざらにある。認知症を心配するより、そっちの方が先だよ」

「分かったよ……時間ができたら、受けてみるよ……」

そうとしかいいようがない。

真也はビールを口にすると、

「酒のせいか……。それはあるかもな……」

自らにいい聞かせ、不安を払拭しようとした。「そういや、酔っ払うと自分が話したこと、聞いたことを忘れちまうことが結構あるらしいからな。昭恵にも、よくいわれんだ。あんたが酔ってる時に大事な話をしたら駄目だとか、また同じ事いってるとかさ……」

「自覚があるなら、なおさら飲酒の頻度と量を控えることだな。親父のようにはなりたくないって、お前いってたじゃないか。認知症になっちまったら、お前の歳じゃ、この先何年闘病が続くか分からんし、仕事ができなくなればどうやって生活していくんだよ。昭恵さんだって、退職後の生活がお前の介護が中心ってことになったら可哀想じゃないか」

昭恵が真也の生き方に不満を抱いていることはとうの昔に気がついていた。それでも、長年連添ってきたからには、介護が必要な身になったとしてもこれまで同様、不満を口にし、己の運命を嘆きながらも、結局は最期まで面倒を見てはくれるだろう。文也を当てにする気は毛頭ないが、少なくとも学者の道を志すまでは自分は最大の理解者だったという自負もある。

それに、文也が医師の道を目指すことで再出発を図る際、真っ先に相談を持ちかけたのが昭恵であったのは、母子の絆が強いことの証だ。その母親が介護に追われる姿を見れば、文也だって放ってはおくまい。

しかも、自分はすでに父親にならって事前指示書を書き、万が一認知症にかかった場合は在宅介護はするな、ただちに施設に入れろと意思を明確にしてある。

入所する施設の場所がどこであろうと構わない。昭恵の故郷の新潟なら月額十三万円。昭恵は実家に身を寄せるわけにもいくまいから、東京の自宅を売却し、適当な場所に新居を購入するか、あるいは借りるかすれば、十分足りるはずだ。昭恵にかかる負担は最小限で済むはずなのだ。それに、父親が残した遺産もある。

だが、経済的にはなんとかなる、家族の介護にまつわる労力も最低減で済むと気がつくと、可哀想なのは昭恵ではなく、むしろ認知症になった自分ではないかと真也には思えてきた。

「やだな……。認知症にはなりたくないな……」

真也は、脳裏に浮かんだ考えを振り払うかのように首を振った。

「誰だって嫌さ。だから、原因になるとされる行為は避けるに限るんだ。酒ばっか飲んでると、いずれ認知症になったって不思議じゃないし、お前は酒が入ると暴食に走る傾向があるようだから、糖尿病になる危険性だってある」

「血糖値はちょっと高めだけど、とりあえず数値は正常値の範囲内に収まってるよ」

「そういう考えが一番危ないんだよ」

糖尿病の専門医だけあって、輝彦は厳しい声で真也の言葉を否定する。「正常値の範囲内だから、いまの生活を続けていても大丈夫だ。糖尿病患者に共通した思い込みの一つがそれなんだ。年齢を重ねるうちに、臓器の機能も低下する。ところが、自覚症状がなかなか表に現れないのが糖尿病だ。腰が痛い。どうも最近、体がだるい。そういって医者にかかって、重度の糖尿病だと診断されて仰天する患者がどれほどいるか。いままでの検査で、糖尿の気があるなんていわれたことはなかったのにって、いう人だっているよ」

そういわれると、返す言葉がない。

真也は、思わずグラスに手を伸ばし、残っていたビールを一気に飲み干した。

その様子を目の当たりにした輝彦は、小さなため息をつき、

「生活習慣てのは、そう簡単に改まらないもんでな。食生活の改善を指導しても、もともと食べるのが大好きな人が多いから、これしか食べられないのかって、フラストレーションを覚えちまうんだ。しかも、生涯続けなきゃならないとなると、今日ぐらいはいいかの連続になってしまうことが多いんだ。当然、症状は悪化する。最後は腎機能が働かなくなって。人工透析を受けるようになる患者だって、少なくないんだぞ」

輝彦が人工透析という言葉を発したところで、

「実は兄貴に今日相談したかったのは、認知症のことだけじゃないんだ。もう一つ尊厳死についてどう思うか、兄貴の考えを聞いておきたかったんだよ」

真也は、話題を変えた。

「尊厳死?」

輝彦は、驚いた様子で問い返してきた。

「実は、尊厳死の必要性の有無を世に問おうと考えていてね。弁護士仲間と研究会をやることになったんだ。その第一回目の会合が、明日あるんだけど——」

「何だってまた尊厳死の是非を世に問おうという気になったんだ?」

「それは……」

真也が説明にかかろうとしたその時、テーブルの上に置いたスマホが鳴った。

パネルには尾高の文字が浮かんでいる。

「ちょっとごめん」

真也は断りを入れ、パネルをタップし、スマホを耳に押し当てるといった。

「藤枝です」

「いまどこ？」

尾高は低い声で問うてきた。

「渋谷にいますが……？　何かあったんですか？」

「何かあったのかって……今日は第一回目の研究会の日だぞ。みんな、君が来るのをもう二十分も待ってるんだぞ」

尾高は呆れた様子でいう。

「今日って……今日は水曜日じゃ……」

「なにいってるんだよ。今日は木曜日。大丈夫か、君」

「も、申し訳ありません」

真也は、スマホを耳に押し当てたまま無意識のうちに頭を下げた。「す、すぐにそちらに参ります。とにかく急いで行きますので……それまで、尾高先生、申し訳ありませんが、なんとか間を持たせておいていただけませんでしょうか」

「分かった」

尾高は、不愉快そうにこたえると、「とにかく、急いでくれ。鉢山先生は、ただでさえ時間に煩い人だってことは知ってるだろ。怒らせたら、後が大変だぞ」

「すぐ行きます」

慌てて回線を切った真也に向かって、

「約束の日を間違えたのか？」

会話の内容から事情を察したらしく、輝彦が問うてきた。

「曜日を勘違いしていた。いま話した研究会は、今日だったんだ」

真也は、慌てて鞄を持つと、「兄貴、悪い。ほんと、ごめん。とにかく、俺、行くわ」

拝むように顔の前に手を翳《かざ》し、出口に向かって小走りに駆け出した。

だが、すぐに真也は足を止めてしまった。

その瞬間、真也は腹の底からいいようのない恐怖が込み上げてくるのを覚えた。

研究会がどこで行われるのだったか、場所が思い出せない。

まさか、俺……。

「どうした？　早く行かないと。人を待たせてるんだろ？」

背後から輝彦の声が聞こえた。

真也は、ゆっくりと振り向くといった。

「兄貴……俺……」

輝彦は、訝しげな眼差しで真也を見る。

しかし、それも一瞬のことで、

「どうした？」

医師の顔で問うてきた。

7

「で、竹岡でしたっけ、その男の狙いはなんなのです？　告発なのか、それとも――」

重苦しい沈黙を破り、輝彦は問うた。

午前十時を回ったばかりのクラブハウスに客の姿はない。食堂の窓の外には、夏の日差しを浴びて鮮やかな緑に輝くフェアウエイが広がっている。

「明日、お目にかかれませんか。どこか人目に触れないところ、先生と私が会っている現場を部外者に見られないところがいいのですが……」

そういって馬渕が面会を求めてきたのは、昨夜のことだった。

条件を満たす場所なら、ホテルの会員制のバーとか、レストランの個室とかいくらでも思いついたが、馬渕は都内から離れた場所がいいという。何の用件かは分からぬが、ちょうど輝彦にも馬渕に相談したいことがあったので、ならばと自分がメンバーになっているゴルフクラブで会うことにしたのだ。

早朝から出た組は大抵スルーでラウンドするし、遅い時刻にスタートした組だと、昼食にはまだ早い。その間、クラブハウスは開店休業になるから、密談をするにはうってつけの場所になる。

昨夜の電話では用件を訊ねても、「長い話になるので……」と馬渕はいうだけだったが、もっともである。なにしろ、認知症患者の介護現場を取材したいというジャーナリストの要請に応じたところ、久と津田の死因に疑念があるといい出したというのだ。しかも、周辺取材も行っているらしく、もはや疑念の域を超え、杉並中央病院で密かに安楽死、尊厳死が行われたと確信を抱いている様子だという。

「さあ……」

馬渕は、険しい表情で首を捻る。「ジャーナリストといっても様々ですからね。名のあるメディアの記者なら、疑惑となればとことん追及するでしょうが、竹岡はかつて全国紙の記者だったそうですが、今はフリーランスです。だからこそ名を上げるチャンスだと必死になっているとも考えられるんですが、あの手の連中にはカネ目当てってのが結構いると聞きますからね」

「ブラックジャーナリズムってやつですね……」

「ジャーナリズムの世界も厳しいでしょうからね。ネットがここまで社会に浸透したお陰で、いまや全国民が俄かジャーナリストのようなもんです。マスメディアだって、いまや斜陽産業。フリーランスのジャーナリストの活躍の場は減っていく一方なんです。ジャーナリストなんて、いまや絶滅危惧種。さぞや先の生活に不安を覚えているでしょうからねえ……」

馬渕は、そこでテーブルの上のグラスに手を伸ばすと、アイスコーヒーを口に含んだ。

「もしカネ目当てだったら、どうなさるんです?」

「出すもんですか」

馬渕は珍しく声を荒らげ、「それじゃ、私が藤枝先生や津田先生を、意図的に命を絶ったことを認めることになるじゃないですか。カネが目当てなら、それこそ思う壺。カネの要求が延々と続くに決まってますよ」

吐き捨てるように否定する。

馬渕の見立ては間違ってはいない。

マスメディアの衰退が著しい昨今、ジャーナリストが活躍する場は確実に縮小し続けている。巷《こう》間《かん》、カネへの執着を批判されると、「霞を食って生きているわけじゃない」というのが反論の定番だが、実際その通りなのだ。やたらと正義を振り翳すジャーナリストだってその例外ではない。知る権利だとか、権力の監視とか、果ては社会正義のためと綺麗事を並べながらも、職業として成り立つのも対価が得られればこそで、まさに「霞を食って生きている」わけではないのだ。まして、ネット上には無料の情報が溢れ返っている時代である。竹岡のようなフリーでなくともジャーナリストを名乗る人間なら、誰だって将来の生活に不安を抱いて当然というものだ。

「確かに、そうなりかねませんね……」

輝彦は頷くと、「じゃあ、どうなさるんです?」

馬渕に問うた。

「決まってるじゃないですか。意図的に死を与えるなんてことはあり得ない。津田先生と藤枝先生が私の病院で同じ状況で亡くなったのは単なる偶然、それで通すしかありませんよ」

「それしかないでしょうね……」

再び輝彦が同意すると、

「第一、いまとなっては、お二人の意思を私が叶えてやったことを立証する術はありませんからね。ご遺体があるわけじゃなし、火葬した骨を分析したって、何も出てきやしないんですから。仮に告発したとしても、警察だって動きようがありませんよ」

馬渕は、自らにいい聞かせるかのように声に力を込めた。

「しかし、面白おかしく記事にすることも考えられるんじゃないですかね。最近じゃ、どこの週刊誌も相続だとか、健康問題だとか、高齢者向けの記事を毎週欠かさず掲載しますからね。最期のあり方にだっていろいろ考えるところはあるでしょうから、先生の病院だと察しがつくような書き方をされようものなら――」

「明確な証拠もなしに、憶測だけで記事を書けば、私だって黙っちゃいませんよ」

馬渕は輝彦の言葉を断固とした口調で遮った。「それくらいの判断がつかないほど、あの男だって愚かじゃないでしょう」

黙ってはいないという言葉が何を意味するかは明らかだ。

馬渕は医師にして病院経営者だ。自分自身がミスを犯さなくとも、医師や看護師を雇っている限り医療過誤が起こる可能性は常にある。そうした場合に備えて、雇っている顧問弁護士の出番になるといっているのだ。

「まあ、このことについては、今後の竹岡の動き次第ですが、今日お目にかかりたかったのは、我々が交わした盟約のことなんです」

馬渕は、ここからが本題だとばかりに表情を引き締める。「いま申し上げたように、津田、藤枝両先生の死因を解明するのは不可能です。おそらく竹岡の取材も行き詰まり、矛を収めることになるでしょう。しかし、疑念を抱いた人間が現れてしまった以上、我々が交わした盟約をこれ以上続けることはできません」

「なぜです？　盟約を交わした医師は、他にもいるんでしょう？　ならば――」

「あまりにも危険すぎます」

馬渕は輝彦の言葉を遮り、ぴしゃりといった。「輝彦先生は、私以外の医師が、他の病院で盟約を叶えることは可能だとおっしゃりたいのでしょうが、竹岡の狙いが告発、カネのいずれにあるとしても、不審の念を抱いたからには、次に盟約が果たされる時が来るのを息を潜めて待つと思うんです」

「しかし、先生――」

そういいかけた輝彦を再び遮り、馬渕は続ける。

「いつ、どこで、誰が盟約を果たすことにはなるのかは、誰にも分かりません。その時を待つにしてもフリーのジャーナリストじゃ限度があるでしょう。ですが、密かに尊厳死が行われている疑いがあると、竹岡が新聞社、それも全国紙に持ち込めば、大きな関心を惹くでしょう。医師が突然死した情報を得たら、ただちに知らせよと全国の支局に通達を出せば、大都市ならいざ知らず、地方ならかなり高い確率で網にかかります」

「地方？　地方にも盟約を交わした医師がいるんですか？」

「最初にいいましたよね。盟約の全容は、私だって知らないんです」

馬渕はこたえると、話を元に戻した。「なにしろ、地方じゃお悔やみ欄があるのが新聞購読の動機だといいますからね。もっとも、だからといって警察がただちに動くとは思えませんが、記者から故人は意図的に命を絶たれた可能性があると耳打ちされれば、中には病理解剖を申し出る家族だっていないとは限りません。そうなれば、我々が行った行為、盟約の存在も白日の下に晒されてしまいかねません」

馬渕の指摘はもっともだ。

新聞社の情報収集能力は極めて高い。まして安楽死、尊厳死と呼び方こそ異なるが、高齢化が進み、延命技術が発達したいま、死のあり方に寄せる世間の関心は極めて高い。

黙った輝彦に、

「竹岡の狙いがカネならなおさらです」

馬渕はいう。「フリーのジャーナリストなんて、他の職業に転じようにも潰しが利くわけじゃなし、何としても収入の手立てを確保しなければと必死になるでしょうからね。それこそ興信所さながらに、我々の周辺を嗅ぎまわり、動きを監視し、その時が来るのを虎視《こし》眈々《たんたん》と狙うかもしれませんよ」

まさか、そこまでと思う一方で、なぜ東京から八十キロも離れた、しかもゴルフ場を面会の場所にしたのか、その謎がいま分かった。

馬渕は、いまこの瞬間にも竹岡の監視下に置かれているかもしれない。輝彦と会う現場を目撃されれば、二人に意図的な死が与えられたという竹岡の推測を裏付けてしまうことを恐れていたのだ。

しかしだ……。

「先生……」

輝彦の呼びかけに、馬渕はついと顎を僅かに上げて輝彦を見る。

「実は、弟が認知症を発症いたしまして……」

声を落とした輝彦に、

「えっ？」

馬渕は驚愕の表情を浮かべ、短く声を漏らした。

「十日ほど前に、弟から会いたいと電話があったんです。そうしたら、最近物忘れが激しい。自分は認知症になったんじゃないかといい出しましてね。まさかと笑い飛ばしたんですが、その時、弟に電話が入りまして……。他のメンバーはみんな揃っているのにどこにいるんだ。お前が来るのを待ってるんだぞって……。あいつ、会合の日にち、というか曜日を……」

そこから先を話すのが辛い。

輝彦は、言葉が続かなくなり声を飲んだ。

「単なる思い違いじゃないんですか？　曜日を取り違えることなんて、誰にだってありますよ。第一、弟さんはまだ――」

「思い違いじゃないんです」

輝彦は首を振った。「専門医を紹介しまして、検査をして貰ったんです。その結果が一昨日出まして、若年性のアルツハイマーだと……」

馬渕は短い沈黙の後、

「なんてこった……」

頭髪を掻き上げ、重い息を吐いた。

「その会合というのが、尊厳死の必要性を世に問うことについて、検討する弁護士仲間の研究会だったんです」

「尊厳死の必要性についての研究会？　しかし、弟さんは人権派の弁護士でしょう？　安楽死だろうが尊厳死だろうが、意図的な死を与えるなんて、いかなる理由があろうとも絶対に認めないという人たちの急先鋒じゃないんですか」

「弁護士だって人間です。事件の当事者になって、それまでの主義、主張を百八十度改めたなんてのは、珍しい話じゃありませんよ」

輝彦はいった。「死刑制度に反対していた高名な弁護士が、身内を一人殺された途端、法廷で死刑を望むといい、以降死刑制度の必要性を訴えるようになったこともありましたからね。それと同じですよ。弟も認知症になった父親の姿を目の当たりにして、はじめて自分の最期をどう迎えたいかを、現実的な問題として考えるようになったんでしょうね」

「これまで人権派弁護士としての道を貫いてこれたのも、本来あるべき社会の姿や、弱者に寄り添うことの大切さを真剣に考えてきたからでしょうからね。その分だけ、藤枝先生が認知症を発症した時の行動は衝撃が大きかったんでしょうね……」

「真面目すぎるんですよ……」

輝彦は、なんだか急に切なくなって声を落とした。「親父のアトリエにあんな絵が並ぶ光景を見てしまったら、そりゃあ……」

「分かります……」

馬渕もそれ以外の言葉が見つからないとばかりに、沈黙する。

「あいつ、事前指示書を書いたんですよ……。父親と、一言一句違わぬものを……」

まさか、これほど早くに真也が書いた事前指示書を考慮しなければならない日が来るとは……。

もちろん、症状の進行度合いは誰にも分からない。多くの製薬会社が新薬の開発に取り組んでいるから、完治とまではいかないものの進行を遅らせる効果は期待できるかもしれない。しかし、何よりも気になるのは弁護士としての活動が、いままで通りには行かなくなる時が、早晩訪れる可能性が捨て切れないことにある。

弁護士は、知的職業の最たるもののひとつだ。判例を研究し、知恵を絞って戦略を練り上げずしてクライアントの期待には応えられない。当然、収入が激減することは避けられず、これから先一家の家計を支えて行くのは、昭恵ということになる。介護が必要となり、事前指示書の指示通り真也を施設に入れれば多額の出費が継続的に発生するようになるし、文也の授業料もある。

いくら、父親が残した遺産があるとはいえ、決して楽なものではないだろう。

だから、電話で診断結果を知らせてきた時の真也の声は低く、震えてさえいたし、会話も長く続かず、すぐに切れてしまったのだった。

「弟が尊厳死の必要性を考える研究会を立ち上げたのは、万が一自分が認知症になった場合、父親のように速やかな死を迎えたい。そんな願望を抱いたからに違いないんです」

馬渕は沈鬱な表情のまま、こくりと頷きながら、アイスコーヒーが入ったグラスに手を伸ばす。

「以前にもお話しいたしましたが、弟はこういったことがあります」

輝彦はいった。「もし、望み通りの死が与えられる盟約が存在し、それが医師の間だけで密かに行われているとしたら、余りにも不平等だ。自分たちが行っている行為が正しいと思うのなら、安楽死、尊厳死の必要性を正面から世に問うべきだと……」

「それは、絶対的に正しいんだが……」

苦しげに言葉を飲む馬渕に、

「分かっています」

輝彦はいった。「そんな盟約があるのなら、自分も加わりたい。あいつだって、そういう気持ちを抱いたと思うんです。調査を進めれば、状況証拠であるにせよ告発に値する新たな事実を摑めたかもしれません。それを我々に突きつけ、盟約に加えるよう脅すことだってできたでしょう。だけどあいつは、そうした手に打って出なかった……。それは人権派弁護士として歩んできた、あいつの矜持が許さなかったからだと思うんです。だから、弟は尊厳死の必要性を正面から世に問うべく、研究会を立ち上げた……」

急に言葉が続かなくなった。

認知症の診断が下されるまで、真也の心情に思いを馳せたことはなかったが、父親の死に直面して以来の彼の行動を振り返ってみると、輝彦は胸が締め付けられるような切なさを感じた。そして、自分たちが交わした盟約が、なんとも身勝手に過ぎるように思えてならなくなった。

急に視界がぼやけた。制御できない感情が、涙となって溢れ出そうとしていた。

輝彦は、それを堪えようと視線を外に向けた。

窓の外には鮮やかな緑の芝に覆われたフェアウエイが広がっている。夏の日差しを反射して、順目と逆目の芝が織りなすグラデーションが殊の外見事だ。九番ホールの半ばには、早くもハーフラウンドを終えようとしているゴルファーたちの姿が見える。

「この盟約も終わる時がきたのかもしれませんね……」

短い沈黙を破り、ぽつりと漏らした馬渕の声に輝彦は視線を戻した。

馬渕もまた遠い目で窓の外を見ている。

「少なくとも私と輝彦先生は盟約を果たすこともできなければ、果たされることも期待できなくなりましたね。発覚することを承知で、盟約を果たしてくれる仲間はいませんし、私だって実行することはできませんからね……」

馬渕はそういうと、「こうなってしまった以上、近代医学の力で無駄に生かされることなく、速やかな死が弟さんに与えられることを祈るだけです……」

窓の外に目を向けたまま、重いため息を吐いた。

8

「あの人は、これからどうなるのでしょうか。認知症の診断が下されてからは、すっかり人が変わってしまって、一日中書斎に引きこもったまま、食事も満足に摂らないし、外出はおろか、会話すらしてくれないんです……。認知症ってこんなに早く進行するものなんですか」

真也の自宅がある最寄り駅前の喫茶店で、輝彦が席につくなり、昭恵がすっかり取り乱した様子で問うてきたのは、馬渕と会った五日後のことだった。

「相談したいことがある」と連絡を入れてきたのは昭恵である。

認知症の診断が下されてから、およそ二週間。輝彦も真也の様子は気になってはいたが、まずは当事者たる真也と昭恵、そして文也が話し合い、今後の方針を決めるべきだと考え、連絡を待つことにしたのだ。

診断結果を知らせてきた時の様子から、酷いショックを受けていたことは察しがついたが、真也のことである。すぐに冷静になって、自分の今後について、家族と話し合いの場を持つはずだと考えていたのだが、どうやらそうではなかったらしい。

「認知症の症状は人それぞれだし、僕の専門外だから正確なことはいえないけれど、二週間ほどの間に症状が急激に進むってことはまず考えられないよ。病名が病名だからね、ショックは並大抵なものじゃなかったろうけれど……」

「でも、あんな生活をしていたら、症状の進行が速まるだけですよ」

昭恵は必死の形相で訴える。「ほら、よくいうじゃないですか。高齢者が最も注意しなければならないのは骨折だ。床に長く就くようになると、たちまち認知症になるって。あれって行動範囲が極端に制限されて、同じ空間で過ごすようになるからでしょう？　いまのあの人は、それと全く同じ状態なんですよ」

その点は間違ってはいない。

高齢者の骨折は気が折れると巷間いわれるが、そういう傾向が見られるのは事実である。

「一日中書斎にこもって、真也はなにをしてるの？」

「知りませんよ、そんなこと」

昭恵は意外な言葉を口にする。

「知らないって、様子を見に行ったりしないの？」

「だって、声をかけてもウンでもなければスンでもない。返事一つしないんですから。それに、私には仕事があるし……」

「認知症患者にとって、会話はとても重要だよ。密なコミュニケーションは思考力や行動力を高めることに繋がるから、進行を遅らせる効果が見込めるんだ。真也が応じなくとも、昭恵さんが積極的に話しかけないと」

「ちょっと、覗いたことはあるんですけど……」

困惑した様子で昭恵は口ごもると、「机の上は本の山で、パソコンに向かって一心不乱に何か打ち込んでるみたいなんです。部屋の電気は消したまま、スタンドが灯るだけで……。後ろ姿からは、鬼気迫るようなものが感じられて……」

ぎくりとした。

怯《おび》えるような眼差しを輝彦に向けてきた。

鬼気迫る後ろ姿という表現から、アトリエで一心不乱にカンバスに向き合う父親を見た時の光景を思い出したからだ。

言葉に詰まった輝彦に昭恵は続ける。

「お義兄さん……。こうなってしまった以上、うちの家計を支えるのは、私の収入だけになってしまったんです。文也が一人前の医者になるのは、まだ先のことだし、それまでは私が支えていかなければならなくなったんです。その上、真也さんの面倒を見るなんて無理ですよ。まして介護が必要になろうものなら――」

「いずれ、そうなる時が来るかもしれないけれど、まだ、真也は仕事を続けられなくなったわけじゃないよ」

「でも――」

「昭恵さん……」

それでも続けようとする昭恵を輝彦は止め、「真也が、事前指示書を書いていることは知っていますよね」

と訊ねた。

「ええ……文也から聞きました」

「私も文也君が持っているのと同じものを受け取りましたが、あれにはこう書いてあったはずです。万が一にも認知症になった場合、家族で介護する必要はない。施設に入れろと……」

「お義兄さん……」

昭恵は鼻で笑うようにいい、口元を歪めた。「施設に入れろって簡単にいいますけど、うちにいったいどれほどのおカネがあると思ってるんですか？　東京近辺で完全介護の施設に入れれば、大変な費用がかかるんですよ。それに、さっきもいいましたけど、文也のこともありますしね。第一、介護がどれだけ続くのか、誰にも分からないのが認知症じゃないですか。いくら本人の意思だっていっても、無い袖は振れませんよ」

「親父が残した遺産があるでしょう？　それを当てればいいじゃないか」

当たり前の話である。

父親が残した遺産は、二人の子供に残したものだ。その本人の介護費用に使うのだから、真也自身が負担するのと同じである。

ところが昭恵は意外なことをいう。

「確かに大きなおカネを頂戴しましたけど、実はそれなりに手をつけてしまってるんです」

「えっ？」

「もちろん、まだかなりの額が残ってはいますけど、文也の入学金に授業料。それに、私の実家の母を介護施設に入れたんです。それに当たっては、情けないことに弟が入所費用を無心してきましてね。私は断ったのに、大金が入ってすっかり気が大きくなったのか、真也さん、よせばいいのに費用を全額負担するっていって……」

父親が残したカネとはいえ、相続したからにはどう使おうと、それは真也の勝手だ。それに、昭恵の実家の経済状態は輝彦も承知しているし、真也はカネに執着しない。まして、弱者、困窮者を助けるために弁護士を志し、ここまで信念を貫き通してきたのだ。いかにも真也らしいと思う反面で、端からカネの話を持ち出す昭恵の姿勢に輝彦は不快感を覚えた。

たぶん、そんな内心が表情に出てしまったのか、

「そりゃあ、母親の入所費用を出して貰ったことは、有り難いと思いますよ」

昭恵は慌てて続ける。「でもね、私は藤枝家に嫁いだ人間ですよ。実家には弟夫婦がいるわけですし、それぞれ独立した生活を送っているわけです。第一、嫁ぎ先の夫が、嫁の実家の介護費用を負担してやるなんて、聞いたことありませんもの。いま思うと、あの頃から認知症の症状が出はじめていたんじゃないかと……」

どうやら昭恵は輝彦の表情の変化を、真也が嫁の実家の介護費用を負担したことへの困惑の表れと取ったらしい。

悲しくなった。不憫《ふびん》に思った。

昭恵をではない。これから病と戦うことになる真也をだ。

認知症は患者一人で戦う病ではない。もちろん、治療を施すのは医師だが、それ以上に家族の理

解と支援が必要不可欠だ。そして家族の中でも特に配偶者、真也の場合、昭恵が病に寄り添っていく覚悟を持つことが重要なのだ。

なのに、昭恵の口を衝いて出るのは覚悟どころか、カネへの不安ばかりだ。

もうたくさんだ！

輝彦は、喉元まで出かかった言葉を飲み込み昭恵に告げた。

「とにかく、どんな状態なのかを確かめてみないことには、何ともいえないな。ここまで来たついでに、これから会ってみるよ」

「そうしていただけると助かります。私とは、会話にならないもので……」

昭恵はほっとしたように、肩の力を抜いた。

いままでの話を聞けば、真也がなぜ、そんな反応を示すのか察しはつく。

昭恵のことだ、これから先の生活をどうしたらいいのか、どうするつもりなのか、問い詰めるに決まっている。それも、病名を告げられて、一番苦しい思いをしている当の本人に向かってだ。

「専門外でも僕は医者だし、こんな短期間のうちに会話が成り立たなくなるまで、症状が進行するとは思えない。もしかすると、これから昭恵さんに負担をかけることになるかもしれないことを心苦しく思っているのかもしれないからね……」

昭恵が、何かをいいかけたが、輝彦はそれより先に続けた。「だから昭恵さん。二人きりで話させてくれないか。昭恵さんが傍にいたんじゃ、本音を話す気にならないかもしれないからね。話が済むまで、どこかで時間を潰していてくれると有り難いんだけどな」

「分かりました」

昭恵は、すんなりと輝彦の申し出を受け入れる。

「じゃあ、話が終わったら連絡するから……」

輝彦は昭恵に一瞥をくれると、伝票を持って立ち上がった。

9

「どうだ？　具合の方は……。症状になにか自覚するような変化はあったか？」

正面のソファに座る真也に向かって輝彦は問うた。

あれから、約二週間しか経っていないというのに、真也の容貌は一変していた。昭恵は食事を口クに摂ってはいないといったが、どうやらそれは本当のことらしい。頬はげっそりとこけ、落ち込んだ眼窩の底にある目は充血している。髭は伸び放題だし、風呂にも入っていないらしく、頭髪は脂まみれだ。

「日付や曜日を頻繁に確認しているんだけど、ともすると怪しくなるんだよね。もっとも、大分前からそのことは気になっていたから、症状が進行しているのかどうかは分からないけどさ……」

真也は、自虐めいた笑いをうかべ、小さく肩を揺すった。

「食事を満足に摂らないって、昭恵さん心配してたぞ」

「食事は摂ってるさ。昭恵がいない間に、カップラーメンとか、てっとり早く済むもので……」

「昭恵さんが食事を用意してるのに？」

「三日も手をつけなかったら、支度なんて止めちまったよ……」

「なぜ、手をつけないんだ？」

真也は苦々しげな表情を浮かべ、こたえを拒む。

「話をするのが辛くてね……」

先程の昭恵の様子から、理由は察しがつく。

そこで輝彦は話題を変えた。

「日がな一日書斎に籠ってるって聞いたけど、何をやってるんだ？」

「論文を書いている……」

真也はこたえながら足を組み、背もたれに体を預けた。

「論文？　どんな？」

「安楽死、尊厳死の必要性についてだ」

真也ははっきりといい、輝彦の目を見つめてきた。

「なんでまた、そんなものを……」

「決まってるだろ。これからどんな経緯を辿るかは、神のみぞ知るというやつだけど、記憶力や知識、思考能力が退化し、感情や行動も自分ではコントロールできなくなるかもしれないんだ。果ては、誰かの手を借りなければ、生きることさえできなくなる。それが認知症なら、いまの医療技術を駆使すれば、いつまで生かされるか分からないいんだぜ。それでも生きたいというなら、生きればいいさ。だけど、そうまでして生きたくはない。回復の見込みがないのなら、生かされるのは苦痛以外の何物でもないと患者が思うのなら。安楽死、尊厳死は、認められるべきだと考えるからだよ」

輝彦も同じ考えを抱いているし、久の死を巡る議論の中で、真也も共感していることはすでに承知だ。

輝彦は黙って話に聞き入ることにした。

「俺は事前指示書に一切の延命治療を拒むことを記したけど、あれじゃ不十分だ」

真也は続ける。「親父の症状を見聞きして分かったけど、自分で行動や感情がコントロールできなくなる、人格さえ変わってしまうのは、恐怖以外の何物でもない。自分がああなってしまうんじゃないかと考えた時の恐怖、絶望感の大きさは、患者になってはじめて分かった。まして、介護が必要な状態に陥った時、その役目を家族に求めれば肉体的、精神的負担が大きすぎるしね……。専門家に任せたらいいというのは簡単だけど、経済的負担に耐えられる家庭は、そうあるもんじゃない。結果的に患者本人、家族の双方が辛い思いをするだけだ」

「本気でそう考えているのか……」

輝彦は、低い声で念を押した。

「ああ……」

真也は頷く。「人間の命は何物にも代えがたい尊いものだ。意図的に死が与えられることなど断じてあってはならない。つい最近まで、俺もそう考えてきた。だけどね、兄貴。それは時と場合によるんだよ。無意味な戦いを強いられる身にもなってみなよ。その果てにあるものが死で、そして自分が死を迎えた時、悼んでくれる一方で、これで介護、看病から解放された。肉体的、精神的、経済的負担から解放された。心のどこかで家族が安堵の気持ちを抱くとしたら、その間の闘病生活にどんな意味がある？」

「しかしな、いまの法制度の下では――」

安楽死、尊厳死のいずれも認められてはいない。第一、社会的コンセンサスが得られるはずがない。そう続けようとしたのを、

「だから、論文を書いてるんだよ」

真也は遮って、断固とした口調でいった。「この国で安楽死、尊厳死の必要性の議論が起こる気配がないのは、命に対する日本人の宗教観、倫理観といったもの以上に、医療従事者、特に医者の人間の最期に対する意識の低さ、鈍感さにあると思うんだ」

「それは、どういうことだ？」

「医者は、人間の死に日々接しているからね。認知症の患者、ガン患者、あるいは他の重篤な病にある患者を日々診察し治療に当たっているし、症状に応じて、治療方法も投薬の内容も決まっている。極端にいえば、流れ作業といってもいいと思うんだ」

「それは……」

流れ作業と断じるのは乱暴にすぎるが、症状に応じて施す治療や投薬の内容が決まっているのは事実ではある。

「ああ、この患者はあと一週間だな。今夜が山だな……。死が近いことを察知しながら、延命措置を施し、その時を待つ……。そして時がくれば、ペンライトを持ち瞳孔を確認し、聴診器を胸に当て、脈を取り、頭を下げる……。それを日常としてるんだぜ？　人間は誰でも死ぬ。その時がきただけだ。それで終わりだろ？　それで、人間の最期のあり方を深く考えるような、意識の高い医者がどれほどいると思う？」

いる……。目の前に、いる……。俺だけじゃない。盟約を交わした医師は、みんな人間の最期のあり方がどうあるべきかを真剣に考えている。

喉まで出かかった言葉を、輝彦はすんでのところで飲み込む。その間も真也は続けた。

「だから、俺は弁護士の最後の仕事としてこの論文を書くことにしたんだ」

真也の目が潤みはじめるのが見て取れた。「願わくば、醜態を他人にさらすことなく、親父同様、速やかに、安らかな死を迎えることを願いながらね……」

真也の目から溢れた涙が、一筋の線となって頬を伝い落ちる。

もう十分だ。

真也の気持ちはよく分かった。

「真也……」

輝彦は呼びかけた。

真也は、涙を拭いながら真摯な眼差しを向けてきた。

「俺は、お前の考えを支持する。だからいう……」

真也はこくりと頷いた。

「とうの昔に感づいているだろうが、親父の死因は心不全ではない。意図的に与えられた死だ」

真也は驚かなかった。無言のまま、こくりと頷くと先を促す。

「親父は人間の最期のあり方について、考えを同じくする医者と盟約を結んでいたんだ」

「盟約？」

「それはな——」

輝彦は、それから長い時間をかけて、盟約が結ばれるに至った経緯と内容を順を追って話して聞かせ、「もちろん、該当する病を発症したらただちにというわけではない。多少不自由を強いられることがあっても、自立した生活、あるいは家族の支援が受けられるうちは、盟約は実行されない。尊厳に関わるような状態になってはじめて死が与えられる……」

と締め括った。

「その判断基準は？」

「ない」

輝彦は明確にこたえた。「死を与えられる人間が、絶対に避けたい、つまり望まぬ状況になった時だ」

真也は黙って輝彦の言葉に聞き入っている。

輝彦は続けた。

「いうまでもなく、いまの法の下では明確な殺人行為だ。だから、考えを同じくする限られた医者の中で密かに行われてきたわけだ。もちろん、医者以外の人間からすれば、誰だって思いは同じだというだろう。狡い。医者の特権を行使しているだけじゃないかといわれればその通りだ。しかし、いまの法の下では、そうするしかないんだ。これも虫がいいといわれれば、それまでだがね……」

真也から返ってくるであろう批判を先回りしたつもりだった。しかし、次の言葉を聞いて、輝彦は驚いた。

「親父をどうやって、楽に死なせたんだ？」

真也は、意図的な死を与えた方法を問うてきたのである。「親父の体には注射痕はなかったというし、実行したのが馬渕先生なら、病室を出てから親父が死ぬまで、大分時間があったともいったよね。どうやったら、そんなことができるんだ？」

「二種類の薬品で造った座薬を使った……。どちらも手に入れようと思えば、簡単に手に入る薬品だ。もちろん、苦しむことはない。深い眠りの中で、死んでいく……」

真也はすぐに言葉を発しなかった。

じっと輝彦の視線を捉えたまま、微動だにしない。

重苦しい沈黙が流れた。

「なあ、兄貴……」

口を開いたのは真也だった。

泣きそうな、そしてすがるような眼差しで呼びかけてきた。

真也が何をいわんとしているかは明らかだ。

「もう、盟約は機能しなくなったんだよ……」

輝彦は先回りした。「フリーのジャーナリストが、津田先生と親父の死因に不審を抱いて、馬渕先生のところへやってきたんだ……。お前が親父と同じような最期を望む気持ちはよく分かるし、できることなら願いを叶えてやりたいのは山々だ。だが親父に続き、お前も同じ死に方をすれば、疑惑を裏付けることになってしまう……」

竹岡の件については昨晩、馬渕から連絡があった。

突然、津田から電話を受けたというのだ。

最初にそう聞かされた時には、津田が父親の死因に疑念を抱いたのかと思ったが、そうではなかった。

昨日の昼、竹岡が大学の研究室を訪ねてきて、「久が亡くなった時の状況が太一と寸分違わぬ上に、病院までもが同じであることを理由に、お父さまの死因に不審な点がある。真相を解明するために協力して欲しい」と要請したという。

ところが、津田は「荒唐無稽な話だ」と竹岡の期待とは真逆の反応を示したらしい。

なにしろ、津田は安楽死、尊厳死の肯定論者である。それに加えて、原発の肯定論者でもある。

津田は、その場では竹岡にいわなかったらしいが、東日本大震災による原発事故が発生した直後からマスコミは反原発キャンペーンを繰り広げたが、科学的根拠を無視し、虚実ない交ぜにして世間の不安を煽る記事も少なくなかったのだ。中でも特に悪質だったのが、とある全国紙である。繰り返し署名入りで掲載された記事には竹岡の名前があり、後にその虚偽の部分が指摘され、騒ぎになったことは輝彦も覚えている。記事は取り下げられこそしなかったものの、竹岡はその責めを問われて、新聞社を去ったのではないかというのが津田の見立てだ。

さらに悪いことに、当てが外れたことに焦ったのか、竹岡は「意図的に死を与えられたことが立証できれば、罪に問えるだけでなく、馬渕には損害賠償を請求できますよ」と、持ちかけてきたというのだから津田は激怒したなんてものじゃない。

元々、マスコミの取材方法、報道姿勢には不信感を抱いていた津田である。もちろん、竹岡との会話の一部始終は録音してある。

その事実を告げ、「語るに落ちるとはこのことだ。そうやって、火のないところに付け火して回るような、お前の姿勢が許せんのだ。無礼にもほどがある」と一喝したところ、竹岡は顔面を強ばらせ沈黙してしまったという。

津田には発信力がある。著書の評価が散々なのも読まれていればこそ。まして、大手メディアに対する世間の不信感は高まるばかりだ。取材を続行し、記事にするのなら、竹岡も返り血を浴びる覚悟がいる。しかし、油断はできない。今回は断念したとしても、真也が久と同じ死に方をすれば、間違いなく竹岡は動く。

「どうして、そのジャーナリストは親父の死に疑念を抱いたんだろう……」

真也はぽつりと漏らした。

「えっ？」

そんなことは考えてもみなかったが、いわれてみればその通りだ。

短く驚いた輝彦に向かって、真也は続けた。

「しかも、津田先生のことまで調べてあるって、どう考えてもおかしいよ」

確かに、その通りだ。

輝彦が思案をする間もなく、真也はいった。

「昭恵だな……」

「まさか」

しかし、真也は確信が籠った目を向けてくると、

「昭恵以外に考えられないよ」

冷ややかな声で断じた。「実際、津田先生と親父の死因を結びつけたのは、以前馬渕先生の病院に勤めていた看護師から話を聞いた、あいつの友達だ。それを聞いた昭恵が、おかしい、調べるべ

きだと俺を焚《た》きつけたんだ」

「しかし、昭恵さんがなんでまた……」

困惑したように、一瞬押し黙った真也だったが、「正義感に駆られてじゃないことは確かだな……」

歯切れの悪い口調でいった。

「じゃあ、何だ」

「嫉妬かもな……」

真也は視線を逸らし、小さく息を吐く。

「嫉妬？……誰に？」

「兄貴……いや、兄貴一家にだよ」

「うちに？」

「俺たちが結婚した時代、弁護士ってのは稼げる職業だったからな。端からそうだとは思いたくはないけど、昭恵だって弁護士と結婚したからには、それ相応の暮らしが送れると思っただろうさ。ところが、俺が目指したのは弱者の側につく弁護士だ。持ち出しの仕事もうけるし、カネにはとんと興味がない。いつまで経っても共稼ぎ。おまけに文也もカネに無関心。貧乏暮らしを覚悟の上で、学者の道を志した。その一方で、兄貴は稼ぎはいいし、子供は二人とも医者だ。慶子さんだって、乗馬だジムだと優雅な暮らしを送ってる。同じ兄弟で、なんでこんなに違うのか。ずっと、そんな思いを抱いてきたと思うんだ」

輝彦は返す言葉が見つからず、沈黙した。

　真也は続ける。

「親父が認知症になって、施設に入れることになった時、兄貴は費用のことは心配するなっていってくれたよね」

「ああ……」

「俺にとっては有り難い言葉だったけど、昭恵にしてみれば屈辱以外の何物でもなかったんだ。実際、何でもかんでも親に纏《まつ》わることは、全て義兄さんにおんぶに抱っこ。あなたにはプライドってものがないのかって、非難されたからね……」

「別に、俺は……」

「兄貴にその気はなくとも、圧倒的な経済力の違いを見せつけられりゃ、そう思う人間は、昭恵に限らず世の中にはごまんといるんだよ。まして、身内なのにだぞ！」

　真也の声に怒気が籠った。しかし、それが自分に向けられたものではないのは明らかだ。

　そして、その言葉を聞いた瞬間、昭恵がここに至っても、真也の今後を相談する振りをしながらも、病のことではなく、なぜカネの話ばかりに終始したのか、その理由が分かった気がした。

「まあ、そうはいっても、昭恵には、これまで一緒に暮らしてくれたことに感謝してるんだ。うっかり家に二人でいようものなら、カネの話題を持ち出すから、仕事に熱中するしかなかったからね。お陰で、自分の信念に基づく仕事をやってこられたわけだけど、この先、症状が進行して、介護が必要になれば、果たして昭恵がどれほど熱心に取り組んでくれるか……。もちろん、昭恵には負担を掛けるつもりはないし、施設に入るだけのカネは、親父が残してくれた遺産で十分足りるだろうさ。でも、俺がその気になって、昭恵が夢見た暮らしをさせてやろうと思ったならば、できたことは事実なんだ。だから、全財産、それも大半は親父から貰ったカネを使い果たして、おさらばするのは、あまりにも身勝手だと思うんだ。僅かでも、昭恵には、できるだけ多くのカネを残してやりたいと思ってるんだ」

ひょっとして、真也は自死するつもりなんじゃないのか……。

輝彦は、ふと思った。

「お前の気持ちは分かるよ……」

輝彦はいった。「俺は認知症の専門医じゃないけど、今日ここで話してみて、確信したよ。お前は認知症だが、極めて初期のものだ。まだまだ仕事はできるし、そう簡単に症状は進行しないだろうってな」

「気休めをいうなよ。症状の進行は人それぞれ、急速に進む場合だってざらにあるって、ものの本には書いてあるぜ」

真也は白けた笑いを口の端に宿した。

「適切な治療、そしてなによりも本人の努力次第で、進行を遅らせることは可能だ」

輝彦は真也の目をしっかりと見据えた。「悲観の余り、部屋に閉じこもり、会話を避けるなんて日常を送るのは最悪だ。いままで通り外に出て、仕事ができるなら、可能な限り続けることだ。認知症は誰でもかかる可能性がある病だ。自分が認知症であることを明かし、社会と積極的に関わりを持つべきだ」

「でも、最期は……」

「なにも、介護された果てに最期の時を迎えるとは限らんじゃないか。他の病で死ぬかもしれないし、長く生きれば、むしろその可能性の方が高くなる……」

慰めをいうなとばかりに、真也はふっと笑い、瞼を閉じた。

輝彦は続けた。

「改めていうが、親父たちが交わした盟約はな、認知症と診断されれば、ただちに実行されるってわけじゃないんだ。人間には守られなければならない尊厳がある。その限度を超え、もはや死をもってしか病から解放されない。それ以上生き長らえるのは無意味となった場合に実行されるんだ」

真也は、まじまじと輝彦の顔を見つめてくると、短い沈黙の後いった。

「俺も、そう考えているよ」

「えっ……」

「兄貴たちは、尊厳死は認められるべきだと考え、実行しているわけだよね」

「ああ……」

「もちろん、尊厳死の必要性を訴えても、日本では絶対に認められない。結論は分かり切っている。その盟約に加わることもできないならば、これ以上病と戦うのは意味がない。もう十分だ。この苦痛から解放されたいと俺が願う時になったら、どんな手段が残されていると思う?」

真也がいわんとしていることは明白だ。

自死、つまり自殺である。

「兄貴……」

真也はいった。「ジャック・ケボーキアンって名前を知ってるか?」

もちろん知っている。

ジャック・ケボーキアンは、末期病患者に自ら作製した自殺幇助装置を用いて尊厳死を与えたアメリカの医師だ。

「彼が行った行為は、自殺幇助に当たるとして世間から非難され、法的にも罰せられた。でもね、自分が認知症患者と診断されたいま、俺は彼の考え方、行った行為を批判する気にはなれないんだ」

真也が、何を望んでいるのかは、訊くまでもない。

果たして真也はいう。

「俺が、いよいよとなったら、親父に使ったその座薬を造ってもらえないかな……」

気持ちは十分理解できるし、座薬を造るのは簡単だが、真也が望んでいるのは自殺幇助である。

「もちろん、すぐにというわけじゃない」

真也は穏やかな声でいった。「いよいよとなった時にだ。それまで、俺は精一杯生きることを約束するよ。弁護士の仕事も可能な限り続けるし、認知症を発症したことを公言した上で、尊厳死の是非を社会に問う活動をしようと考えてるんだ」

そういわれても、やはり決断がつかない。

尊厳死を肯定していても、やはり弟がその対象となると、抱く思いがこうも違うものなのかと、その時輝彦は改めて痛感した。

考えてみれば、父親の死の真相を知ったのは、馬渕の手によって盟約が果たされた後のことである。もし、父親が盟約を交わしていることを事前に知っていたら、果たして馬渕の行為を黙認しただろうか。死が与えられた後も、願いは叶えられたと平然としていられただろうか……。そこに思いが至ると、言葉に詰まり、

「お前は、簡単にいうがな。いくら楽に死ねるといっても、自死なんてものは、そう簡単にはできるもんじゃないよ」

輝彦は苦し紛れにこたえた。

ところが真也は、

「できるさ」

いとも簡単にいう。「だって、そうだろ？　施設に長く入るようなことになれば、カネが残せないんだぜ。昭恵だって認知症になるかもしれないし、他の病に罹って死を以てしか苦しみから解放されないって状況に陥る可能性もあるんだ。その時、尊厳死が認められる社会になっていればいいけど、あいつが事前指示書を残すかどうかは分からないし、どんな状態になろうとも、少しでも長く生きたいと願うかもしれないじゃないか。だから、あいつには経済的な不安だけは抱かせたくはないんだよ……」

「真也……お前、そこまで昭恵さんのことを……」

輝彦には分からなかった。昭恵の口を衝いて出るのは、カネの話ばかりだと、散々愚痴をこぼしておきながら、なぜ、そこまで昭恵のことを案ずるのか……。

「あいつを、あんなふうにしたのは、俺にも責任があるから……。それにあいつ、何だかんだといいながら、いいとこあるんだよ。気がつくと、財布の中のおカネが増えてたりしてさ……」

真也は笑みを浮かべるつもりだったのだろうが、顔が歪み、瞳が潤み出すのが見て取れた。

もはや何もいうまい。その時が来るまで精一杯生きると真也は断言したのだ。それに考えてみれば、昭恵への思いも、『白い巨塔』の関口弁護士に憧れ、人権派弁護士としての信念を貫いてきた真也ならではというものかもしれない。

望みを叶えてやるべきだ、と輝彦は思った。

「分かった……」

輝彦は真也の目を見据え、はっきりといった。「その時がきたら、お前が望むようにしてやるよ。ただし、本当に、その時がきたらな……」

「兄さん……」

真也が「兄さん」と呼ぶのは、いつ以来のことだろう。両親と四人、自由が丘の家に暮らしていた頃のことだったと思うが、遥か昔のことで、はっきりとは思い出せない。

真也はソファから立ち上がると、手を差し出してきた。

握りしめた輝彦の手から、真也の体温が伝わってくる。

真也の目から、涙が溢れ出す。

「兄さん……ありがとう……その時がくるまで、俺、精一杯生きるから……」

もはや、言葉にならない。真也の肩が激しく震え出す。

「心配するな……。何も心配することはない……。約束は果たすから……」

輝彦も声が震えるのを抑えきれなかった。

真也の手に力が籠る。

そこに、左手が加わる。輝彦もまた左手をそこに添えた。

輝彦と真也。二人の兄弟の終の盟約が、いま交わされた……。

初出「小説すばる」２０１８年５月号～２０１９年６月号
単行本化にあたり、加筆・修正を行いました。

装幀　岡　孝治

coverphoto : Sergio Foto/Shutterstock.com
nimon/Shutterstock.com

楡 周平（にれ・しゅうへい）
1957年、岩手県生まれ。
米国系企業在職中の96年に書いた『Cの福音』がベストセラーとなり、
翌年より作家業に専念する。
ハードボイルド、ミステリーから
時事問題を反映させた経済小説まで幅広く手がける。
著書に「朝倉恭介」シリーズ、「有川崇」シリーズ、
『再生巨流』『プラチナタウン』『修羅の宴』『レイク・クローバー』
『象の墓場』『スリーパー』『ミッション建国』『砂の王宮』
『ぷろぼの』『サリエルの命題』『鉄の楽園』等多数。

終《つい》の盟約《めいやく》

2020年2月10日　第1刷発行

著　者　楡《にれ》　周平《しゅうへい》

発行者　徳永　真

発行所　株式会社 集英社

〒101-8050
東京都千代田区一ツ橋2-5-10
電話　03-3230-6100（編集部）
03-3230-6080（読者係）
03-3230-6393（販売部）書店専用

印刷所　凸版印刷株式会社

製本所　加藤製本株式会社

ISBN978-4-08-771695-5 C0093
定価はカバーに表示してあります。

集英社文庫　楡 周平の本

砂の王宮

戦後、復興へ向け活気に溢れる神戸の闇市で薬屋を営んでいた塙太吉。進駐軍の御用聞きをしている深町の戦略的な提案に乗り、莫大な儲けを手にする。その勢いで、スーパーマーケットを開業し、格安牛肉を武器に業績を飛躍的に向上させた。全国展開への道を順調に進むが、ある事件をきっかけに、絶体絶命の局面に……。日本が世界経済の中心に躍り出た激動の時代を生きた男を描く圧巻の経済小説。